UN BONITO CADÁVER

UN
BONITO
CADÁVER

CHRISTI DAUGHERTY

Editado por HarperCollins Ibérica, S.A.
Núñez de Balboa, 56
28001 Madrid

Un bonito cadáver
Título original: A Beautiful Corpse
© Christi Daugherty, 2020
© 2020, para esta edición HarperCollins Ibérica, S.A.
Publicado por HarperCollins Ibérica, S.A., Madrid, España.
© De la traducción del inglés: Carmen Villar García

Imagen de cubierta: Dreamstime.com

ISBN: 978-84-9139-684-0

A todas esas mujeres cuyos asesinatos
terminaron en la página seis

CAPÍTULO UNO

—Vamos allá. Bola ocho a la tronera del rincón.

Inclinada sobre la mesa de billar, Harper McClain clavó los ojos en la larga extensión de tapete verde libre de obstáculos. Sentía el taco en sus manos liso y frío; esa noche se había tomado cuatro de los margaritas supercargados especialidad de Bonnie, pero lo sostenía con firmeza.

Había un momento comprometido y efímero entre beber demasiado alcohol y demasiado poco en el que las habilidades de Harper al billar alcanzaban su máximo. Ella estaba justo en ese punto. Exhaló lentamente y ejecutó el tiro. La bola blanca se deslizó directa y rápida y golpeó la bola ocho, que rodó hacia la tronera. Estaba hecho: chocó suavemente en la banda de madera pulida de la mesa y se introdujo en la tronera con fuerza.

—¡Sí! —Harper levantó el puño—. Tres seguidas.

Sin embargo, la bola blanca siguió rodando.

Harper bajó la mano y se inclinó sobre la mesa.

—No, no, no —suplicó.

Mientras esperaba desanimada, la bola blanca siguió a la bola ocho como un fiel perro sabueso.

—Venga, bola blanca —dijo Bonnie con tono persuasivo desde el otro lado de la mesa—. Mami necesita unos zapatos nuevos.

9

Cuando alcanzó el borde de la tronera, la bola tembló por un instante como si tratara de decidirse y, al final, emitiendo un ruido sordo, desapareció en el interior de las tripas de la mesa poniendo fin a la partida.

—Ya está. —Bonnie levantó su taco por encima de la cabeza—. ¡Mía es la victoria!

—¿Llevas toda la noche esperando a decir eso? —preguntó Harper mientras la fulminaba con la mirada.

—¡Ya ves! —exclamó Bonnie en tono rebelde.

Era muy tarde. Aparte de ellas, no había nadie más en La Biblioteca. Naomi, a la que también le había tocado trabajar en el turno de noche con Bonnie, había terminado de fregar el suelo del bar hacía una hora y se había marchado a casa.

Todas las luces del laberíntico bar estaban encendidas e iluminaban los maltrechos libros dispuestos en las estanterías que recubrían las viejas paredes del establecimiento desde aquellos días en los que había sido una biblioteca. El local tenía capacidad para unas sesenta personas, pero ahora que solo estaban ellas el lugar parecía más cómodo, incluso acogedor en cierto modo, mientras que la voz de Tom Waits, que sonaba desde la máquina de discos, bañaba el espacio con sus canciones de amores perdidos.

A pesar de la hora, Harper no tenía ninguna prisa por marcharse. Su casa no estaba lejos para ir a pie, pero todo lo que le esperaba allí era una gata, una botella de *whisky* y un montón de malos recuerdos con los que últimamente había pasado mucho tiempo.

—¿Revancha? —Miró a Bonnie con ojos esperanzados—. ¿La que gane se lo lleva todo?

Después de apoyar su taco en el letrero que decía: *Libros + Cerveza = Vida*, Bonnie rodeó la mesa. Las mechas de color azul de su cabello largo y rubio atraparon la luz de la estancia en cuanto le tendió la mano a Harper.

—La que pierda, paga —dijo, y añadió—: Además, me he quedado sin suelto.

—Y yo que pensaba que los camareros siempre llevaban calderilla encima —se quejó Harper, rescatando del bolsillo las últimas monedas que tenía.

—Los camareros somos lo suficientemente inteligentes como para esconder el dinero antes de empezar a jugar al billar contigo —respondió Bonnie.

La música cesó un momento mientras la máquina de discos cambiaba de canción. Envueltas en ese silencio repentino, ambas dieron un respingo al escuchar el estridente tono de llamada del teléfono móvil de Harper, al que, después de cogerlo de la mesa situada a su lado, echó un vistazo.

—Espera un momento —dijo mientras presionaba el botón de respuesta—. Es Miles.

Miles Jackson era el fotógrafo de sucesos del *Daily News*; de no haber una buena razón, no la estaría llamando a esas horas.

—¿Qué hay? —dijo Harper, a modo de saludo.

—Vente al centro. Tenemos un asesinato en River Street —le informó.

—Me tomas el pelo. —Harper dejó caer su taco sobre la mesa de billar—. ¿Ya estás allí?

—Estoy llegando justo ahora. Parece que han llamado a todos los polis de la ciudad.

Miles tenía activado el altavoz del teléfono; Harper podía escuchar de fondo el ronroneo del motor del coche y el insistente restallido de sus detectores policiales. El ruido hizo que Harper sintiera un escalofrío.

—Salgo para allá.

Harper colgó el teléfono sin despedirse mientras Bonnie la observaba de manera inquisitiva.

—Tengo que irme —le dijo Harper mientras cogía su bolso—. Ha habido un asesinato en River Street.

Bonnie se quedó boquiabierta.

—¿En River Street? Estás de broma.

—Lo sé. —Harper sacó su libreta y su detector policial, y cruzó la habitación mientras calculaba mentalmente cuánto tiempo tardaría en llegar a la escena del crimen—. Si se trata de un turista, la alcaldesa estará que echa chispas.

River Street era el epicentro del distrito turístico de la ciudad, y el lugar más seguro de Savannah. Hasta ahora.

Bonnie corrió tras ella.

—Dame un segundo para echar el cierre —le dijo—. Voy contigo.

Harper se dio la vuelta en dirección a su amiga.

—¿Te vienes a la escena de un crimen?

La música sonaba de nuevo.

—Te has bebido cuatro margaritas —le recordó Bonnie—. Y los he preparado bien cargados. Seguro que superas el límite. Yo solo me he tomado dos cervezas.

Detrás de la barra, Bonnie abrió un panel oculto en la pared y bajó algunos interruptores; la música dejó de sonar de inmediato. Un segundo más tarde, las luces se fueron apagando una a una hasta que tan solo quedó encendido el brillo rojizo del cartel que indicaba la salida. Después de coger las llaves se apresuró a alcanzar a Harper, taconeando sus botas tejanas en el suelo de cemento del local, ahora en silencio, y con su falda ondeando alrededor de sus piernas.

Harper seguía sin estar convencida de que aquello fuese una buena idea.

—Eres consciente de que allí habrá gente muerta, ¿verdad?

Bonnie se encogió de hombros, introdujo la llave en la cerradura de la puerta delantera y la abrió. De pronto, el húmedo aire de la noche sureña lo inundó todo.

—Ya soy mayorcita. Podré soportarlo.

Miró a Harper por encima del hombro con una determinación que conocía bien y contra la que sabía, desde que tenían seis años, que era mejor no luchar.

—Venga, vamos.

* * *

River Street era una calle estrecha y adoquinada que discurría entre los antiguos muelles y almacenes que habían servido a embarcaciones de gran tamaño que navegaban rumbo a Europa y a través de las anchas y oscuras aguas del río Savannah. Era la calle más fotografiada de la ciudad y en tan solo unas horas estaría plagada de trabajadores, visitantes extranjeros y autobuses turísticos, pero a aquella hora se encontraba prácticamente vacía. La mayoría de los bares habían cerrado a las dos de la madrugada y la ola de calor que azotaba la ciudad había provocado que toda la gente que quizá se hubiera quedado paseando por las orillas del río huyera en busca del frescor del aire acondicionado.

Bonnie aparcó su camioneta color rosa, que llevaba la palabra «Mavis» pintada en color amarillo en la parte de atrás, y apagó el motor. Podían verse las luces azules parpadeantes a poca distancia de la orilla del río. Ese paisaje hizo que a Harper se le acelerara el corazón. Eran casi las tres de la madrugada y probablemente a esa hora los canales locales de televisión no tuvieran a nadie disponible. Esta podría ser su historia en exclusiva.

—Venga —le dijo a Bonnie mientras abría la puerta de su camioneta de golpe y salía precipitadamente del vehículo.

Cuando sus pies se toparon con el bordillo de la acera, sintió una aguda punzada de dolor en la herida de bala del hombro. Hizo un gesto de malestar llevándose la mano a la cicatriz. Había pasado un año desde que la habían disparado, y era muy extraño que la herida le molestara así. Normalmente solo le dolía con los cambios de tiempo.

—Ahora serás un barómetro andante —le había comentado el cirujano en tono jovial durante una de las revisiones—. Serás capaz de predecir cuándo va a llover.

—Ese no es precisamente el superpoder que esperaba —le había respondido.

Para sus adentros, Harper se alegraba de que el dolor persistiera. La herida, sufrida mientras sacaba a la luz la culpabilidad de su mentor, el exteniente de policía Robert Smith, en un caso de asesinato, le recordaba que debía tener cuidado a la hora de confiar en la gente.

Bonnie no se dio cuenta de su gesto de dolor porque sus ojos estaban puestos en los coches de policía estacionados a lo lejos.

—Vaya. Pues sí que está en pleno centro, a apenas un par de manzanas de Spanky's.

Spanky's era un bar muy visitado por turistas. Si el asesinato hubiera tenido lugar un par de horas antes, cientos de personas se habrían dado de bruces con él.

Harper ya sabía lo cerca que estaban, tenía que llegar hasta allí.

—Vamos.

Casi a la carrera, se apresuraron por la empinada calle adoquinada en dirección al río. Había llovido hacía un rato y a Harper le costaba mantener el equilibrio sobre aquellos adoquines redondeados y resbaladizos. Tardaron cerca de un minuto en llegar a la orilla. Allí abajo todo estaba oscuro. La brisa a orillas del río abría un camino fresco entre la humedad.

Harper evitaba River Street siempre que podía. Casi todos los establecimientos eran ganchos para los turistas y, hasta aquel preciso instante, no recordaba ningún crimen que hubiera tenido lugar en esa zona. Más adelante, habían colocado cinta policial de farola en farola para cortar la estrecha calle. Las luces de emergencia parpadeantes iluminaban las alegres banderas que colgaban de las fachadas de los bares cerrados y las tiendas con sus cierres metálicos echados. Harper analizó la escena: la calle estaba abarrotada de coches de policía, pero no había ni rastro de los camiones con los logotipos distintivos de los canales de noticias de la televisión local.

«Bendito Miles, que se ha pasado toda la noche con la oreja pegada al detector».

Unos treinta metros más allá de la cinta policial, un grupo de policías uniformados y detectives de paisano se agolpaban en torno a algo que Harper no alcanzaba a ver desde donde estaba y dirigían sus miradas hacia el suelo.

—Mira, ahí está Miles. —Bonnie señaló hacia el otro lado de la calle.

El fotógrafo estaba solo, de pie junto a la cinta de balizamiento. Al escuchar la voz de Bonnie se volvió y les hizo señas para que se acercaran. Como siempre, lucía un aspecto elegante ataviado con un pantalón de vestir y una camisa abotonada hasta el cuello. Parecía como si llevara toda la noche esperando a que ocurriera ese crimen.

—Bueno, bueno, bueno —dijo mientras se acercaban—. ¿Acaso hay una oferta de dos por uno? Y yo sin mis vales de descuento.

—Hola, Miles. —Bonnie le sonrió—. ¡Qué casualidad encontrarte en la escena de un crimen!

—La noche está llena de sorpresas —admitió.

—¿Qué nos hemos perdido? —Harper hizo un gesto en dirección al grupo de policías—. ¿Se conoce ya la identidad de la víctima? ¿Es un turista?

—Nadie suelta prenda —respondió—. La zona ya estaba precintada cuando llegué. Y por radio tampoco dicen nada. Por poco no me entero del crimen. Porque escuché que alguien mencionaba al forense y me di cuenta de que algo pasaba, que si no estaría en casa ahora mismo.

—¿Ya has llamado a Baxter? —preguntó Harper.

Miles negó con la cabeza:

—No tengo mucha información que darle.

Bonnie escuchó cuanto decían, pero no dijo nada. Sus finas cejas se fruncieron mientras observaba a la policía, que enfocaba sus linternas en dirección a algo que yacía en el empedrado. En los ocho años que Harper llevaba trabajando en el periódico, esta era la primera ocasión que recordaba haber ido con Bonnie a la escena de un crimen. Era raro. No era su mundo. Bonnie era una artista que trabajaba en un bar para poder comprar pintura. El crimen no era su negocio, era el de Harper.

Ella había ejercido de reportera de sucesos desde que había dejado la universidad para optar a un puesto de becaria en el *Daily News* cuando contaba veinte años. Desde entonces se había pasado las noches investigando los crímenes más aberrantes de la ciudad. Los asesinatos ya no le provocaban náuseas como al principio. Ahora, cuando veía un cuerpo sin vida, todo lo que le venía a la mente eran las palabras que necesitaba para describirlo.

En la distancia, la multitud de agentes de policía se desplazó. Entornando los ojos, Harper observó a una mujer menuda vestida con un traje oscuro agachada junto al cuerpo.

—¿Daltrey está a cargo de la investigación? —Echó una mirada a Miles.

—Eso parece.

El fotógrafo levantó la cámara, tomó una instantánea a ciegas y luego se detuvo a comprobar el resultado en la pantalla. No eran tan malas noticias. Daltrey no es que fuera la detective más fácil con la que trabajar, pero tampoco era la peor. En cualquier caso, ya no era fácil trabajar con ninguno de ellos.

Un ruido sordo quebró la quietud, y todos se giraron para ver una furgoneta blanca con la palabra *UNIDAD FORENSE* en el lateral que llegaba a la altura de la cinta policial haciendo rechinar los neumáticos. La luz fría y cegadora de sus faros se abrió paso entre el grupo de detectives, iluminando la escena como si se tratara de un plató de cine.

Todos vieron el cuerpo en aquel instante. Una mujer joven yacía boca arriba, vestía una camiseta oscura y una falda por la rodilla. Harper no alcanzó a distinguir el rostro de la víctima desde tanta distancia, pero una cosa sí estaba clara: aquello no tenía nada que ver con una reyerta entre bandas.

Elevando su cámara una vez más, Miles realizó una ráfaga de disparos. Harper se puso de puntillas para ver mejor. Había algo en la víctima que le resultaba familiar. A su lado, Bonnie reprimió un grito de asombro.

—No mires el cuerpo —dijo Harper.

Pero Bonnie no apartó la mirada. En lugar de eso, se precipitó contra la cinta de balizamiento con tanta fuerza que la hizo ceder.

Uno de los policías uniformados la apuntó con su linterna con un gesto reprobatorio.

—Eh, tú, retrocede.

Harper estaba a punto de preguntarle qué demonios estaba haciendo; lo último que necesitaba era que Bonnie cabreara a la poli. La relación ya era bastante tensa sin que ella echara más leña al fuego. Pero la queja murió en sus labios.

Bonnie estaba pálida.

—Dios mío, Harper —dijo mientras observaba el cuerpo que yacía en la calle—. Me parece que es Naomi.

CAPÍTULO DOS

Antes de que Harper pudiera decirle que se equivocaba (tenía que ser un error, no tenía ningún sentido, y además no veían bien el cuerpo desde donde se encontraban), el poli uniformado se le adelantó.

—¿Acabas de decir que conoces a la víctima? —Levantó la linterna, apuntando el haz de luz hacia la cara de Bonnie.

Las pupilas de su amiga se redujeron a la mínima expresión debido al deslumbramiento.

—Creo que... puede ser. —Su voz sonaba vacilante—. ¿Lleva una camiseta como la mía?

El poli alumbró la camiseta negra. En el pecho ponía *La Biblioteca: de la cerveza a la eternidad*. Era un poli joven. Siempre ponían a los novatos en el turno de noche; todavía no era experto en ocultar sus pensamientos, y Harper pudo ver la verdad en su rostro. Volvió a entrecerrar los ojos en dirección al cuerpo. ¿De verdad se trataba de Naomi? No podía ser, ¿no?

Apenas llevaba unos meses trabajando en el bar, pero Harper la conocía lo suficiente como para saber que era una víctima bastante improbable. Con la cabeza metida en los libros todo el tiempo y un poco tímida, evitaba ponerse minifaldas, al contrario que Bonnie. En medio de la multitud de estudiantes de arte que llenaban el bar, con sus cabellos teñidos de colores brillantes y su forma de vestir tan ecléctica, Naomi tenía un aspecto un poco conservador. En ese sentido, sí que llamaba la atención. Bueno, por eso y porque era guapísima: pómulos marcados, ojos gatunos y un cuerpo perfecto. Parecía querer pasar desapercibida, pero Naomi nunca lo conseguía. ¿Quién mataría a una chica así?

—Quedaos ahí —les ordenó el agente, haciendo un barrido con su linterna para referirse a los tres—. Que no se mueva nadie.

Se dio la vuelta y se apresuró en dirección al grupo de detectives. Un momento más tarde, la detective en la que Harper había reparado antes se separó del grupo ubicado al pie de las escaleras y caminó hacia ella acompañada del policía uniformado. Tenía la piel morena, unos cuarenta años y su altura no superaba el metro sesenta y cinco. Vestía un traje sencillo de color azul marino y una blusa blanca. Llevaba el pelo corto y liso arreglado de forma práctica. Se agachó y pasó por debajo de la cinta policial con la agilidad de una gimnasta.

—¿Quién de ustedes dice conocer a la víctima?

El tono de Julie Daltrey era decidido y oficial. Sus ojos se detuvieron en el rostro de Harper sin mostrar ni un ápice de familiaridad, como si se vieran por primera vez. Como si nunca hubieran cotilleado y bromeado en escenas del crimen como aquella.

Titubeante, Bonnie levantó la mano.

—Yo.

Harper observó cómo Daltrey se fijaba en la coleta de mechas azules de Bonnie, su minifalda y su camiseta negra del trabajo.

—¿Cómo se llama?

—Bonnie Larson —respondió tras una pausa que duró una fracción de segundo.

Daltrey tomó nota en una pequeña libreta.

—¿De quién cree que se trata?

Daltrey hizo un gesto con la mano en la que sostenía la libreta, apuntando hacia el cuerpo que yacía en el suelo. Bonnie fue capaz de articular una respuesta y apretó los puños.

—Yo… creía que…, es decir, creo que es Naomi. —Su voz era ahora un susurro—. Naomi Scott.

Daltrey era policía desde hacía mucho tiempo y la expresión de su rostro no dejó entrever ninguna emoción mientras tomaba nota de algo más, ni cuando luego buscó con la mirada los ojos de Bonnie.

—¿Qué me puede contar de Naomi Scott?

Bonnie parpadeó.

—No sé…

—Dígame todo lo que sepa de ella —la animó la detective—. Quién es, dónde trabaja, cuántos años tiene.

—Trabaja conmigo en La Biblioteca —dijo Bonnie, con incertidumbre—. Las dos somos camareras. Va a la universidad durante el día. Estudia Derecho.

Daltrey tomó nota de nuevo.

—Por favor —dijo Bonnie con voz titubeante—, dígame que no es ella.

La detective hizo una pausa, como si estuviera decidiendo qué hacer. Sin embargo, cuando por fin habló, dio la noticia rápido, a bocajarro.

—Lamento informarle de que el documento de identidad hallado junto a la víctima nos indica que, efectivamente, se trata de Naomi Scott.

—Dios mío.

Bonnie retrocedió tambaleándose, como si hubiera recibido un gancho de derecha. Sus ojos azules se llenaron de lágrimas.

—No puede estar muerta —continuó apesadumbrada mirando primero a la detective y luego a Harper—. Esta misma noche he estado con ella en el trabajo. Y estaba bien. Solo tiene veinticuatro años. ¿Qué ha ocurrido?

Daltrey centró entonces su atención en Harper.

—Todo esto es extraoficial, ¿me sigues?

Harper asintió con la cabeza, aunque mentalmente anotaba todo lo que se decía.

20

Daltrey volvió a dirigirse a Bonnie.

—Le han disparado. —Su tono era casi amable—. ¿Me puede contar algo acerca de ella que nos ayude a averiguar quién ha hecho esto? ¿Tenía miedo de alguien? ¿Algún problema del que pudiera usted estar al tanto? ¿Consumía drogas?

Pero Bonnie estaba bloqueada, como en una especie de estado de *shock*.

Negó con la cabeza:

—No lo sé. No creo.

Las lágrimas empezaron a rebosar y a correr por sus mejillas.

—Tengo que decírselo a su padre.

—Ya nos ocuparemos nosotros de eso —añadió Daltrey con rapidez.

Ahora le habló a Harper.

—¿Tú también conocías a la víctima?

—Apenas. La he visto en el bar esta noche. Su turno terminó hará una hora, y dijo que se iba a casa.

—¿Vive en River Street? —preguntó Daltrey.

Harper negó con la cabeza:

—Me parece que no.

La detective cerró la libreta de golpe y echó un vistazo a su reloj de pulsera.

—De acuerdo. Necesito que las dos os acerquéis a la comisaría y prestéis declaración.

A Harper le dio un vuelco el corazón.

—¿Podemos ir más tarde? —preguntó—. Primero tendría que entregar mi artículo. Y tampoco es que yo vaya a servirte de mucha ayuda…

—Tu artículo me importa un bledo —la interrumpió Daltrey—. Estamos ante un homicidio, McClain. O vais a la comisaría de inmediato por vuestra propia voluntad, o tendré que llevaros por la mía. ¿Está claro?

No tenía sentido seguir discutiendo.

—Iremos directas a la comisaría —accedió Harper, taciturna.

—Allí nos veremos —se despidió Daltrey.

Volvió a agacharse y a pasar por debajo de la cinta policial en dirección al cuerpo.

Una vez se hubo marchado, Harper se dirigió a Miles.

—¿Lo has oído todo?

Él asintió, con preocupación en sus ojos.

—¿Quieres que llame a Baxter?

Harper dio un profundo suspiro. Lo último que quería es que Miles tuviera que llamar a la editora y despertarla para decirle que ella no se encontraba en la escena de un asesinato que había tenido lugar en el epicentro de la zona turística, porque daba la casualidad de que había estado charlando con la víctima hacía apenas una hora. Pero eso era exactamente lo que tenía que hacer.

—Sí. —Se masajeó la frente. El tequila que había bebido se estaba transformando en un maravilloso dolor de cabeza.

—No le va a hacer ni pizca de gracia —la advirtió—. En cuanto se entere de que has abandonado la escena del crimen, se va a cabrear mucho.

Pero Harper ya se marchaba con Bonnie, y se limitó a responder al fotógrafo haciendo un comentario por encima del hombro:

—Vaya novedad.

Cuando entraron en la comisaría de Savannah diez minutos más tarde, el aire acondicionado le propinó a Harper una bofetada helada, provocándole un escalofrío que le recorrió la espalda. En la recepción, el policía de guardia del turno de noche estaba sentado al mostrador, Dwayne Josephs, miró alternativamente a Bonnie y a Harper.

—¿Ha pasado algo, Harper? —En cuanto se percató de la cara enrojecida de Bonnie y de sus ojos hinchados, se levantó de la silla de un respingo—: ¿Bonnie está bien?

Harper conocía a Dwayne desde que ella tenía doce años. Él fue uno de los policías que la acogió bajo su protección después de que asesinaran a su madre. A día de hoy era uno de los pocos polis con los que todavía conservaba cierta amistad. El resto de ellos la había apartado de sus vidas porque consideraban que había traicionado al cuerpo cuando sacó a la luz el crimen cometido por Smith.

Harper se había pasado el año haciendo frente a gestos de desprecio, a llamadas que empezaban con ella presentándose y terminaban un segundo después con el característico sonido de cuando se cuelga el teléfono. A ser retenida en la carretera a causa de infracciones de tráfico sin importancia que en realidad no había cometido. Así que sí, agradecía todas y cada una de las veces que Dwayne la saludaba con amabilidad.

—No está herida —se apresuró a informarle Harper—. ¿Te has enterado de lo que ha pasado en River Street?

—¿El tiroteo?

Ella asintió.

—Bonnie conoce a la víctima. Daltrey nos ha pedido que vengamos a prestar declaración.

La expresión de Dwayne se ensombreció.

—Cuánto lamento oír eso.

Mientras Harper indicaba a Bonnie que se sentara en una silla de plástico rígido, Dwayne desapareció tras su mostrador y reapareció un segundo más tarde con un vaso de plástico.

—Ten, toma un poco de agua —le dijo a Bonnie—. Seguro que te viene bien.

Bonnie aceptó, aturdida.

—Gracias, Dwayne.

—La detective Daltrey no tardará mucho —le dijo, dándole un apretoncito cariñoso en el brazo.

En realidad, no podía estar más equivocado.

Harper y Bonnie esperaron durante más de media hora en la gélida recepción. A cada poco, la vibración del teléfono de Harper rompía el silencio con la llegada de un nuevo y críptico mensaje de Miles acerca de la escena del crimen.

Fuentes policiales dicen que no han tocado el bolso, pero falta el móvil.

Después de leer esto, Harper frunció el ceño. ¿Asesinar a Naomi por un teléfono? Ella le escribió una respuesta rápida:

¿Y la cartera/dinero?

Se quedó mirando el móvil, impaciente por recibir una respuesta. La mataba no poder estar allí fuera con él. Había tantas cosas que ella podría estar haciendo en ese preciso instante en lugar de permanecer allí sentada... Sin embargo, cuando el móvil vibró de nuevo no contenía el mensaje que ella esperaba.

Le he dicho a Baxter que conocías a la víctima; está entusiasmada. Te quiere en la oficina a las nueve.

Harper volvió a guardarse el móvil en el bolsillo con una fuerza mayor de la necesaria. Cuando un coche de policía se detuvo en la parte delantera, estiró el cuello para ver si se trataba de Daltrey. En lugar de ella, un par de agentes uniformados salieron del vehículo; dirigían a un sospechoso esposado a la parte de atrás del edificio para procesarlo.

Para cuando Daltrey por fin atravesó la puerta de cristal antibalas de la comisaría, ellas dos se habían quedado medio dormidas. Bonnie se había hecho un ovillo en la silla de plástico y descansaba la cabeza sobre el hombro de Harper. Eran casi las cuatro de la mañana; la noche empezaba a hacerse interminable.

—Siento que hayáis tenido que esperar —les dijo la detective secamente—. Venid conmigo.

Se pusieron en pie despacio, con los músculos doloridos por culpa de la rigidez de los asientos. Los ojos de Bonnie estaban hinchados y las mejillas cubiertas de manchurrones a causa del llanto. En aquel mundo tan oficial estaba tan fuera de lugar, con su pelo color turquesa y sus botas tejanas, que a Harper se le encogió el corazón. En el mostrador, Dwayne pulsó un botón y desbloqueó la puerta de seguridad, que chirrió estridentemente.

El largo pasillo que llevaba a la parte de atrás estaba flanqueado por despachos a ambos lados. Allí se llevaba a cabo todo el trabajo importante del departamento de Policía. Durante el día estaba abarrotado de detectives, operadores del teléfono de emergencias y policías uniformados. A esa hora, sin embargo, reinaban las sombras y la quietud.

—Por aquí.

El eco de la voz de Daltrey resonaba mientras las guiaba hacia la derecha. Pasaron por delante de varias puertas hasta que por fin llegaron a la sala a la que se dirigían. Después de encender la luz, la detective colocó su bolso en el suelo, junto a una silla metálica plegable.

—Tomad asiento, por favor —les dijo con una breve sonrisa.

La habitación, pequeña y sin ventanas, no contaba más que con una mesa de madera llena de rasguños y cuatro sillas. Un leve y frío destello procedente de una de las paredes desveló la existencia de un espejo. Daltrey esperó paciente a que Harper y Bonnie se acomodaran frente a ella. A la dura luz del fluorescente, Harper se dio cuenta de que aquella larga noche le estaba pasando factura. Las ojeras comenzaban a aflorar bajo sus ojos, y la humedad del ambiente le proporcionaba un ligero brillo en la piel.

—No nos entretendremos mucho —dijo a la vez que sacaba de su bolso una libreta y un bolígrafo—. Me gustaría que cada una me contara su versión de lo que ha ocurrido esta noche y sus impresiones acerca de la víctima.

Harper era consciente de que no tenía mucha información que proporcionarle. Todo lo que sabía era que hacía tres horas Naomi estaba viva, absorta en su trabajo, con una expresión seria dibujada en el rostro con forma de corazón, mientras hacía movimientos rápidos y enérgicos con su cuerpo menudo al frotar con un trapo la barra de La Biblioteca. Apenas le dirigió una mirada a Harper cuando llegó y se sentó, y Harper tampoco le prestó ninguna atención a ella. Estaba concentrada en sus propios problemas, y en el margarita con hielo que Bonnie le servía.

Daltrey se dirigió a Bonnie.

—Usted primero, señorita Larson. Entiendo que la conocía mejor.

Bonnie le dedicó una mirada desconcertada.

—No sé qué decir…

—Cualquier cosa que le llamara la atención podría resultarnos útil —continuó Daltrey—. Comenzaremos por lo más sencillo. ¿Cómo parecía sentirse esta noche? ¿Contenta? ¿Triste? ¿Asustada? ¿Ocurrió algo extraño durante su turno?

Bonnie entrelazó las manos sobre la mesa y reflexionó un instante.

—Bueno —dijo con cautela—, me pareció que se encontraba bien, al menos gran parte de la noche. Normal, no sé.

Daltrey ladeó la cabeza.

—Ha dicho «gran parte de la noche». ¿Qué quiere decir con eso?

—Recibió una llamada al móvil justo antes de la una —explicó Bonnie—. Después…, no sé, parecía inquieta. Disgustada, quizá. Me preguntó si podía marcharse pronto. No teníamos mucho lío, así que le dije que sí. Limpió su puesto y salió justo después de que llegara Harper.

Daltrey tomaba notas con rapidez.

—¿No le dijo por qué?

Bonnie negó con la cabeza.

—Supuse que tendría algo que ver con su novio o su padre. —Hizo una pausa antes de continuar—: Tiene una relación muy estrecha con su padre. A veces, él la viene a recoger al trabajo.

Daltrey entornó los ojos.

—¿Sabe cómo se llama su padre?

—Jerrod Scott.

—¿La recogió esta noche?

—No lo sé —admitió Bonnie—. Para entonces solo quedaba yo trabajando en el bar. Si la recogió, no entró.

—Pero acaba de decir que parecía inquieta —dijo Daltrey—. ¿Qué le hizo pensar eso?

Bonnie hizo una pausa.

—Al principio de la noche había estado bromeando sobre tonterías, en plan relajado. Sin embargo, después de la llamada... Es difícil de explicar. Parecía más tensa, distraída, como si le hubieran dado una mala noticia. —De pronto se le llenaron los ojos de lágrimas—. Si hubiera sabido que tenía problemas, habría hecho algo, habría intentado ayudarla.

Daltrey tomaba notas mientras Bonnie se recomponía. Tenía una buena técnica, pensó Harper con aprobación: enérgica pero sin llegar a mostrarse insensible.

Cuando Bonnie se hubo recuperado, la detective continuó con las preguntas.

—Lamento tener que hacerle tantas preguntas. Sé que ha sido una noche larga, pero le agradezco enormemente su ayuda, señorita Larson.

Bonnie asintió, temblorosa.

—Bien... —La detective buscó en sus notas—. Ha mencionado un novio. ¿Lo ha visto esta noche?

Bonnie negó con la cabeza.

—No creo que estuviera en el bar. Cuando viene a recogerla, normalmente entra y se toma algo mientras espera a que termine su turno. —Hizo una pausa—. En cualquier caso, creo que ahora mismo se estaban tomando un tiempo.

Harper percibió el interés que aquello suscitaba en la mirada de Daltrey.

—¿Cómo se llama el novio?

—Wilson —dijo Bonnie—, Wilson Shepherd.

Lo soltó así sin más, con la convicción de estar siendo de ayuda. Harper pensó que su amiga no se lo habría dicho con tanto entusiasmo y ligereza de haber sabido por qué lo quería saber la detective.

Daltrey le pidió que deletreara el apellido. Cuando terminaron, continuó con las preguntas:

—¿Puede recordarme la hora a la que Naomi se marchó anoche?

—Pasada la una —dijo Bonnie—. No sé la hora exacta.

—Puedo responder a eso —intervino Harper.

Daltrey le dirigió a Harper una mirada asesina.

—¿Ah, sí? —dijo—. ¿Y eso por qué?

—Porque resulta que miré el reloj que hay sobre la barra justo cuando Naomi salía —dijo Harper—. Me di cuenta de que solo era la una y media y pensé que se marchaba pronto. No es normal que Bonnie se quede sola para cerrar.

—Se supone que siempre tenemos que quedarnos al cierre dos empleados —explicó Bonnie, antes de que Daltrey se lo preguntara—. Por seguridad. Pero como Harper estaba conmigo, pensé que no habría problema.

Después de tomar nota de esto último, Daltrey dijo:

—Si están en lo cierto, Naomi salió del bar situado en College Row a la una y media, y la asesinaron de un disparo treinta minutos más tarde en River Street. ¿Alguna tiene idea de qué asuntos habrían llevado a Naomi hasta allí?

Conteniendo las lágrimas, Bonnie negó con la cabeza, en silencio.

—Ni idea —dijo Harper.

—¿Habría quedado con su novio? —sugirió Daltrey.

—Su novio vive en Garden City. —Bonnie se limpió una lágrima con el dorso de la mano—. Naomi vive en la calle treinta y dos. Ambas direcciones están a kilómetros del centro.

El teléfono de Daltrey vibró; la detective lo cogió y miró la pantalla.

—Bueno, esto es todo por ahora. —Se levantó abruptamente a la vez que echaba la silla hacia atrás—. Déjenle a Dwayne sus números de teléfono, él les dará el mío. Avísenme si se les ocurre algo que no hayan mencionado esta noche. Me pondré en contacto con ustedes en caso de que tenga más preguntas.

La detective se dispuso a acompañarlas de vuelta a la recepción. Aturdida, Bonnie se adelantó, pero Harper se quedó atrás con Daltrey, que estaba apagando las luces de la sala.

—¿Le han robado algo a Naomi? Si no ha sido así, ¿qué le ha pasado a su teléfono? Sabemos que lo llevaba consigo cuando abandonó el bar.

Daltrey la observó con una mirada gélida.

—No sé por qué sigues hablando, McClain. No me dedico a compartir detalles con chaqueteros.

Harper se estremeció. No importaba cuántas veces ocurriera, no acababa de acostumbrarse. Aquellos detectives que la habían invitado a sus fiestas, que habían bebido cerveza con ella y le habían enseñado fotos de sus hijos, ahora la trataban como si fuera una criminal.

—Solo intento ayudar —dijo con frialdad, y abandonó la habitación.

No esperó a escuchar la respuesta de Daltrey. Siempre era la misma últimamente: «Traidora».

CAPÍTULO TRES

Cinco horas más tarde, Harper entró en la oficina del periódico con un café solo gigante en la mano, deslumbrada por la luz del sol que atravesaba como una riada los altos ventanales. Después de salir de la comisaría, pudo aprovechar unas pocas horas de descanso en la habitación de invitados de color rosa chillón de Bonnie. Sin embargo, sentía como si no hubiera dormido nada en absoluto, porque se escabulló pronto por la mañana y se fue a casa para darse una ducha y cambiarse de ropa antes de ir a trabajar.

La sala de redacción era un hervidero; había doce periodistas y varios editores tecleando, todos hablando al mismo tiempo.

Con su aspecto de madriguera laberíntica, llena de pasillos y escaleras estrechas, el desproporcionado edificio centenario fue diseñado para ser más bien una pensión y no la oficina de un periódico, pero, a pesar de su estado deteriorado, tenía algo de grandioso. Esto se evidenciaba sobre todo en la sala de redacción, con sus imponentes columnas blancas y sus enormes ventanales con vistas al río.

Las mesas de los periodistas estaban dispuestas en hileras, encabezadas por las tres mesas de los editores, situadas en el extremo más alejado de la sala. Detrás de ellas, se encontraba el despacho de paredes acristaladas del director del periódico, Paul Dells. La mesa de Harper se hallaba hacia la mitad de la hilera más próxima a las ventanas. Había logrado establecerse en esa ubicación privilegiada después de que la última ronda de despidos se deshiciera de muchos de los reporteros *senior* del periódico hacía dos años y de que la sala de redacción se quedara medio vacía.

Tan pronto como puso su café sobre la mesa, D. J. Gonzales giró en su silla de escritorio y la encaró. El cabello negro y ondulado de su compañero se veía más rebelde de lo normal.

—¿Qué haces aquí tan temprano? —le preguntó de manera acusadora—. Pensaba que te abrasabas si te daba la luz del sol.

—No soy un vampiro, D. J. —respondió, dejándose caer sobre su silla—. Trabajo de noche. Ya hemos hablado de esto.

Encendió el ordenador con un movimiento tan automático que le resultó imposible recordar haberlo hecho dos segundos más tarde, y le dio un sorbo a su café.

—Dios, estoy agotada —dijo, frotándose los ojos.

D. J. se acercó a ella con un rápido impulso de la silla giratoria.

—¿Estuviste toda la noche con ese asesinato del que habla todo el mundo?

Harper movió la taza de café en señal de afirmación.

D. J. ni siquiera trató de ocultar sus celos. Él cubría temas de educación y le parecía que el trabajo de Harper era de lo más glamuroso.

—Tiene toda la pinta de tratarse de un artículo jugoso. Desde esta mañana en la tele no hablan de otra cosa. La portada de mañana va a ser tuya. —Su tono era melancólico—. No me puedo creer que hayan liquidado a una tía de un tiro en el mismo centro de River Street.

—Y yo no me puedo creer que todavía se utilice «liquidar» —respondió ella.

—¿No está de moda? —D. J. sonó sorprendido—. Y yo que pensaba que estaba a la última.

—¡Harper!

Al escuchar el agudo grito de Emma Baxter procedente del otro lado de la sala, D. J. giró de nuevo la silla, esta vez en dirección a su mesa, con precisión milimétrica, y se agazapó tras la pantalla de su ordenador como si fuera un escudo. La editora atravesó la sala a zancadas, haciendo que su media melena negra de corte recto y afilado oscilara contra los hombros de la chaqueta cruzada de color azul marino que llevaba puesta. Dells caminaba justo detrás de ella.

—Mierda —dijo Harper en un susurro.

Por lo general, el director no se inmiscuía en la sección de sucesos, pero esta historia debía de ser lo suficientemente grande como para atraer su atención.

—¿Qué tienes de lo ocurrido en River Street? —preguntó Baxter mientras se acercaba a la mesa de Harper—. ¿Por qué me ha contado Miles que conoces a la víctima?

Por el rabillo del ojo, Harper vio cómo la cabeza de D. J. emergía por encima de la pantalla-escudo.

—En realidad no la conozco. Solo dio la casualidad de que anoche yo estaba en el bar en el que trabaja —explicó Harper dirigiendo una mirada a Dells.

—Perfecto —la interrumpió Baxter—. Escribe algo emotivo en primera persona: «Escarceo con la muerte». Lo publicaremos junto a tu artículo principal acerca del tiroteo.

Dells se adelantó. Como siempre, iba impecablemente vestido con un traje azul y una camisa blanca bien almidonada, que bien podía valer más que el coche de Harper, y una corbata de seda en un azul más claro. Llevaba el pelo oscuro cuidadosamente peinado.

—¿Qué sabemos por el momento? —preguntó el director—. Los canales de televisión no tienen mucho.

—La mujer fallecida es Naomi Scott, estudiante de Derecho de segundo año. —Harper abrió su libreta con un solo movimiento—. Parece que se trata de la típica buena chica. Salió del trabajo a la una y media, y murió a causa de dos disparos. La encontraron con su bolso, pero falta el teléfono móvil. La poli no suelta prenda respecto a si se trata de un robo. Nadie sabe qué demonios estaba haciendo en la zona del río.

—¿Sabemos algo de su familia? —preguntó Dells—. ¿Son de por aquí?

—Eso creo —dijo Harper—. Su padre se llama Jerrod Scott, y ahora mismo estaba intentando dar con él.

Baxter echó un vistazo a la libreta medio vacía.

—¿Eso es todo lo que tienes?

—Venga, ya. —Harper se puso un poco a la defensiva—. Me he pasado la mitad de la noche en comisaría.

—Estamos reservando gran parte de la portada para esta historia —dijo Dells—. Los canales de televisión van a darle extraordinaria visibilidad e importancia.

—Me pondré con las llamadas —dijo Harper.

—Bien. —Ahora el tono de Baxter era enérgico—. Quiero saberlo todo de esa chica. Si era tan perfecta, ¿cómo pudo terminar asesinada en la calle a las dos de la madrugada? Llama al despacho de la alcaldesa y pregúntale qué va a hacer con esto de que ahora maten a la gente a tiros en el mismo centro del puñetero distrito turístico.

Dells regresó a su despacho. Baxter le siguió girándose a tal velocidad que la chaqueta se le escurrió de uno de sus huesudos hombros.

Sus últimas palabras flotaron tras ella como una bomba de racimo:

—Hazlo rápido. Necesitamos tener algo para la web ya.

Cuando ambos se hubieron marchado, D. J. volvió a girar la silla hacia Harper y la miró con unos ojos marrones abiertos de par en par tras el cristal lleno de huellas de sus gafas de montura metálica.

—Joder. ¿Te tomaste algo en su bar y luego la palmó?

Harper asintió con la cabeza. D. J. parecía impresionado.

—Dime una cosa, ¿alguna vez te has planteado la posibilidad de que seas gafe?

Harper lo fulminó con la mirada, y luego inició sesión en el ordenador.

—Estoy ocupada, D. J.

—Solo digo que vale la pena darle una vuelta —dijo mientras hacía girar de nuevo la silla en dirección a su mesa.

Era un mal chiste, pero, mientras Harper repasaba con rapidez los artículos acerca del tiroteo en las webs de los canales de televisión locales, terminó pensando en ello. Después de todo, Naomi no era la primera víctima de asesinato de su vida. La primera había sido su madre. Harper había descubierto el cuerpo en el suelo de la cocina cuando tenía doce años. Ese asesinato todavía sin resolver desencadenó una serie de acontecimientos que le llevaron a establecer una estrecha relación con el cuerpo de policía y, más tarde, cuando apenas contaba veinte años, a convertirse en periodista. También fue el origen de todo lo ocurrido el año anterior, cuando el teniente Smith fue encarcelado por un homicidio que había reproducido punto por punto el asesinato de su madre.

Al publicar esa historia y formar parte de ella como víctima del disparo que había asestado Smith, la notoriedad de Harper había aumentado y su posición en el periódico se había afianzado, incluso en aquellos tiempos de inestabilidad financiera. Aun así, para Baxter todo aquello era agua pasada. Necesitaba que siempre hubiera jugosas remesas de artículos de sucesos para publicar en primera plana. Incluso sin la cooperación de la policía, Harper podía encargarse de proporcionarle lo que quería. Tenía sus métodos y conocía el sistema mejor que nadie. Siempre y cuando pudiera tener un titular bajo la manga, su trabajo estaba a salvo. O eso esperaba.

Harper cogió el teléfono y marcó el número de la oficina de la alcaldesa. Después de cinco tonos, su asistente respondió.

—Gracias por llamar a la oficina de la alcaldesa Cantrelle, ¿en qué puedo ayudarle?

—Soy Harper McClain, del *Daily News*. Me gustaría hacerle un par de preguntas a la alcaldesa acerca del tiroteo que tuvo lugar anoche en River Street.

—Ahora mismo está reunida. —El tono de su asistente denotaba que no era la primera en llamar—. Le dejaré recado de que se ponga en contacto con usted.

—Dese prisa, ¿quiere? Vamos un poco justos.

—Como le he dicho —dijo con indiferencia—, está reunida.

Mientras esperaba a que la alcaldesa le devolviera la llamada, Harper abrió un motor de búsqueda de Internet y tecleó: *Naomi Scott*. Una riada de resultados falsos inundó la pantalla. Una bloguera con 40.000 seguidores en Twitter predominaba junto a una abogada de Chicago. Sin embargo, cuando añadió «Savannah» a la búsqueda, encontró justo lo que estaba buscando.

Se trataba de una red social para estudiantes de la Universidad Estatal de Savannah. La imagen de la página de Naomi era impresionante. La melena negra le caía sobre los hombros formando ondas deshechas. La piel del rostro tenía un aspecto inmaculado; unos pómulos altos y marcados y unos ojos color canela le hacían tener ese aire de belleza etérea.

Harper se quedó mirando aquella cara familiar durante un segundo.

—¿En qué lío te has metido? —murmuró.

La breve biografía al pie de la imagen decía: *Joven, libre y ambiciosa. Lista para cambiar el mundo*. También indicaba que su rama de especialización era el Derecho Penal. El resto de información que había era un número de teléfono y una dirección de correo electrónico estudiantil.

Con la intención de dejar libre la línea fija a la espera de la llamada de la alcaldesa, Harper tomó el móvil y marcó el número de Naomi. Saltó el contestador directamente.

—Hola, soy Naomi. Deja un mensaje.

Escuchar la voz familiar de la joven fallecida le ponía los pelos de punta.

Harper colgó el teléfono e inmediatamente marcó otro número. Este se lo sabía de memoria. Mientras daba señal, se quedó mirando la fotografía de aquella joven llena de vida y de mirada ambiciosa. El tono se interrumpió de repente.

—Centro de Información de la Policía de Savannah.

La voz era la de un hombre que parecía estar a punto de quedarse sin aliento, como si hubiera cogido el teléfono mientras corría a apagar un fuego. Podía escuchar otras voces de fondo y gente tecleando: los sonidos típicos de una oficina muy ajetreada.

—Soy Harper McClain —dijo—. Estoy buscando cualquier información que tengáis acerca del asesinato de Naomi Scott.

—Tú y todo el mundo —respondió la voz—. ¿Qué quieres saber?

—Lo típico. ¿Hay algún sospechoso?

—No puedo decir nada al respecto.

—¿Estáis buscando al novio?

Por intentarlo que no fuera. Sabía la respuesta, pero sospechaba que no se lo corroborarían oficialmente. Se escuchó una seca carcajada al otro lado del teléfono.

—¿Estás de broma? Espero que tengas alguna pregunta de verdad.

La reportera cambió de estrategia.

—¿Podríais confirmarme si la cartera seguía en su bolso?

Harper le escuchó teclear algo en el ordenador al otro lado de la línea.

—Afirmativo —respondió.

—¿Había dinero en la cartera? —preguntó Harper a la vez que sujetaba el teléfono entre el hombro y la barbilla para tomar notas.

—Afirmativo.

Entonces, estaba claro que no se trataba de un robo. La fuente de Miles tenía razón.

—Pero su teléfono móvil está desaparecido en combate, ¿no? —presionó.

—Eso es lo que pone en mi pantalla —dijo, y añadió—: Ahora mismo no sabemos si es que lo perdió, se lo dejó en casa o la dispararon para robárselo.

Harper sabía que no se lo había dejado en casa. Bonnie había visto a Naomi responder a una llamada menos de una hora antes de que abandonara el trabajo.

—¿Hay algún testigo?

Se hizo una pausa y, una vez más, Harper le escuchó teclear en el ordenador.

—Negativo —dijo un segundo más tarde—. No se ha presentado ante la policía ningún testigo. El cuerpo fue hallado por dos ciudadanos que volvían a casa de una fiesta en el hotel Hyatt.

—¿Podéis facilitarme sus nombres? —preguntó ella.

—Por supuesto. —Su tono era sarcástico ahora—. ¿Y qué prefieres por tu cumpleaños, un perfume o flores?

—Por favor —rogó Harper—. Solo un nombre.

El hombre profirió un sonido de exasperación.

—Ya sabes que no puedo decirte eso, McClain.

Al otro lado de la línea se escuchaba el sonido de otro teléfono sonando.

—¿Eso es todo? —Ahora la voz parecía impaciente—. Resulta que hoy soy un tipo muy popular.

—Supongo que sí...

Antes de que pudiera terminar la frase ya le habían colgado el teléfono.

En fin, por lo menos, y gracias a Bonnie, tenía el nombre del padre. Además, en Internet había encontrado su teléfono. Marcó el número y esperó mientras daba señal. Después de ocho tonos sin respuesta, Harper colgó. Si no podía ponerse en contacto con la familia, tenía que encontrar a alguien más. Bueno, por ahora tenía suficiente información para la web.

De vuelta a su ordenador, escribió con rapidez un artículo corto y poco detallado acerca del tiroteo.

Asesinato en River Street
Por Harper McClain

A primera hora de esta mañana, la ciudad ha sufrido una conmoción al enterarse de la noticia del asesinato que ha tenido lugar en el corazón del distrito turístico de la ciudad.

La víctima ha sido Naomi Scott, una joven de 24 años estudiante de Derecho, que también trabajaba de camarera en el bar La Biblioteca, en College Row. Según la policía, recibió dos disparos sobre las dos de la madrugada del miércoles.

Por ahora se desconoce el móvil del crimen, aunque parece que se descarta la posibilidad de que se tratara de un robo.

Durante la redacción de este artículo, los detectives siguen investigando los detalles del crimen.

El cuerpo fue descubierto minutos después del asesinato por dos ciudadanos de a pie. La policía asegura que por ahora no hay ningún testigo.

Las llamadas realizadas a la oficina de la alcaldesa Melinda Cantrelle para obtener algún comentario al respecto todavía no han sido respondidas.

Acababa de enviarle la historia a Baxter cuando sonó el teléfono.

—McClain —respondió Harper mientras tiraba a la papelera la taza vacía de café para llevar.

—Vamos a ver, Harper, tenemos previsto emitir un comunicado a las diez y media. Así que ni se te ocurra escribir eso de que estoy evitando hacer comentarios, o que estoy tratando de escurrir el bulto con este caso.

La alcaldesa Melinda Cantrelle tenía una voz característica: profunda y grave, como hecha para la televisión. De hecho, hacía veinte años, había empezado su carrera como presentadora del noticiero matinal en un canal local. Aquella experiencia la dotó de ese aire de calma profesional, que mantenía la mayor parte del tiempo, y de una de esas sonrisas tan típicas de la tele. Sin embargo, hoy hablaba con rapidez, pronunciando cada palabra abrupta y entrecortadamente.

Harper le envió un mensaje rápido a Baxter, *No publiques el artículo. Alcaldesa al teléfono*, y después se reclinó en su asiento, con la libreta de notas apoyada en la rodilla.

—Por supuesto que no, alcaldesa —dijo con dulzura—. Pero nuestro primer artículo al respecto se publicará en la web en cualquier momento y no puedo dejar que nuestros lectores piensen que no he tratado de ponerme en contacto con usted.

—Venga ya, Harper… —Por el tono de su voz, la alcaldesa no parecía muy contenta.

—¿Puede facilitarme algún detalle? —Harper intentó persuadirla—. ¿Qué supondrá este asesinato para el turismo? ¿Enviará ahora a más policías a cubrir el centro de la ciudad? Lo que sea con tal de que pueda eliminar de mi artículo ese «sin comentarios».

Tuvo lugar una larga pausa durante la cual Harper sospechó que la alcaldesa tenía dificultades para controlar su genio. Llevaba en el puesto tan solo un año y a Harper casi le caía bien. Tenía un trato cercano que, por lo menos, daba sensación de honestidad. A sus cuarenta y cinco años, ella era más joven que el clásico hombre de pelo gris que normalmente ocupaba el puesto, y, a su vez, lo suficientemente novata como para molestarse en responder el teléfono en momentos así.

—La policía me ha informado de que ya tienen un sospechoso —le dijo la alcaldesa con tacto—. Creemos que puede tratarse de un incidente familiar. No sería en absoluto apropiado que hiciera más comentarios mientras la investigación está en curso, pero tenemos la firme intención de llegar al fondo de esto, cuenta con ello. Mi objetivo principal es que tanto visitantes como residentes gocen de plena seguridad.

Harper escribía todo lo que decía haciendo derrapar el bolígrafo a lo largo del cuaderno de notas.

—¿Un incidente familiar? ¿Puede ser más específica? —preguntó Harper sin levantar la vista de la página—. No estará insinuando que su padre ha tenido algo que ver, ¿no?

—Lo que le voy a decir a continuación es extraoficial. —La alcaldesa bajó el tono de voz—. Según me han dicho los detectives, ahora mismo están buscando al novio, creen que se trata de un asunto personal.

Oyó la voz de alguien de fondo y de pronto los sonidos se escucharon amortiguados. Cuando Cantrelle se volvió a dirigir a ella, parecía tener prisa.

—Mira, me temo que te tengo que dejar. Emitiremos un comunicado completo en una hora. Cathy te lo enviará por correo electrónico. Llámala si necesitas algo más.

En cuanto colgó el teléfono, Harper releyó sus notas. Tal y como había supuesto cuando Daltrey las interrogó anoche, sospechaban del novio. Pasó las páginas de la libreta hasta que encontró su nombre: Wilson Shepherd. No era ninguna sorpresa. La gran mayoría de las mujeres que eran asesinadas siempre morían a manos de alguien cercano a ellas: un marido, un novio, un amigo. No más de una de cada diez era asesinada por un desconocido.

Harper había pensado muchas veces en cómo las mujeres se equivocan al elegir a quién temer. Mujeres que sienten miedo del adolescente encapuchado con el que se topan en la gasolinera o del desconocido con el que se cruzan por la calle a altas horas de la noche. En realidad, deberían temer a sus maridos. Cuando te paras a pensarlo, si eres mujer, que te mate alguien a quien quieres es el asesinato más común de todos.

Mal asunto. El periódico apenas cubría noticias de violencia doméstica.

—No es noticia —le había dicho Baxter más de una vez—. Nadie quiere leer acerca de ese tema.

No se equivocaba. Un asesino desconocido suponía una amenaza para cualquiera, suponía criminalidad en las calles. Sin embargo, si el exnovio de una mujer la mataba a tiros... Bueno, debería haber sido más cuidadosa a la hora de elegir pareja. Si Naomi Scott había sido asesinada por Wilson Shepherd, la historia terminaría en la página seis en cuestión de un par de días. Harper trató de recordar si había conocido al novio de Naomi. Su mente evocó la imagen de un tipo serio y con la cara redonda, vestido con elegancia y sentado en silencio a un extremo de la barra. A parte de eso, no sabía nada de él. Antes de irse a dormir la noche anterior, le había preguntado a Bonnie qué sabía acerca de él. Todo lo que le dijo fue que se habían conocido en la universidad. Estaba tan hecha polvo que no había querido presionarla más. A esas horas todavía estaría dormida, pero más tarde intentaría averiguar si recordaba algo más.

Por el momento, se limitó a buscar su nombre en la base de datos del periódico. Ningún resultado. Se quedó mirando la pantalla vacía mientras tamborileaba con los dedos sobre la mesa. Ya no tenía nada más que hacer en la oficina. Era hora de salir de caza.

Después de redactar una rápida actualización con el comunicado de la alcaldesa, y de enviarlo directamente a la editora, cogió su detector y se levantó. D. J. la miró con curiosidad.

—Me marcho —dijo metiendo una libreta nueva en el bolsillo—. Si Baxter pregunta por mí, dile que he salido a atrapar a un asesino.

CAPÍTULO CUATRO

Cuando salió del periódico, el sol era abrasador. La humedad que reinaba en el ambiente era tan densa que en el aire se había formado una neblina blanca que hacía que la cúpula dorada del ayuntamiento centelleara como electrificada en la distancia. Agosto siempre era brutal, pero aquel año parecía mucho peor de lo habitual. La temperatura no había bajado de los treinta y ocho grados ningún día de las dos últimas semanas. El calor estaba resultando implacable.

Harper se retiró la melena de color cobrizo hacia atrás y se la retorció hasta hacer un nudo con ella a la altura de la base del cuello mientras echaba un vistazo al tráfico que ya formaba caravana en Bay Street. Había pensado acercarse en coche hasta La Biblioteca para ver si podía averiguar algo más acerca de Naomi y Wilson Shepherd, pero ahora mismo tardaría una media hora en llegar a cualquier parte en coche.

Cambió de idea y se dirigió a pie a la escena del crimen. Ya había comenzado a sudar cuando se dispuso a atravesar la calle haciendo zigzag entre los coches que continuaban parados debido al atasco. El aire estaba impregnado del olor acre de los gases que expulsaban los tubos de escape y del que brotaba del asfalto recalentado. Al margen de las preocupaciones de la alcaldesa, estaba claro que la noticia del asesinato todavía no se había difundido entre los visitantes de la ciudad. Los turistas paseaban por la zona con sus guías de viaje en la mano formando un alegre y colorido conglomerado de camisetas de manga corta, bermudas plagadas de bolsillos y gorras.

Mientras se dirigía calle abajo por una pendiente empedrada hacia River Street, Harper se dio cuenta de repente de la temeridad del asesino. Había gente por todas partes. Caminando, dando un paseo, conduciendo. Un coche de la policía de Savannah estaba atrapado en el atasco a tan solo seis metros de distancia. Incluso a las dos de la madrugada, era raro ver esa zona desierta. El hotel Hyatt estaba ubicado muy cerca de allí, a orillas del río. Otros hoteles, restaurantes y edificios de apartamentos la rodeaban por todos lados. Había gente por las inmediaciones todo el tiempo. La mayoría de los asesinatos tienen lugar en las sombras. Son actos vergonzosos que se ocultan de las miradas curiosas. Aquel no había sido un asesinato normal y corriente. Aquella ubicación le daba un aire de ejecución pública.

Ya a la altura del río, una suave brisa le refrescó la piel. Los gases de tubo de escape se disiparon y fueron sustituidos por el olor del agua turbia y el aroma empalagoso del azúcar caramelizado de las bombonerías. La zona de la orilla del río ya estaba bastante concurrida a aquella hora. Los niños corrían por la plaza ubicada en la ribera, ajenos a lo que había ocurrido allí hacía apenas unas horas. En la distancia, un barco fluvial de ruedas pintado de rojo y blanco estaba atracado a la espera de pasajeros. Un músico callejero tocaba una versión de *Summertime* al banyo mientras se protegía la cabeza del sol con un sombrero de copa desgastado.

Eso era por lo que la alcaldesa sentía pánico, la razón por la que Harper y Baxter habían ido a trabajar aquel día siete horas antes de lo habitual. La muerte de Naomi Scott amenazaba con poner fin a todo aquello. Del turismo dependía la vida o muerte de Savannah. Un asesinato en esa calle perjudicaba a muchos intereses.

Acelerando el paso, Harper siguió caminando calle abajo en busca del lugar exacto. Le costó hacer coincidir la oscura calle de la noche anterior con esa escena de vibrante ajetreo. Necesitó unos pocos minutos para localizar por fin el lugar que estaba buscando.

Al final, la guiaron los jirones de cinta policial blanca que todavía colgaban ondeantes en algunas farolas. Desde allí, la escena del crimen resultó fácil de encontrar. Halló un par de guantes de látex desechados junto al bordillo de la acera, así como otros desperdicios sanitarios, que habían pasado desapercibidos durante la apresurada limpieza llevada a cabo en la oscuridad de la noche. Los adoquines estaban húmedos, señal de que alguien los había regado con una manguera en un intento de eliminar cualquier tipo de evidencia de lo ocurrido, pero la sangre siempre deja un rastro. La zona adoquinada más oscura mostraba claramente el lugar en el que había yacido el cuerpo. Caminó trazando un círculo alrededor de la escena, sin preocuparse de los empujones que le propinaban los turistas a su paso por la zona.

No tenía ningún sentido. ¿Por qué Naomi habría abandonado La Biblioteca en mitad de la noche y se habría acercado hasta allí? ¿Acaso había quedado con su novio, tal y como sospechaba la policía, solo para ser asesinada? Y, de ser así, ¿por qué en aquel lugar?

Era un lugar absurdo para cometer un asesinato.

Media hora más tarde, Harper aparcó su Camaro en un hueco a la sombra situado en una calle estrecha al otro lado del centro. Oculta a simple vista, y no muy lejos de la facultad de Arte y Diseño de Savannah, se encontraba College Row, un callejón tranquilo y lúgubre durante el día, cubierto de restos de latas vacías de cerveza y colillas. Aquella especie de paso largo y estrecho no tenía nada de especial, salvo por los dos bares que albergaba y una pequeña tienda de ropa, famosa por sus camisetas estrafalarias. Las luces de La Biblioteca estaban apagadas cuando llegó a la puerta del local. El luminoso, un libro abierto con una copa de martini sobre él, también estaba apagado.

Cuando trató de abrir la puerta, Harper descubrió que estaba cerrada con llave.

—¿Hola? —dijo mientras llamaba con los nudillos a la puerta—. ¿Hay alguien ahí?

No hubo respuesta. Llamó de nuevo, esta vez alzó más la voz.

—¿Hola?

En esta ocasión, se escuchó movimiento en el interior: alguien cruzaba la habitación arrastrando los pies. Un minuto más tarde, la puerta se abrió con un crujido. Un rostro envejecido y ajado la observaba desde el interior. Harper apenas reconoció a Jim «Fitz» Fitzgerald, el alegre propietario del bar. Normalmente, iba bien arreglado, haciendo gala de su gusto por las chaquetas de *tweed* y las camisas blancas bien almidonadas con los puños dados un par de vueltas. Aquel día, sin embargo, vestía una camisa de franela y pantalones de vestir arrugados, y llevaba el abundante pelo canoso muy alborotado.

—Ahora mismo estamos cerrados —le dijo, y se dispuso a cerrar la puerta.

Harper se movió con rapidez, se situó en el vano de la puerta de forma que habría sido bastante descortés —si no imposible— darle un portazo en las narices.

—Hola, Fitz —dijo—. No sé si te acuerdas de mí, pero soy una amiga de Bonnie. Harper McClain, del periódico.

Por un instante, Fitz no reaccionó, pero entonces le cambió la cara: la había reconocido.

—Eres la reportera de sucesos —dijo—. A la que dispararon.

A pesar de la distancia a la que estaban, a Harper le llegó el fuerte olor a vodka de su aliento.

—Esa misma —dijo—. Mira, siento tener que molestarte en un momento como este, pero necesito hacerte un par de preguntas acerca de Naomi Scott.

—Dios, no sé. —La observó con aire amodorrado—. ¿Lo publicarás?

—Necesito que alguien que la conozca me hable del tipo de persona que era —dijo, evitando responder a su pregunta—. Solo coincidí con ella un par de veces, pero sé que era una persona inteligente y amable. Me gustaría que alguien me contase cómo era de verdad, para que quien nunca tuvo el placer de conocerla lo entienda.

La analizó con ojos enrojecidos.

—No sé si su familia estará de acuerdo con que hable de ella.

—Me harías un favor enorme —le dijo. Al menos esa parte era verdad—. Su familia sabe de sobra lo maravillosa que era su hija, pero creo que ahora mismo no van a tener muchas ganas de hablar conmigo.

Él dudó, apoyado con fuerza en la puerta, con una mano todavía preparada para cerrar de un portazo.

—Tu ayuda me vendría de perlas. —Harper le sostuvo la mirada sin pestañear.

Al final, Fitz retrocedió.

—Supongo que será mejor que pases. Se está escapando todo el aire acondicionado.

Harper le siguió y cerró la puerta tras de sí. En el interior, la luz era tenue y el ambiente, fresco. Olía ligeramente a desinfectante y cerveza. Fitz se dirigió a la barra arrastrando los pies y se sentó en un taburete frente a un vaso alto lleno de hielo y un líquido transparente. Harper se acomodó en el taburete de al lado.

—Todavía no me lo creo. —Se giró hacia ella, con el rostro angustiado bajo la maraña de pelo—. Estuvo aquí mismo anoche. —Señaló hacia el otro lado de la barra, al espacio que se abría delante de las botellas—. Estaba bien. Ahora, dicen que está muerta.

Los cubitos de hielo entrechocaron en el vaso cuando lo levantó y dio un largo trago con mano temblorosa. Eran las diez y media de la mañana; si ya estaba borracho a aquella hora, Harper no podía imaginarse cómo estaría dentro de un rato. Necesitaba que Fitz hablara rápido, antes de que se desmayara.

—¿Qué me puedes decir de Naomi? —le preguntó—. ¿Cómo era realmente?

—Oh, todo el que la conociera te dirá que era una chica estupenda. —Se quedó con la mirada perdida en el interior del vaso—. Y era verdad. Trabajadora. Inteligente como la que más. Siempre sonriente. Te juro que había gente que solo venía para verla sonreír. Además, era muy ambiciosa. Y yo que pensaba que llegaría a ser presidenta algún día. —Miró a Harper con impotencia—. ¿Quién querría hacerle daño? ¿Puedes decirme eso por lo menos?

Parecía estar realmente afectado por el fallecimiento de Naomi.

En cierto modo, aquello encajaba con lo poco que Harper sabía de Fitz. No habían coincidido mucho —él no se quedaba hasta última hora, y ella no tenía costumbre de llegar al bar antes de la una de la madrugada—, pero Bonnie siempre ha hablado maravillas de él.

—Fitz es como si fuera nuestro padre —le había contado a Harper en una ocasión—. Se preocupa por mí más que mi verdadero padre.

Aun así, Naomi solo llevaba trabajando en el bar unos meses. Harper estaba un poco sorprendida ante la intensidad de su reacción.

—¿Tenías una relación muy estrecha con Naomi? —le preguntó—. ¿Conocías bien a su familia?

—Coincidí con su padre alguna vez, cuando la venía a buscar. —Echó mano de su vaso—. No es que lo conozca especialmente bien, pero es un buen hombre. —Dio un trago largo haciendo entrechocar el hielo de nuevo antes de añadir taciturno—: Esto le matará.

—La policía está en ello —le dijo Harper—. Quieren atrapar a ese tío.

—Más les vale.

Extendió el brazo hasta el otro lado de la barra y agarró una botella; se sirvió una copa desmesurada.

—¿Me puedes contar algo más de ella? —le preguntó.

Hizo un movimiento con el vaso.

—Su madre falleció hace unos años. Su padre es taxista. —Cada vez le costaba más pronunciar las palabras—. Era hija única; su padre y ella mantenían una relación muy estrecha.

Dio un golpetazo con la mano en la barra.

—Mierda. Esto no tiene ningún sentido. Sigo pensando que en cualquier momento va a venir alguien y me va a decir que todo ha sido un error. Por un instante, a eso pensé que venías cuando te vi en la puerta.

—¿Y qué hay del novio? —le preguntó Harper—. Se llama Wilson Shepherd, ¿no?

—¿Wilson? —Su mirada se aclaró—. ¿Qué pasa con él?

—¿Cuánto llevaban juntos?

—Puede que un año. —Se pasó la mano por el rostro y se rascó la mandíbula sin afeitar—. Pobre Wilson.

—La policía cree que ha sido él —le dijo, atenta a su reacción.

—¿Cómo? —Alzó la cabeza de golpe y abrió los ojos de par en par, exagerando a causa de la borrachera—. No puedes estar hablando en serio.

—Están buscándolo ahora mismo.

—Pues entonces es que están como cabras —dijo con enfado—. Ni de broma. Se querían con locura. Nunca le haría daño a Naomi.

Sin embargo, el primer indicio de incertidumbre se había colado en el tono de su voz. Ambos eran conscientes de que aquellos que se quieren con locura se hacen daño todo el tiempo.

—¿Solían pelearse? —preguntó Harper—. ¿Se habían distanciado alguna vez por algo?

—Dios, no sé. —Levantó las manos—. Ella no hablaba de esas cosas conmigo, pero sí que parecían felices juntos. Salvo… —Hizo una pausa, pensativo.

—¿Salvo qué? —Harper le presionó.

Él ni se inmutó. Agarró el vaso con fuerza y lo hizo tintinear, perdido en sus pensamientos.

—Puede que no sea nada, pero no dejo de darle vueltas, intentando pensar en algo, lo que sea, que debería haberme llamado la atención —dijo, sin quitarle ojo de encima—. Lo único que se me ocurre es algo que pasó hace un par de semanas. Me resultó extraño. En aquel momento no parecía nada importante, pero ahora...

—¿Qué ocurrió? —preguntó Harper.

—Teníamos una noche muy ajetreada. Era sábado. Naomi ayudaba a Bonnie en la barra. Todo iba bien y después, sin venir a cuento, se me acercó y me dijo que tenía que marcharse de inmediato. No me había dado cuenta hasta ahora, pero parecía estar muy disgustada.

Harper enarcó una ceja.

—¿Te dijo qué había ocurrido?

—Más o menos. El local estaba abarrotado y era medianoche. Es decir, ¿a dónde demonios tenía que ir a medianoche? Le pregunté si podía quedarse por lo menos media hora más, pero entonces me suplicó, literalmente. «Deja que me vaya, Fitz. Tengo que irme». Al final, me di por vencido. No soportaba verla tan disgustada. Le temblaba todo el cuerpo, como si tuviera miedo o algo así. Salió por la puerta como alma que lleva el diablo. Ni siquiera se detuvo a quitarse el delantal.

—¿Llegaste a averiguar por qué estaba tan asustada? —le preguntó.

Las arrugas que surcaban su ajado rostro se hicieron más profundas.

—Libró los siguientes tres días. Para cuando volvió al trabajo, ya había otras cosas que me rondaban por la cabeza. —La miró—. Ya sabes. Pierdes la noción de las cosas.

—Entonces, ¿después de aquello estuvo bien?

Hizo un gesto vago.

—Parecía que sí. Puede que estuviera un poco más distraída de lo normal, pero supuse que tenía que ver con las clases, que la tenían absorbida.

Harper reflexionó un momento.

—¿Estás queriendo decir que crees que le tenía miedo a Wilson?

Él la fulminó con la mirada.

—Lo que estoy diciendo es que no sé qué habría ocurrido, pero que estaba asustada. —Echó mano de su vaso, otra vez—. Dios. ¿Por qué la estoy pagando contigo? Todo es culpa mía. Si se me hubiera ocurrido preguntarle qué estaba sucediendo, o de qué tenía miedo aquella noche, o qué tal le iban las cosas… Si hubiera prestado un poco más de atención…

—Quizá siguiera viva.

CAPÍTULO CINCO

Después de hablar con Fitz, Harper regresó a la redacción para actualizar su artículo y ponerse con las llamadas. La historia avanzaba con rapidez. A mediodía, la policía identificó oficialmente a Wilson Shepherd como sospechoso a la fuga. Durante una conferencia de prensa convocada a prisa y corriendo, el jefe de policía lo describió como «armado y peligroso». En un mensaje expresamente dirigido a las cámaras de televisión, el jefe pidió a Wilson que se entregara.

—Hazlo por tu familia —dijo el jefe, serio—. No es necesario que nadie más salga mal parado.

Con los canales de televisión dando la noticia a bombo y platillo, llegaron varios informes falsos de avistamiento del sospechoso por toda la ciudad; pero a las ocho de la tarde, cuando las cosas parecían haberse calmado un poco, su paradero seguía siendo un misterio.

Todavía quedaban cuatro horas para el cierre de edición del periódico, pero Harper ya había hecho todo lo que podía hasta el momento. Había trabajado once horas seguidas, apenas había dormido, y el agotamiento más absoluto estaba pasándole factura. Se estiró intentando deshacer las contracturas de su espalda y echó un vistazo a su alrededor, soñolienta. La sala de redacción se había ido vaciando sin que se diera cuenta. A través de los ventanales, los

51

últimos rayos de sol se iban tiñendo de rosa y dorado cuando echó un ojo, arqueando una ceja, a su reloj de pulsera. Había estado tan liada que no había tenido tiempo siquiera de llamar a Bonnie para ver cómo estaba. Cogió el teléfono; Bonnie contestó al primer tono.

—¡Harper! Te escabulliste mientras dormía, como un lío de una noche.

—Hola. —Harper se esforzó por contener un bostezo—. Necesitabas dormir.

—Si me hubieras despertado, te habría dado las gracias por cuidar de mí —dijo Bonnie—. Siento haber perdido el control de esa manera mientras hacías tu trabajo.

—No hay problema. Fue todo un *shock* verla allí.

—Todavía no me lo creo. —El tono de Bonnie era serio.

Harper detestaba ser portadora de más malas noticias, pero tenía que saberlo.

—¿Has estado siguiendo el caso? ¿Estás al tanto de lo que está ocurriendo?

—Me he enterado de lo de Wilson, si es a eso a lo que te refieres. —Bonnie dio un profundo suspiro—. No tiene sentido, Harper, es un tío supermajo.

Harper hizo un gesto despreciativo.

—Los tíos supermajos también matan a la gente.

La forma en que lo dijo sonó más áspera de lo que pretendía.

—Lo siento —continuó, presa de un súbito arrepentimiento—. Ha sido un día muy largo.

—Me lo imagino —dijo Bonnie—. Mira, Fitz va a cerrar el bar durante un par de días, así que aquí estoy para lo que necesites.

—Hoy he hablado con él —le contó Harper—. Estaba muy borracho.

—Ya… —suspiró Bonnie—. Eso me pareció cuando me llamó. No le culpo. A mí tampoco me importaría estar borracha ahora mismo. Me encantaría comprender qué demonios hacía Naomi en River Street. Cuando se marchó del bar, dijo que se iba a casa. Llevo todo el día dándole vueltas. La forma en que se marchó, como si tuviera muchísima prisa, como si fuese a llegar tarde a algún sitio. ¿A qué estaría llegando tarde en mitad de la noche?

Eso sonaba muy parecido a la historia que le había contado Fitz acerca de aquella otra noche en la que Naomi también se había marchado a toda prisa.

Harper se irguió.

—¿Te dijo algo cuando se marchó? ¿Iba a quedar con Wilson Shepherd?

—Todo lo que dijo fue que tenía que marcharse de inmediato, que le había surgido algo. Insistía mucho en la urgencia de la situación. —Hizo una pausa—. Lo único es que, ahora que lo pienso, me pareció que…, no sé. Como que algo no encajaba.

—¿A qué te refieres? —Harper tomó un bolígrafo.

—Estoy haciendo memoria y ahora sé lo que pasó a continuación —señaló Bonnie—. Parecía asustada, como aparentando que todo iba bien cuando en realidad estaba bastante alterada. Como si le tuviera miedo a algo.

Aquellas palabras le recordaban a la historia de Fitz, punto por punto.

—Lo cierto es que Fitz me ha contado algo parecido hoy. La misma historia. Naomi largándose en mitad de una noche con el bar a tope, sin avisar, asustada. Me dijo que había ocurrido hace unas semanas. ¿Lo recuerdas?

—No —Bonnie sonaba sorprendida—. Debió de ser en una de mis noches libres. Ni me lo mencionó.

—Me dijo que después de aquella noche casi se le olvidó todo el asunto, pero algo debía de estar ocurriendo en la vida de Naomi. Alguien la tenía aterrorizada hasta tal punto que no compartió su miedo con nadie.

Harper hizo una pausa mientras mantenía el bolígrafo suspendido sobre una hoja de papel en blanco.

—¿Alguna vez te dijo que Wilson le diera miedo? ¿Se peleaban?

—Nunca me comentó nada de eso —dijo Bonnie—. Siempre he pensado que eran felices, pero, tal y como le dije anoche a la detective, últimamente no he visto mucho a Wilson. Pensaba que se estaban dando un tiempo, porque las clases y el trabajo la tenían superocupada.

—Puede que Wilson no quisiera darse un tiempo —puntualizó Harper.

—¿Crees que podía estar tan enloquecido ante la posibilidad de una ruptura como para matar a la chica que amaba? —Bonnie se mostraba bastante escéptica.

—Tampoco sería la primera vez.

—Es que no me lo creo —añadió Bonnie—. No es ese tipo de tío.

—Todos lo pueden ser.

—Madre mía, Harper. Mira que eres desconfiada —la reprendió Bonnie—. Esa es la razón por la que no tienes novio.

—No, es la razón por la que sigo con vida —respondió Harper sin perder comba.

Mientras hablaba, escribió una única palabra en su libreta y la subrayó: *Móvil*.

—La cuestión es la siguiente: si Wilson es inocente, ¿quién lo hizo? —preguntó—. Porque es imposible que estuviera metida en líos de drogas o bandas, ¿no?

Bonnie soltó una carcajada ronca.

—Ni de broma, Harper, qué va. Naomi era una niña buena. Apenas conseguía liarla muy de vez en cuando para que se tomara una cerveza.

Tras dejar el bolígrafo, Harper se pasó la mano por la frente. Nada tenía sentido. Las niñas buenas no van a River Street a las dos de mañana para que les peguen dos tiros. Lo que cada vez estaba más claro era que Naomi tenía secretos: sabía guardarlos muy bien y, por algún motivo, la habían matado por ellos.

—Mira —dijo Harper—, si se te ocurre alguna cosa más, me llamas.

—Lo haré —le prometió Bonnie, y añadió por los pelos—: Dios mío, casi me olvido de decírtelo. He ido a ver al padre de Naomi. Quiere hablar contigo.

A Harper casi se le cae el teléfono de las manos.

—¿Que has visto a su padre? Llevo todo el día intentando contactar con él por teléfono. Todos los periodistas de la ciudad quieren hablar con él.

—Ya, bueno, es que fui a su casa a darle mis condolencias. No había manera de que me cogiera el teléfono —dijo Bonnie—. Su dirección estaba entre los papeles del bar; a Naomi todavía le enviaban las nóminas a casa de su padre. Me dijo que había apagado el teléfono porque no dejaba de sonar.

Harper no sabía si reír o llorar. Había intentado sin éxito hablar con Jerrod Scott durante todo el día, cinco veces por lo menos, y Bonnie solo había tenido que ir hasta su casa.

—¿Qué te ha dicho? ¿Que quiere hablar conmigo? —No podía contener el entusiasmo que denotaba su voz.

—Sí. Está muy disgustado con todo el tema de Wilson —dijo Bonnie—. Dice que es imposible que esté implicado, pero que la policía no le hace ni caso. Le he dicho que debería hablar contigo y le he dado tu número, espero que no te importe.

Harper le habría estampado un beso en la cara. Le acababa de servir la entrevista del momento en una bandeja de plata.

Cuando colgó el teléfono, Harper se puso de pie. Hacía ya doce horas que no comía nada más sustancioso que una barrita energética y notaba el estómago vacío. Después de meter el detector y el teléfono en el bolso, cruzó la sala de redacción vacía. Baxter seguía en su mesa, tecleando con furia y con el ceño fruncido a causa de la concentración. Dells, por fin, se había ido a casa hacía un par de horas.

—Voy a por algo de comer —anunció Harper—. Parece que todo está más tranquilo ahora.

—Por una vez en la vida, ¿podrías no apagar el teléfono? —El tono de Baxter era de irritación—. Te juro que me encargaré yo misma de despedirte si no puedo localizarte.

—Siempre tienes palabras bonitas para mí —dijo Harper mientras se dirigía hacia la puerta.

No tenía ningún sentido ponerse a discutir. Ambas sabían que Harper mantendría todos los dispositivos encendidos esa noche. El guarda la miró sin interés mientras presionaba el botón que abría las puertas dobles de cristal de acceso al edificio y se adentraba en la noche. Fuera, el húmedo aire del atardecer la golpeó como un puñetazo mullido y cálido. Incluso a aquella hora no hacía ni una pizca de fresco. La noche casi no había mitigado el calor. Por fin las calles estaban tranquilas. El aire transportaba el lejano sonido de la música procedente de alguno de los bares de River Street, que a aquella hora estaban llenos de gente cuyas noches se centraban en asuntos que nada tenían que ver con asesinos.

Harper había aparcado su viejo Camaro rojo enfrente del edificio del periódico; cuando lo arrancó, el motor emitió un agradable ronroneo. El coche tenía casi doscientos mil kilómetros a sus espaldas, pero Harper lo mantenía en perfectas condiciones. Amaba un puñado de cosas en este mundo, y una de ellas era su coche. Mientras conducía mantuvo la ventanilla bajada con la esperanza de que el aire fresco la reanimara. El detector, que había colocado en una sujeción en el salpicadero, no paraba de lanzar zumbidos y crujidos como resultado del fluir constante de información. Su mente procesaba lo que escuchaba más allá del ruido, atenta a cualquier detalle acerca del paradero de Wilson Shepherd. Después de tantos años escuchándolo sin parar, era capaz de interpretar los códigos que utilizaba la policía de manera automática.

—Unidad 498 —dijo una voz.

Un segundo después respondió la centralita.

—Adelante, Unidad 498.

—Aquí Unidad 498, tenemos un Código 5 en Veterans.

«Código 5 = accidente de coche», tradujo Harper para sí misma.

—Todos parecen bastante hechos polvo —dijo el policía con una lenta y profunda dicción sureña—. Mejor envíen un Código 10 para comprobar que todos están bien.

Un Código 10 era una ambulancia; Harper aguzó el oído durante un minuto, pero la voz no volvió a escucharse pidiendo refuerzos. Estaba hambrienta y cansada, y no estaba por la labor de acercarse hasta allí para ver un montón de chatarra y gente histérica. Necesitaba algo más que aquello.

—Muerte y destrucción —murmuró para sí misma mientras maniobraba para entrar en un hueco del aparcamiento del restaurante veinticuatro horas Eddie's—. No muevo un dedo por nada menos importante.

Cuando atravesó la puerta, una campanilla anunció con alegría su presencia, pero el tintineo quedó ahogado por la música de los Everly Brothers, que sonaba a todo volumen. Eddie's era un restaurante retro amueblado con mesas cromadas de banco corrido y vinilo, y camareras con el pelo recogido en simpáticas coletas y ataviadas con blusas de cuello alto y vaqueros ajustados. Harper le hizo una seña a una de ellas, que se acercó dando saltitos, con su melena oscura y ondeante.

—¿Mesa para uno?

Sus ojos brillantes echaron un vistazo al rostro de Harper y chispearon compasión. De repente, Harper se dio cuenta de que debía de tener un aspecto horrible. No se había preocupado de peinarse desde que había salido de casa aquella mañana. La camarera era joven; su carmín escarlata lucía irritantemente perfecto, cómo no. Aquella chica todavía no tenía ni idea de lo duro que podía ser un día.

—Quiero comida para llevar —le dijo Harper—. Un sándwich de pavo sin mayonesa y patatas fritas. ¡Ah! Y el café más grande que tengáis, todo lo cargado que pueda ser.

—Eso está hecho. —Sacó un bolígrafo de detrás de la oreja y garabateó el pedido en un pedazo de papel.

—Tome asiento —dijo canturreando—. La comida estará lista en un pispás.

Cuando desapareció en el interior de la cocina, Harper se sentó en un banco acolchado junto a la puerta. El restaurante estaba casi vacío; la música sonaba a semejante volumen para nadie. El banco no era especialmente cómodo, pero, a esas alturas, podría haber dormido en mitad de la autopista en hora punta. Se recostó contra la pared y de vez en cuando se le cerraban los ojos. Incluso le daba la impresión de que sus manos eran más pesadas. Como notaba que estaba a punto de quedarse dormida, se irguió en su asiento. Ocupada, tenía que mantenerse ocupada. Sacó el detector del bolso, conectó los auriculares y subió el volumen lo suficiente como para escuchar lo que se decía por encima de la música. La cháchara habitual llenó su cabeza y se obligó a prestarle atención. Estaba ya medio dormida cuando una voz de mujer dijo:

—Unidad 364.

—Adelante, Unidad 364 —respondió la voz nítida de la operadora.

—Alerta 25 en el bloque 34000 de Abercorn Street. Hemos localizado una camioneta Ford blanca, atentos a la matrícula.

«Alerta 25», pensó Harper, distante, mientras se le cerraban los ojos. «Control de tráfico».

Otras voces iban y venían. Entonces, sin previo aviso, la voz de la mujer se escuchó de nuevo, sin aliento y más aguda, las palabras le salían a borbotones.

—Necesitamos refuerzos en Abercorn Street. Rápido. Tenemos al sospechoso del tiroteo de River Street en una camioneta Ford. Está armado.

CAPÍTULO SEIS

Harper se puso en pie de un brinco.

—Recibido, Unidad 364 —respondió la operadora, utilizando el mismo tono neutro que había empleado antes para confirmar la parada de un coche patrulla para repostar que había solicitado otro agente.

La camarera se acercó a ella con una bolsa en la mano y una sonrisa perfecta y armoniosa dibujada en los labios.

Desde la centralita expidieron el aviso:

—A todas las unidades disponibles: diríjanse al edificio 34000 de Abercorn para respaldar a la Unidad 364 en la detención de un fugitivo. Atención: se busca al sospechoso por homicidio. Está armado y es peligroso. A todas las unidades, Código 30.

«Código 30: luces azules y sirenas».

La operadora tenía temple, solo quien escuchara la radio de la policía todos los días de su vida podría detectar la tensión en su voz. Harper sacó las llaves del bolsillo mientras se dirigía hacia la puerta.

La camarera se interpuso lentamente en su camino, impidiéndole el paso.

—Lo siento, pero me tengo que marchar —dijo Harper tratando de abrirse camino.

—El pedido ya está listo. —Su sonrisa se había esfumado, y ahora presionaba su espalda contra el tirador de la puerta de manera que a Harper le resultara imposible alcanzarlo—. Tiene que pagar o llamaré a la policía. En Eddie's tenemos normas.

Harper la había subestimado. Aquella mujer no era solo alegría y sonrisas. No tenía tiempo para discutir, así que metió la mano en el bolsillo frenéticamente y sacó un puñado desordenado de billetes. Los puso en las manos perfectamente arregladas de la mujer sin tan siquiera detenerse a contarlos.

—Si no es suficiente, llame al *Daily News* y pregunte por Harper —le dijo—, pero no en la próxima hora. Tengo que marcharme.

—¿Qué quiere que haga con la comida? —La camarera todavía sostenía la bolsa en la mano.

—Quédesela —dijo Harper.

Sin embargo, en el último momento se lo pensó mejor y agarró la taza de café.

—Me llevaré el café.

La camarera se hizo a un lado. Harper salió corriendo, se metió en el coche a toda prisa y echó mano del teléfono móvil. Miles respondió al primer tono.

—Estoy de camino a Abercorn —dijo. Harper alcanzó a escuchar su detector de fondo—. ¿Tú?

—Salgo ahora. —Arrancó el coche—. Llamaré a Baxter. Te veo allí.

Mientras la función de marcación rápida llamaba a la línea directa de Baxter, Harper daba marcha atrás para incorporarse a la carretera.

—Emma Baxter —respondió la editora.

Harper detestaba admitirlo, pero había algo reconfortante en la forma en que Baxter siempre estaba disponible cuando las cosas se ponían feas.

—Unos agentes de tráfico acaban de darle el alto a Wilson Shepherd en Abercorn. —Harper alzó la voz para hacerse oír por encima de las voces del detector y del ruido del motor—. Al parecer está oponiendo resistencia. Miles y yo estamos de camino.

—Avisaré a la mesa de redacción —le indicó Baxter—. Reservaremos la portada. No hagas ninguna estupidez, McClain.

—¿Yo? Nunca —dijo Harper, y colgó el teléfono.

Dejó el teléfono móvil en el asiento y se incorporó a la autopista tan rápido que los neumáticos rechinaron. Ya no estaba cansada, la adrenalina corría por su organismo mucho más rápido de lo que la cafeína jamás podría. Una historia como aquella era tan buena como ocho horas de sueño, incluso mejor. No había droga en el mundo que igualara esa sensación. Todos los polis de la ciudad se dirigían al mismo lugar que ella. Así que no había ninguno disponible para darle el alto. El límite de velocidad era de setenta, pero alcanzó los ciento sesenta y los mantuvo hasta que distinguió delante de ella unas luces azules de emergencia. Entonces se pegó al coche patrulla.

Abercorn trazaba una curva que cruzaba los límites de la ciudad antes de abrirse paso a las llanas extensiones de vegetación que daban a la costa. A la velocidad que iba, solo pasaron unos minutos antes de que las concurridas calles de la ciudad, tras las ventanillas del Camaro, se fundieran con la exuberante vegetación de los barrios residenciales, desfigurados por centros comerciales y grandes superficies.

El cordón policial fue fácil de localizar: una docena de coches patrulla bloqueaban la calle con las luces puestas. Harper estacionó el coche y salió a la carrera, sorteando los vehículos aparcados de cualquier modo. Miles estaba colocado detrás de un coche de policía vacío.

—¿Lo han pillado? —preguntó Harper sin aliento.

—Sí. —Miles miraba con los ojos entrecerrados a través del visor—. Aunque él todavía no lo sabe.

Con su Canon apoyada sobre el techo del coche, se concentraba en una multitud agolpada en torno a una camioneta detenida

61

en la distancia. El coche patrulla que antes le había dado el alto estaba aparcado detrás de ella con las luces azules de emergencia encendidas. Las puertas de ambos vehículos estaban abiertas de par en par. Iluminado por las parpadeantes luces azules, Wilson Shepherd se enfrentaba a un semicírculo de policías. Sudaba a mares y era presa del pánico. Una pistola plateada semiautomática lanzaba destellos mientras apuntaba a los policías, que a su vez le apuntaban con sus armas. Todo el mundo gritaba.

—¡Baja el arma! ¡Suelta la pistola! ¡Tírala! ¡Tírala inmediatamente!

Wilson hizo caso omiso de las órdenes.

—¡Yo no lo hice! —les gritó a su vez—. ¡Yo no maté a Naomi! ¿Me oís? ¿Alguien me escucha?

—¡Tira la maldita pistola! ¡Nadie va a prestarte atención hasta que no tires el arma!

Miles inclinó la cámara ligeramente hacia delante para ver las imágenes en la pantallita y frunció el ceño.

—Tengo que acercarme más.

Miró a su alrededor con el rostro en tensión. Ambos sabían que en aquellos momentos el tiempo era fundamental.

—Allí. —Harper señaló hacia un lugar despejado, a la izquierda de la camioneta. Estaba al abrigo de dos árboles, pero parecía que desde allí tendrían una visión clara de la escena.

Miles asintió con la cabeza y se colgó la cámara del hombro.

—Vamos.

Avanzaron agachados entre los coches patrulla. Ningún agente reparó en ellos, tan concentrados como estaban todos en la escena que tenía lugar ante de ellos. Después de encontrar apoyo en un árbol para evitar movimientos bruscos, Miles levantó la Canon.

—Mucho mejor —suspiró.

Estaban tan cerca que Harper podía ver el pánico y el dolor en los ojos asustados y abiertos como platos de Shepherd mientras balanceaba el arma con temeridad. Resultaba casi imposible reconocer a este Wilson Shepherd en comparación con el que había visto de vez en cuando sentado tranquilamente en La Biblioteca, tomándose una cerveza mientras esperaba a que Naomi terminase el turno. Parecía diez años más viejo. Su ropa estaba sucia y arrugada. Tenía el aspecto de un demente, blandiendo su arma ante la policía mientras una mezcla de lágrimas y sudor le recorría las mejillas y los mocos le colgaban como velones de la nariz.

—No, no, no —seguía gritando con voz ronca—. Yo no he sido. ¿Por qué no queréis escucharme?

Los policías no estaban dispuestos a cumplir con las exigencias del sospechoso y vigilaban el arma. No dejaban de gritar órdenes, llevados por una especie de pánico hiperactivo, casi hipnótico. Harper se preguntó cuánto duraría su paciencia. Tal y como se desarrollaron los acontecimientos, no mucho. Una sombra se movió hacia la izquierda de la rueda delantera de la camioneta: agazapada, despacio, aprovechando la oscuridad. Harper tocó a Miles en el hombro con suavidad y señaló a la sombra con el dedo. El fotógrafo giró la cámara e hizo *zoom*. Miró a Harper y susurró:

—Los SWAT.

Ambos se agazaparon todavía más. Todo ocurrió muy rápido: dos figuras oscuras saltaron sobre la espalda de Shepherd con una precisión de relojería, haciendo que soltara la pistola y que él cayera boca abajo. Harper estaba tan cerca que pudo escuchar el desagradable sonido que emitió el rostro de Wilson al golpearse contra la calzada. Un policía de uniforme apartó el arma del sospechoso de una patada, los otros se le echaron encima. Con cuatro agentes de policía rebosantes de adrenalina sobre él, gritando órdenes y retorciéndole las muñecas a su espalda, Shepherd no tenía nada que hacer. A pesar de eso, y por encima de todo el jaleo, no dejaba de repetir las mismas palabras como un mantra, una y otra vez, sollozándolas casi contra el suelo.

—Yo no lo hice. Yo no lo hice.

Miles se puso en pie de un salto.

—Acerquémonos más.

Sin embargo, apenas habían dado un par de pasos fuera del abrigo de los árboles cuando un policía, enorme y sudoroso, tenso por la emoción de la detención, se acercó a ellos.

—Atrás —les ordenó.

A Harper no le gustó nada su aspecto. Los polis se impacientan siempre que tienen que sacar sus armas, y a la reportera no le hacía ninguna gracia acercarse mucho a ellos en noches como aquella. De hecho, la mano de ese poli en concreto estaba peligrosamente cerca de su cartuchera. Miles y ella retrocedieron instintivamente hacia la luz de los faros de los coches y, para su sorpresa, la conducta del policía cambió radicalmente.

—¡Anda, hola, Miles! —dijo—. No te había reconocido en la oscuridad. ¿Qué tal?

—Genial, Bob —dijo Miles, aunque seguía manteniendo las manos a la vista, por si acaso—. Aquí, intentando sacar la foto de la portada de mañana para el periódico.

—Adelante. —Bob le hizo una seña con la mano—. Trata de no meterte por medio.

—Mantendré las distancias —prometió Miles.

—Asegúrate de que me sacas el perfil bueno —bromeó Bob, moviendo la cabeza de un lado a otro.

Mientras se reía con educación, Miles pasó a su lado con cuidado en dirección al grupo de policías que ahora levantaban en volandas a Shepherd para ponerlo en pie. Cuando Harper se dispuso a seguirle, sin embargo, el buen rollito de Bob se esfumó.

—No he dicho que puedas acercarte. —El tono de su voz se endureció—. Los traidores ven el espectáculo desde la barrera. De hecho... —Señaló más allá de la hilera de coches patrulla aparcados—. ¿Por qué no te pones por allí?

—Venga, hombre —suplicó Harper—. No estorbaré. Anda, dame un respiro.

El rostro de Bob se endureció.

—No tengo nada que ver contigo —dijo en tono agresivo—. Y acabas de invadir la escena de un crimen y de desobedecer la orden de un policía. Es más, enséñame la documentación. Voy a redactar un informe acusándote de alteración del orden público.

—¿Cómo? —Harper no daba crédito. Los polis se pasaban el día acosándola últimamente, pero la cosa nunca había llegado tan lejos.

Harper le plantó cara.

—No puedes hacer eso. Tengo pase de prensa y el derecho a estar aquí. Esto es una vía pública.

Él se puso colorado. Echó mano al costado, donde colgaban las esposas de su cinturón.

—Se acabó. Date la vuelta.

Antes de que pudiera darse cuenta de lo que estaba pasando, el agente agarró a Harper del hombro, le dio la vuelta y la empujó con brusquedad contra el coche más cercano a la vez que le ponía las manos a la espalda. Harper intentó quitárselo de encima, pero aquel tipo era el doble de grande que ella. No había escapatoria. Ahora tenía la cara pegada contra el cristal.

—Maldita sea —dijo con voz amortiguada—. Suéltame, imbécil.

De repente, se escuchó otra voz por encima de la suya.

—¿Qué está pasando, Bob? ¿Has pillado a otro sospechoso?

La voz sonaba tranquila y firme. Pronunciaba las palabras correctas, pero con una amenaza velada que evidenciaba que no le gustaba mucho Bob. Con el rostro todavía pegado contra el coche, Harper no podía ver nada, pero reconocía aquella voz.

—Bueno, detective. —Bob se puso a la defensiva—. Esta periodista ha intentado invadir la escena del crimen y se ha negado a acatar mis órdenes. La estoy deteniendo por desorden público.

—Estás en tu pleno derecho de hacer eso, Bob —dijo la otra voz—. Es problemática, de acuerdo, pero debes saber que al jefe no le va a gustar. El director del periódico le va a cantar las cuarenta, e incluso podrían denunciar al departamento por detención ilegal.

—No ha acatado una orden directa. —Ahora Bob sonaba menos confiado.

—Lo entiendo, pero, en mi opinión, no vale la pena tomarse tantas molestias —dijo la voz—. Te propongo algo: ¿por qué no la dejas marchar? Yo la vigilo y si causa algún problema, yo mismo la detendré y así te ahorro todo el papeleo. ¿Qué me dices?

Harper giró el cuello para intentar ver qué estaba pasando, pero la engorrosa mano de Bob todavía sujetaba su cabeza contra el coche patrulla.

—Supongo que vale. —Bob se rindió de mala gana—. ¿Quiere que la espose?

—No —dijo el detective. Ahora su tono sonaba gélido—. Creo que puedo encargarme yo.

—Si usted lo dice.

Despacio, Bob aflojó la presión que ejercía en las manos y en la cabeza de Harper. Liberada, se dio la vuelta y miró directamente a los serenos ojos azules del detective Luke Walker.

CAPÍTULO SIETE

—Gracias, Bob —dijo Luke con la mirada todavía puesta en Harper—. Ya puedes volver al trabajo.

Al ver que ya no tenía nada que hacer allí, Bob se alejó despacio, a regañadientes. Todavía atrapada en la mirada de Luke, Harper estaba tan aturdida que no sabía qué decir. Había pasado casi un año desde la última vez que hablaron. Y más de un año desde la última vez que se acostaron.

—Menudo idiota —alcanzó a balbucear Harper por fin.

—Me parece que no me equivoco al afirmar que no creo que nadie haya tildado a Bob Kowalski de ser un tipo listo —convino Luke.

Estaba guapo hasta aburrir. Llevaba el pelo rubio oscuro al rape y la cincelada mandíbula perfectamente afeitada. Solo desentonaba su traje. Ella apenas le había visto con otra cosa que no fueran vaqueros. Él acababa de verla cerca de ser arrestada; ella todo lo que podía pensar en hacer era enfadarse.

—Bueno, esto ya ha ido demasiado lejos —dijo Harper—. No tenía ningún derecho a hacer eso. Pienso presentar una denuncia esta vez. Esto tiene que parar.

Luke no respondió. En lugar de eso, la estudió con la mirada, con una vaga sonrisa.

—¿Qué? —le preguntó mientras se tocaba la cara con timidez.

—Nada —respondió—. Verte así, tan… cabreada. Es que pensé… Algunas cosas nunca cambian.

Harper no supo qué responder a eso. Se suponía que las cosas iban a ocurrir de manera diferente. Se suponía que cuando llegara el momento en el que quedaran de nuevo, su peinado y su maquillaje serían perfectos, y que el modelito que llevara puesto habría sido escrupulosamente escogido. Se suponía que irían a tomar café a algún lugar y que él se disculparía por haber cortado con ella. Así era como Harper se había imaginado ese momento a lo largo del último año. En el reencuentro de ensueño de Harper, ambos charlaban tranquilamente, se perdonaban el uno al otro por los errores del pasado y acordaban volver a intentarlo.

En fin, nunca nada entre ellos había sido de cuento. Su relación breve y apasionada había comenzado cuando la reportera investigaba un caso de asesinato, y había terminado cuando se coló sin autorización en el archivo de acceso restringido de la policía en la comisaría. Luke se enteró después de que la pillaran. Debido a su vínculo, el asunto le salpicó y se sintió traicionado, así que se apartó de ella y, hasta donde Harper sabía, nunca echó la vista atrás. No le había costado mucho no coincidir con él, ni siquiera por accidente. Luke trabajaba en el turno de madrugada; Harper se iba a casa a la misma hora que él comenzaba la jornada. Así que, ¿qué hacía él allí a aquellas horas?

—Pensaba que seguías destinado al turno de madrugada —dijo.

—Me van a pasar al turno anterior —dijo Luke—. Un pequeño ascenso.

Sus ojos se encontraron y se miraron fijamente. Aquel momento se hacía asfixiante, con el peso de toda su historia juntos de fondo. Harper deseaba saber si él lamentaba todo lo ocurrido tanto como ella; pero no se lo preguntaría, de ninguna manera.

Luke se aclaró la garganta.

—Este caso es otra cosa —dijo a la vez que se giraba para mirar allá donde estaban empujando a Shepherd para que se metiera en la parte trasera del coche de policía—. ¿Puede ser que me hayan dicho que conocías a la víctima?

—Solo un poco —respondió—. La chica muerta trabajaba con mi amiga Bonnie en el bar La Biblioteca.

—Ah, ya. Había olvidado que tenías una amiga que trabajaba allí —le dijo—. ¿Alguna vez coincidiste con ese tipo?

Señaló a Wilson, que ya estaba dentro del coche, todavía defendiendo su inocencia a través de las ventanillas. Harper se encogió de hombros.

—Un par de veces. Para nada parecía ser capaz de hacer algo así. Siempre me dio la impresión de ser un buen tipo.

—Ahora no parece tan bueno. —El tono de Luke era seco. Echó un vistazo a su reloj—. Bueno, más vale que me marche ya. Mi papel en este drama está a punto de empezar.

Harper alzó las cejas, sorprendida.

—¿Vas a interrogar a Shepherd? Pensaba que Daltrey llevaba el caso.

—Lo llevamos juntos —le dijo mientras sacaba las llaves del bolsillo.

Harper mantuvo una expresión neutra, pero su mente iba a mil por hora. Si Luke llevaba el caso, se iban a ver todo el tiempo.

—Bueno, por si te sirve de algo, Bonnie jura que ese tío no es capaz de algo así —le dijo.

—Ya veremos. —Luke le dedicó una de esas sonrisas serias y a cámara lenta que recordaba tan bien—. Me alegro de haberte visto, Harper.

—Lo mismo digo —respondió ella, como si tal cosa—. Buena suerte con el nuevo turno.

Luke dudó por un segundo, como si estuviera pensando en añadir algo más a la conversación o no, pero entonces levantó una mano a modo de despedida silenciosa, se dio la vuelta y se alejó con ese paso lento y largo que ella sabía que podría reconocer en cualquier parte.

*   *   *

Para cuando por fin Harper pudo irse a casa era ya la una de la madrugada. Casi habían transcurrido veinticuatro horas desde que supo del asesinato en River Street. Tenía sensación de mareo debido al agotamiento. Agarró el volante con fuerza y clavó los ojos en la carretera borrosa. Durante todo el trayecto le estuvo dando vueltas al encontronazo con Luke y pensando en todas las cosas que debería haberle dicho.

Cuando aparcó en su sitio de siempre en East Jones Street, la visión de la casa victoriana de dos plantas le proporcionó una sensación de quietud y seguridad. Una joven abogada se había mudado al piso de arriba hacía unos meses, reemplazando así al grupo de estudiantes de arte que lo habían ocupado antes que ella. Su vecina trabajaba mucho y tenía un horario muy razonable. Aquellas fiestas de madrugada que dejaban toda la casa con un tufillo de maría e incienso eran cosa del pasado. Tampoco había ni rastro de aquella música extraña que estaba como impregnada en el techo a todas horas. Para su sorpresa, Harper echaba de menos a los chavales. La casa estaba demasiado tranquila por aquel entonces.

Las llaves de Harper tintinearon a medida que las fue introduciendo en cada una de las tres cerraduras de máxima seguridad que había instalado en su robusta puerta de entrada. Cuando por fin se abrió, la alarma empezó a emitir una serie de pitidos agudos de advertencia, y Harper introdujo el código de seguridad de cuatro dígitos que hizo que el ruido cesara. Había instalado la alarma después de que se colaran en su apartamento el año anterior. Desde entonces no había habido ningún otro incidente, pero la inquietaba el hecho de que la persona que había invadido su hogar todavía no hubiera sido identificada. Tampoco sabía qué quería o por qué se había fijado en ella.

Cruzó el recibidor hacia el salón y encendió las luces. El suelo de madera resplandeció. No tenía muchos muebles, aparte de dos sofás de color gris, uno frente a otro, y una mesa baja entre ellos. Todo estaba perfectamente limpio. De hecho, tenía un poco el aspecto de una sala de exposición de muebles; en parte porque todo lo que poseía todavía desprendía ese halo de recién comprado. Casi todos los muebles que tenía habían resultado dañados durante el allanamiento, así que después de que el seguro se hiciera cargo, los reemplazó todos. Proceder así había tenido todo el sentido del mundo, pero de vez en cuando tenía la desconcertante sensación de que era otra persona la que vivía allí y que todo aquello le pertenecía. Desde la cocina, una pequeña sombra se dirigió hacia ella. Una gatita gris atigrada y elegante se restregó contra su tobillo.

—Hola, Zuzu —dijo Harper mientras se agachaba para acariciar el suave pelaje del animal—. ¿Has ahuyentado a algún ladrón hoy?

La gata la condujo hacia la cocina, ronroneando. Harper sacó una lata de conserva de la alacena medio vacía y cogió una cuchara del escurreplatos, la misma que había utilizado aquella mañana, y a continuación puso un poco de atún en el comedero de la gata. Mientras el animal comía, Harper localizó una botella de Jameson en la alacena y se sirvió un *whisky* doble en un vaso de agua. Hacía mucho tiempo que no se permitía pensar en Luke. Había subestimado el dolor que le causaría verle de nuevo y no significar para él nada especial, solo ser una mujer a la que conocía. La conversación había sido de lo más corriente. Solían disfrutar de ese tipo de charlas a todas horas. Hasta que lo echaron todo a perder.

Apuró el vaso de *whisky* y se sirvió un poco más. Una única copa no sería suficiente; al menos no lo sería si se iba a poner a pensar en esas cosas. De hecho, no había suficiente *whisky* en el mundo.

La noche en que el teniente Smith fue detenido, había sido Luke quien había acudido en su ayuda. Y después de que Smith la disparara, había sido él quien se había arrodillado a su lado para intentar detener la hemorragia. Recordaba aquella noche con todo lujo de detalles. El terror en la voz de él, sus manos tratando de taponar aquella riada de sangre.

Después de aquello, sin embargo, él la había evitado durante semanas hasta que, finalmente, un buen día la llamó.

—Siento haber desaparecido así, sin más —le había dicho por teléfono en un tono demasiado apático—. Tenemos que hablar.

Luke había elegido un lugar neutral; un bar que ninguno de ellos frecuentaba demasiado. Cuando Harper entró y lo vio sentado a una mesa con una botella de cerveza frente a él sin empezar, se sintió indefensa a causa de la nostalgia, pero desde el momento en que se sentó a su lado, Harper tuvo claro que su relación había terminado. Sin embargo, aún quedaban cosas por decir.

—Quería darte las gracias —le había dicho Harper— por salvarme la vida.

Él parecía incómodo.

—No tienes por qué. Tan solo hacía mi trabajo.

—Y tanto que sí —había añadido ella—. Arriesgaste tu vida por mí. Por lo menos déjame que te lo agradezca.

Sus miradas se habían cruzado y Harper había sentido una conexión entre ellos, como un estallido de calor. Uno de los músculos de la mandíbula de Luke se había tensado en un leve tic, el único signo de que él también había experimentado la misma sensación.

—Debería haber llegado antes, pero no tenía el teléfono a mano —había dicho después de una larga pausa—. Recibí tu mensaje demasiado tarde.

Harper no iba a permitir que Luke le restara importancia a su hazaña.

—Estuviste ahí en el momento preciso. Tan solo lamento que te hayas visto arrastrado a esta situación. Sé que era lo último que deseabas.

Al decir aquello, el gesto en el rostro de él se había endurecido.

—Que tú sufrieras cualquier daño era lo último que deseaba. No tenía que haber ocurrido. Eres condenadamente testaruda…

Se detuvo ahí, alcanzó la cerveza y le dio un trago rápido.

—Luke, espero que sepas comprender por qué hice lo que hice —se había defendido Harper bajando la voz hasta convertirla en un susurro—. Estaba convencida de que podría resolver el asesinato de mi madre si hacía lo propio con ese caso. Ahora, tan solo me queda esperar a que llegue el día en el que pueda compensarte por todo el daño que te he causado.

Harper se había inclinado hacia delante, suplicando que la comprendiera. Probablemente, cualquiera que hubiera estado al tanto de su historia podría haber entendido por qué eso significaba tanto para ella. ¿Quién no traspasaría todos los límites para intentar resolver el asesinato de su propia madre? Luke había levantado la mirada de su cerveza, y la había estudiado con aquellos ojos enigmáticos de color azul oscuro, como el cielo a medianoche.

—Lo sé —el tono apagado que había empleado hizo añicos todas las esperanzas de reconciliación que Harper hubiera podido albergar—, pero las cosas no funcionan así. La confianza no se reinstaura así como así, solo porque tú quieras. Hay cosas que, una vez rotas, no se pueden arreglar.

Después de aquello habían hablado un rato más, y luego se habían marchado cada uno por su lado, conscientes de que su relación había terminado. Desde entonces no habían vuelto a hablar hasta aquella noche.

Harper levantó el vaso hacia los labios con un movimiento rápido y eficaz, y dio buena cuenta del segundo *whisky*, con la esperanza de que trazara una línea de fuego a lo largo de su garganta hasta llegar al corazón. Parte de la tensión acumulada en su cuerpo se disipó y dejó escapar un suspiro largo y trémulo. A partir de entonces los dos trabajarían en el mismo turno. A lo mejor aquello no era tan horrible. Puede que lograran hallar la forma de perdonarse, pero en su interior Harper sabía que eso no era nada más que un sueño.

CAPÍTULO OCHO

Al día siguiente, Harper llegó al periódico a mediodía sin un artículo que escribir. En otros tiempos, habría llamado a la detective Daltrey y, entre broma y broma, le habría sonsacado algo de información; pero aquellos días ya eran historia. Después de su charla con Bonnie, había albergado la esperanza de que el padre de Naomi Scott se pusiera en contacto con ella, pero, por el momento, su teléfono todavía no había sonado. Había intentado contactar con él llamándole a casa varias veces, pero las llamadas terminaban siempre en el contestador automático. No podía culparlo, su única hija había fallecido el día anterior, pero, aun así...

Dejó caer el bolso al suelo, junto a su mesa, encendió el ordenador y puso en marcha el detector a un volumen muy bajo justo cuando D. J. entraba en la redacción desde el pasillo de atrás.

—¡No!, otra vez tú —dijo alegremente.

Harper ignoró el comentario.

—¿Ya ha llegado Baxter? Por favor, dime que no.

—Muy bien. No —respondió antes de continuar con un gesto compungido de dolor—, pero lo cierto es que sí. Está en el despacho de Dells ahora mismo. ¿Por qué? ¿Qué has hecho?

—No he hecho nada, ese es el problema. —Harper alcanzó su café—. No tengo nada nuevo relacionado con el caso de River Street. Mi fuente no se ha puesto en contacto conmigo.

—Ah, entonces estás jodida —le aseguró D. J.—. Baxter lleva toda la mañana diciéndole a todo el mundo que la actualización del artículo estará lista para la una. Dice que tienes una exclusiva con el padre.

Aquello era peor de lo que pensaba.

—Me va a matar —dijo Harper—. El padre me ha dejado vendida.

—Menuda mierda. —Dedicándole una mirada empática, D. J. se giró de nuevo hacia su mesa—. D. E. P. Harper. Tuvo una gran carrera mientras duró.

Harper inició sesión en el sistema y empezó a rastrear páginas web locales para ver si algún otro medio de noticias había publicado algo que a ella se le hubiera pasado por alto. Le valía cualquier cosa que pudiera utilizar para sustituir el testimonio del padre, pero nadie parecía tener ninguna novedad. Todas las noticias del caso Scott se habían parado en seco en cuanto detuvieron a Wilson Shepherd anoche. Un artículo en la página web de un canal de televisión decía que Shepherd tenía antecedentes de tráfico de drogas, de cuando vivía en Atlanta. Harper tomó nota para investigarlo más tarde, aunque no encajaba con el perfil de impecable estudiante de Derecho del que siempre parecía hacer gala. Pero eso era todo, apenas una línea enterrada en mitad de un artículo acerca de su detención.

El teléfono de la mesa empezó a sonar con insistencia, pero, absorta como estaba en la investigación, Harper tardó unos segundos antes de descolgar por fin el auricular.

—McClain —dijo secamente.

—Señorita McClain, soy Gary, de recepción. Aquí hay un hombre que dice que necesita hablar con usted. —Sonaba irritado. Gary detestaba a los visitantes—. Su nombre no está en la lista de visitas. Ya conoce las normas respecto a la actualización de la lista ante la llegada de cualquier visita imprevista. Es una cuestión de seguridad, señorita McClain. No me canso de insistirle…

Harper dejó caer la cabeza en el respaldo de la silla.

—No estoy esperando ninguna visita, Gary —dijo, interrumpiéndole con impaciencia—. ¿Quién es?

—Dice que su nombre es Jerrod Scott. ¿Le digo que se marche?

Harper se puso en pie tan súbitamente que tiró la taza de café, provocando que su oscuro contenido fluyera por toda la mesa en dirección al detector.

—Por el amor de Dios, ni se te ocurra echarlo. —Alzó la voz—: Envíamelo ahora mismo.

—De acuerdo —Gary resopló—, pero debería estar en la lista.

Maldiciendo para sus adentros, Harper colgó el teléfono y contuvo el avance del café derramado con un ejemplar del periódico del día anterior. Después de coger una libreta nueva y un bolígrafo de un cajón, atravesó la sala a la carrera y llegó a la puerta de la redacción justo cuando un hombre alto y delgado, de piel oscura y cabello entrecano corto cruzaba el umbral.

—¿Señor Scott? —dijo Harper.

Él asintió, echando un vistazo a la sala de redacción con cautela.

—He venido a ver a Harper McClain. —Su voz era profunda, con un fuerte acento sureño que hacía que pronunciara el nombre de la reportera con una sílaba de más.

—Soy yo. —Harper le tendió la mano—. Siento muchísimo su pérdida, señor Scott.

Sus dedos eran largos y fuertes, y el apretón que se dieron fue tan potente que casi le hizo daño. De cerca, Harper pudo ver cómo los ojos marrones de Scott estaban enrojecidos, supuso que de puro agotamiento y aflicción.

—Señorita McClain, su amiga Bonnie me ha asegurado que puedo confiar en usted. —Los ojos del hombre observaban el rostro de Harper con una intensidad inesperada—. ¿Puedo hacerlo?

—Desde luego —le prometió con la esperanza de que fuera verdad.

Consciente de que el resto de los periodistas observaban su conversación con curiosidad, Harper le indicó que la siguiera.

—Acompáñeme, hablaremos en un lugar más tranquilo.

Harper le condujo hasta un rincón apartado de la sala de redacción. Había algo en Scott, una especie de hartazgo en su actitud, que le indicaba que la estrategia más recomendable a seguir con él era ir directamente al grano.

—Supongo que estará al tanto de la detención de Wilson Shepherd, ¿no? —dijo Harper.

Scott levantó la vista para encontrarse con la mirada de la reportera.

—Estaba en las portadas de todos los periódicos de hoy. Si hubiera querido no estar al tanto, tendría que haberme quedado ciego.

—Bonnie me ha dicho que usted no cree que él haya matado a su hija —continuó Harper—. ¿Sigue siendo esa su opinión?

Scott no dudó.

—Estoy seguro al cien por cien de que Wilson no le ha puesto a Naomi ni un solo dedo encima. —Su voz era firme—. Por eso estoy aquí. Usted debe intervenir en todo esto.

Harper pensó en el Wilson que había visto la noche anterior, arma en ristre y gritando a la policía.

—Vi cómo le detenían anoche —le dijo—. A mí no me pareció muy inocente.

—Yo no sé nada de eso. —Scott le lanzó una mirada severa—. Lo que sí sé es cómo estaba cuando nos enteramos de lo de Naomi. No pegó ojo, ni siquiera comía. La pena… —Hizo una pausa, se le enrojecieron los ojos—. La pena puede destrozar tu mente y también tu corazón.

Harper sabía mejor que nadie que aquello era cierto, pero lo que había presenciado la noche anterior le había parecido que iba más allá del dolor o la pena. Aun así, no quería discutir con un hombre que acababa de perder a su hija. Harper analizó su rostro cansado: unas arrugas profundas surcaban su frente, otras nacían en las comisuras de su boca.

—Entiendo —dijo ella.

Scott debió de percibir sus dudas.

—Sé lo que piensa, señorita McClain —le respondió—. Cree que no soy más que un anciano afligido que no sabe qué está ocurriendo en sus narices, pero le digo una cosa: la policía ha detenido a la persona equivocada y, mientras siguen tan concentrados en Wilson, el verdadero asesino campa a sus anchas libremente.

—Cuénteme por qué cree que él no lo hizo. —Harper tomó la libreta—. ¿Sabe dónde se encontraba Wilson aquella noche? Si conoce a alguien que pueda dar fe de dónde estaba en el momento del tiroteo, sería de gran utilidad.

Scott negó con la cabeza.

—Desconozco dónde estaba Wilson cuando mataron a mi niña. Lo que sí sé es que ese muchacho sería capaz de dejar que una araña se paseara por encima de él antes de hacerle ningún daño. No es ningún asesino, señorita McClain. Amaba a mi hija.

Su voz se rompió y presionó los dedos contra la frente.

—Señor Scott. —Harper suavizó su voz—. Tenía una pistola cuando la policía lo detuvo anoche. Si se tratara del arma empleada en el crimen, van a acusarlo por asesinato.

Él empezó a negar con la cabeza tercamente.

—Tiene que creerme. Ha sido otra persona. Sé que mi Naomi le tenía miedo a alguien. Un tipo de la facultad. No me contó qué había ocurrido o por qué no le gustaba, pero había algo relacionado con él que la asustaba. —Extendió un dedo en dirección a Harper—. Encuéntrelo. Localice a ese hombre, interróguelo.

Harper había albergado la esperanza de que él tuviera alguna cosa concreta que contarle acerca de Shepherd o Naomi, pero hipótesis infundadas acerca de tipos desconocidos por culpa de los cuales la fallecida podría haberse sentido inquieta… Aquello no era lo que ella andaba buscando. Trató de reconducirle al tema que le interesaba.

—En primer lugar, hábleme acerca de Naomi y Wilson —le instó—. ¿Cómo se conocieron? ¿Qué hizo que empezaran a salir?

—Al observar la mirada inconformista en los ojos de él, ella añadió rápidamente—: Esta información me ayudará a entender por qué cree que Wilson habría sido incapaz de herirla. Necesito saber más de ellos.

—De acuerdo. —Apoyó las manos sobre las piernas—. Se conocieron en la universidad, y Naomi supo de inmediato que él era especial. Ella siempre ha sido muy resolutiva, incluso cuando era pequeña. Decidió que quería ser abogada cuando tenía diez años. Vio un programa en la tele y dijo: «Eso es lo que quiero hacer, papi. Quiero ayudar a la gente».

Scott se sonrió al recordar el comentario.

—Ser abogada... Ese era un sueño muy ambicioso en el seno de nuestra familia. Puede que ya lo sepa, soy taxista. Mi padre vivía a las afueras de Vidalia y trabajaba la tierra. Nuestra familia siempre ha sido de clase trabajadora, gente que ha utilizado sus manos para ganarse el pan. Naomi quería algo diferente.

Respiró hondo, sus manos se tensaron de manera convulsiva.

—Toda la vida sacando sobresalientes, siempre la primera de clase. Cuando llegó el momento, quiso matricularse en una universidad lejos de casa. Le dieron una beca para la Universidad de Georgia, en Athens, pero no podíamos permitírnoslo. Vivir en aquella zona es muy caro, así que, en lugar de eso, acudió a la Universidad Estatal de Savannah.

Su voz se fue apagando.

—¿Y allí fue donde conoció a Wilson?

Él asintió despacio con la cabeza.

—Trabajaba a media jornada como consejera de chavales que eran los primeros de su familia en ir a la universidad. Algunos de ellos lo habían tenido difícil intentando encajar, así que la facultad tenía a gente como Naomi para echarles una mano.

Le lanzó una mirada a Harper.

—Wilson se había metido en algunos problemas de adolescente. Se vio envuelto en líos de bandas cuando vivía en Atlanta, y le pillaron trapicheando con drogas. Durante un tiempo se dejó llevar por malas decisiones. Para cuando se conocieron, él estaba totalmente rehabilitado. Absolutamente decidido a seguir el buen camino. Vino a Savannah para huir de esa vida y no pensaba mirar atrás.

Frunció el ceño cuando trató de explicarse.

—Los chavales como Wilson normalmente no son capaces de encontrar su camino. Sin embargo, él lo consiguió. Cuando Naomi lo conoció, sabía que era un tipo inteligente: sus notas eran buenas, y ella le ayudó a mantener la concentración. Al final, mi hija le convenció de que solicitara una plaza en la facultad de Derecho a la vez que ella.

En el rostro de Scott se dibujó una sonrisa leve y melancólica.

—Le diré una cosa: cuando mi niña se proponía algo, no había quien le quitara la idea de la cabeza. Wilson sabía que lo mejor era no discutir. Ambos entraron, como ella había predicho. Por aquel entonces fue cuando decidieron que estaban enamorados y, después de eso, no había quien los separara, eran como uña y carne.

—¿Discutían alguna vez? —sugirió Harper—. ¿Se enfadaban por alguna cosa?

—Todas las parejas discuten —respondió él—, pero nunca se enzarzaron en una discusión del tipo que insinúa. Él jamás le levantó la mano. Ella no lo habría permitido. Ni yo tampoco.

—¿Está usted seguro? —El tono de Harper era de escepticismo—. No les contamos todos los detalles de nuestras relaciones a nuestros padres.

Scott le sostuvo la mirada.

—Señorita McClain, mi mujer falleció de cáncer de mama cuando Naomi tenía diez años. Nosotros dos siempre hemos estado muy unidos. No nos quedó otra. Mucho más unidos que la mayoría de los padres e hijas. ¿La primera vez que le bajó la regla? Acudió a mí y yo la llevé a la farmacia para comprar todo lo que pudiera necesitar. ¿Su primer novio? Me habló de él y me aseguré de que conociera las cuestiones básicas de la vida. Cuando conoció a Wilson me dijo: «Papi, creo que me voy a casar con este hombre. Su corazón es lo suficientemente grande para mí».

Le tembló la voz e hizo una pausa durante un momento. Cuando levantó la mirada de nuevo, su rostro se había ensombrecido.

—Si él le hubiera hecho daño, me lo habría contado.

Gran parte de la historia de Naomi le resultaba familiar. Harper sabía lo que era crecer sin una madre. Sin embargo, en su caso esto no la había acercado a su padre. De hecho, casi más bien lo contrario.

Su padre había sido sospechoso del asesinato de su madre durante los inicios de la investigación. Quedó al margen de toda sospecha gracias al testimonio de la joven pasante en cuya cama se encontraba mientras alguien apuñalaba a su mujer hasta matarla en la cocina de la casa familiar. Harper jamás le había perdonado.

Se preguntó cómo sería estar tan unido a un padre como para compartir todas tus confidencias con él, y Harper simplemente no estaba del todo convencida de que Naomi hubiera tenido una actitud tan abierta con su padre. Estaba claro que tenía sus secretos.

—Wilson a menudo iba a La Biblioteca a ver a Naomi cuando trabajaba hasta tarde —dijo Harper—, pero llevaba sin aparecer por allí unas semanas. ¿Estaban atravesando un mal momento?

Scott frunció el ceño de nuevo.

—¿Quién le ha contado que no iba por allí?

—Bonnie —dijo Harper.

—No sé nada de eso. —Se acarició la mandíbula—. Estaba tan ocupada… Trabajar y estudiar a la vez…, pero estoy seguro de que entre ellos las cosas marchaban bien.

—¿No le comentó nada al respecto?

Él negó con la cabeza.

—No, y si de verdad hubiera sido grave, creo que me habría dicho algo.

Sin embargo, por primera vez, su tono sonó indeciso: ahí estaban, los secretos de Naomi. Secretos incluso para él.

—Señor Scott —Harper se inclinó hacia delante—, ¿cree que es posible que la pareja tuviera una pelea y que Naomi no le dijera nada para no disgustarle? Puede que alguien como Wilson, con sus antecedentes…, ya sabe, que su carácter se desatara de repente…

Él no la dejó terminar.

—Señorita McClain, sé lo que está pensando, pero no insista en que fue Wilson, se está centrando en el hombre equivocado, igual que la policía. —Le tembló la voz por culpa de la frustración—. Tiene que dar con el otro hombre, el que la tenía atemorizada.

Harper suspiró.

—De acuerdo. Hábleme de ese hombre.

Scott dudó.

—Ahora va a pensar que soy un embustero porque le acabo de decir que mi hija me lo contaba todo, pero con este tipo, todo lo que se limitaba a decir era que lo quería fuera de su vida. Me dijo que no era una buena persona y que, si alguna vez me cruzaba con él, me diera media vuelta sin tan siquiera dirigirle la palabra.

Aquello era exactamente lo que Harper se temía. Aquel hombre deseaba con todas sus fuerzas que Shepherd no fuera el asesino, así que trataba de endilgarle el asesinato a otro. Incluso cualquier tío que no le cayera bien a su hija.

—¿Sabe cómo se llama? —le preguntó tratando de no sonar tan poco convencida como se sentía—. Si me lo dice, veré a ver qué puedo averiguar acerca de él.

—Su nombre es Peyton Anderson —le respondió Scott—. Pertenece a una de las familias más poderosas de la ciudad. Puede que haya oído hablar de ellos…

Harper ya no le escuchaba; se lo quedó mirando, aturdida a causa de la incredulidad.

—¿Se refiere a Peyton Anderson, el hijo del exfiscal del distrito? —le preguntó, interrumpiéndole.

—Ese mismo. —Scott afirmó con la cabeza—. Naomi le tenía miedo.

A Harper no se le ocurría qué decir. Randall Anderson había sido fiscal del distrito durante doce años hasta que, el año pasado, dejó el puesto para entrar a formar parte de un bufete privado. Su familia pertenecía a la vieja guardia de la ciudad; poseían un legado aristócrata y una mansión palaciega cerca de Forsyth Park. Los Anderson estaban omnipresentes en Savannah, y formaban parte de todas y cada una de las grandes organizaciones que dirigían la ciudad. La mera idea de que el heredero de los Anderson hubiera amenazado a Naomi Scott de alguna manera parecía de lo más extraña.

—¿Desconoce lo que ocurrió entre ellos? —preguntó Harper tras una larga pausa.

Scott asintió con la cabeza.

—Todo lo que sé es que ambos cursaban Derecho en la misma facultad, durante el primer año a veces estudiaban juntos. Entonces, algo ocurrió; él hizo algo, creo, y después de aquello Naomi siempre trataba de evitarle por todos los medios posibles. Sé que presentó una queja en la facultad.

Harper siguió asintiendo por cortesía, pero podía ver claramente qué estaba ocurriendo. Scott se estaba agarrando a un clavo ardiendo. Quería que los hechos cambiaran, que Wilson fuera el buen novio que amaba a su hija, y deseaba que un hombre al que no conocía de nada fuera el culpable. Ni ella ni la policía podían darle lo que quería.

—Bueno —dijo Harper mientras cerraba la libreta—, creo que tengo todo lo que necesito. Me ha facilitado mucho material con el que trabajar. —Se levantó—. Le agradezco enormemente que se haya tomado la molestia de venir y contarme todo esto.

Scott descruzó sus largas piernas y se puso de pie, con la decepción reflejada en el rostro.

—Cree que Wilson es culpable —dijo con tristeza—. Va a contarle a la gente que él es el hombre.

Ella abrió la boca para responder, pero él negó con la cabeza.

—No pasa nada. La policía tampoco me creyó. —Volvió a colocar la silla en su lugar—. Supongo que nadie quiere creerme.

«No, sin pruebas nadie creerá nada», pensó Harper, pero no podía decirle eso. Tenía un aspecto muy derrotado.

—Le diré lo que haremos —dijo ella—. Investigaré un poco por ahí. Veré a ver qué encuentro, solo por si acaso.

Scott aceptó sus palabras con gran dignidad.

—La cuestión es, señorita McClain, que, me crea usted o no, yo no creo que Wilson sea culpable, y tengo la firme intención de luchar para que se haga justicia. Por mi hija.

CAPÍTULO NUEVE

La conversación con Jerrod Scott quedó grabada en la mente de Harper, pero no la hizo cambiar de opinión. Wilson Shepherd era casi con toda probabilidad el asesino de Naomi Scott. Todo apuntaba a que era él. Aun así, la mención de Peyton Anderson era intrigante. ¿Una historia en la que la hija de clase obrera de un taxista y el vástago de una de las familias más ricas e influyentes de Savannah mantienen una amistad intermitente y en la que, al final, ella acaba muerta?

Puede que hubiera algo más que amistad entre Naomi y Peyton. Después de todo, ella era una chica inteligente y guapa. ¿Y si Wilson se enteró de que Naomi y Peyton eran pareja y enloqueció a causa de los celos? Sería toda una historia. Sin embargo, cuando se puso a escribir el artículo acerca de Jerrod Scott, decidió no mencionar a Anderson, y tampoco le dijo nada del asunto a Baxter. Demasiado precipitado. Primero indagaría un poco, a ver qué descubría.

Con esta idea en la cabeza, condujo hasta la comisaría aquella misma tarde con la intención de hablar con la detective Daltrey y averiguar si Shepherd había empezado a confesar. A aquellas horas, llevaba retenido gran parte del día y habían tenido mucho tiempo para sonsacarle información. Harper llegó a la comisaría justo en el cambio de turno. Los agentes del turno de noche se dirigían hacia sus coches patrulla, y los del turno de día se marchaban a casa.

El vestíbulo estaba más abarrotado que de costumbre. Harper se abrió camino hacia el mostrador de recepción para preguntarle a Dwayne si Daltrey ya había llegado. Estaba a punto de llegar cuando Daltrey apareció frente a ella, caminando en dirección contraria. La detective vestía su ropa habitual de trabajo, que consistía en unos pantalones oscuros con chaqueta a juego y una blusa blanca de cuello alto. Llevaba el cabello corto peinado hacia atrás, lo que le daba cierto aire andrógino.

—Detective, ¿tiene un segundo? —dijo Harper.

Mientras la gente pasaba a su lado a empellones, Daltrey la escrutó con la mirada, fríamente.

—Por Dios, McClain —dijo—. ¿Es que nunca duermes?

—No muy a menudo —respondió Harper—. Mire, quería hacerle unas preguntas acerca del caso de Naomi Scott.

Daltrey se cerró en banda.

—La Oficina de Información Pública está en la segunda planta.

Daltrey se apartó de ella y se dirigió a la puerta de cristal, la abrió de un empujón y salió al calor de agosto. Cuando Harper se apresuró detrás de ella, Daltrey le lanzó una mirada de fastidio.

—Me han dicho que Kowalski estuvo a punto de esposarte anoche contra un coche patrulla por negarte a abandonar la escena del crimen. No eres de las que aprenden rápido, ¿verdad?

—Kowalski es un capullo —dijo Harper.

—Por una vez estamos de acuerdo —añadió Daltrey tras contener una carcajada.

Tomando ese comentario como punto de partida, Harper empezó con la batería de preguntas.

—¿Cómo van las cosas con Wilson Shepherd? ¿Está hablando?

—Sin comentarios —respondió Daltrey.

—¿La pistola que blandía anoche es el arma homicida?

—Sin comentarios.

—¿Ha sido acusado formalmente?

—Sin comentarios.

Daltrey parecía estar disfrutando con todo aquello, pero Harper se negó a darse por vencida.

—He mantenido una larga charla con Jerrod Scott esta mañana —dijo—. Me ha dicho que Naomi era amiga de Peyton Anderson. ¿Lo sabíais?

Daltrey se detuvo tan de repente que Harper casi se tropieza con ella.

—¿A qué juegas, McClain? ¿Acaso estás intentando inmiscuirte en mi investigación? A estas alturas ya deberías haber aprendido a no entrometerte.

—Solo le estoy transmitiendo lo que me ha contado Jerrod Scott. —La voz de Harper no expresaba ninguna emoción—. Eso no es entrometerse, sino hacer mi trabajo.

Daltrey se le acercó un poco más, invadiendo el espacio vital de Harper. No era muy alta, pero no por ello intimidaba menos.

—Mira, no voy a defender mi caso ante ti, y no te voy a facilitar ningún chisme jugoso que puedas publicar en tu periodicucho. Esos días pertenecen al pasado. Todo eso terminó cuando testificaste contra Smith. —Harper estaba tan cerca de Daltrey que podía ver la leve mancha de rímel que tenía en el párpado izquierdo, oler la menta de su aliento—. No acudas a mí en busca de ayuda. ¡Ah!, una cosa más: si se te ocurre acosar a tu exnovio para conseguir información, me aseguraré de que le vuelvan a degradar al turno de madrugada. ¿Entendido?

La mención a Luke provocó que la ira ardiera en llamaradas en el pecho de Harper. Daltrey se había pasado de la raya al involucrarle y seguro que era consciente de ello, pero discutir con la detective solo empeoraría las cosas.

—Vale. —Levantó las manos y retrocedió—. No le haré más preguntas. Lo pillo. Al traidor, ni agua. Que tenga un buen día, detective.

Ni siquiera se molestó en ocultar su sarcasmo.

—Fuera de mi vista, McClain —dijo Daltrey—. Tengo trabajo.

—Sí, lo que usted diga —masculló Harper dándose la vuelta.

El alto y antiguo edificio de ladrillos de la policía se alzaba ante ella. Sus parejas hileras de ventanas arqueadas parecían observarla desde las alturas, inexpresivas, mientras caminaba fatigosamente por la calle sintiendo aquel ambiente húmedo de regreso a la entrada principal de la comisaría. Sin embargo, cuando por fin la alcanzó no entró. En lugar de eso se dio media vuelta y regresó a la acera, moderando su paso bajo aquel calor asfixiante mientras analizaba la situación.

Apenas se fijó en las largas ramas verdes de los robles que la cubrían, o en el autobús turístico que pasaba a pocos metros de distancia. Estaba demasiado enfadada como para fijarse en nada. Normalmente, habría hecho caso omiso de la actitud de Daltrey y proseguiría con su trabajo, pero después de lo ocurrido anoche, sentía que aquello había ido demasiado lejos.

Todavía no le había contado a Baxter nada de lo sucedido con Kowalski. Había estado demasiado ocupada la noche anterior, y se había distraído a causa del encontronazo con Luke. Había querido dejar correr el asunto y que la situación se apaciguara antes de dar el siguiente paso, pero sabía que no podía pasarlo por alto. La tensión con la policía iba en aumento. Si no había ningún cambio, terminaría viéndose incapaz de hacer su trabajo, o algo peor. Los idiotas como Kowalski eran peligrosos. Si los jefazos les daban carta blanca a todos los agentes de patrulla para castigarla, al final podría resultar herida. Aunque, si presentaba una queja, podría iniciar una guerra de dimensiones bíblicas entre la policía y el periódico. Maltratar a una reportera mientras lleva a cabo su trabajo en la escena de un crimen en una vía pública era una razón de peso más que suficiente como para presentar una demanda.

Sin duda aquello la satisfaría, pero saldría en todas las portadas, y lo cierto era que no le apetecía nada volver a convertirse en carne de artículo. En lugar de eso, tuvo una idea distinta, que cuanto más pensaba en ella, más le gustaba. Todo parecía apuntar a que Kowalski y la detective Daltrey le habían proporcionado la munición necesaria para poner fin a todo aquello. Cuando regresó al vestíbulo de la comisaría unos minutos más tarde, el ambiente estaba más calmado. Dwayne estaba en la recepción con los ojos puestos en un montón de papeleo. Estaba tan enfrascado en el trabajo que la presencia de Harper le pasó inadvertida hasta que ella llegó al mostrador.

—Hola, Harper —dijo distraído—. Madre mía, menuda locura de día.

Sin tan siquiera llegar a pedirlos, él le pasó la carpeta que contenía los informes policiales del día. Con el calor que hacía fuera, el aire acondicionado parecía siberiano. El sudor que recorría la espalda de Harper, más que secarse, se congelaba, y la periodista se estremeció con un escalofrío mientras echaba un vistazo a los informes con aire ausente: una docena de hurtos, robos de coches, incidentes domésticos... Lo de siempre. No tomó nota de nada de aquello. Hoy solo había cabida para un artículo de actualidad —a no ser que alguien más resultara muerto— y ese era el de Wilson Shepherd.

Después de echar un vistazo por encima del hombro para asegurarse de que nadie más escuchaba, Harper susurró:

—Dwayne.

Este levantó la cabeza de golpe.

—¿Se sabe algo de Shepherd? ¿Está hablando?

El agente miró a su alrededor furtivamente antes de inclinarse hacia ella.

—Está hablando —dijo en voz baja—. Solo que no les está contando lo que ellos quieren oír. Lo único que dice es que no ha sido él. No para de repetirlo una y otra vez.

Con razón Daltrey estaba de tan mal humor. Seguro que había albergado la esperanza de obtener una confesión completa antes de que Shepherd cruzara las puertas de la comisaría. Sin eso, necesitaban pruebas que lo inculparan para poder realizar una acusación formal y, al parecer, no las tenían.

Harper cerró la carpeta y se la devolvió.

—¿Está el teniente? —preguntó.

Hacía mucho tiempo desde la última vez que había hablado con Blazer, y la sorpresa se dibujó en el rostro de Dwayne.

—Pues... —Su voz se fue apagando, poco convencido.

—Me gustaría hablar con él —añadió Harper.

Dwayne ni se movió.

—Hoy está de mal humor.

Ella no captó la indirecta.

—¿Y cuándo no lo está?

—Si insistes...

Todavía con reservas, Dwayne cogió el teléfono y apretó unos cuantos botones.

—¿Teniente? Harper McClain está aquí y le gustaría hablar con usted acerca del caso de River Street.

A sus palabras le siguió una larga pausa, y luego Harper alcanzó a oír el leve murmullo de la queja de Blazer. La expresión de Dwayne permaneció inmutable mientras escuchaba. Cuando por fin Blazer dejó de hablar, dijo:

—Estupendo, pues. ¿Le digo que se marche?

Blazer vociferó una orden de una sola sílaba. Dwayne colgó el teléfono y la miró, con la preocupación patente en su mirada.

—Dice que puedes pasar.

Harper apoyó una mano en el mostrador.

—Gracias.

—Puede que no me lo agradezcas tanto después de hablar con él.

Harper atravesó la sala en dirección a la puerta de seguridad que conducía a los despachos de la policía. Dwayne presionó un botón desde el mostrador de recepción y la puerta se abrió emitiendo un sonoro zumbido. Cuando Bonnie y ella habían estado allí hacía dos noches, todo era silencio y oscuridad. Ahora, sin embargo, estaba repleto de policías. Harper se sumó al gentío que discurría por el largo pasillo.

Blazer se había instalado en el despacho que Harper todavía consideraba de Smith, al final del corredor. El nombre de Smith se había retirado de la puerta hacía más de un año, pero a Harper le parecía que el de Blazer no pertenecía a ese lugar, pintado en la madera en un color negro fúnebre. Sin pararse a pensarlo dos veces, levantó el puño y llamó a la puerta con los nudillos haciendo uso de toda la confianza que fue capaz de reunir.

—Adelante —ordenó con brusquedad una voz.

El teniente Larry Blazer estaba sentado a su escritorio frente a un ordenador portátil. Vestía un traje color gris carbón. Cuando levantó la vista, su corbata azul pálido conjuntó perfectamente con sus fríos ojos. Incluso Harper se veía obligada a admitir que era un tipo atractivo: esbelto y atlético, con una exuberante mata de pelo que iba tornándose plateada de forma sutil. Pero no era su tipo, para nada.

Ese sentimiento, como ella bien sabía, era mutuo.

—Más vale que sea importante, McClain —refunfuñó Blazer mientras le indicaba que tomara asiento en una de las sillas que tenía ante sí, al otro lado de la mesa.

Mientras atravesaba la habitación y se sentaba en una de las sillas, Harper se fijó en todos los detalles que el nuevo teniente había cambiado en la estancia. El ostentoso escritorio de caoba había sido reemplazado por una mesa moderna fabricada con algún tipo de suave madera escandinava. Ya no había ni rastro de las fotos de Smith en compañía de dignatarios locales, ni del pisapapeles con forma de pelota de golf. En la mesa del escritorio solo había un finísimo portátil plateado y unas cuantas carpetas. Lo único que colgaba de las paredes era un callejero de Savannah de gran tamaño, punteado con cerca de cuarenta chinchetas de color carmesí. Un rápido vistazo a las calles señaladas fue suficiente para que Harper se diera cuenta de que era un mapa de asesinatos.

—Siento molestarle —dijo dirigiendo su atención a Blazer de nuevo—. Creo que tenemos que hablar.

—¿Hablar de qué exactamente? —El tono de su voz era distante.

Harper respiró hondo. Si la iba a echar de allí, ocurriría en los próximos sesenta segundos. Se aclaró la garganta.

—Teniente, ya ha pasado un año desde que se procedió a la detención de Smith y su departamento sigue castigándome por ello. El acoso constante al que me veo sometida está imposibilitando que lleve a cabo mi trabajo. Tiene que acabar.

Blazer le lanzó una mirada incrédula.

—¿De verdad te has atrevido a presentarte en mi despacho para quejarte de que mis agentes, que se dejan la piel en su trabajo, se están portando mal contigo?

—No es cuestión de portarse bien o mal —dijo Harper sin alterarse—. Se trata del comportamiento poco profesional que los funcionarios públicos están teniendo hacia un miembro de la prensa. Anoche, uno de sus agentes me agredió en la escena de un crimen.

Cualquier rastro de buen humor se borró del rostro de Blazer.

—Esa es una acusación grave. Más vale que tengas forma de respaldarla.

—Tuvo lugar durante la detención de Wilson Shepherd —dijo Harper—. Muchos agentes estaban presentes y fueron testigos del incidente. Bob Kowalski me acorraló contra un coche patrulla y me dijo que me iba a detener por alteración del orden público porque no me alejé lo suficientemente rápido cuando me pidió que abandonara la escena.

Blazer hizo un gesto despreciativo.

—¿Eso es todo? Quizá tendrías que haber sido más rápida. Mis agentes necesitan el camino libre de obstáculos para poder hacer su trabajo. La situación era peligrosa, y el trabajo de Kowalski es mantenerte a salvo.

Tragándose su indignación, Harper mantuvo el tono de voz sereno.

—Venga ya, teniente. Anoche lo único que suponía una amenaza para mi seguridad era el propio Bob Kowalski. Se pasó de la raya. Me trató de mala manera, y creo que lo hizo porque usted incentiva ese tipo de comportamientos. —Al ver cómo se le ensombrecía el rostro, levantó una mano—. Por favor, escúcheme. No he venido a acusar a diestro y siniestro. Simplemente estoy aquí para pedirle que ponga fin a esto. ¿Quería castigarme? —Levantó ambas manos—. Enhorabuena. Lo ha conseguido. Todo ha salido según tenía previsto. Ha hecho que mi trabajo sea prácticamente imposible. He captado el mensaje, pero ahora necesito que esto termine antes de que alguien salga herido.

Blazer se inclinó hacia delante mientras una sonrisa se dibujaba en sus labios.

—¿Acaso ya no estás capacitada para hacer tu trabajo, McClain? Puede que debas considerar dedicarte a otra cosa si esto es demasiado para ti.

Entonces, Harper fue incapaz de controlar su genio. Llevaba mucho tiempo guardándoselo dentro.

—¿Demasiado para mí? —Alzó la voz—. Uno de sus detectives me disparó en el hombro, teniente, y aun así seguí yendo a trabajar. Cada noche me lanzo a las mismas calles que sus agentes, solo que lo hago sin chaleco antibalas y desarmada, y ellos van y me humillan. Ignoran las preguntas que les planteo y me ridiculizan. Les dicen a las fuentes que no hablen conmigo. Tengo que pedirle a mi fotógrafo que se encargue de hacer las preguntas porque sus agentes son muy poco profesionales y una panda de inmaduros. ¿Demasiado para mí?

Se levantó agarrando su libreta con tanta fuerza que la dobló. No era consciente de lo furiosa que estaba hasta ese preciso instante, de lo duras que habían sido las cosas, de cuánto dolía aquel trato.

—No estoy pidiendo que me traten de manera especial. Lo único que pido es un mínimo de respeto y profesionalidad. Por el amor de Dios, teniente. Uno de sus detectives asesinó a una mujer, pero soy yo la que está siendo castigada por haber sacado a la luz lo que usted debería haber descubierto.

El teniente intentó interrumpirla, pero Harper se lo impidió.

—Si es así como quiere que sean las cosas, mucho cuidado —continuó ella—. Porque no pienso irme a ninguna parte. Y si lo que quiere es guerra, debería saber que a mis editores les encantaría que acabara con su departamento. Nadie podría hacer algo así mejor que yo. Su índice de resolución de casos es una mierda. Sus tiempos de respuesta ante incidentes son todavía peores. La tasa de asesinatos va en aumento, y lo sabe. —Harper señaló con el dedo el mapa colgado detrás de su mesa—. Las cosas han empeorado desde que Smith se fue y yo podría estar haciéndole preguntas al respecto. Si vamos a hablar acerca de quién es capaz o incapaz de hacer su trabajo, podríamos empezar por usted. En lugar de eso, le estoy dando la oportunidad de arreglar este desastre.

Al final, agotada la ira, respiró hondo.

—Debería darme las gracias.

Blazer levantó ambas manos en señal de rendición.

—De acuerdo, McClain, por Dios. Lo pillo. Ahora, por favor, siéntate. Hablemos de esto con calma.

Harper se quedó donde estaba, jadeante. Todavía notaba en el rostro el calor de la indignación que sentía. Se había guardado todo aquello durante tanto tiempo que ahora que lo había soltado se sentía vacía.

—Mira —dijo Blazer—, conoces de sobra cómo funciona esto como para entender las normas. Si vas a por uno de los nuestros, nosotros vamos a por ti. Así son las cosas. Y lo sabías cuando te lanzaste a por todas, ¿a que sí?

No había ni rastro del tono de menosprecio en su voz, era la primera vez que Blazer le hablaba como a un igual. Parte de su furia se desvaneció.

—Sí, pero…

Él la interrumpió haciendo un gesto con la mano.

—Pero nada, McClain. No puedes jugar ciñéndote a las reglas que sabes que existen y luego pedir que esas reglas cambien cuando a ti te convenga. El sistema es como es. Los polis no olvidan fácilmente. Siempre lo has sabido. Cuidan unos de otros.

Sin apenas ser consciente de lo que hacía, Harper fue dejándose caer hasta sentarse en la silla.

—No estamos hablando de un crimen insignificante, teniente. Smith no estaba llenándose los bolsillos con calderilla. Tampoco es que se dedicara a amenazar y extorsionar, o a molestar a las prostitutas —dijo Harper—. Asesinó a alguien, y luego me disparó. ¿Qué esperaban sus agentes que hiciera?

A Harper le tembló la voz, e hizo una pausa para mantener la calma, pero, para su sorpresa, terminó contándole la verdad.

—Le quería como a un padre —continuó—. Lo que hizo me rompió el corazón.

No sabía por qué le contaba aquello; simplemente, las palabras brotaron de sus labios. Blazer se quedó inmóvil, y entonces dijo algo que ella jamás habría esperado.

—A mí también.

Harper se quedó atónita. Sabía que Blazer y Smith eran amigos íntimos, pero nunca se le había ocurrido pensar que él pudiera sentir el mismo dolor que ella, la misma sensación de traición. Pero ahora entreveía en su rostro la pena. Blazer se pasó los dedos por el pelo y dejó escapar un leve suspiro antes de proseguir:

—Mira, McClain, puede ser que mis chicos se hayan extralimitado. Como bien has dicho, ya ha pasado un año, y todos tenemos trabajos que desempeñar. No puedo permitir que este tipo de cuestiones interfieran en sus tareas. —Tomó un bolígrafo de su escritorio y anotó algo en una libreta abierta frente a él—. Hablaré con ellos, les pediré que aflojen un poco.

Harper no daba crédito. Fuera lo que fuese que esperaba de aquella conversación, que él estuviera de acuerdo con ella no era una opción.

—Gracias, teniente —dijo con vehemencia.

—Tampoco te emociones —le advirtió Blazer—. Algunos de mis muchachos siguen creyendo que no pueden confiar en ti. Si quieres que eso cambie, vas a tener que dar con el modo de ganarte su confianza de nuevo. Con eso no puedo ayudarte, pero puedo ponerle freno al acoso. —Sus labios esbozaron una sonrisa—. Y tendré unas palabras con Kowalski.

—Sería de gran ayuda —le respondió—. Se lo agradezco.

Su gratitud parecía molestarle.

—¿Eso es todo? —le preguntó con su habitual tono brusco.

—Solo una cosa más. —Harper abrió su libreta arrugada y sacó un bolígrafo—. ¿Qué puede decirme acerca de Peyton Anderson?

Blazer se balanceó hacia atrás en la silla.

—Genial. Deja que lo adivine. Has estado hablando con Jerrod Scott.

Ella asintió.

—Está realmente disgustado por la detención de Wilson Shepherd. Dice que es imposible que él lo haya hecho y que la policía no quiere escucharle.

—Pues bien, en eso se equivoca —dijo—. Shepherd podría haberlo hecho de muchas maneras.

Blazer se pasó la mano por la mandíbula.

—¿Extraoficialmente?

Harper asintió y dejó el bolígrafo a un lado.

—Shepherd no tiene coartada. Dice que la noche en que Scott fue asesinada estaba en casa estudiando. Nadie puede dar fe de dónde se encontraba. Sospechamos que Scott y Shepherd discutieron; puede que ella le estuviera engañando o que quisiera cortar con él, lo desconocemos. Tal y como yo lo veo, lo que ocurrió fue que él se pasó la noche en casa echando humo por las orejas y que, luego, cuando ella terminó su turno, él la convenció para quedar en el centro y una vez allí la mató.

Aquella teoría era de una lógica aplastante. Sería exactamente eso lo que ella habría pensado si fuera poli.

—¿Se ha comprobado si su pistola es el arma homicida? —preguntó.

Blazer dudó demasiado tiempo. Si las armas hubieran coincidido, se lo habría confirmado de inmediato.

—¿No es la misma? —fue incapaz de contener la sorpresa de su voz—, pero ¿eso qué significa?

—No significa nada, McClain —respondió Blazer con determinación—. Es un joven muy inteligente. Fue lo suficientemente listo como para dispararle con un arma ilegal y deshacerse de ella. Eso no lo convierte en inocente.

—¿Y qué pasa entonces con Anderson? —le preguntó—. ¿Podría ser «el otro» en su relación?

—Por el amor de Dios, McClain. ¿De verdad quieres buscarte esa serie de problemas? —Blazer se puso en pie de repente—. Si se te ocurriera meter a Peyton Anderson en esta historia, su padre te comería viva. Si necesitas algo con lo que entretenerte, averigua más cosas sobre Wilson Shepherd. Él es el asesino, el tipo que debería interesarte. Tiene todo un expediente de detenciones. Pregúntale a la detective Daltrey al respecto.

Blazer le señaló la puerta.

—Ahora tengo que volver al trabajo. Me gustaría poder irme a casa en algún momento esta noche.

Al ver que no iba a sonsacarle nada más, Harper se levantó.

—Gracias, teniente —dijo.

Sin embargo, antes de que Harper llegara a la puerta, Blazer la detuvo.

—Sigue mi consejo, McClain. —Su expresión era seria—. Por una vez en tu vida, deja de meter cizaña. Shepherd va a cargar con la culpa.

CAPÍTULO DIEZ

Esa noche, más tarde, mientras volvía a casa del trabajo en coche, Harper seguía exultante debido a su charla con Blazer. Quizá las cosas volvieran por fin a la normalidad. O algo parecido. Como en piloto automático, recorrió el trayecto de siempre a través de las calles oscuras de la ciudad mientras sus pensamientos se arremolinaban en torno a Naomi Scott, Larry Blazer y Luke. Aparcó el coche en el sitio habitual, a la sombra de las largas ramas de un roble, lo cerró con llave y subió la escalera de entrada al edificio. Cuando abrió la puerta de casa, hizo lo de siempre sin pensarlo mucho: marcó el código del sistema de alarma y encendió las luces.

Su mente estaba tan concentrada en el artículo y en sus propias decisiones que no se dio cuenta hasta pasado un momento de que algo no marchaba bien. Se quedó inmóvil en el vestíbulo, tratando de identificar qué era lo que no encajaba. Percibió en el ambiente un leve olor a cigarrillo que no era propio. ¿Y por qué estaba la luz del vestíbulo apagada? Dejar encendida esa luz y conectar la alarma formaba parte de su rutina tanto como vestirse. Tan improbable era que saliera por la puerta desnuda como que se olvidara de hacer cualquiera de esas dos cosas. Así que, ¿quién la había apagado?

Se le erizó el vello de la nuca. Despacio, retrocedió paso a paso y volvió a comprobar la alarma. Estaba en modo reposo, de manera

98

correcta. Si alguien hubiera entrado, tendría que haber saltado, ¿no? Echó la mano a su espalda y palpó el bate de béisbol que guardaba junto a la puerta de entrada. Con los dedos notó el frescor y la suavidad de la madera del mango, lo levantó y sintió su peso tranquilizador en las manos. Trazando movimientos silenciosos, se dirigió al salón, bañado en oscuridad. Sin desprenderse del bate encendió las luces con el codo y entró de un salto en la habitación, con el cuerpo ligeramente encogido, lista para batear. Estaba vacío. Todo se hallaba en su lugar: los dos sofás, uno enfrente del otro, y entre ellos la mesa de centro vacía; libros en las estanterías; los cuadros de su madre, que resplandecían reconfortándola, colgados de las paredes. No había signos de robo ni amenazas garabateadas en pintura chorreante, y, aun así, algo seguía sin encajar. Podía sentirlo.

Todavía con el bate en la mano, Harper se apresuró a entrar en la cocina. A la luz brillante que colgaba del techo, todo estaba limpio y despejado. La robusta puerta trasera estaba cerrada y las tres cerraduras aseguradas con llave. La taza de café que había utilizado por la mañana estaba boca abajo en el escurreplatos, exactamente donde la había dejado.

Parte de la tensión que la atenazaba se disipó. Aun así, terminó de revisar el resto del apartamento con cautela antes de volver a dejar el bate en un rincón y de apoyarse en la encimera de la cocina, mirando en todas direcciones en busca de una explicación. No había ni rastro de Zuzu. Aquello no era del todo raro, ya que había una portezuela para el gato en la cocina que utilizaba a menudo para salir por las noches a dar una vuelta por ahí. Sin embargo, Harper se habría sentido mejor si hubiera estado allí. Guiada por la inercia, sacó la comida de la gata de la alacena, llenó el comedero y lo dejó en el suelo en el sitio de siempre mientras repasaba mentalmente todo lo que había hecho aquella mañana antes de salir. Trató de hallar una explicación. Quizá hubiera olvidado dejar la luz encendida; hay una primera vez para todo. Puede que el olor a cigarrillo proviniera del apartamento de al lado.

Desde que entraron a robar en casa, estaba bastante paranoica al respecto. Se asustaba por nada. Aquella no era la primera vez que había experimentado la extraña sensación de que alguien había estado en su apartamento cuando la lógica le dictaba que era imposible. Después de repetirse que al apartamento no le pasaba nada y que ella estaba bien, encendió el detector y se sirvió una bebida. Una vez en el sofá, con el bate de béisbol junto a su codo, se acomodó a la luz de la lamparita, escuchando el crepitar y resonar de las malas noticias de la ciudad: atracos, robos, controles de tráfico... La letanía reconfortante de la rutina del trabajo policial inundó el apartamento hasta que al final se quedó dormida. Una hora más tarde se despertó cuando algo pesado se acomodó en su cadera. Adormilada, extendió la mano y tocó un pelaje suave y cálido.

—Aquí estás —susurró Harper, sumergiéndose de nuevo en los cojines del sofá.

El ronroneo de Zuzu ahogó las voces procedentes del detector, y Harper se concedió un merecido descanso.

El bocinazo de un coche a la puerta de su casa la despertó temprano a la mañana siguiente. En el estado semiinconsciente en el que se encontraba, llegó a pensar que se trataba de su teléfono y fue a gatas para cogerlo, golpeando a su paso el bate de béisbol, que cayó sobre la mesa de centro con un sonoro golpe seco. Después de aquello ya no consiguió volverse a dormir. Se quedó pensando en sus sospechas de la noche anterior, preguntándose si no se estaría volviendo loca.

Era viernes. Ya habían pasado dos días desde el asesinato de Naomi Scott y Harper había trabajado sin descanso, quizá solo estuviera agotada. Aun así, quería asegurarse. Se estaba sirviendo la primera taza de café de la mañana cuando escuchó el repiqueteo de los tacones de la vecina de arriba bajando las escaleras. Harper corrió hacia la puerta delantera y la abrió de par en par cuando la mujer pasó por delante.

Mia Flores tenía unos treinta años, era menuda, llevaba la melena morena por los hombros y su tez era de color tostado. Mia levantó la mirada sorprendida cuando Harper salió disparada en dirección al pequeño porche delantero, descalza y con una taza en la mano con la palabra *FBI* escrita en un lateral.

—¿Hola? —Mientras la escrutaba de arriba abajo, Mia dejó la palabra suspendida en el aire, a modo de pregunta y comentario a la vez.

Harper admiró y temió aquella capacidad.

—Hola, siento molestarte —dijo Harper—. Anoche ocurrió algo extraño y me preguntaba si habrías visto a alguien sospechoso merodeando por mi apartamento en los últimos días.

—¿Sospechoso? —Mia enarcó las cejas.

Iba perfectamente maquillada y llevaba los oscuros ojos delineados con el lápiz adecuado. La chaqueta azul marino y la falda corta conjuntaban a la perfección con su figura voluptuosa.

Harper tiró hacia abajo del dobladillo de su camiseta desvaída del Festival de Música de Savannah que se había puesto nada más salir de la ducha.

—Sí —respondió—. Podría tratarse de alguien que merodease por la casa o que pasase por aquí muy a menudo. Cualquier cosa.

Mia parecía preocupada.

—¿Han vuelto a intentar colarse en tu casa? —preguntó—. Porque, si es así, deberías llamar a la policía.

—No creo —dijo Harper—. No todavía, en cualquier caso. Solo trato de estar al tanto de cualquier movimiento.

La expresión de Mia le dejó claro que aquel comentario no le había hecho sentirse mejor.

—No he visto a nadie —dijo tras una breve pausa—, el trabajo me ha tenido muy ocupada últimamente. No sé si me habría dado cuenta. —Echó un vistazo a su reloj de pulsera—. Mira, he de marcharme, pero tengo tu número. Si veo a alguien merodeando por aquí, ¿quieres que te llame?

—Sí —respondió Harper, con gratitud—. Muchas gracias.

Mia reanudó su camino, pero, en el último momento, se dio la vuelta, casi a regañadientes.

—Esto…, ¿va todo bien? —le preguntó.

—Sí, todo bien. —Sin embargo, justo en aquel momento, un último pensamiento cruzó la mente de Harper—. Una cosa más: ¿fumas?

Mia se quedó desconcertada.

—No, tengo asma. El tabaco no me sienta bien. ¿Por qué?

— Anoche me dio la sensación de que olía a humo de cigarrillo. La imaginación me habrá jugado una mala pasada. —Perfectamente consciente de que en ese preciso instante debía de parecer una auténtica demente, Harper forzó una sonrisa y dijo jovialmente—: En fin, que tienes que irte a trabajar y yo necesito ponerme ropa decente.

—Claro… —Después de lanzarle una última mirada de perplejidad, Mia se dirigió hacia donde había aparcado su Mazda azul.

De repente, Harper pensó que, normalmente, Mia y ella tenían un buen sistema: ella se pasaba los días fuera, mientras que Harper los pasaba en casa. Harper, por su parte, salía a trabajar gran parte de las noches mientras Mia se quedaba en casa. Salvo que, últimamente, la investigación del caso de Naomi Scott la había mantenido fuera de casa durante el día más de lo habitual. El edificio permanecía vacío casi todo el tiempo.

De vuelta en el interior, Harper cogió el teléfono de la mesa de centro y caminó por el suelo de roble pulido en dirección a la cocina. La voz de su casero, con ese acento de Luisiana tan marcado, respondió a la llamada:

—Billy Dupre al habla.

—Hola, Billy, soy Harper.

—¿Qué haces levantada tan temprano? —le preguntó en tono alegre—. ¿Estás enferma? ¿Algo marcha mal?

—No, no, no estoy enferma. —Harper puso el teléfono en manos libres, lo colocó en la encimera de la cocina y se sirvió un poco más de café—. Es que estoy trabajando en una historia.

—¿Acerca de la mujer de River Street? —Se puso serio—. He visto tu artículo en el periódico esta mañana. Parece que la policía cree que fue el novio.

—Bueno —dijo ella—, eso está por ver, pero no te llamo por eso. Tengo que pedirte un favor.

—Claro —dijo Billy— ¿Qué puedo hacer por ti?

—¿Podrías echarle un ojo al apartamento cuando esté en el trabajo durante un par de semanas? Quizá puedas dar una vuelta de vez en cuando, asegurarte de que todo marcha bien.

—¿Qué ha ocurrido? —Un tono de alerta envolvió su voz—. ¿Has tenido algún problema?

Billy era más bajo que Harper; siempre llevaba sus arqueadas piernas enfundadas en unos desvaídos vaqueros y una vieja gorra de béisbol de la Universidad Estatal de Luisiana. Se había criado en un ambiente muy desfavorecido y eso había potenciado un profundo y perdurable sentimiento de lealtad hacia aquellos a los que apreciaba. Desde el robo del año pasado, había estado preocupado por la seguridad de Harper; sabía que él consideraba aquella intrusión como una cuestión personal.

—Ayer ocurrió algo —le dijo—, y tengo la extraña sensación de que quizá alguien haya entrado en casa.

—¿Cómo puede ser eso posible? —le preguntó—. ¿Hay alguna ventana rota?

—No —respondió—. No hay ningún daño en la casa.

—¿Echas en falta algo?

—No que yo sepa —admitió ella.

Se hizo un silencio. Casi podía verlo rascándose la cabeza.

—Pues sí que es un allanamiento gracioso, *chère.* ¿Nada roto? ¿Nada robado? ¿Y qué pasa con la alarma?

—La alarma no saltó. —Intentó pensar en una manera de explicar todo aquello con algo de lógica—. Mira, sé que parece de locos, pero algo no me encaja, Billy. Tengo la sensación de que alguien ha entrado en casa. No hay ninguna cosa fuera de su sitio, y es posible que todo esté en mi cabeza, pero, durante un tiempo, toda precaución es poca, solo por si acaso.

—¿Le has dado el código a alguien? —le preguntó—. ¿A algún ligue?

—No —respondió ella—. Nadie tiene el código, salvo Bonnie y yo.

—Entonces, ¿cómo ha podido entrar alguien? —La confusión en su voz era un reflejo de la que ella estaba experimentando—. No tiene ningún sentido.

—Lo sé —admitió—. Puede que alguien lograra adivinarlo.

El código de la alarma de Harper era el cumpleaños de su madre, y la posibilidad de que alguien pudiera haberlo adivinado era tan improbable que ni ella se lo creía. De hecho, ahora que estaba compartiendo sus sospechas con el casero, se dio cuenta de que todo aquello era ridículo. ¿Por qué alguien entraría en una casa y no se llevaría nada? ¿Quién se cuela en una casa ajena y solo apaga la luz?

—¿Sabes qué? Ni te molestes, seguro que no es nada —dijo ella—, pero no dejo de tener la extraña sensación de que alguien estuvo en mi casa anoche. He trabajado muy duro, y todo apunta a que son imaginaciones mías.

Mientras su casero asimilaba ese cambio de opinión, se hizo un silencio.

—Mira, te diré lo que haremos —dijo Billy—. Me pasaré por allí mientras estés en el trabajo para asegurarme de que nadie anda merodeando en busca de problemas. Si veo a alguien, te lo haré saber.

—Gracias, Billy —dijo con gratitud—. Te lo agradezco enormemente.

El cortacésped empezó a sonar de fondo con un rugido, y él se vio obligado a gritar para hacerse oír:

—¡Pero cambia el código de la alarma! ¿Entendido? Solo por si acaso.

CAPÍTULO ONCE

Al final, aquel día resultó tan ajetreado que Harper tuvo poco tiempo para preocuparse por el apartamento. Después de poner fin a la conversación con Billy, apenas había empezado a vestirse cuando Miles la llamó al móvil.

—Tenemos una colisión múltiple con diez coches implicados en la I-95 —le dijo animadamente—. Tráete los zapatos de baile.

Todavía con la camiseta a medio poner, cogió la libreta y las llaves y salió por la puerta como una exhalación, tan rápido que casi olvida su promesa de cambiar el código de la alarma. Maldiciendo para sus adentros, volvió a subir las escaleras y marcó con energía el nuevo código: el cumpleaños de Bonnie. Mientras bajaba a toda prisa la escalera y salía al caliente y húmedo aire matutino, no dejaba de pensar en la posibilidad de no recordar que había cambiado el código cuando regresara por la noche.

Cuando llegó al lugar del accidente veinte minutos más tarde, la interestatal estaba cortada. No conocía a los patrulleros de carretera de nada, así que tuvo que discutir un poco con el agente de turno para que le permitiera circular por el carril de acceso. Cuando Harper se cansó de buscar el pase de prensa, y el agente de escuchar sus quejas, le hizo un gesto para que pasara con un agotado giro de muñeca.

—Intente no estorbar demasiado —masculló el agente mientras Harper metía la marcha.

Detrás de él, en la I-95 con dirección sur reinaba un increíble silencio.

—¿Dónde ha tenido lugar el accidente? —preguntó Harper.

El agente hizo un gesto hacia la lejanía calimosa.

—Todo recto. No le va a pasar desapercibido.

En cuanto lo rebasó, tuvo para ella sola una de las arterias de comunicación más importantes del país, rodeada de cinco carriles vacíos. La escena era fantasmagórica y todo estaba demasiado silencioso. De pronto se dio cuenta de que conducía por debajo del límite de velocidad; había algo en aquel vacío que le ponía los pelos de punta. Las autopistas están hechas para el ajetreo, y aquello ahora parecía un páramo. Supo que se acercaba al lugar del accidente cuando empezó a vislumbrar coches abandonados en la distancia, algunos tenían las puertas abiertas. Más allá, como a unos cien metros, giraban las luces azules de los coches patrulla y se había congregado una pequeña multitud. Tres camiones de televisión ya estaban allí, con sus antenas parabólicas de conexión por satélite apuntando al cielo. Aparcó el Camaro justo detrás de ellos y se acercó al lugar de los hechos a pie.

Los conductores de los coches abandonados se arremolinaban alrededor de la escena. Sus rostros tenían el aspecto asombrado y preocupado, característico de aquellos cuyas vidas se han cruzado de forma dramática en el camino de las noticias del día. Más adelante, las piezas ennegrecidas de un vehículo imposible de identificar ardían, esparcidas por la interestatal como si hubieran sido arrojadas por un niño gigante muy furioso. Había ambulancias aparcadas por todas partes con sus luces de emergencia encendidas y silenciosas.

Harper consiguió abrirse camino entre la multitud y fue siguiendo fragmentos de coche antes de toparse con el resto del accidente: había un montón de coches formando un amasijo de piezas inconexas todavía en llamas. La policía y las ambulancias rodeaban esa escena dantesca bajo el gigantesco sol de finales del verano. Miles se encontraba justo en el meollo de todo aquello junto a Josh Leonard, el reportero de las noticias del Canal 5, que con el dedo señalaba algo junto al amasijo de piezas. Solo cuando Harper los alcanzó, pudo ver la primera lata de cerveza. Había una segunda tirada cerca, y otra un poco más allá.

—¿Ya tan pronto? —dijo—. Ni tan siquiera son las once de la mañana.

La expresión de Miles era sombría.

—Tres muertos —le comentó en voz baja— y seis heridos. La policía cree que uno de los conductores estaba borracho.

Josh no hizo ninguna de sus bromas habituales.

—Es una carnicería —le dijo—. Creen que se trataba de una despedida de soltero.

—Dios. —Harper sacó el móvil del bolsillo—. Avisaré al periódico. ¿A dónde están llevando a los heridos?

—No estoy seguro. —Miles señaló hacia una ambulancia cercana—. Pregúntale a Toby.

Al mirar en la dirección indicada, Harper vio al paramédico Toby Jennings, con el cabello rubio claro despeinado y una expresión seria, mientras conectaba una vía intravenosa a una bolsa suspendida sobre la cabeza de un hombre ensangrentado que yacía en una camilla. Harper se acercó a él. Mientras subían la camilla a una de las ambulancias, Toby se pasó los dedos por el pelo y miró a su alrededor para ver qué más podía hacer.

—Ey, Toby —lo llamó Harper, haciendo un gesto con la mano.

Al levantar la mirada, Toby le dedicó una media sonrisa distraída mientras hacía un gesto con la mano a modo de respuesta.

—Hola —dijo a medida que Harper se acercaba—. ¿También tú has conseguido entrar en esta fiesta? Y yo que pensaba que este era un lugar exclusivo.

—El segurata me conoce —respondió.

Toby le dio un abrazo rápido. Aquello era nuevo para ambos. Desde que el paramédico, que estaba de guardia la noche que habían disparado a Harper y fue él quien la atendió, «había adoptado un nuevo interés en su supervivencia», como a él le gustaba decir.

—¿Cómo va la cosa? —preguntó Harper.

—Bueno, ya sabes… —miró a su espalda mientras hablaba, evaluando a las dos víctimas que quedaban, ambas rodeadas por otros paramédicos—, cada día un desastre nuevo. Sirve para pagar las facturas.

Harper bajó la voz.

—¿Es cierto que uno de los conductores iba borracho?

La forma pesarosa en que él asintió lo dijo todo.

—Volvían de Jacksonville después de haber pasado toda la noche celebrando una despedida de soltero —le dijo—. Me han dicho que el novio iba en un coche diferente, uno que no se estampó, lo que lo convierte en un cabrón con suerte, porque nadie ha salido de esta entero.

Harper negó con la cabeza.

—¿Cuándo aprenderán?

—Nunca, o eso parece —respondió Toby. Hizo un gesto en dirección al hombro de Harper—. Y tú ¿qué tal? ¿Todavía eres capaz de predecir el tiempo gracias a eso?

Harper se llevó la mano a la cicatriz.

—Está bien. Solo me duele cuando miento.

Toby sonrió.

—Pues las vas a pasar canutas en el periódico. Vamos, que lo único que hacéis vosotros, los periodistas, es inventaros las cosas, o eso he oído.

Ella le propinó una patadita cariñosa y él aprovechó el movimiento y le sostuvo la pierna en alto.

—¡Toby! —La voz procedía de una de las ambulancias—. Nos vamos.

Toby le dedicó una sonrisa de disculpa.

—El deber me llama.

—¡Eh! —le dijo mientras se alejaba de ella en dirección al resto de paramédicos—. ¿A dónde os los lleváis?

—Al Savannah Memorial. —Se subió a la parte trasera de la ambulancia más cercana y se giró para mirarla de frente—. ¡Pásate por allí! Tenemos tarta.

Para cuando terminó de recabar suficiente información del lugar de los hechos, se pasó por el hospital y regresó a la sala de redacción para escribir el artículo; ya era por la tarde y no había tenido oportunidad de pensar siquiera en el caso Scott. Acababa de presionar el botón «Enviar» del correo electrónico que contenía su historia cuando D. J. giró la silla y se acercó rodando a la mesa de Harper.

—¿Cómo es que siempre adivinas el momento en el que termino de hacer algo? —le preguntó con recelo.

—Intuición. —Se dio un golpecito en la frente—. He visto que encontrasteis a uno vivo. Baxter dice que parecía un matadero.

—Sí —dijo Harper—. Si pensabas en ir conduciendo hasta Florida esta tarde, lo dejaría para mañana.

—Lo tendré en cuenta…

—Harper. —Emma Baxter cruzó como una ventisca la sala de redacción en dirección a la mesa de Harper. D. J. se encogió de miedo.

—¿Por qué hace eso? —murmuró el joven periodista regresando con rapidez a su puesto.

—Tengo las fotos del lugar del accidente —dijo Baxter—. Nuestra portada es un noventa por ciento muerte gracias a ti.

—No hay de qué —respondió Harper.

—¿Qué novedades tienes de Wilson Shepherd? ¿Ya ha sido acusado formalmente?

Harper negó con la cabeza.

—Todo lo que dice el agente de prensa de la policía es «Sin comentarios por ahora».

Baxter la fulminó con la mirada.

—¿Por qué demonios están tardando tanto?

—Muy buena pregunta.

Al recordar la información que se le había escapado a Blazer la noche anterior, Harper se inclinó ligeramente hacia delante.

—He oído por ahí el rumor de que la pistola que llevaba encima cuando lo detuvieron no era el arma homicida. Si tuvieran alguna otra prueba forense que lo relacionara con el crimen, habrían presentado cargos contra él esta mañana, pero no lo han hecho.

Baxter le sostuvo la mirada mientras todas y cada una de las piezas encajaban en su cabeza.

—Mierda —exclamó—. Se han equivocado de tipo.

Harper levantó una mano en señal de precaución.

—Puede. O simplemente la han fastidiado al recabar las pruebas. O puede que sea cualquier otra cosa.

Baxter repiqueteó las uñas cortas y bien limadas contra el borde de la mesa de Harper mientras le daba una vuelta al asunto.

—Ya lo han retenido durante más de veinticuatro horas, así que habrán solicitado una prórroga, pero si no tienen pruebas, tendrán que soltarle pronto —reflexionó—. Entonces tendríamos que volver a valorar la posibilidad de que se trate de un asesinato fortuito.

—Tienes razón, pero la única persona que cree que Shepherd es inocente es el padre de Naomi —le recordó Harper.

—Ah, ¿sí? —dijo Baxter—. ¿Y cuál es su teoría, si puede saberse?

Al no tener nada nuevo, hasta el momento Harper se había reservado las teorías de Jerrod, pero si Wilson no era el asesino, había llegado la hora de compartir la información.

—Dice que a Naomi le pasaba algo con otro tipo de la facultad de Derecho. Dijo que se comportaba como si le tuviera miedo, pero no te va a hacer ninguna gracia quien es.

Baxter frunció el ceño.

—¿Qué quieres decir con que no me va a hacer ninguna gracia? ¿De quién se trata?

—Dice que es el hijo de Randall Anderson, Peyton.

Baxter le dedicó una fiera mirada de incredulidad.

—Tienes que estar de broma.

—Mira, sé lo que estás pensando, pero me pregunto si no será verdad que Anderson está involucrado de alguna manera —dijo Harper—. Puede que Naomi engañara a Shepherd con Anderson y que Shepherd quisiera vengarse. O quizá a Anderson le gustase, pero el sentimiento no era mutuo y las cosas se pusieron feas.

—Eso es estupendo —se quejó la editora—. Casi que voy a presentar mi renuncia ahora mismo, antes de que Anderson nos demande y nos cierre el chiringuito para siempre.

—Lo investigaré sin armar mucho revuelo —prometió Harper—, pero creo que debería hacer algunas llamadas.

Mientras hablaba, el teléfono móvil de Harper empezó a sonar; a pesar de ello, Baxter siguió haciéndose oír por encima del tono de llamada.

—Hablaré con Dells, pero que te quede clara una cosa, McClain: a Randall Anderson le encantan las demandas. Si le cabreas, no podré salvarte —dijo—. Nadie podrá.

Ella regresó repentinamente a su mesa mientras Harper cogía el teléfono. El nombre de Bonnie apareció en la pantalla.

—Hola, Bonnie —dijo en tono ausente, con los ojos fijos en la figura cada vez más lejana de Baxter. La editora no se había detenido al llegar a su mesa, sino que había seguido hasta el despacho de Dells y ahora llamaba a su puerta.

—Harper, ¿puedes hablar?

Bonnie parecía seria y hablaba en voz baja, como si no quisiera que nadie la escuchara a su alrededor.

—Claro que sí —respondió Harper—. ¿Qué ocurre?

—Fitz acaba de convocar a todos los empleados para celebrar una reunión en La Biblioteca —dijo Bonnie entre susurros—. De hecho, ya estoy aquí. Dice que vamos a organizar un homenaje en el bar esta noche, por Naomi, y he pensado que quizá quisieses venir.

Aquellas eran buenas noticias. Le proporcionaba material para el artículo mientras investigaba un poco al chaval de los Anderson.

—Por supuesto. ¿A qué hora?

—A las ocho en punto —respondió Bonnie.

Harper escuchó de fondo un alboroto en ese momento. No sonaba nada bien.

—¿Algo va mal? —le preguntó—. ¿Qué está pasando por ahí?

—La policía está aquí, hablando con Fitz. Le están haciendo un montón de preguntas y él está perdiendo los papeles. —Bonnie hablaba en voz tan baja ahora que a Harper le costaba horrores entender lo que decía.

—Harper, esto es muy extraño. Es como si pensaran que Fitz tiene algo que ver con el asesinato.

CAPÍTULO DOCE

Aquella tarde a las ocho, Harper y D. J. se sentaron en un rincón apartado de La Biblioteca, a la espera de que comenzara la ceremonia. En cuanto se enteró de a dónde iba, D. J. insistió en acompañarla, incluso aunque su turno en el periódico había terminado.

—En estos casos siempre vienen bien dos pares de ojos —dijo—. Además, van a servir cerveza.

En el exterior del local, Miles estaba ubicado en un lugar discreto tomando fotografías de los asistentes a medida que iban llegando. Una imagen a gran tamaño de Naomi Scott los observaba desde la barra. Era una foto preciosa: el sol moteaba su cabello oscuro en tonos bronce y los tirantes de su vaporoso vestido blanco contrastaban de forma impresionante el color dorado de su piel. Una sonrisa iluminaba su cara.

«Un rostro por el que matar», pensó Harper mientras estudiaba a los asistentes que no dejaban de llegar.

Un grupo de reporteros de televisión se había congregado en el interior; el maquillaje que lucían, junto con esos peinados de peluquería, parecía desentonar en un garito que frecuentaban estudiantes de Arte. En cualquier caso, el bar había prohibido cualquier tipo de cámara, así que se vieron obligados a no ser más que espectadores. Harper notaba su frustración flotando en la sala.

Detrás de la barra, medio ocultos por la fotografía de Naomi, Bonnie y Fitz servían bebidas. Bonnie llevaba el cabello rubio con mechas azules recogido en una coleta y vestía un sencillo vestido negro de corte recto. Esa noche, su habitual expresión risueña se había tornado seria. Fitz se había peinado la rebelde mata de pelo y vestía un elegante traje oscuro. Volvía a tener el aspecto de siempre, salvo por su rostro hinchado y sus mejillas hundidas, surcadas por las marcadas ramificaciones enrojecidas de vasos sanguíneos rotos.

Escudada en la multitud, Harper estudió a Fitz con curiosidad. En su llamada, Bonnie le había dicho que, cuando llegó la policía, los empleados fueron testigos de cómo se llevaban a Fitz a la trastienda del bar para hacerle unas preguntas. Unos minutos más tarde empezaron los gritos, la mayoría de Fitz.

Bonnie alcanzó a escuchar lo suficiente como para saber que le habían preguntado dónde estaba la noche del asesinato. Cuando él les dijo que había estado en casa solo, uno de los agentes había sugerido que quizá le interesara llamar a un abogado.

—Le pidieron que los acompañara a comisaría y Fitz perdió los papeles —le contó Bonnie—. Les dijo que se largaran inmediatamente de su bar y que regresaran con una orden. Después de eso, empezó a beber y a despotricar acerca de cómo la policía no tenía ni idea de lo que estaba haciendo, pero a mí me dio la impresión de que estaba asustado.

A pesar de ello, la policía seguía sin soltar prenda respecto a los avances con Wilson Shepherd. Todavía no le habían acusado formalmente ni habían dicho ni pío de en qué dirección avanzaba la investigación. Harper se había pasado gran parte de la tarde tratando de dar con alguien que le contara qué estaba ocurriendo, pero todos los involucrados mantenían la boca cerrada.

Harper se giró en la silla y empezó a buscar entre la multitud. La mayoría de los asistentes eran de la edad de Naomi y las expresiones de sus jóvenes rostros denotaban seriedad, sobriedad y estupefacción.

—¿A quién estás buscando? —preguntó D. J. tras dar un trago a su cerveza.

—Estoy quedándome con quién ha venido —respondió Harper—. No veo al padre de Naomi.

Mientras escrutaba la sala, se fijó en una mesa situada cerca de la puerta, a la que estaba sentado Luke con la detective Daltrey y el teniente Blazer. Daltrey parecía estar disfrutando de una animada conversación entre susurros con Blazer. Harper no podía descifrar lo que estaban diciendo, pero Daltrey hizo entonces algún comentario enfadada y en ese momento Blazer la interrumpió con un rápido movimiento circular de la mano, que Harper interpretó como «Aquí no». Luke, con la mirada fija en su vaso, se mantenía al margen.

—¿Quiénes son esos tipos? —preguntó D. J. siguiendo la dirección de la mirada de Harper—. Parecen polis.

—Eso es porque lo son —respondió Harper—. Detectives, para ser exactos.

—Cómo mola. —Después de recolocarse las gafas los observó con más detenimiento—. Es una pena que tengan una pinta tan normal. Esperaba que tuvieran el aspecto de actores, o algo así, en lugar de, bueno, parecer gente normal.

El local se estaba llenando con rapidez: los invitados se congregaban en torno a la barra y se apelotonaban en la entrada. El bar estaba iluminado con velas titilantes, colocadas en cada mesa y en las estanterías dispuestas a lo largo de las paredes. La combinación de gentío y velas era demasiado para el aire acondicionado, por lo que pronto empezó a hacer un calor asfixiante en el establecimiento.

En cuanto se dio la vuelta, la mirada de Harper se centró en un hombre que estaba apoyado de espaldas a la barra. Algo en él le resultaba familiar. Era joven e iba vestido de manera más formal que la mayoría de los allí presentes, con pantalones de vestir, americana y corbata de nudo perfecto. Llevaba el pelo rubio oscuro cortado a lo estudiante de colegio privado.

De pronto lo supo. Era Peyton Anderson.

—¿Qué está haciendo aquí? —murmuró.

—¿Quién? —preguntó D. J. siguiendo de nuevo la dirección de su mirada.

Harper escuchó la pregunta a medias.

—Quédate aquí —le dijo poniéndose en pie—. Estate atento.

—¿A qué?

—A cualquier cosa.

Harper se acercó a la barra y se colocó junto a Anderson. Fingió estar esperando a que Bonnie notara su presencia. Vio cómo Anderson echaba un vistazo a lo que parecía un reloj carísimo con un golpe de muñeca.

—Supongo que van con un poco de retraso —dijo Harper mientras le buscaba la mirada.

Peyton se sobresaltó, como si no esperara que pudieran dirigirse a él. Los ojos del joven estudiaron el rostro de Harper, que supo exactamente qué era lo que veía: alguien apenas unos años mayor que Naomi, elegantemente vestida con ropa oscura. Antes de llegar al bar se había desenredado el cabello color castaño rojizo y se había retocado el maquillaje.

—Es normal, supongo —dijo con educación—. Nadie puede culparlos por perder la noción del tiempo. No bajo semejantes circunstancias.

Poseía ese suave acento aristócrata característico de la clase alta de Savannah. Era como si derramara miel sobre cada oración y dotara a cada palabra, incluso las de una sola sílaba, de una complejidad y longitud que de otra forma no tendrían. Abandonado el paripé de estar esperando una bebida, Harper se giró hacia él para mirarlo de frente.

—¿Eras amigo de Naomi? —Harper se aseguró de hablar en un tono tranquilo y empático.

—Íbamos juntos a la facultad de Derecho —respondió él. La miraba como si tratara de ubicarla—. ¿Tú la conocías de la universidad?

—No. La conocía de La Biblioteca —explicó ella—. Tengo una amiga que trabaja aquí de camarera.

—¡Ah! Bonnie —dijo él, echando un vistazo al lugar en el que la amiga de Harper se encontraba sirviendo vino en unas cuantas copas. Sus ojos se detuvieron por un instante en su figura—. A Naomi le caía bien.

—Yo no llegué a conocer mucho a Naomi —dijo Harper, haciendo que volviera a centrar su atención en ella—, pero parecía tener talento y estar llena de vida. Parece imposible que haya ocurrido todo esto.

—Es sencillamente horrible —dijo, negando con la cabeza—. Estoy preocupado por nuestra ciudad. La criminalidad está fuera de control.

De pronto interrumpió su propio discurso y extendió la mano hacia ella.

—Lo siento, no me he presentado. Soy Peyton Anderson. ¿Cómo has dicho que te llamas?

Harper dudó. No se había planteado la pregunta. No podía darle un nombre falso, había demasiada gente allí que la conocía, y tampoco tenía tiempo para pensar en un plan para evitar la pregunta.

—Harper. —Estrechó la mano de Peyton, cuyos dedos eran fríos y suaves.

Fue un buen apretón, aunque le sostuvo la mano a Harper demasiado tiempo.

—Harper. Es un nombre poco común. —La observó con un interés halagador, como si ella fuera la única persona en el local—. Me resulta familiar. ¿Seguro que no nos hemos visto antes?

—Al cien por cien. —Con educación, Harper se liberó del apretón y cambió de tema—. Y bien, ¿Naomi y tú erais muy amigos?

Tal y como esperaba, el comentario lo pilló totalmente desprevenido. Aunque breve, tuvo lugar una evidente pausa entre pregunta y respuesta.

—Si te soy sincero, llegamos a ser más que amigos. Salimos juntos antes de que ella conociera a su novio actual. —Se inclinó hacia ella, recortando la distancia, como disponiéndose a hacer una confidencia—. Supongo que estarás al tanto de que ha sido detenido, ¿no?

—Sí, eso he oído —respondió Harper—. ¿Conoces a su novio? Vaya... ¿Cómo se llamaba? —Fingió pensar en ello—. Wilson Shepherd, ¿no?

—Sí, lo conozco. —Su voz adoptó un cariz gélido—. Jamás habría dicho que sería capaz de una cosa así. Es aterrador si lo piensas bien. Tenía pinta de ser buen tipo. Quizá no pareciese muy brillante, pero desde luego no daba el perfil de asesino. —Se dio la vuelta para observar la fotografía de Naomi que estaba apoyada en el centro de la barra y se detuvo a mirar con atención el rostro de la joven—. No me puedo creer que le haya podido hacer daño. Era tan hermosa...

Aquello no era lo que Harper esperaba. La forma en que Jerrod había descrito la relación entre Peyton y su hija le hizo suponer que él debería estar cuanto menos incómodo de algún modo durante el homenaje, pero no dio ninguna muestra de sentirse así. En lugar de eso, le pareció confiado y relajado. No tenía muy claro qué pensar de él, y tampoco contaba con tiempo para reflexiones. El local se revolucionó cuando todos los que estaban amontonados en torno a la puerta se hicieron a un lado, y un momento después apareció Jerrod Scott acompañado por un grupo de familiares y amigos que le arropaban.

Al otro lado de la sala, Harper vio cómo Daltrey y Blazer observaban a Scott con atención. Luke, sin embargo, no le miraba a él; los miraba directamente a ellos, a Harper y a Anderson. Los ojos de ella se encontraron con los de él, cuya expresión era inescrutable. Podría estar pensando cualquier cosa. O nada en absoluto. Entonces Daltrey le dijo algo y Luke se giró para escucharla. Harper tuvo que obligarse a mantener la atención en Anderson.

—Lo siento muchísimo por su padre —dijo en ese momento Peyton—. Sé que mantenían una relación muy estrecha.

Harper pensó en lo que Naomi le había dicho a su padre, que no hablara con Peyton bajo ningún concepto, y se preguntó qué demonios querría decir todo aquello, pero para entonces Jerrod casi había llegado a la parte delantera de la sala y ya no había tiempo para seguir indagando.

—Parece que va a dar comienzo —dijo Peyton, girándose hacia Harper con una mirada penetrante que parecía ser capaz de ver más de lo que a ella le habría gustado—. Voy a tomar asiento. Ha sido un placer charlar contigo, Harper. Estoy seguro de que volveremos a vernos.

El oficio fue muy emotivo. Jerrod y algunos de los amigos de Naomi hablaron de su belleza y su talento perdido. Un pastor elevó oraciones por ella y por la ciudad «que en días como este parece estar perdiendo el alma». El coro de la iglesia de Naomi cantó sus canciones favoritas. La gente lloraba.

Tan pronto como terminó, Harper se levantó de su asiento y se abrió paso entre la multitud. Necesitaba hablar con Jerrod Scott y averiguar si había hablado con Shepherd, pero no fue capaz de encontrarlo de inmediato. Para cuando lo localizó, se hallaba cerca de la puerta hablando con Blazer con las cabezas muy juntas. Así que se dejó caer de nuevo por la barra a la espera de que terminaran. Sin embargo, cuando volvió a mirar hacia allí, ya no estaban. Con un suspiro de fastidio emprendió de nuevo la búsqueda. El pequeño local abarrotado no iba a cerrar por el momento. La mayoría de la gente había decidido quedarse, manteniendo ocupados en hacer cócteles a Fitz y Bonnie.

Después de encontrar un lugar cercano a la barra con una buena perspectiva de todo el local, Harper esperó a que la gente se fuera. Apenas eran las diez. Todavía tenía tiempo hasta el cierre de edición de medianoche. Además de con Jerrod, tenía que hablar con Fitz. Si la policía lo estaba investigando por el asesinato de Naomi, tenía que averiguar por qué, y estaba claro que la poli no iba a compartir esa información con ella.

La gente se fue marchando y Harper localizó a Luke y a la detective Daltrey de pie, en un extremo de la sala, observando a los asistentes, igual que ella. Harper se dio cuenta de que Fitz los miraba de reojo de vez en cuando y luego apartaba la mirada con rapidez, haciendo una mueca, como si quisiese que se marcharan de allí. D. J. se acercó a ella con un vaso de cerveza en la mano.

—Me encantan estas ceremonias —anunció—. La bebida está a mitad de precio y dicen que más tarde van a servir algo de comer.

—¿Por qué no vas y recabas un poco de información primero? —sugirió Harper mientras ladeaba la cabeza en dirección a los miembros del coro, que se agolpaban en torno a la máquina de discos—. Empieza por ellos. Averigua si Naomi pertenecía al coro. ¿Alguno de ellos mantenía una relación de amistad con ella?

La mayoría de los cantantes eran mujeres, y Harper observó cómo se le iluminaba la cara a D. J.

—Eso está hecho.

D. J. se apresuró hacia el coro.

Mientras su compañero se congraciaba con el coro, Harper se acercó a la barra e hizo un movimiento con la mano para llamar la atención de Bonnie.

—Pues sí que ha sido deprimente —dijo Bonnie mientras le preparaba una mezcla de vodka con soda.

Forzó un tono despreocupado, pero a Harper no le pasó desapercibido el hecho de que llevara el rímel corrido y tuviera la nariz enrojecida.

—Y tanto que sí —convino Harper mientras posaba la mirada en el dueño de La Biblioteca. En el rostro de Fitz se marcaban unas profundas arrugas de tristeza mientras servía vino y no dejaban de temblarle las manos.

—¿Cómo lo lleva Fitz? —preguntó en voz baja.

Bonnie miró a su jefe antes de responder.

—No demasiado bien —respondió—. Apenas ha dicho una palabra desde que los agentes se marcharon esta mañana. No ha dejado de beber durante toda la ceremonia.

—¿Has averiguado algo más acerca de por qué vino la policía a hablar con él? —preguntó Harper—. ¿Naomi se había quejado de él?

Después de hacerle un gesto para que esperara, Bonnie le entregó una bebida a un hombre en el otro extremo de la barra. Cuando regresó junto a Harper, se acercó a ella.

—Naomi no —le dijo—. Otra persona.

—¿Otra persona se quejó? —Harper no se lo esperaba—. ¿Quién?

—Hace dos años —Bonnie volvió a mirar a su jefe para asegurarse de que estaba lo suficientemente alejado como para no oír nada—, trabajaba aquí una camarera, una chica guapísima. Apenas duró unos pocos meses. A Fitz le gustaba ella, pero a ella no le gustaba quedarse a solas con Fitz. Después de dejar el trabajo, él se acercó a su casa borracho, de madrugada, y empezó a llamar a golpes a su puerta. Ella llamó a la poli.

Harper no sabía cómo reaccionar ante aquella nueva información. Fitz no parecía capaz de algo así. Era un tipo amistoso y despreocupado que parecía llevarse bien con todo el mundo.

—¿La creíste?

Bonnie vaciló antes de responder.

—Su mujer lo había dejado. —Levantó las manos, como si aquel comentario lo explicara todo.

—Por el amor de Dios —dijo Harper—. ¿Qué les pasa a los tíos?

—Amén a eso, amiga.

—Tengo que hablar con él —dijo Harper—. Solo por si tuviera a bien darme algún detalle de lo que está ocurriendo. ¿Crees que ahora es mal momento?

Bonnie se encogió de hombros de manera elocuente.

—Creo que nunca va a haber un buen momento para esa conversación.

—Seré rápida.

Harper esperó a que el local estuviera tranquilo y entonces se dirigió hacia donde se encontraba el dueño colocando algunos vasos.

—Hola, Fitz —dijo—. Bonita ceremonia.

Tenía los ojos puestos en la gente, apenas miraba a Harper. Sus manos relimpiaban mecánicamente la impoluta barra.

—Sí que lo ha sido —añadió él.

—Fitz —continuó Harper—, Bonnie me ha dicho que unos agentes de policía han estado molestándote hoy. ¿Qué es lo que ocurre?

Pestañeó con la mirada nublada en dirección a Harper. Era obvio que estaba borracho. Tenía la mandíbula como encajada en unas pertinaces arrugas, y sus ojos miraban al infinito.

—Ya tienen a alguien y ahora quieren culparme a mí también. —Desorientado, se giró hacia la foto de Naomi, que todavía permanecía apoyada en la barra—. La traté como a una hija. De la misma forma en que trato a todas mis chicas. —Hizo un gesto hacia Bonnie, que estaba absorta en la limpieza del bar—. Yo nunca le habría hecho daño. Me crees, ¿verdad?

—Por supuesto que sí —le aseguró Harper—, pero ¿por qué? ¿Por qué estás en su punto de mira? ¿Ocurrió algo entre Naomi y tú?

Quería que se lo contara con sus propias palabras. Él levantó las manos; en una de ellas sostenía una bayeta de limpieza.

—Dicen que quieren investigar todas las opciones. Atar todos los cabos, pero ya han encerrado a alguien por esto. ¿Por qué creen que yo podría haberle hecho daño? No lo comprendo. Yo nunca le he hecho daño a nadie, Harper. Jamás.

Fitz estaba demasiado borracho y malhumorado como para continuar con las preguntas, menos aún si estaban relacionadas con el tema que Bonnie le había comentado. Necesitaba hablar con él sobrio.

—Está bien, Fitz —le dijo, retrocediendo—. Tú aguanta el tirón.

Lo dejó solo, negando con la cabeza y mascullando para sí mismo. El ruido del local iba en aumento. A Harper le daba la sensación de que algunos estaban allí por el homenaje y otros eran bebedores habituales que habían tropezado con aquel lugar. Al otro lado del establecimiento, D. J. estaba charlando con el coro, que lo rodeaban como pajarillos en torno a un comedero. Harper escrutaba la multitud en busca de Jerrod o Blazer cuando su teléfono vibró en el bolsillo. Era Miles.

—Hola —dijo ella, acercándose el móvil a la oreja—. ¿Qué hay?

—Acabo de llegar a la comisaría —respondió él—. Ven para acá. Van a soltar a Wilson Shepherd.

CAPÍTULO TRECE

Con el teléfono en la mano, Harper cruzó el bar hacia donde Daltrey y Luke habían estado de pie hacía unos minutos, pero ya no había ni rastro de ellos. Se puso de puntillas y trató de ver por encima del gentío, pero había demasiadas personas. Cogió una silla, se subió a ella y barrió el local con la mirada. Todos los detectives habían desaparecido. Se bajó de un salto de la silla y se abrió camino a empujones hasta donde se encontraba D. J., que estaba deleitando al coro con anécdotas de periodistas. Harper le dio un tirón del brazo sin previo aviso.

—Aquí está mi ayudante —anunció D. J.

—Tenemos que irnos —le urgió molesta.

—Es superexigente —le comentó D. J. al coro, diciéndole adiós con la mano mientras Harper lo sacaba del bar tirándole de la manga.

—¿Qué ocurre? —le preguntó mientras se disponían a salir a toda prisa del local hacia la calle oscura—. Más vale que valga la pena; creo que estaba a punto de conseguir una cita con cinco chicas cristianas muy monas.

—La poli va a soltar a Wilson Shepherd —le explicó sin aminorar la marcha—. Eso quiere decir que todo el caso está en el aire y solo nos quedan dos horas hasta el cierre de edición.

—Mierda —dijo—. ¿Y qué vamos a hacer ahora?

—Tengo que encontrar a los detectives. Acaban de marcharse.

Se detuvo frente a la puerta del bar y miró hacia ambas direcciones del callejón, pero estaba vacío. Eso debió de ser lo que Blazer le estaba diciendo a Jerrod Scott cuando los vio. Entonces, era muy probable que ambos se hubieran marchado. Los otros detectives, sin embargo, se acababan de ir, porque los había visto hacía pocos minutos.

—Deben de haber ido a la comisaría —dijo ella.

Harper corrió hacia el Camaro, que estaba aparcado a una manzana del bar, echando la vista atrás de vez en cuando para ver que D. J. la seguía.

—Tengo que encontrarlos —dijo Harper—. ¿Quieres venirte conmigo o prefieres quedarte con tus chicas del coro?

—¿Estás de broma? —D. J. abrió la puerta del copiloto—. Esto es lo más emocionante que me ha pasado nunca desde que perdí la virginidad.

—Pues venga, ponte el cinturón.

Harper giró la llave de contacto y el motor rugió, metió la marcha y se alejó del bordillo haciendo rechinar los neumáticos. Con una sonrisa de oreja a oreja, D. J. se agarró a la manilla superior. Se vio obligado a levantar la voz para hacerse oír por encima del estruendo del motor.

—Así es exactamente cómo me imaginaba que sería tu curro.

Recorrieron embalados la ciudad, tomando cada atajo que Harper conocía, y ocho minutos más tarde llegaron a la comisaría de policía y detuvieron el vehículo con un chirrido de frenos. Aparcaron el coche en una zona reservada a los bomberos perfectamente señalizada, y Harper salió escopetada del vehículo en dirección a Miles, que esperaba de pie junto a la puerta principal, cámara en mano.

—¿Ha salido ya? —preguntó Harper—. He venido todo lo rápido que he podido.

—Todavía no —respondió Miles.

—Hola, Miles —D. J. se unió a ellos.

—D. J. —Miles le dedicó una mirada desconcertada—. Es un placer tenerte en nuestro alegre equipo.

—Solo he venido porque me ponen las placas —le explicó D. J.

—¿Has visto entrar a Daltrey o a Walker? —preguntó Harper—. Los perdí de vista en el bar.

—No, pero el teniente Blazer entró hace como quince minutos con pinta de estar listo para matar a alguien con sus propias manos. —Miles se detuvo y echó un vistazo a través del cristal de la puerta de la comisaría hacia el interior—. Un momento. Empieza la acción.

Echándose a un lado, levantó la cámara.

A través del grueso cristal lleno de manchas, Harper alcanzó a ver a muchas personas en torno a Wilson Shepherd. Un grupo de agentes de policía se movía a su alrededor, siguiendo paso a paso el procedimiento para su puesta en libertad. Un Ford negro entró en el aparcamiento y se detuvo detrás del Camaro de Harper. Vigilando por encima del hombro, vio a Luke y a la detective Daltrey salir del coche. Justo se disponían a caminar hacia Harper cuando las puertas de la comisaría se abrieron de par en par y Shepherd salió, flanqueado por agentes de uniforme. Los últimos días parecían haber hecho mella en él; tenía un aspecto empequeñecido y agotado. En cuanto Miles se movió para sacarle una fotografía, Shepherd se le quedó mirando con rostro inexpresivo. Harper entró en su campo visual.

—Wilson.

Shepherd giró la cabeza en dirección a Harper. El rostro redondo del sospechoso tenía un aspecto macilento y lucía una barba de tres días.

—Wilson, ¿le hiciste daño a Naomi? —preguntó Harper en voz alta—. ¿Eres el asesino?

La expresión de Shepherd se descompuso, y se dio la vuelta como con la intención de regresar a la comisaría, pero dos agentes le detuvieron.

—Por aquí —dijo uno de ellos, empujándole hacia la izquierda.

Hasta entonces, Harper no se había dado cuenta de que había un taxi aparcado en Habersham Street, parapetado tras una adelfa. Acompañado por los dos agentes que medio le ayudaban y medio le llevaban a rastras, Shepherd se aproximó a trompicones al coche. Harper, Miles y D. J. le siguieron.

—Os juro que yo no le he hecho daño a nadie —dijo Shepherd en respuesta tardía a la pregunta de Harper—. Lo juro.

Antes de que pudiera decir nada más, los agentes lo metieron en la parte trasera del taxi y cerraron la puerta tras él. El vehículo salió a toda velocidad en cuanto la furgoneta del Canal 5 se precipitó en el aparcamiento.

—Demasiado tarde —comentó D. J. con cierto placer.

Dejándole atrás junto a Miles, Harper se acercó hasta donde estaban Luke y Daltrey, de pie junto a su coche. Se concentró en dirigirse a Daltrey.

—¿Por qué habéis soltado a Wilson Shepherd?

—Por ahora no tenemos ningún comentario que hacer —respondió Daltrey.

—¿Está bajo fianza? —insistió Harper—. ¿O ha sido puesto en libertad por falta de pruebas? ¿Habíais detenido al hombre equivocado?

Daltrey la fulminó con una mirada severa. Luke evitó mirarla a los ojos. Harper levantó ambas manos.

—Venga ya. Llevo veinticuatro horas asegurándoles a los contribuyentes de Savannah que el asesino estaba entre rejas, y ahora vais y le soltáis. Dadme algo con lo que trabajar. ¿Seguís convencidos de que es el culpable?

—McClain, sé que estás haciendo tu trabajo, pero necesito que aflojes un poco en estos momentos —le advirtió Daltrey.

—¿Qué quieres decir con eso exactamente? —Harper estaba empezando a perder la paciencia—. No puedo dejar de informar de la puesta en libertad de Shepherd, y cuando se lo cuente a mi editora va a querer saber el porqué.

Daltrey se acercó a ella; era más baja que Harper, pero cuando se enfadaba parecía mucho más alta.

—Estuviste presente en el oficio, McClain, y viste lo destrozado que estaba el padre de esa chica. Quiero resolver este caso, hacer justicia por Naomi Scott. —Los ojos de la detective centellearon—. Y necesito que te apartes de mi camino.

Harper se mordió la lengua y se guardó la implacable respuesta que tenía pensada. Forzándose a adoptar un tono comedido, dijo:

—Eso mismo quiero hacer yo también —miró a Luke, cuyos labios apretados dibujaban una fina línea en su rostro—, pero tenéis que darme algo con lo que trabajar. Además, los del Canal 5 vienen de camino y os van a hacer la misma pregunta. ¿Seguís creyendo que Shepherd es el asesino? Dadme vuestra opinión y me encargo del resto.

Dándose la vuelta hacia Daltrey, Luke dijo:

—Creo que deberías hablar con ella.

Daltrey le fulminó con la mirada, pero él se mantuvo firme.

—Sabes que tengo razón.

Después de un largo y gélido silencio, Daltrey volvió a dirigirse a Harper.

—Oficialmente: Shepherd ha sido puesto en libertad sin cargos mientras la investigación sigue su curso. —Hizo una pausa larga y tensa antes de continuar en voz baja—: Extraoficialmente: no tenemos las pruebas materiales necesarias para acusarle por el asesinato, pero sigo creyendo que es nuestro tipo. Vamos a trabajar sin prisa pero sin pausa para poder detenerlo de nuevo.

En su furgoneta, el reportero del Canal 5 Josh Leonard estaba echándose el cable del micrófono por el hombro mientras sostenía la cámara bajo el brazo. No dejaba de mirarlos con urgencia.

—¿Y qué pasa entonces con Jim Fitzgerald? —preguntó Harper—. Tengo entendido que le habéis interrogado hoy.

Luke y Daltrey intercambiaron una mirada de incredulidad.

—¿Cómo demonios estás al tanto de eso? —le preguntó Luke—. Ni siquiera hemos redactado el informe todavía.

—Es mi trabajo —dijo Harper.

—Increíble. —Daltrey se apoyó de espaldas contra el coche con los brazos cruzados sobre el pecho—. Mira, McClain, estamos analizando con lupa los antecedentes de todas aquellas personas cercanas a la víctima. El nombre de Fitzgerald salió a colación debido a una serie de alegaciones presentadas contra él hace dos años. Y esto es cien por cien extraoficial.

—No estaréis barajando la posibilidad de que Fitz pueda ser el culpable, ¿verdad?

Ninguno respondió, pero la mirada de Daltrey le dio a entender que todo era posible. Leonard cerró de un portazo la furgoneta del Canal 5 y se dirigió hacia ellos, cargado con todo el equipo. Tenía un aspecto atípicamente aturdido. Harper pensó entonces en la conversación que había mantenido con Peyton Anderson en el bar, y en su extraña e insinuante intensidad.

—¿Y qué me decís del hijo de Anderson? —preguntó—. ¿También le estáis investigando a él? Jerrod Scott asegura que Naomi tenía algún problema con él.

—Hasta aquí hemos llegado. —Daltrey se apartó del coche y se dirigió a la comisaría. Después de un segundo de vacilación, Luke la siguió.

—¿Cómo? —Harper se quedó plantada tras ellos—. ¿Ni siquiera vais a hablar del tema?

Josh estaba ahora a apenas unos metros de ellos.

—¿Quieres enfrentarte a la familia Anderson? Adelante —le dijo Daltrey sin dejar de caminar—. No necesito meterme en esos berenjenales. Sé quién es mi asesino.

El reportero del Canal 5 se deslizó hasta colocarse delante de Harper. A pesar de la carrera, su peinado estaba perfecto.

—Mierda —dijo observando cómo se alejaban los detectives—. ¿Qué me he perdido?

—No mucho. —Harper le dio una palmadita en el hombro y se volvió hacia su coche—. Vaya nochecita.

CAPÍTULO CATORCE

Al día siguiente, Harper se levantó a mediodía y su primer pensamiento fue para Wilson Shepherd. Seguía pensando en su aspecto. La cárcel succiona la fuerza vital de casi todo el mundo, pero hay a quien se le nota más. Es difícil diferenciar entre un hombre culpable, atormentado por su conciencia, y un hombre inocente, devastado por haber sido falsamente acusado. Wilson podía pertenecer a cualquiera de los dos grupos. Sin embargo, había algo que era seguro: tenía que hablar con él. Y sabía quién podría facilitar ese encuentro. Tan pronto como se hubo duchado y preparado un café, llamó a Jerrod Scott, que contestó al primer tono.

—Señorita McClain. —Su profunda y tranquilizadora voz era en cierto modo reconfortante—. Suponía que en algún momento me llamaría.

—Entiendo que está al tanto de que han puesto a Wilson Shepherd en libertad —dijo Harper.

—Efectivamente. —Scott no parecía descontento—. Creo que es lo primero que la policía hace a derechas desde que falleció Naomi.

—¿Sigue sin creer que él sea el asesino? —preguntó Harper.

Estaba en la cocina, sentada en una silla de madera con los pies descalzos apoyados sobre el asiento de la silla que tenía enfrente, con el portátil abierto delante de ella.

—No he creído ni por un instante que Wilson sea el hombre que busca la policía. —Scott hablaba con una solemnidad sosegada—. Hablé con él anoche, y está hecho polvo, señorita McClain. La policía tiene que dejarle en paz y dar con el verdadero asesino.

A Harper le sorprendió que ya hubiera hablado con Shepherd, pero entonces un hecho vago que había presenciado y pasado por alto afloró en su memoria. Scott se ganaba la vida como taxista, y Harper recordó de inmediato el taxi estacionado junto a la comisaría, oculto tras las adelfas.

—Señor Scott —dijo ella—, ¿fue usted quien recogió a Wilson Shepherd anoche en la comisaría?

—No había nadie más dispuesto a ayudarle —le respondió Scott—. Naomi no habría querido que lo dejara tirado en estos momentos de necesidad.

Harper enmudeció. Scott se había marchado de la ceremonia en honor de su propia hija para ir a recoger al presunto asesino que señalaba la policía y llevarlo a casa. Su fe ciega en la inocencia de Wilson era extraordinaria. Nunca en toda su carrera se había encontrado con un caso como aquel. Sin embargo, las estadísticas le decían, sin importar lo que Jerrod pensara, que el novio de su hija era el sospechoso más probable. Y si Harper pudiera hablar con él, se haría con la exclusiva del año.

—Señor Scott, me gustaría ayudar a Wilson si está en mi mano —le dijo—. ¿Me puede poner en contacto con él de alguna forma? Me gustaría escuchar su versión de la historia, pero no sé cómo contactar con él.

Después de pronunciar aquellas palabras se produjo un largo silencio.

—No lo sé —respondió Jerrod por fin—. Hablaré con Wilson, a ver qué le parece. No es decisión mía, señorita McClain. Tiene que ser él quien lo decida.

—Lo comprendo —dijo Harper—, pero el tiempo corre en nuestra contra. Para poder ayudarle, si es posible, necesito hablar con él cuanto antes. Por favor, hágaselo saber.

Cuando colgaron, Harper cruzó la cocina para servirse una taza de café. Miró a través de los ventanales hacia el patio trasero. Hacía un día brutalmente soleado, otra vez. Al jardincillo le vendrían bien algunos cuidados, el césped estaba creciendo demasiado. Debería comentárselo a Billy. Las buganvillas de su vecino vertían flores por encima de la valla creando una especie de vívida cascada en colores magenta. Estaba absorta observando el jardín y pensando en Wilson cuando algo se movió entre las sombras. Harper se inclinó hacia delante y entrecerró los ojos para protegerlos de la potente luz del sol. Habría jurado ver a alguien de pie, muy quieto, en la esquina de la casa de al lado. No parecía tratarse de la señora Watson, la anciana que vivía con su perro allí. Esta persona parecía mucho más alta y delgada. Un hombre, pensó; pero desde aquella distancia no podía distinguir bien sus rasgos, se encontraba al límite de su campo visual.

Antes de que pudiera echar un buen vistazo al lugar, el teléfono de Harper empezó a sonar. Instintivamente miró hacia el aparato y, cuando volvió la vista a la ventana, la sombra había desaparecido. El móvil no dejaba de sonar, así que volvió a cruzar la cocina para cogerlo y pulsó el botón para responder sin detenerse a mirar quién era.

—McClain —dijo ella, apresurándose hacia la ventana.

—Harper.

Al reconocer la voz de Luke, paró en seco. Hacía mucho tiempo desde la última vez que la había llamado. Se olvidó de todo lo relacionado con la sombra.

—¿Luke? —Detestaba lo optimista que sonaba—. ¿Qué tal?

—¿Podemos vernos? Tengo que hablar contigo acerca de Wilson Shepherd.

Era más de medianoche cuando Harper condujo hasta La Biblioteca. Luke y ella habían acordado quedar después del trabajo, ya que los turnos de ambos terminaban a la misma hora. Después de colgar el teléfono, la reportera había desbaratado su armario en busca de algo que ponerse. Finalmente, en un ataque de pánico, llamó a Bonnie para pedirle consejo. ¿Qué se pone una cuando va a quedar con su exnovio, cuya ruptura todavía no ha superado, para hablar de un asesinato que ambos están investigando? Al final se decidieron por un top negro sin mangas que resaltaba la figura y tez clara de Harper.

Aquella noche, en lugar de salir de la oficina como una exhalación en cuanto terminó su trabajo, como hacía normalmente, se había pasado por el aseo y se había tomado su tiempo en peinarse la encrespada melena color rojizo y, por una vez, en dedicarle atención a su maquillaje. Debió de funcionar porque a Junior, el amable segurata de ciento treinta kilos que custodiaba la entrada del local, casi se le salieron los ojos de las órbitas en cuanto la vio.

—Cásate conmigo, Harper McClain —le rogó—. Sé que puedo hacerte feliz.

—Estoy casada con mi trabajo, Junior —le respondió despreocupadamente.

—Algún día te darás cuenta del buen partido que soy —añadió.

Ignorando el comentario, Harper hizo un gesto hacia el bar casi vacío que se abría tras él.

—¿Cómo va la cosa?

—Bueno, digamos que nos viene fenomenal que hayas venido. —Su expresión amable se tornó seria—. Está demasiado tranquilo.

—¿Tan mal? —le preguntó, sorprendida.

—Peor. —Mientras Harper se adentraba en el establecimiento, Junior se sentó en el taburete ubicado junto al marco de la puerta . Si esto sigue así, ya no me van a necesitar más.

En el bar, Johnny Cash cantaba desde la máquina de discos, pero nadie bailaba. Harper echó un vistazo a su alrededor, consternada. Era sábado por la noche y el garito tendría que haber estado hasta la bandera, pero la mayoría de las mesas estaban vacías. Bonnie la saludó desde detrás de la barra.

—Estás impresionante —le dijo mientras Harper se acercaba—. Sabía que ese modelito era todo un acierto.

Sin tan siquiera preguntarle qué quería, deslizó una botella de Becks fría a lo largo de la barra. Después de atraparla, Harper hizo un gesto hacia el local casi vacío.

—¿Dónde está todo el mundo?

La sonrisa del rostro de Bonnie se esfumó.

—Supongo que nadie quiere dejarse caer por el bar de la muerte. ¿Quién iba a pensar que los estudiantes de Arte fueran tan quisquillosos?

Dándose la vuelta, Harper escrutó la exigua multitud de hípsteres barbudos, aspirantes a músicos y artistas, en busca de algún indicio de la presencia de Luke.

—¿Ha llegado ya? —le preguntó Bonnie al darse cuenta de lo que estaba haciendo—. He prestado atención, pero nadie tenía pinta de detective buenorro.

—No.

Harper trató de no parecer preocupada, incluso a pesar de que sus entrañas parecían estar disfrutando de una vuelta en montaña rusa.

—Ya vendrá.

—Todo esto es tan romántico... —suspiró Bonnie.

—Es trabajo —le recordó Harper—. Solo quiere hablar del caso.

—Claro que sí.

Bonnie no sonaba nada convencida. Apoyada sobre los codos en la gastada madera de la barra, se inclinó hacia delante y la miró comprensiva.

—¿Cómo lo llevas? ¿Estás lista para esto?

—No es para tanto, en serio —insistió Harper—. Solo vamos a hablar. No es que quiera volver con él, solo necesito su ayuda.

—Lo sé, cariño. —La expresión de Bonnie dejaba entrever que no se creía ni una sola de aquellas palabras.

—De verdad que no... —comenzó a decir Harper, pero Bonnie tenía la mirada puesta en algo detrás de ella.

—No te gires —con un golpe de barbilla hizo un gesto hacia la puerta—, pero un tipo impresionante acaba de entrar en el bar, y no es que veamos muchos de esos por aquí.

Harper se dio la vuelta y vio cómo Luke cruzaba el suelo de hormigón a paso largo. Vestido con vaqueros, botas y una camisa de color blanco, estaba tan fuera de lugar en aquel garito para artistas como un pulpo en un garaje. A Harper le dio un vuelco el corazón. Cuando Luke llegó hasta donde se encontraba, se mostró cuidadosamente inexpresivo.

—Vaya sitio —murmuró en voz baja a modo de saludo—. Creo que nunca me he sentido tan poli como ahora.

—A mí me gusta —comentó ella—. Soy muy fan de los libros.

Él le dedicó una mirada divertida. Bonnie los observaba con evidente fascinación. Si Harper no se decidía a presentarlos pronto, explotaría.

—Luke, te presento a mi amiga Bonnie. Bonnie, este es Luke Walker.

Luke extendió la mano con educación.

—Creo que coincidimos el otro día.

Con una sonrisa, Bonnie le estrechó la mano por encima de la barra.

—He oído hablar mucho de ti —dijo ella—. No sabía que fueras el Luke de Harper.

La sonrisa de él permaneció inmutable.

—¿Quieres algo de beber? —Bonnie hizo un gesto hacia las botellas que tenía a su espalda.

Luke miró la cerveza de Harper.

—Ponme una de estas —respondió mientras sacaba la cartera del bolsillo de atrás del pantalón.

—Por supuesto. —Bonnie sacó una botella de la nevera.

—Ah, por cierto —añadió mientras apoyaba la botella en la barra y echaba mano del abridor—, si queréis charlar en privado, que sepáis que no hay nadie en la sala Poesía.

Luke levantó ligeramente las cejas.

—¿La sala Poesía? —dijo mientras Harper lo guiaba por el local unos minutos más tarde.

—Hay tres salas laterales —le explicó señalando con el dedo en dirección a las puertas en arco que flanqueaban la zona principal del bar—. Poesía, Prosa y Billar.

Luke reprimió algunos comentarios críticos y se limitó a seguirla hacia el interior de una sala estrecha apenas iluminada por unas pocas lámparas destartaladas. Sus paredes negras estaban decoradas con fragmentos de poesías escritos en color blanco; las palabras los rodeaban. La iluminación era bastante pobre en aquella sala. Tal y como Bonnie sabía de sobra, ese lugar también era conocido como la sala del magreo. Había tres sofás de piel sintética dispuestos en torno a una mesa baja. Harper se dejó caer sobre uno, se estiró y apoyó los pies en la mesa de centro mientras daba un sorbo a su cerveza. La mirada de Luke se deslizó a lo largo de sus piernas, enfundadas en unos cómodos *leggings* negros.

—Tienes buen aspecto, Harper —le dijo.

Le costó Dios y ayuda mantener una expresión relajada.

—Gracias —respondió—. Tú también.

Era verdad. La mirada de sus profundos ojos azules era límpida. El sol del verano había teñido su cabello castaño y lacio de un brillo dorado. Las ojeras causadas por el tiempo que había trabajado como agente infiltrado eran cosa del pasado. Después de sentarse enfrente de Harper, dejó la cerveza sobre la mesa pegajosa. Harper observaba cada uno de sus movimientos con avidez. Ella había soñado muchas veces con aquel momento y, ahora que se había hecho realidad, no sabía qué decir.

—¿Qué tal en el trabajo? —preguntó Harper—. ¿Ya habéis intentado mataros Blazer y tú?

El teniente y Luke compartían una larga y polémica historia. En el pasado, Luke había dejado la brigada de detectives con la única intención de librarse de él.

—Todavía no —dijo secamente—. Parece que Blazer está intentando dejar atrás el pasado. Ahora que Smith ya no está, quiere convertirse en un jefe de verdad. —Se encogió ligeramente de hombros—. Al parecer, después de todo, nos comportamos como personas maduras por fin.

No se había afeitado. La leve sombra característica de la barba de tres días oscurecía su mandíbula. Harper sabía perfectamente cómo era sentir aquel rostro contra la piel, y en aquel momento tenía que apartar ese recuerdo de su cabeza tan rápido como fuera posible.

—Dijiste que querías hablar de Wilson Shepherd, ¿no?

—Sí. —Él analizó su expresión—. No crees que sea culpable, ¿verdad?

No sabía qué esperar, pero estaba claro que Harper no lo vio venir.

—No es que no crea que sea culpable —dijo un segundo después—, pero lo dudo mucho.

—Yo también. —Se inclinó hacia delante, dejando caer las manos entre las rodillas—. No lo tenía tan claro al principio, porque la noche que lo detuvimos llevaba todas las papeletas para ser el asesino. Además, se rumoreaba que tenían problemas en su relación. Todo encajaba. Pensaba que no había vuelta de hoja.

—Pero...

—Resultó que el arma no concordaba y el móvil parecía sospechoso. —Movió las manos—. No da para nada el perfil. A mi parecer, sí, creo que él y la víctima no estaban pasando por su mejor momento, puede que incluso se estuvieran dando un tiempo. Y sí, él no estaba contento al respecto, pero no era de ese tipo de peleas. No hay ninguna prueba que apunte a que él la hubiera amenazado nunca, hasta donde sabemos, claro. En definitiva, se activó una alarma en mi cabeza. Hay algo que no encaja.

—Una ruptura en sí misma es un móvil bastante potente —le recordó Harper—. Existen asesinos que son «buenos tipos».

—Lo sé; pero, si ha sido él, lo planeó en el más absoluto aislamiento. No se lo dijo a nadie. No le envió ningún correo electrónico o mensaje de texto amenazador. Y tendría al padre totalmente engañado.

—Es poco probable —convino Harper—, pero no imposible, si es un tipo listo.

—Ya. —Suspiró—. Sí que lo es, pero mi intuición me dice que no es nuestro asesino.

Jugueteó con la botella en las manos, analizando la etiqueta como si contuviera las respuestas que anhelaba. Hacía mucho tiempo que no se mostraba tan sincero con ella respecto a un caso. Estaba claro que algo le perturbaba.

—¿Qué opina Daltrey?

—Cree que en estos casos el culpable suele ser el novio, y que por qué en esta ocasión iba a ser de otra manera —la miró a los ojos—, pero ella también sabe que hay algo que no cuadra. Es una buena detective y su intuición le dice lo mismo que la mía.

En la sala contigua, Johnny Cash fluía suavemente hacia Nine Inch Nails, pero el volumen sonaba amortiguado donde se encontraban.

—De acuerdo. —Harper se enderezó—. Reflexionemos: si descartamos a Shepherd, ¿quién nos queda? ¿Fitz?

Cuando dijo el nombre del dueño de La Biblioteca, se aseguró de bajar la voz. Sabía que aquella noche no se encontraba en el local —Bonnie se lo había confirmado—, pero no le hacía gracia hablar mal de él en su propio bar. Luke le dedicó una mirada llena de dudas.

—Puede ser —dijo—. En ese caso de hace unos años estaba involucrada una chica joven muy del tipo de Naomi, y su comportamiento nos pareció bastante preocupante. Ella le tenía miedo.

—Nunca se presentaron cargos contra él —destacó Harper.

—Ella los retiró —le dijo Luke—, pero se expidió una orden de alejamiento.

—¿Alguna vez la incumplió? —quiso saber Harper.

Luke negó con la cabeza.

—Bonnie dice que su mujer lo había dejado aquel mismo año, y que por entonces era muy aficionado a la bebida —señaló Harper—. Pudo tratarse de algo pasajero.

—A mí me parece que sigue empinando bien el codo —dijo Luke, a la vez que alzaba su propia cerveza.

—Vale, pero ¿como para cometer asesinato? —Harper no se molestó en ocultar sus dudas—. Naomi jamás mencionó nada relacionado con que Fitz la molestara. Bonnie nunca vio nada, y, en fin... —hizo un gesto en dirección a la barra—, ya has visto a Bonnie. Es muy guapa, y Fitz nunca se le ha insinuado.

—Entiendo —dijo, todavía poco convencido—, pero eso podría significar simplemente que no le van las rubias.

—Ya, pero no es demasiado probable —dijo ella, repitiendo la misma palabra que él había utilizado antes refiriéndose a Shepherd—. Y, en cualquier caso, no tenéis ninguna prueba.

Él sonrió, dándose por vencido, y movió la botella vacía frente a ella.

—Esta ronda la pagas tú.

Harper cogió la botella, echó mano de la cartera y salió de la sala, consciente de que él la seguía con la mirada. Todo lo que estaba ocurriendo aquella noche era muy confuso. ¿Era esa su manera de decirle que la perdonaba o de verdad le preocupaba el caso? Era imposible sacar ninguna conclusión con tan solo mirarlo. Todo el tiempo que había trabajado como infiltrado había hecho de él un tipo irreparablemente enigmático. Cuando llegó a la barra, Bonnie se acercó a ella a toda prisa.

—¿Cómo va la cosa? —le dijo entre susurros, como si Luke pudiera escucharlas desde la otra sala.

—Bien —respondió Harper—. Raro que flipas, pero bien.

Harper le entregó las botellas vacías a Bonnie, que sacó dos más de la nevera sin tan siquiera esperar a que se lo pidiera.

—Raro ¿en qué sentido? —preguntó Bonnie mientras abría las botellas.

—Raro en cuanto a que está actuando como si todo fuera de lo más normal. —Harper echó un vistazo por encima del hombro—. Y nada ha sido normal entre nosotros desde hace tiempo.

Pagó a Bonnie con un billete de diez dólares y se inclinó sobre la barra.

—Es un lío.

—Bueno, yo te digo que adelante. —Bonnie abrió la caja registradora, afanada con el dinero—. Puede que por fin se esté dando cuenta de lo que ha perdido.

—Puede. —Todas las dudas de Harper se basaban en aquella única palabra.

—En cualquier caso, tengo que decirte que es el poli más mono que he visto en mi vida. —Bonnie le entregó el cambio.

—Ya, y yo —Harper le dedicó una sonrisa melancólica—, pero le hice polvo el año pasado y no sé cómo recuperarlo.

—A mí me parece que él está bien —dijo Bonnie mientras se alejaba.

Cuando Harper regresó a la sala de Poesía, Luke estaba echando un vistazo al teléfono. Al escuchar los pasos de Harper acercándose, bloqueó la pantalla, se lo guardó en el bolsillo y agarró la cerveza que ella le ofrecía.

—Gracias —dijo él.

—Y ahora —dijo Harper sentándose—, hablemos de Peyton Anderson.

Luke parecía divertirse.

—¿En serio quieres seguir por ese camino?

—Y tanto que sí.

—¿Me estás diciendo que vas a forzar esa teoría tuya de que el hijo predilecto de Randall Anderson mató a tiros a una camarera en River Street? —se mofó Luke—. ¿Sabes lo poco racional que suena eso?

—Solo parece poco racional si no lo analizas con detalle. —Después de poner su cerveza sobre la mesa, se entusiasmó con la exposición de su teoría—. Uno —levantó el dedo índice—: se conocían y se hicieron amigos en la facultad de Derecho. Dos: se pelearon y nadie sabe por qué. Y tres: ella estaba muy enfadada con él y presentó una queja en la facultad, según su padre, claro.

—Lo que dices sería un buen motivo para que él la eliminara de Facebook. No para matarla —dijo Luke.

A Harper le molestó el hecho de que el argumento de Luke tuviera sentido.

—Bueno, si ambos pensamos que no lo hizo Wilson, yo no tengo pruebas de que el culpable sea Anderson y tú no tienes pruebas de que sea Fitz, ¿en qué punto estamos?

Luke soltó una risa de desconcierto.

—Ni idea. —Dio un trago a su cerveza y su sonrisa se esfumó—. ¿Sinceramente? No puedo evitar pensar que se nos está pasando algo por alto. Algo que ni siquiera le contó a su padre. Algo importante, y no tengo ni puñetera idea de qué puede ser.

Las miradas de ambos se encontraron.

—Vaya —soltó Luke sin venir a cuento—. Cómo he echado esto de menos.

Harper notó como si se le detuviera el corazón.

—Yo también —añadió ella.

El teléfono de Luke se puso a vibrar con insistencia, arruinando el momento.

—Disculpa. —Él le dedicó una mirada de arrepentimiento mientras sacaba el teléfono del bolsillo—. Tengo que comprobar una cosa.

Harper le hizo un gesto con la botella.

—Adelante.

Se inclinó sobre el teléfono con expresión seria. Después de enviar una respuesta rápida a quienquiera que le hubiera escrito, dejó el móvil a un lado, agarró la botella y dio un largo trago.

—Lo siento, pero tengo que marcharme —dijo un segundo después—. He quedado con alguien y llego tarde.

—Oh, claro, claro. Lo entiendo perfectamente. —Harper trató de que no se le notara la decepción.

—Mira, hagamos una cosa —le dijo Luke—. Echaré otro vistazo al hijo de los Anderson. A ver si averiguo algo. No nos detuvimos demasiado en él porque su coartada era sólida como una roca y no tiene antecedentes. Sabemos que mantenía algún tipo de relación con la víctima, pero cuando tratábamos de casar todas las piezas no obteníamos ningún resultado.

—Ya me dirás qué descubres —le dijo, y añadió—: Extraoficialmente, por supuesto.

—Por supuesto. —Se levantó del sofá—. ¿Me acompañas a la salida?

Se dirigieron hacia la zona principal del local. Harper evitó mirar a Bonnie.

—Siento marcharme así —dijo Luke—. Si no fuese un compromiso, no me iría de esta manera. Para nada. —Le sonrió—. Ya sabes cómo soy cuando estoy enfrascado en el trabajo.

Harper le restó importancia con un gesto de la mano.

—No te disculpes. Lo comprendo.

Harper no volvió a hablar hasta que ambos salieron y se encontraron con el bochornoso aire de aquella noche. Por una vez, no había un montón de fumadores agolpados en torno a la puerta. La calle estaba vacía. Luke se detuvo junto a un coche deportivo de color azul oscuro. Harper no tenía claro cómo despedirse de él. ¿Volvían a ser amigos? ¿Colegas?

—Ha estado bien charlar contigo —dijo ella casi de inmediato—. Hacía mucho tiempo.

—Demasiado —añadió él.

Harper no alcanzaba a ver los ojos de Luke entre las sombras, pero sintió que había algo en el aire, entre ellos. Como una especie de electricidad.

—Ojalá pudiera quedarme más tiempo —dijo él—. Hay algunas cosas que me gustaría decirte…

En el bolsillo de Harper, el teléfono empezó a vibrar y la voz de él se fue apagando.

—Madre mía —dijo sin tan siquiera hacer intención de cogerlo—. ¿Qué le pasa a todo el mundo esta noche?

Luke sonrió, y en sus dientes brilló un destello blanco.

—Ya hablaremos en otra ocasión —dijo Luke—. Será mejor que lo cojas.

Luke desbloqueó el cierre centralizado del coche y abrió la puerta. A la pálida luz que los iluminaba, sus ojos centellearon. A Harper le dio la impresión de que se marchaba de mala gana, de igual forma que ella se conformaba con verlo partir. Finalmente, Luke se dio la vuelta hacia el coche.

—Más vale que me ponga en marcha. —Se sentó en el asiento del conductor—. Nos vemos.

—Nos vemos —respondió ella.

El teléfono de Harper seguía vibrando con intensidad cuando él giró el contacto. Mientras se alejaba, Harper sacó el teléfono del bolsillo y se quedó mirando la pantalla. Era Mia, su vecina de arriba. Frunciendo el ceño pulsó el botón de responder.

—¿Sí?

—¿Harper? Soy Mia. —La voz de su vecina sonaba extraña, demasiado alta, y de fondo se escuchaba el pitido incesante de una especie de sirena.

—Ha saltado la alarma de tu casa. Más vale que vengas para acá.

CAPÍTULO QUINCE

Cinco minutos más tarde, frenó bruscamente en East Jones Street. Incluso antes de abrir la puerta del coche, Harper alcanzó a oír la alarma: una especie de gemido agudo y aterrador que se hacía cada vez más ensordecedor a medida que corría hacia la casa. Analizó el edificio de un vistazo en busca de daños, pero la estrecha construcción victoriana parecía tener el mismo aspecto de siempre. La puerta de acceso estaba cerrada, igual que las ventanas. El teléfono de Harper empezó a vibrar de nuevo: la empresa de seguridad que le había instalado la alarma había llamado dos veces, pero todavía no tenía nada que contarles. Estaba tan concentrada en la casa que no vio, hasta que estuvo muy cerca, una figura en la oscuridad, a un lado. Había alguien de pie junto a la escalera lateral. Se detuvo de inmediato, en plena carrera, el corazón le iba a mil.

—¿Harper? —La voz de Mia sonaba débil por debajo del chillido de la alarma—. Soy yo.

Su vecina de arriba estaba envuelta en una bata blanca que ondeó en torno a sus tobillos en cuanto echó a correr hacia donde se encontraba Harper.

—Dios —dijo Harper—. Por un momento pensé que eras el ladrón.

Cuando se acercó, Mia la agarró del brazo. El rostro ovalado de su vecina se veía pálido en la oscuridad. Era muy menuda,

146

apenas medía un metro cincuenta; Harper tenía que inclinar ligeramente hacia delante la cabeza para mirarla a la cara.

—He llamado a la policía —le explicó Mia acercándose un poco más a Harper para hacerse oír por encima del ruido—. Están de camino.

—¿Has visto a alguien? —le preguntó Harper, alzando la voz. Mia negó con la cabeza.

—Me pareció escuchar pasos a la carrera en cuanto saltó la alarma. Me asomé a la ventana, pero estaba tan oscuro... Entonces fue cuando te llamé. —Le dedicó una mirada de desconcierto—. Lo que no acabo de entender es ¿cómo sabías que alguien intentaría entrar en tu casa?

Harper no tuvo tiempo de pensar una respuesta, porque justo entonces unas luces azules parpadeantes aparecieron al final de la calle. Unos segundos más tarde, un coche patrulla giró lentamente y con precisión en la esquina. El foco instalado en la puerta del conductor hizo un barrido con una luz blanca, despejando las sombras de cada fachada y el camino de acceso a las viviendas, hasta que se topó con ellas y las envolvió en un resplandor cegador. Las dos mujeres se protegieron los ojos con las manos.

—¿Han sido ustedes quienes han dado el aviso?

La brusca voz oficial que emergió de las oscuras profundidades del coche le sonaba familiar.

—¿Riley? —Harper dio un paso hacia delante, entrecerrando los ojos para poder ver algo a pesar de la luz del foco—. ¿Eres tú?

—Vaya, hola, Harper. —Riley pulsó un interruptor y el foco se apagó—. Había olvidado que vivías aquí.

—Sí, la que ha saltado es mi alarma —dijo alzando la voz una vez más por encima del estruendo para hacerse oír—. Todavía no he entrado.

Después de detener el coche junto al bordillo, el agente salió del vehículo con un tintineo de llaves y demás parafernalia. Luego echó mano de la linterna Maglite que descansaba sobre el asiento del copiloto, cerró la puerta dejando las luces azules puestas y se acercó a ellas. Mia lo observó con vivo interés. El agente de patrulla Eric Riley tenía unos treinta años, era alto y musculoso, y caminaba a paso largo y elegante. Como ellas, él vivía en el centro histórico de la ciudad, lo que le convertía en una rareza entre los polis, que en su mayoría preferían las afueras. Además, era un tipo fuera de lo común por otras razones: practicaba yoga, meditación y era vegetariano. En general, personificaba todo aquello que los policías solían ridiculizar, pero, de algún modo, se libraba de sus burlas. Era famoso por su actitud despreocupada y sus sonadas fiestas.

—Hola —dijo él, percatándose de pronto de la presencia de Mia—. ¿Usted también vive aquí?

—Soy… Soy Mia Flores —contestó ella, atascándose con sus propias palabras—. Vivo en el piso de arriba.

Con un poco de retardo, Mia hizo un gesto hacia la casa situada a sus espaldas. Incluso en la oscuridad, Harper pudo ver cómo ella se sonrojaba. Toda la elegancia y el aplomo de los que habitualmente solía hacer gala se habían esfumado.

—Ha sido Mia quien ha llamado —explicó Harper, saliendo a su rescate antes de que dijera alguna estupidez—. Yo no estaba en casa cuando saltó la alarma. Mia creyó escuchar pisadas huyendo a la carrera.

Mientras Harper hablaba, Riley encendió la linterna e hizo un barrido por la casa deteniéndose en cada puerta y ventana.

—¿Habéis revisado ya el patio trasero? —preguntó Riley mientras dirigía el foco de la linterna hacia el sendero lateral que daba a la puerta de Mia.

—No…, es decir… —tartamudeó Mia con cierto encanto—, he salido por ahí, esa es mi puerta.

Riley la miró.

—¿Cerró con llave cuando salió?

Antes de continuar, Mia respiró hondo.

—No —dijo por fin, dando un paso hacia el agente—. No creerá que…, pero he estado aquí fuera todo el tiempo. Lo habría visto, ¿no?

Tenía una expresión hermosamente aterrorizada, pensó Harper. Menuda y frágil, con esos enormes ojos marrones. Riley parecía estar más interesado en ella que en el posible crimen. Era como la peor cita de Tinder del mundo.

—Quizá debieras inspeccionar la parte de atrás —sugirió Harper, alzando la voz más de lo necesario para ser escuchada por encima del jaleo de la alarma.

Riley se irguió.

—Esperad aquí —les dijo—. Voy a echar un vistazo rápido.

Mientras Riley presionaba un botón que tenía al hombro, dio su número de identificación y una serie de códigos. De pie en la oscuridad, Harper tradujo los códigos en su cabeza de forma automática:

«Agente a pie. Entrando en residencia. Posible robo. Por ahora no hacen falta refuerzos».

La respuesta de la centralita se escuchó desde la radio que el agente llevaba a la cadera:

—Recibido.

Las dos mujeres le observaron mientras se encaminaba hacia el lateral de la casa meciendo la linterna en la oscuridad. Después de un breve vistazo al patio trasero que compartían, desapareció dentro del apartamento de Mia.

—Qué mono es —dijo Mia—. ¿De qué os conocéis?

Harper no tenía tiempo para aquello en ese momento.

—No salimos juntos —le espetó—. Lo conozco del trabajo.

Su voz sonó más cortante de lo que pretendía y Mia se quedó cohibida.

—Claro, claro —dijo al momento—. No estaba dando nada por sentado.

Vestida con una bata de casa, e iluminada por las parpadeantes luces azules del coche patrulla, Mia tenía un aspecto frágil. Harper quería morirse. Después de todo, su vecina había cumplido con lo prometido: la había llamado en cuanto se percató de que algo no marchaba bien.

—Mira —le dijo—, Riley es un buen tío y está soltero. Así que, si estás interesada, yo que tú me lanzaba a por él.

Mia le dedicó una mirada de agradecimiento.

—Gracias.

Por el lateral de la casa, la linterna de Riley iluminó el camino que discurría desde el apartamento de Mia. Ambas callaron de inmediato.

—He registrado el piso de arriba y el patio trasero —les dijo haciéndose oír por encima del ruido de la alarma—. Está todo despejado. Ni rastro de huellas recientes en el barro. —Apuntó con el haz de luz hacia Harper—. Deberíais cortar el césped, por cierto.

—Se lo haré saber al casero —respondió Harper.

Todo lo ocurrido aquella noche estaba empezando a provocarle dolor de cabeza. El agudo pitido de la alarma parecía taladrarle el cerebro.

—Ahora voy a inspeccionar tu apartamento, Harper —le dijo—. ¿Me abres y apagas de una vez la dichosa alarma?

La reportera lo siguió hasta las escaleras delanteras. Allí, el ruido era todavía peor. Riley se inclinó hacia delante y examinó el marco de la puerta antes de comprobar si estaba cerrada haciendo girar el pomo.

—Está cerrada con llave —gritó Riley, y se echó a un lado para dejar que Harper abriera.

Cuando lo hizo, el agente le indicó que se quedara donde estaba, abrió la puerta de par en par con un golpe de linterna y entró. Demasiado impaciente como para esperar, Harper le siguió. La luz del vestíbulo estaba encendida, tal y como la había dejado Harper. El bate de béisbol seguía apoyado en el rincón de siempre, junto a la puerta. Con la espalda pegada a la pared, Riley avanzó con cautela hacia el salón. La alarma era como un constante grito de pánico que ahogaba cualquier otro sonido. Harper esperó un rato que le pareció interminable antes de verle regresar bajando la linterna.

—Despejado —le gritó—. Por el amor de Dios, ese ruido es infernal. ¿Puedes apagarla?

Harper corrió hacia el cajetín de la alarma e introdujo la fecha de cumpleaños de Bonnie. El silencio que siguió resultó tan repentino y absoluto que fue como caer al interior de un profundo pozo lleno de nada.

—¿Algún signo de allanamiento? —La voz de Harper sonó muy alta por encima del pitido que escuchaba en su cabeza.

—Ninguno en absoluto —respondió—. El gato gris que he visto en el jardín ¿es tuyo?

Harper asintió.

—Pudo ser el animal el que hizo saltar la alarma. —Riley se apoyó en la pared con la linterna colgando de una mano—. O una cucaracha. Algunas son tan grandes como ladrones. Aunque, he de admitir que dudo que haya saltado a causa de ningún bicho; tu cocina está limpia como una patena.

—No me gusta el desorden.

—Ya veo.

Riley presionó el botón de llamada de la radio.

—Unidad 396. La residencia está despejada. Hemos desconectado la alarma. No se requiere ninguna medida adicional.

—Recibido, Unidad 396 —respondieron desde la centralita.

—Por cierto —dijo de pasada Riley—. El otro día el teniente nos dio una charla. Nos dijo que teníamos que dejar de fastidiarte. —Riley le dedicó una mirada alentadora—. Creo que las cosas van a ir a mejor a partir de ahora.

—Eso espero —respondió ella—. Yo me estoy esforzando por que todo vuelva a la normalidad.

—Bien. —Balanceó la larga linterna en una mano como si fuera una batuta—. Mis fiestas ya no son lo mismo desde que Toby y tú no os emborracháis en la cocina mientras discutís con todo el mundo acerca de política, libros o lo que sea.

Los labios de Harper se curvaron en una sonrisa.

—Entiendo.

Riley echó un vistazo por la puerta hacia donde se encontraba Mia, sola en el jardín delantero, con la bata ajustada a la altura de la cadera.

—Harper, tu vecina está buenísima.

—Bueno, pues da la casualidad de que ella me ha dicho que opina lo mismo de ti. —Harper le dio un pequeño puntapié—. Además, no es una pirada, está soltera y tiene un empleo muy bien remunerado. ¡Ah! Y yo voy a quedarme aquí dentro un minutito o así para hablar con la compañía de seguridad, en caso de que quieras aprovechar la oportunidad…

Con una sonrisa, Riley pasó a su lado en dirección a la escalera delantera. Las palabras de despedida de Riley ondearon hasta Harper.

—Me alegro de verte, Harper.

Una vez se hubo marchado, Harper se dirigió al salón y encendió las luces. A través de la puerta abierta escuchó el murmullo de las voces de Riley y Mia mientras ella se dejaba caer en el sofá y sacaba el teléfono. La empresa de seguridad la había llamado siete veces. Con un suspiro, pulsó el botón de rellamada. Dada la hora que era, respondieron con rapidez.

—Le atiende Gerald, ¿en qué podemos ayudarle?

—Mi alarma ha saltado esta noche, pero no parece que haya tenido lugar ningún robo.

—¿Ha llamado a la policía? —El tono de voz de Gerald era de preocupación.

—Sí. Han estado aquí y han registrado la casa; no han hallado indicios de allanamiento. —Harper luchó por contener un bostezo. Ahora que la situación crítica había pasado, se sentía realmente cansada—. ¿Puede decirme qué ha hecho saltar la alarma? ¿Alguien ha intentado acceder a mi casa por la puerta?

—Deje que lo compruebe.

Harper escuchaba de fondo el sonido de un teclado. Se recostó contra el suave respaldo del sofá y cerró los ojos. Mientras esperaba, su mente empezó recordar la conversación que había mantenido con Luke, las buenas vibraciones que había notado entre ellos, sobre todo cuando se despidieron. ¿Lo había interpretado mal? ¿Habría sido todo una ilusión? Podría ser, ¿no? Durante aquellos últimos momentos junto al coche, fue como si él no pudiera apartar la mirada de ella. ¿Sería posible que la hubiera perdonado?

—¿Señorita McClain? —La voz con acento del Medio Oeste de Gerald la trajo de vuelta a la realidad.

—Dígame —respondió.

—Ya he identificado el problema —dijo él en tono jovial—. Al parecer, introdujo un código erróneo a las doce y treinta y seis minutos de esta noche.

Harper negó con la cabeza sin apartarla del respaldo del sofá.

—No —dijo ella—. He estado fuera.

—Puede que se tratara de un familiar o un compañero de piso.

—No —insistió Harper—. Vivo sola.

—Bueno, pues en ese caso no tiene sentido. —El tono de la voz de Gerald volvía a ser de preocupación—. Según el sistema, han tenido lugar dos intentos fallidos a esa hora.

Harper abrió los ojos como platos. Despacio, se incorporó y apretó con fuerza el teléfono.

—¿Está seguro de eso? —preguntó.

—Completamente —respondió Gerald—. A las doce y treinta y seis minutos de esta noche, hora local, alguien introdujo un código erróneo en su residencia dos veces seguidas. Por eso saltó la alarma.

Harper se quedó helada. A las doce y treinta y seis se encontraba en La Biblioteca hablando con Luke. ¿Quién había estado en su casa a esa hora?

CAPÍTULO DIECISÉIS

Aquella noche, por segunda vez en una semana, Harper durmió con su bate de béisbol. Después de hablar con la empresa de seguridad, había ido a decirle a Riley lo que le habían contado. Él se había preocupado lo suficiente como para dejar a un lado el flirteo con Mia y recomendarle que cambiara las cerraduras.

—¿Le has dado las llaves a alguien? —preguntó el agente—. ¿A algún amigo o a un ligue?

Harper negó con la cabeza.

—Nadie tiene llaves de la casa, salvo el casero y mi mejor amiga, y antes de que digas nada, es imposible que se trate de ninguno de ellos.

—Bueno, cambia las cerraduras mañana —insistió Riley—. Puedo hacer que incluyan la casa en la ruta de la patrulla del turno de madrugada, se pasarán por aquí para asegurarse de que no hay ningún problema.

—Qué miedo, Harper. —Mia la observó con asombro—. ¿Quién podría ser?

—El año pasado me entraron a robar en casa —dijo Harper, lanzando una mirada hacia Riley.

—Lo recuerdo. —Él frunció el ceño—. ¿Nunca pillaron al culpable?

Harper negó con la cabeza.

—Bueno, por lo menos la alarma ha cumplido —dijo él. Harper era consciente de cuánto se estaba esforzando Riley por ver el lado positivo de la situación—, pero, yo en tu lugar, instalaría una cámara de seguridad en el porche delantero.

Cuando Riley se marchó y Mia regresó a su apartamento, Harper se dedicó a dar vueltas por la casa. No dejaba de pensar en el olor a cigarrillo del otro día, en la sobrecogedora sensación de que alguien había entrado en el apartamento. Después de aquello, se había asegurado de cambiar el código. Eso había ocurrido hacía dos días. No se lo había contado a Riley porque no disponía de pruebas, ya que no había encontrado ningún indicio de allanamiento. «Porque tenía las llaves», pensó Harper, pero aquello no tenía ningún sentido. Contaba con un número exacto de juegos de llaves: uno lo tenía Billy, para emergencias, y otro Bonnie, por si Harper necesitaba que entrara por su cuenta. Y ya. Guardaba otro en la cocina, pero aquella misma mañana lo había visto, justo donde lo guardaba siempre, junto a las tazas de café. Aun así, para que alguien pudiera introducir el código incorrecto, primero tenía que abrir la puerta con llave y entrar en el apartamento, y ese alguien puede que tuviera el código correcto en una ocasión, antes de que ella lo cambiara.

Aquel pensamiento hizo que le recorriera un escalofrío por todo el cuerpo. Llamó al número de atención veinticuatro horas del cerrajero antes de irse a la cama, y cuando se levantó a la mañana siguiente, la furgoneta roja y blanca de Rocky Locks estaba aparcada en la puerta de su casa. Era domingo, pero Rocky, el dueño, era un exconvicto con un corazón de oro, y conocía a Harper desde hacía años. Tenía el aspecto de un viejo roquero. Llevaba el pelo corto y entrecano peinado de punta, y un montón de tatuajes le cubrían los brazos de la muñeca al cuello. Alto y musculoso, habría sido una buena arma intimidatoria para atravesar una calle oscura de noche, pero nada más abrir la puerta le dedicó una sonrisa a Harper.

—Pero qué demonios, Harper —le dijo—. Dime que no te han vuelto a entrar en casa.

Hacía gala de un pronunciado acento de Georgia, y poseía una voz ronca, como si en algún momento hubieran intentado asfixiarle y nunca se hubiera recuperado del todo. Algo que bien podría haber sucedido, visto lo visto. Cuando Harper le contó lo que había ocurrido la noche anterior, Rocky se puso manos a la obra sin perder tiempo. De rodillas, examinó detenidamente la puerta, sus abultados músculos se pusieron en tensión en cuanto se agachó hasta llegar al suelo y miró bajo ella. Cuando terminó, se puso en pie de nuevo y se sacudió la suciedad de los vaqueros desvaídos.

—Si ha entrado alguien, tenía llave. Que yo sepa, nadie puede forzar estas cerraduras.

Aquello confirmó las sospechas de Harper.

—No le he dado la llave a nadie —le dijo—. Si tenían una copia es que la robaron.

—Pasa constantemente. —No eran más de las diez y ya hacía calor; Rocky se limpió el sudor de la frente con la mano—. ¿Y dices que crees que alguien entró y no se llevó nada?

—No tengo ninguna prueba, pero sé que sí. Sé que alguien ha entrado en mi casa.

—Intuición. —Asintió—. Más útil que ninguna licenciatura, en mi opinión.

Empezó a sacar herramientas de un gran estuche de plástico y las dispuso con cuidado en el suelo del porche.

—Entonces cambiaste el código de la alarma y, unos días más tarde, mete el código antiguo y ¡abracadabra! —Agitó un martillo a modo de varita mágica—. Descubre que te has dado cuenta.

Harper se apoyó contra la barandilla de metal que flanqueaba las escaleras delanteras.

—Esa es mi teoría.

—Así que tenía tu llave y sabía tu código de la alarma. Y tú no se lo has dado a nadie. —Rocky la miró entornando los ojos, la luz del sol resplandecía sobre el puente de su nariz—. Quienquiera que entrara en tu casa no es ningún ladrón.

—¿Cómo lo sabes?

—En primer lugar, ¿qué tipo de vulgar ladrón entra en casa ajena y no se lleva nada? Si yo me la jugara para entrar en tu casa, me llevaría algo. Tienes ordenador, ¿verdad? ¿Y tele? Algunos aparatos electrónicos, probablemente algunas joyas. Calderilla. ¿Cómo es que no se lleva nada? —Su expresión era de escepticismo—. ¿Alguien que entra en una casa y no se lleva nada? Huele a exmarido.

Harper hizo una mueca.

—Ya sabes que nunca he estado casada, Rocky.

—Solo porque no dejas de rechazarme.

Rocky le lanzó una sonrisa, pero ella no le veía la gracia a la situación. Al ver su expresión sombría, la sonrisa de él se desvaneció.

—Podría tratarse de un exnovio o un antiguo amante —dijo, serio de nuevo—. O puede ser alguien que quiera algo de ti. —Tomó un destornillador eléctrico, lo encendió y asintió con satisfacción cuando el aparato zumbó sin problema y el cabezal se convirtió en un borrón—. Puede que haya sido alguien que esté encaprichado contigo y quiera estudiarte de cerca y a nivel personal. En cualquier caso, esos son los peores.

Se echó hacia delante y empezó a retirar los tornillos sosteniendo las cerraduras en su lugar.

—Porque no hay nada que se pueda hacer contra un acosador.

Después de que Rocky se marchara, dejando instaladas unas nuevas cerraduras de alta seguridad en las puertas delantera y trasera, Harper se movió por el apartamento con cautela. Siguió su rutina de siempre: dio de comer a la gata, escuchó el detector y se preparó la comida. Durante todo ese tiempo estuvo dándole vueltas a quién podría haberse hecho con uno de los juegos de llaves. Quienquiera que fuese, había tenido libre acceso a su hogar, su portátil, sus pertenencias…, a toda su vida.

Algo le decía que no habían entrado en el apartamento solo una vez. Cuanto más pensaba en ello, más le parecía que había sido desagradablemente consciente de que algo no marchaba bien desde hacía un tiempo, aunque lo había achacado a una reacción natural al robo que había sufrido el año anterior. Y luego estaba aquel episodio. ¿Y si era la misma persona? Esa que le había dicho que huyera. Quizá debiese haber hecho caso.

Mientras pensaba en todo aquello, no dejaba de mirar por la ventana de la cocina hacia el lugar en las sombras en el que juraría haber visto a un hombre el día anterior observando su edificio. No había nadie. Finalmente, se obligó a parar. Aquello era insano. Tenía que hacer algo al respecto. Después de servirse otra taza de café, se sentó a la mesa de la cocina y llamó a Bonnie.

—¡Harperliciosa! —Bonnie sonaba animada—. Tú y ese espectacular pedazo de poli os fuisteis de aquí tan rápido anoche… Por favor, dime que acaba de marcharse de tu apartamento.

—Ojalá —dijo Harper.

Cuando le contó todo acerca del allanamiento, el buen humor abandonó la voz de Bonnie.

—Maldita sea, ¿qué está pasando, Harper? Es una locura. ¿Quieres quedarte unos días en mi casa?

Aunque sonaba tentador, Harper no podía huir de aquella situación. Tenía que ser metódica, entender cómo había ocurrido todo y quién era el culpable. Tenía que proteger su hogar.

—Gracias, pero estoy bien —le dijo—. Estaba pensando… ¿sigues teniendo mis llaves?

—Pues claro que sí —respondió Bonnie—. Si las hubiera perdido, te lo habría dicho.

—Te creo, pero hazme un favor, ¿podrías comprobarlo? Solo para estar segura. Detesto preguntarlo, pero de alguna manera este desgraciado se ha hecho con mis llaves y solo Billy y tú tenéis una copia.

A Bonnie no le pareció mal.

—Espera un momento. Voy a comprobarlo ahora mismo.

Harper escuchó el taconeo de las botas de Bonnie mientras descendía las escaleras de madera hasta la planta baja y cruzaba el pequeño salón de su casa. Luego, Harper oyó el sonido del metal contra la cerámica del bol en el que Bonnie guardaba las llaves de repuesto.

—Aquí están —dijo después de un segundo—. Justo donde las dejé.

Aquello la tranquilizó. Sabía que las llaves no habían salido de las manos de Billy, ya que guardaba todos sus juegos en una caja fuerte improvisada en su casa, que estaba custodiada por una jauría de rottweilers. El hombre se tomaba muy en serio la seguridad. Quizá Rocky se equivocase. Puede que el intruso se hubiera colado en su casa de otra forma.

—Gracias, Bonnie —dijo—. Te daré un juego nuevo, me han cambiado las cerraduras hoy.

—Escucha, Harper —dijo Bonnie—. Todo esto no me gusta ni un pelo.

—A mí tampoco —dijo Harper—. Y pretendo ponerle fin.

Harper apenas salió de casa el resto del domingo. Si alguien iba a intentar entrar allí, que por una vez la encontrara dentro. Se pasó el día bebiendo café y repasando sus notas del caso Scott en busca de algún detalle que hubiera pasado desapercibido. Después de revisar cada dato meticulosamente por enésima vez, Wilson Shepherd seguía teniendo todas las papeletas para ser el principal sospechoso, pero entendía la frustración de Luke: no había nada que sirviera como prueba.

Después de pasarse la noche en vela, el lunes decidió que necesitaba dejar descansar el caso. Nadie la esperaba en el trabajo —los domingos y los lunes eran sus noches libres—, así que no se levantó hasta mediodía; a esas alturas, su rutina nocturna prevalecía sin importar que tuviera que ir a la redacción o no. Se pasó el día limpiando el apartamento, escuchando el detector y tratando de no pensar en Naomi Scott. A las cuatro empezó a pensar en cenar, pero tenía la nevera vacía, solo había un poco de queso reseco y una botella de vino. Después de comprobar dos veces las cerraduras de la puerta de atrás, se dispuso a salir a la compra. Antes de marcharse, sin embargo, cambió de nuevo el código de la alarma. Rocky le había sugerido que lo hiciera cada pocos días a partir de ahora.

—No sabes cómo consigue la información ese tipo —le había dicho—. O quién es. Tú no dejes de cambiarlo, que no se confíe. Pónselo difícil.

Tenía claro que no sería capaz de recordar otro código nuevo, así que garabateó los cuatro números que había escogido al azar en la cara interior de su muñeca antes de coger el detector y salir al calor asfixiante del sol veraniego de mediodía. A aquella hora, en la calle reinaba el silencio; la mayoría de la gente estaba trabajando. Una cálida brisa meció las ramas del roble, haciendo que el musgo español que colgaba de ellas se moviera en una especie de baile lento y sensual. Su anciana vecina, la señora Watson, estaba paseando a su rechoncho carlino, hablándole sin parar, como si el animal entendiese cada una de sus palabras.

—Otro maldito día de calor. Parece que Dios nos la tiene jurada este verano. A ver, haz el favor de no orinar en esas flores, Cooper. Esas margaritas son demasiado bonitas como para hacerse pis encima de ellas. Anda, mira, Cooper, ahí está la joven Harper.

Levantó la mano y saludó.

—Hola, señora Watson —dijo Harper mientras bajaba la escalera en dirección al Camaro—. ¿Cooper sigue prefiriendo las flores más hermosas para hacer pipí?

La anciana, vestida con pantalones pirata de color azul pálido y un par de llamativas sandalias de plástico rosa, ladeó la cabeza de cabello gris en dirección al perro, que ahora se revolcaba en una franja de terreno cuajada de petunias rosas a la vez que hacía resoplidos molestos.

—¡Ay, este pequeño bastardo regordete! —dijo con cariño—. No cambiará nunca.

El perro seguía haciendo de las suyas entre las flores cuando Harper cruzó la calle hacia el coche. Abrió la puerta y se mantuvo un poco alejada mientras un desagradable golpe de calor salía del interior del vehículo. Cuando estuvo lo suficientemente fresco como para que no se le derritiera la piel al sentarse, se deslizó hacia el interior del Camaro y metió la llave en el contacto. Fue entonces cuando vio la carpeta colocada en el asiento del copiloto.

Se trataba de una carpeta de manila común y corriente, llena a rebosar de papeles. No había nada de extraño en ella, salvo que alguien la había dejado en el interior de su coche. Harper frunció el ceño a la vez que extendía el brazo para cogerla. El papel estaba recalentado por el sol. Con cautela, procedió a abrirla. En su interior halló lo que parecía un documento oficial, sellado y fechado hacía seis meses. La primera línea decía:

Tribunal Superior de Justicia del Condado de Chatham, Estado de Georgia.

Naomi Willow Scott (Demandante) contra Peyton Titus Anderson.

Acción civil. Requerimiento de emergencia verificado de una orden de alejamiento...

A Harper casi se le desencaja la mandíbula. Ajena al sudor que le corría por la espalda, echó un vistazo rápido al resto de los documentos que había en la carpeta. Junto al requerimiento presentado por Naomi, había otros dos documentos que parecían ser también requerimientos presentados por otras mujeres contra Anderson en momentos distintos. Con la boca entreabierta a causa de la incredulidad, Harper leyó por encima los documentos, pasando una página tras otra mientras las palabras parecían flotar ante sus ojos: «abuso», «intimidación», «acoso», «violación de la intimidad», «invasión de la privacidad», «allanamiento», «miedo».

Cuando ya tuvo suficiente, se apoyó contra el respaldo del asiento del coche y se quedó con la mirada perdida en la calle que se abría ante ella. Si aquellos documentos eran lo que parecían, Peyton Anderson tenía todo un historial como acosador de mujeres. La policía lo sabía, porque las mujeres habían presentado cargos. Una incluso había acabado muerta. Aquella carpeta era una mina de oro. ¿Quién la habría dejado allí? Harper arrancó el coche para poner en marcha el aire acondicionado, pero no metió ninguna marcha. En lugar de eso, sacó el teléfono y buscó el número de Baxter. También era el día libre de la editora. El teléfono dio cinco tonos antes de que ella contestara.

—Más vale que sea importante, McClain.

Harper sonrió.

—Alguien acaba de dejar una historia de portada en mi coche.

CAPÍTULO DIECISIETE

—¿Qué demonios quieres decir con eso? —preguntó Baxter.

A toda velocidad, Harper le explicó lo de los documentos, describiéndoselos lo mejor que pudo. Le leyó la línea más cargada de implicaciones del requerimiento de Naomi:

—«El demandado amenazó con matar a la demandante si esta continuaba saliendo con su actual novio. El demandado le dijo a la demandante que pertenecía al demandado. La demandante teme por su vida».

Baxter dejó escapar un sonoro resoplido.

—¿Y me estás diciendo que una suerte de ángel de la guarda te dejó eso en el coche?

—Sí, y lo raro es que el coche estaba cerrado —dijo Harper—. ¿Cómo lograron entrar en un coche cerrado?

Baxter le restó importancia a su preocupación.

—Lo más probable es que creyeras que lo habías cerrado. ¿Y no tienes ni idea de quién ha podido dejártelo ahí? ¿Alguna fuente?

—Ni idea —dijo Harper—. ¿Qué hacemos ahora?

—Primero hay que comprobar la autenticidad de los documentos. Alguien podría estar vendiéndonos la moto —dijo la editora—. ¿A ti qué te parecen? ¿Son de verdad o más bien tienen pinta de ser una broma de mal gusto?

Harper levantó el primero de los documentos.

—Es una fotocopia —dijo sosteniéndolo a contraluz—. Tiene el sello oficial y la fecha en el lugar correcto. —A continuación, observó la última página—. Reconozco el nombre del juez que lo firmó. Parece de verdad, pero no soy ninguna experta en documentos judiciales.

Volvió a dejar el documento donde estaba y prosiguió:

—Tendría que consultar a un especialista para que lo verificara antes de confiar en su total veracidad.

Baxter reflexionó durante un segundo tamborileando una uña contra el teléfono.

—¿Tienes planes para hoy?

—Tengo que ir a comprar —dijo Harper—, pero, aparte de eso, no.

—Ya comerás más tarde —le ordenó Baxter—. Ve directa a la comisaría. Enséñale esos documentos a alguien de alto rango. Tus amiguitos policías no van a poder ayudarte en esta ocasión.

—¿Estás sugiriendo que vaya a ver a Blazer?

—Sí, creo que es lo mejor. Si acudimos a alguien con poco mando, nos quedamos con el culo al aire. Y me gustaría que conserváramos nuestras bragas en esta ocasión, Harper.

No había ni una pizca de humor en la voz de la editora.

—Randall Anderson forma parte de la junta directiva del periódico, es amigo íntimo de todos los que manejan el cotarro en esta ciudad, y no dudará en utilizar todos los medios y contactos a su alcance contra nosotras.

Harper metió la marcha.

—Reúnete conmigo en la redacción cuando hayas terminado —le dijo Baxter—. Me da la sensación de que esta historia nos va a llevar su tiempo. Nuestros abogados tendrán que echarle un vistazo. No le cuentes a nadie, aparte de Blazer, lo que tienes. Y, por el amor de Dios, haz el favor de guardar esos documentos a buen recaudo.

—Tomo nota.

Harper puso fin a la llamada y dejó caer el móvil en el asiento del copiloto mientras hacía un cambio de sentido en dirección a la comisaría. Era demasiado para su día libre.

Cuando Harper entró en el vestíbulo de la comisaría unos minutos más tarde, Darlene Wilson tuvo que mirarla dos veces.

—¿Qué haces aquí un lunes? ¿Te has olvidado de tomarte el día libre? —Apoyó los codos sobre el mostrador de recepción—. Te aseguro que en mi día libre no me encontrarás ni a cien metros de este edificio. De verdad te lo digo.

—Ha surgido algo y necesito hablar con el teniente Blazer —dijo Harper—. ¿Está en su despacho?

Darlene arqueó las cejas de golpe.

—Efectivamente. ¿De verdad quieres verlo?

—Sí —dijo Harper—. Si no está muy ocupado.

Ella se la quedó mirando.

—Ese hombre siempre está ocupado. Déjame que le pregunte.

A continuación, pulsó una combinación de botones en el teléfono con cuidado de que sus largas uñas, pintadas de rojo y rayas azules y blancas, no se echaran a perder. Tarareaba desafinada mientras sostenía el auricular en la oreja a la espera de una respuesta.

—Oh, hola, teniente. —Hizo un especial énfasis en la primera sílaba del rango, proporcionando a la palabra un tono desenfadado—. Harper McClain, del periódico, está aquí preguntando si tiene usted un minuto para una pregunta rápida.

Darlene le dedicó una sonrisa cómplice que se esfumó en cuanto el teniente respondió.

—Se lo preguntaré. —Tapó con la mano el auricular—. El teniente quiere saber qué necesitas.

Dios, qué pesado. Le hacía lo mismo cada vez. Harper le dijo:

—Dile que guardo unos documentos relacionados con el caso Scott. Creo que querrá tener la oportunidad de hacer algún comentario al respecto.

Al parecer, Blazer escuchó aquellas palabras, porque no esperó a que Darlene le transmitiera el mensaje. Harper pudo oír la orden brusca. Un segundo más tarde, Darlene colgó el teléfono y le lanzó una sonrisa pilla.

—Dice que puedes pasar.

—Gracias, Darlene. —Harper se dirigió hacia la puerta de seguridad. Cuando llegó hasta ella, Darlene presionó el botón de apertura.

—Que tengas una buena conversación —le dijo, cantarina.

Aquella era la razón por la que Harper trabajaba en el turno de noche: durante el día todo el mundo era demasiado alegre. Recorrió el ajetreado pasillo consciente del peso de los documentos que llevaba en el bolso. Aquello era importante. Esos papeles lo cambiaban todo. ¿Cómo es que la policía había ocultado aquello? Si Peyton Anderson acosaba a Naomi, tendría que ser el sospechoso número uno. ¿Por qué Luke no se lo había mencionado la otra noche?

Su entusiasmo se había visto moderado por la extraña forma en que había recibido los documentos. ¿Quién habría decidido entregárselos de esa forma? Habría sido tan sencillo como dejarlos en la redacción y huir. Además, Baxter se equivocaba, ella sabía que había cerrado el coche; escuchó cómo se desbloqueaban los seguros antes de abrir la puerta. La única respuesta lógica era que se tratara de un poli o un abogado, alguien que conociera la historia de Peyton y que quisiera que saliera a la luz. Lo malo era que no conocía a nadie que encajara en aquella descripción. De hecho, la única persona que se le ocurría que podría haberlo hecho era Luke. Durante la reunión que habían mantenido, Harper le había hablado de sus sospechas, y él le había asegurado que lo investigaría. Si hubiera ido a comisaría a la mañana siguiente, podría haber sacado copias de los documentos. Y si no hubiera querido que Harper supiera que procedían de él, puede que hubiera preferido dejárselos de forma anónima. Quizá aquel fuera su nuevo sistema para evitar que ambos se encontraran en una situación peliaguda, pero, aun así, Harper no estaba segura de darle credibilidad a aquella teoría.

La puerta del teniente Blazer estaba entreabierta y Harper escuchó el suave murmullo de voces en el interior. Después de dudar un instante, llamó con los nudillos a la puerta de cristal esmerilado.

—Adelante —ordenó una voz procedente del despacho.

Cuando ella entró, el teniente estaba sentado a su mesa y, a su lado, la detective Daltrey. Ambos la observaron con fría cautela.

—Siéntate, McClain. —Blazer sonaba molesto—. Dado que insistes en discutir el caso Scott, le he pedido a la detective Daltrey que se una a nuestra charla.

Harper aceptó su invitación.

—Ve al grano. —Blazer dio con un bolígrafo sobre el ordenado escritorio—. Tenemos cosas que hacer.

Estaba claro que, a pesar de que ella y Blazer habían logrado alcanzar algún tipo de entendimiento, seguían sin ser amigos. Harper no se anduvo con rodeos.

—Tengo en mi poder una serie de documentos legales relacionados con Peyton Anderson —dijo Harper—. Son órdenes de alejamiento, expedidas por el tribunal estatal del distrito en los últimos doce meses. Una de ellas fue solicitada por Naomi Scott.

Los detectives intercambiaron una mirada cargada de implicaciones. Harper siguió hablando:

—Las alegaciones que contienen estos documentos son una bomba de relojería, y me gustaría saber si los detectives que investigan la muerte de Scott están al tanto de la existencia de su existencia y cuál es su impacto en el caso.

Durante un segundo, ambos detectives se mantuvieron impasibles. Casi podía ver cómo decidían qué decir. Daltrey fue la primera en hablar:

—Estamos al tanto de la existencia de esos documentos relacionados con Naomi Scott. —Su voz era inexpresiva.

—¿Y de la de los requerimientos previos presentados por otras dos mujeres? —presionó Harper—. Sus nombres son Cameron Johnson y Angela Martinez. Sus alegaciones de intimidación, amenazas de violencia y acoso son muy similares.

—Sabemos hacer nuestro trabajo, McClain —la interrumpió Blazer—. Por supuesto que tenemos conocimiento de su existencia.

Aquella era la confirmación de autenticidad de los documentos que Harper necesitaba. La periodista mantuvo una expresión serena, con la esperanza de que no se dieran cuenta del regalo que le habían hecho. Ella no había dicho en ningún momento que aquella conversación fuera extraoficial, y ellos tampoco.

—Detectives, los cargos recogidos en esos documentos parecen apuntar a que Peyton Anderson es una persona de interés en este caso —dijo—. Y, aun así, hasta donde yo sé, no le están investigando. ¿Tiene eso algo que ver con la influencia de su familia? Al fin y al cabo, su padre fue fiscal del distrito.

Los ojos de Blazer eran ahora dos témpanos de hielo.

—El señor Anderson no está fuera de sospecha gracias a su padre —respondió el teniente—. No es sospechoso porque tiene coartada.

—¿Qué coartada? —Harper sacó la libreta.

—No podemos revelar esa información —dijo Blazer.

Harper simuló tomar nota de aquello. Quería que Blazer se imaginara un «sin comentarios» escrito en el periódico.

—Podría pensarse que, debido a sus antecedentes de intimidación y amenazas hacia Naomi, Peyton fuera el sospechoso principal —dijo—. Hace seis meses dijo que mataría a Naomi si ella se atrevía a salir con otro hombre. Ella inició una relación con Wilson Shepherd y luego alguien la asesinó. ¿Y por toda respuesta me dicen «Confía en nosotros, él no ha sido»?

—McClain… —comenzó a decir Blazer, pero Daltrey le interrumpió.

—Te diré algo extraoficialmente —dijo—. Estoy de acuerdo contigo, en una cosa al menos. Si hubiera alguna posibilidad de que él lo hubiera hecho, Peyton Anderson sería mi sospechoso principal ahora mismo.

Blazer la fulminó con la mirada. Daltrey no apartó los ojos de Harper.

—El problema es que no la hay. Su paradero a la hora del asesinato ha sido confirmado por numerosos testigos —continuó ella con tranquilidad—. Y esa es la razón por la que nos centramos en Wilson Shepherd. Su coartada cojea por todos lados: asegura que estuvo en casa, solo; sus amigos nos dicen que los dos estaban a punto de romper. Tenemos que investigarle.

Cuando se detuvo, dejó escapar un largo suspiro, y por primera vez, Harper pudo observar lo frustrada que se sentía. Mantenía el cuerpo erguido, los músculos en tensión.

—Ya ves cómo estamos —continuó Daltrey—. Si tuviéramos la mínima sospecha de que Anderson podría haber tenido la oportunidad de asesinar a nuestra víctima, iríamos tras él, pero uno no puede estar en dos sitios a la vez. Su coartada es sólida como una roca. Es imposible que sea el asesino.

—¿Cuál es su coartada?

Blazer se adelantó a Daltrey.

—No podemos revelar esa información.

Harper no estaba dispuesta a aceptar aquello. Las palabras utilizadas en el requerimiento de Naomi eran inquietantes. Decidió centrar su atención en Daltrey.

—Detective, ¿ha leído personalmente esas órdenes de alejamiento? Usted misma, quiero decir.

Los labios de Daltrey se tensaron y asintió de forma cortante.

—Entonces, sabe a qué se enfrentaba Naomi Scott. —Harper se inclinó hacia ella—. Le tenía miedo. Su terror impregna cada página. Él se presentaba en su casa, la amenazaba. Ella le contaba todo a su padre, pero esto se lo guardó. Trataba de protegerlo.

—Lo sé —la voz de Daltrey sonaba entrecortada—, pero Anderson no lo hizo, McClain. Otra persona mató a Naomi Scott, y ahora tienes que mantenerte al margen y dejar que lo atrapemos.

—Si no fue él, ¿quién fue entonces? —Harper no ocultó su frustración—. No me diga que sigue creyendo que fue Wilson Shepherd, porque no me lo creo.

—Claro que sí. —Blazer levantó ambas manos—. Ahora voy a aceptar consejos de investigación de una periodista. ¿Quieres echar un vistazo a los archivos del caso? ¿Ojear las pruebas forenses? Sé que te gusta husmear en nuestros expedientes, así que, por favor, no te cortes.

El teniente le acercó los papeles que había sobre la mesa. Harper no hizo ningún movimiento.

—Venga ya, teniente.

—No, venga ya tú. —La expresión de Blazer se endureció—. Esta es una investigación de asesinato en curso, y hemos sido muy pacientes contigo, pero si de verdad te planteas escribir acerca de Peyton Anderson pintándolo como un sospechoso al que no estamos investigando, no solo se te echará encima su padre, sino que también tendrás noticias de nuestro abogado. —La señaló con un dedo—. No tienes ni idea de qué hacemos de puertas para adentro. Y así va a continuar siendo. Por una vez. Ahora tenemos que volver al trabajo.

Sin embargo, Harper no estaba lista para claudicar.

—Solo dígame una cosa. —Harper fulminó a Blazer con una mirada desafiante—. Oficialmente. No estáis haciendo la vista gorda con Anderson porque su padre sea el exfiscal del distrito, ¿verdad?

Blazer levantó el brazo como un resorte, señalando con un dedo la puerta.

—Largo de aquí, McClain —le dijo—. Ya te hemos dedicado demasiado tiempo. Tenemos trabajo que hacer.

CAPÍTULO DIECIOCHO

Después de abandonar la comisaría, Harper se abrió camino entre el tráfico de hora punta de vuelta al edificio del periódico situado en Bay Street mientras repasaba mentalmente la conversación. ¿Qué había querido decir Blazer con eso de «No tienes ni idea de qué hacemos de puertas para adentro»? ¿Significaba aquello que tenían otro sospechoso? ¿Se trataría de Fitz? El no haber preguntado era para darse cabezazos. ¿Y si tenían algo sólido respecto al propietario del bar? ¿O no era más que una triquiñuela de Blazer para lograr que dejara de husmear?

Harper aparcó en un hueco justo enfrente de la puerta principal del periódico y apagó el motor. Unos amenazantes nubarrones grises se inflaban sobre su cabeza, tiñendo el río de color acero. Una cálida brisa hizo ondear algunos mechones del cabello de Harper contra su cara mientras salía del vehículo. Antes de que terminase el día caería una buena tormenta, y de las gordas. Al atravesar el pequeño y funcional vestíbulo del periódico, saludó con un gesto de la mano al guarda, que gruñó algo en respuesta a la vez que ella se apresuraba a subir las escaleras con el bolso golpeando rítmicamente contra su cadera.

—Ya sé que es mi día libre —le dijo a D. J., que levantó la mirada hacia Harper en cuanto se dejó caer en la silla—. Tengo mis razones para desperdiciar mi vida en este lugar.

—Es por mí, ¿a que sí? —D. J. se giró en la silla de oficina hacia ella a la vez que extendía ambos brazos—. No puedes soportar estar lejos de este pedazo de tío bueno más de cinco minutos. Qué mona eres.

—¡Por Dios! —Harper colocó el bolso junto al escritorio y barrió con la vista la sala en busca del característico corte de pelo a tazón de la editora—. ¿Ha llegado Baxter?

D. J. señaló con un dedo hacia el extremo más alejado de la sala de redacción.

—Está en plena reunión con Dells. Nadie parece muy contento.

—Mierda. —Harper estiró el cuello para tratar de ver algo en el interior del despacho de paredes de cristal—. La necesito.

—Bueno, yo que tú me esperaría un poco. Hoy todos los editores están de bastante mal humor. —Echó un vistazo a su alrededor para asegurarse de que nadie más escuchaba la conversación y bajó la voz—. Se rumorea que va a haber más despidos.

El corazón de Harper dio un brinco.

—Estás de broma. Si despiden a más gente, el periódico se va a ver reducido a un triste folleto.

La expresión de D. J. era sombría.

—Creo que en esta ocasión me va a tocar a mí. Te seré sincero: si fuera yo el que llevara el tema de los despidos, me desharía del periodista encargado de la sección de enseñanza. En cualquier caso, nadie lee lo que escribo…

—Qué dices, D. J. —dijo Harper—. Los padres montarían en cólera si no pudieran leer en el periódico acerca de los colegios de sus pequeñines. Estás a salvo.

En realidad, ambos sabían que nadie estaba a salvo. En la última ronda de despidos, el periódico se deshizo de todos los fotógrafos, incluido Miles, que ahora trabajaba como autónomo. Nadie pensaba que aquello pudiera ocurrir. Aquel recuerdo hizo que a Harper se le revolviera el estómago. Había visto a demasiada gente con talento recoger sus cosas, meterlas en cajas de cartón y marcharse llorando. Prefería no tener que volver a entrar en esa lotería.

—Maldita sea. —Se desplomó en la silla—. Cómo lo odio.

—Ahí está Baxter —dijo D. J. señalando con el dedo.

Harper se dio la vuelta justo cuando la puerta del despacho de Dells se abría de par en par y la editora salía por ella, con el cabello oscuro y a lo *bob* ondeando en su delgado rostro, surcado por arrugas de preocupación. Harper agarró la carpeta que contenía los documentos judiciales y se apresuró a su encuentro.

—Y bien —dijo Baxter mientras Harper se aproximaba a ella—. ¿Qué ha dicho la poli?

Harper observó el rostro de la editora en busca de algún tipo de señal que le indicara qué había ocurrido en la reunión, pero Baxter había aprendido a no proporcionar ese tipo de información gratis. Dirigió su atención al caso que tenían entre manos.

—Dicen que Peyton Anderson tiene una coartada sólida y que es imposible que sea él —le dijo Harper—. Y que si publico un artículo que insinúe que no le están investigando porque es hijo de quien es, se nos echarán encima con un ejército de abogados.

Baxter no parecía sorprendida.

—¿De qué tipo de coartada sólida estamos hablando?

—No han querido decírmelo.

Baxter contuvo una risa.

—Típico. —Extendió una mano—. Déjame ver esos documentos.

Los hojeó con rapidez, leyendo por encima la información que contenían. Detuvo la punta de un dedo sobre el nombre de Anderson.

—Y sigues sin saber quién te dejó esto en el coche, ¿no?

—Creo que puede tratarse de una fuente del cuerpo de detectives —dijo Harper.

—Eso crees.

Baxter hizo que el hecho de pensar sonara casi peor que cometer asesinato.

—El hijo de los Anderson es un pieza de cuidado. —Movió la carpeta—. Este material es irrefutable; sea el asesino o no, es información de interés. Y es de dominio público, independientemente de la forma en que ha llegado a tus manos.

—Blazer va a poner el grito en el cielo —le advirtió.

Baxter profirió un sonido despectivo.

—Según tengo entendido, no trabajamos para el Departamento de Policía de Savannah. —Garabateó una nota para sí misma en un cuaderno, apoyada en un escritorio lleno de papeles—. Aun así, nos van a dar por todos lados. Dells tendrá que leer el artículo antes de publicarlo. Conoce a la familia Anderson. Querrá prevenirlos. —Dejó caer el bolígrafo y miró a Harper—. Localiza al hijo de los Anderson y sonsácale algún comentario al respecto. Tenemos que darle la oportunidad de alegar que no son más que mentiras, que esas chicas estaban empeñadas en hacerle la vida imposible o cualquiera que vaya a ser su excusa. Mientras estás con ello, llama a Jerrod Scott. Comprueba si sabía que Anderson estaba amenazando a su hija. Y necesitamos que la policía diga algo al respecto de manera oficial, incluso si su comentario es «Sin comentarios». ¿Entendido?

—Perfectamente. —Harper recogió los papeles de nuevo.

—Harper. —La expresión de Baxter se tornó seria—. Tenemos que estar seguros al cien por cien en esta situación. Tómate tu tiempo. No lo vamos a publicar mañana, esperaremos hasta el miércoles. Así tendremos oportunidad de comprobarlo todo dos veces. En esta ocasión, más vale hacer las cosas despacio y bien. Consigue declaraciones de todo el mundo, y me refiero a *todo* el mundo.

—Entendido —dijo Harper caminando de vuelta a su mesa—. A mí tampoco me gusta que me demanden.

* * *

174

Fuera, la tormenta se había desatado. El cielo tenía un color negro verdoso apocalíptico. Los rayos caían sobre el río. El agua corría a raudales por la ventana próxima a la mesa de Harper cuando cogió el teléfono para llamar a Jerrod Scott, que respondió de inmediato.

—Señorita McClain, ¿en qué puedo ayudarle? —La reportera se estaba acostumbrando a la lenta cadencia de aquella voz.

Harper guardó silencio cuando un trueno hizo temblar el edificio.

—Lamento molestarle de nuevo —dijo Harper—. Quería hablarle de unos documentos judiciales que he encontrado y que fueron presentados por Naomi hace seis meses. Están relacionados con Peyton Anderson.

Ciñéndose a los puntos más relevantes, Harper le habló de los documentos y de que otras mujeres también habían presentado sus propios requerimientos. Cuando acabó, se hizo un prolongado silencio. Todo lo que Harper oía era la lluvia repiqueteando en el cristal como si quisiera atravesarlo.

—Bueno, ella nunca me habló de todo eso. —La voz de Scott sonaba quebrada—. Naomi era una chica muy valiente. Nunca se dejó pisotear, pero no le agradaba disgustarme. Y sabía que eso me habría aterrorizado, el saber que tenía problemas, y que había tomado ese tipo de medidas contra una familia tan poderosa. —Respiró con dificultad—. ¿Esto quiere decir que la policía cree que ese muchacho, Peyton, podría ser el asesino?

Harper se mordisqueó el labio. Jerrod Scott las estaba pasando canutas últimamente, se merecía saber la verdad.

—La policía asegura que él no puede ser el asesino —le dijo—. Piensan que ha sido otra persona.

—Claro, como su papaíto es quien corta el bacalao, ¿no? —La tristeza había dado paso a la ira—. Rendirse siempre es más fácil que pelear.

—Estoy intentando averiguar más cosas acerca de Naomi y Peyton Anderson —dijo Harper—. Quiero conocer la historia que esconde este documento, pero supongo que su hija no le contaría mucho al respecto, ¿no?

—No —admitió Scott—. La persona con la que sin duda habría tratado el tema es Wilson. He intentado convencerle de que la llame, como me pidió, pero está demasiado asustado después de todo por lo que ha pasado. Ya sabe.

A esas alturas, Harper estaba desesperada por hablar con el novio de Naomi. Parecía como si, de un modo u otro, él tuviera la pieza que faltaba en el caso, pero cada vez albergaba menos esperanza de que aquello fuera a pasar.

—Si se le ocurre cualquier cosa que yo pueda hacer para convencerle —dijo Harper—, no dude en pedírmelo.

Mientras él pensaba en el ofrecimiento, se hizo un nuevo silencio. Otro rayo cayó en algún lugar cercano, y las luces de la sala de redacción parpadearon amenazadoras.

—Deje que vuelva a hablar con él —dijo finalmente—. Puede que logre hacerle cambiar de opinión. Todo lo que necesita ahora mismo es alguien que le escuche.

—Prometo que le escucharé, señor Scott —dijo Harper—, pero necesito hablar con él cuanto antes. ¿Puede hacérselo saber? Tiene que ser mañana.

—Haré todo lo posible —respondió él—. Muchas gracias, señorita McClain, por hablarme de esos documentos judiciales. Siempre he pensado que Naomi se convertiría en una excelente abogada, y creo que esos documentos son la prueba.

Harper todavía tenía que hacer otra llamada, pero no acababa de estar lista. No dejaba de coger el teléfono en la mano y de volver a dejarlo sobre la mesa. Su encuentro con Luke en La Biblioteca había ido mucho mejor de lo que Harper había esperado, pero se sentía en un mar de dudas. Puede que ella hubiera malinterpretado la atracción palpable que había entre ellos. ¿Y si todo eran imaginaciones suyas y Luke no estaba interesado en absoluto? Sin embargo, si fue él quien dejó los papeles en el Camaro… ¿Le estaba queriendo enviar un mensaje? Y, de ser así, ¿qué era lo que le intentaba decir? ¿Que volvía a confiar en ella u otra cosa? Solo había una forma de averiguarlo. Tras respirar hondo, pulsó el botón para llamar. Después de cuatro tonos, respondió.

—Espera un segundo —dijo Luke en lugar de «hola»—. Voy a salir un momento.

Harper podía oír voces de fondo, Luke debía de estar en el trabajo. Entonces escuchó una puerta abrirse y las voces de fondo desaparecieron.

—Harper —le encantaba la forma en que decía su nombre: medio susurrando, como si estuvieran solos en algún lugar en plena oscuridad—, ¿qué ocurre?

—Siento molestarte en el trabajo. Solo quería hacerte una pregunta. —Harper hablaba demasiado deprisa. Su voz sonaba alta y nerviosa.

—Claro —dijo él—. Dispara.

—Hoy he encontrado unos documentos judiciales muy importantes en mi coche —dijo—. Por casualidad, no habrás sido tú el que los ha puesto ahí, ¿verdad?

—¿De qué estás hablando? —Parecía confuso, y no debería estarlo, si es que había sido él su misterioso benefactor—. ¿Qué documentos?

Harper escuchó el estruendo de un trueno y no supo si procedía del otro lado de la línea o del otro lado de la ventana.

—Unos documentos relacionados con el caso de Naomi Scott —respondió ella—. Órdenes de alejamiento presentadas contra Peyton Anderson. ¿No has sido tú?

—No, no he sido yo. —Aquella respuesta era definitiva. No había ni un resquicio de duda en ella—. ¿Y dices que las dejaron dentro de tu coche?

—Sí.

Incluso mientras hablaba, Harper trataba de resolver el misterio. Si no había sido Luke, ¿quién?

—En fin, estaba segura de que habías sido tú, porque el coche estaba cerrado con llave y no todo el mundo sabe cómo acceder al interior de un vehículo sin dejar un solo rasguño, pero supuse que un detective sí sabría.

—Harper, no he sido yo. —Un nuevo deje de preocupación se coló en su voz—. ¿Tienes algún otro contacto que sea detective y que haya podido hacer eso?

—No. Tú eres el único que se me ocurrió. Daltrey no haría algo así, ¿no?

—Qué va. Antes se cortaría el brazo derecho. —Luke hizo una pausa—. Harper, ¿el coche estaba aparcado en tu casa o en el periódico?

Algo en la forma en que lo dijo hizo que Harper se angustiara.

—En casa.

—No me gusta la pinta que tiene todo esto —dijo—. ¿Quién sabe dónde vives?

A Harper tampoco le gustaba demasiado. Si no había sido él, ¿quién? ¿Y si se trataba de la misma persona que había intentado colarse en su apartamento?

—Luke —dijo ella con indecisión—, hay algo más: alguien intentó colarse en mi casa el sábado por la noche mientras estaba contigo. Acababa de cambiar el código e hicieron saltar la alarma cuando introdujeron los números incorrectos. El cerrajero me ha dicho que debían de tener llave. El único problema es que sé dónde están todos los juegos de llaves, y ninguno de ellos se ha perdido.

—Y ahora, de repente, ¿vas y te encuentras esos documentos en tu coche cerrado con llave? —Había tensión en su voz—. ¿Qué demonios está ocurriendo?

—Ojalá lo supiera.

Se hizo un largo silencio. Luego, Luke continuó:

—No me gusta lo que oigo, Harper. No me gusta ni un pelo.

De repente, Harper se sintió furiosa por todo aquello. La invasión de su privacidad. La intimidación. Y todo lo que aquello la distraía de lo que de verdad importaba. Hacía casi una semana que Naomi había sido asesinada y le parecía estar ahora más cerca de averiguar quién la había matado de lo que lo había estado aquella noche en River Street. Cuando habló de nuevo, tensó la expresión.

—No sé qué está pasando, pero tengo que escribir un artículo. Hablamos luego, Luke.

CAPÍTULO DIECINUEVE

Después de la conversación con Luke, Harper trató de centrarse en el caso Scott, pero su mente no dejaba de intentar que las piezas encajaran; el allanamiento, los documentos, esa sensación de ser vigilada desde hacía meses. Eran más cosas de las que ella había pensado en un primer momento, solo que todavía no había averiguado qué significaba todo aquello. Abrió la alargada y estrecha libreta de notas por una hoja en blanco y anotó cada una de las ocasiones que podía recordar en las que su instinto la había advertido de que alguien había estado en su casa, y cuya voz había acallado convencida de que se estaba volviendo una paranoica.

Hacía unos días, le pareció detectar el olor a tabaco y tuvo la clara impresión de que alguien había estado en su apartamento. Tres semanas antes de aquello, habría jurado dejar un vaso sobre la mesa de la cocina, pero cuando llegó a casa se lo encontró en el escurreplatos. En aquel momento se había convencido de haber olvidado que lo había dejado allí. Luego, recordó un día de abril en el que había estado buscando una foto en la que salía con su madre, hasta que finalmente se dijo que debía de haberla traspapelado, aunque estaba segura de que la había guardado en un cajón de la cómoda.

Uno tras otro, siguió la pista de toda una serie de pequeños incidentes, que en apariencia no guardaban relación y que había achacado a estar despistada o distraída, hasta llegar al año anterior, concretamente hasta la primera vez que se habían colado en su casa, cuando alguien había destrozado el apartamento y había escrito con pintura roja en la pared *SAL CORRIENDO*.

Cuando terminó el repaso, todo era demasiado evidente, no podía creer haberlo pasado por alto hasta entonces. Él había estado ahí todo el tiempo. No había otra respuesta. Alguien tenía las llaves, sabía el código de la alarma y además ahora conocía todos los detalles de su vida. El lugar que ella siempre había considerado un santuario ya no era un lugar seguro. Quién sabe qué habría hecho ese desconocido en su casa mientras ella estaba en el trabajo. Aquella conclusión hizo que el estómago le diera un vuelco. Se levantó tan rápido de la silla giratoria que salió rodando disparada hacia atrás. D. J. la miró con curiosidad.

—Tengo que irme —dijo Harper cogiendo el bolso y el detector.

—Hasta… —comenzó a decir su compañero, pero Harper ya había cruzado la mitad de la sala—… luego.

Cuando terminó de pronunciar aquellas dos palabras ya la había perdido de vista.

Harper bajó corriendo las escaleras del periódico y salió como una exhalación en dirección a la violenta tormenta que se estaba desatando: el viento hacía que la lluvia cayera de lado, un relámpago cruzó el cielo y los oscuros nubarrones se agitaron. Sin embargo, Harper ni siquiera sentía la lluvia, estaba demasiado enfadada. Cuando llegó hasta el Camaro, se detuvo y se quedó paralizada junto al coche, dejando que el temporal se desatara a su alrededor. La lluvia le recorría el rostro y le empapaba la ropa. La gente que la rodeaba, encogida bajo sus paraguas, la observaba con curiosidad, pero a ella le dio igual. Se quedó allí plantada, observando el deportivo rojo. ¿También tendría las llaves del coche? Había colocado los documentos en el asiento del copiloto sin dejar un solo rasguño en la pintura escarlata. ¿Cómo podía hacerse algo así sin la llave? Conocía la respuesta de antemano. Era imposible.

Abrió la puerta del coche con cuidado y observó con detenimiento los asientos delanteros y traseros, pero no había nada nuevo. Solo la porquería de siempre, las tazas vacías de café para llevar y las libretas usadas. No había ningún indicio de que alguien hubiera estado en el coche mientras ella trabajaba, pero ya no podía seguir dando por hecho que nada en su vida fuera seguro, o privado. Aquel desconocido había trastocado todo. Se había metido en su vida y la había analizado.

Se subió al coche, goteando agua en los asientos, y cerró la puerta. Permaneció sentada en silencio durante un momento. ¿El desconocido se habría sentado exactamente donde se encontraba ella ahora mismo y habría agarrado con fuerza el volante tapizado en piel? ¿Habría tocado también todos los botones y sintonizadores? ¿Habría hurgado en la guantera? Con cuidado, Harper giró la llave en el contacto para poner en marcha el motor y empezó a conducir hacia casa. Para cuando aparcó en Jones Street, estaba tan enfadada y asustada que apenas podía respirar. ¿Qué iba a hacer ahora?

Un trueno resonó con tanta fuerza en el cielo que hizo temblar la tierra, despertándola de su ensimismamiento. El viento era cada vez más fuerte. Las ramas del árbol se elevaron y descendieron, batiendo violentamente el musgo español. Salió del coche y cruzó la calle hacia su casa con la cabeza gacha. El agua que rebosaba de las alcantarillas le llegaba a la altura del tobillo y chapoteó en ella antes de alcanzar la acera. Había subido la mitad de la escalera principal cuando por fin vio a Luke, de pie junto a la puerta, con expresión seria. Harper detestó el vuelco que dio su corazón al verlo allí.

—Hola —dijo ella—. No tenías por qué venir.

Luke se hizo a un lado para dejarle espacio a Harper en el último peldaño, que estaba resguardado de la lluvia.

—Siento haberme presentado tan de repente —dijo él—. Pensé que te encontraría en casa. Los lunes son tus días libres. Quería que habláramos un poco más acerca de lo que ha pasado con tu coche. No me gusta nada lo que está ocurriendo.

—Puede que incluso sea peor de lo que pensaba. —Harper echó un vistazo a la calle, que se oscurecía por culpa de la lluvia torrencial. Parecía estar vacía, pero Harper se sentía observada y no había forma de saber si solo eran imaginaciones suyas.

—Será mejor que entres.

Luke se quedó tras ella y esperó a que abriera las tres cerraduras, una tras otra, y a que, después de leer el código que llevaba escrito en el dorso de la muñeca, lo introdujera, silenciando así el pitido de advertencia del sistema de seguridad. Harper percibió que Luke observaba las medidas de seguridad que ella había tomado para sentirse a salvo y también el bate de béisbol que descansaba junto a la puerta. No se le escapó ni un solo detalle.

Cuando Harper encendió la luz del salón, la expresión de Luke era de preocupación. El aire acondicionado hizo que el agua que empapaba la ropa y la piel de Harper se enfriara y no pudo evitar empezar a temblar de manera incontrolable.

—Estoy calada… Voy a cambiarme —dijo ella—. ¿Quieres una toalla?

Después de secarse el rostro, Luke le dedicó una mirada amarga.

—Puede que sea buena idea.

—Dame dos minutos —dijo ella, y recorrió el pasillo.

Mientras caminaba, iba buscando indicios de la presencia de alguien que hubiese estado allí en su ausencia, pero, por lo menos en aquella ocasión, todo parecía normal. Zuzu estaba hecha un ovillo en uno de los sofás. Harper se había dado cuenta de que la gata nunca estaba en casa los días en que ahora sospechaba que había tenido lugar una intrusión. Seguramente salía pitando por la portezuela para gatos y se mantenía alejada hasta asegurarse de que Harper estaba de vuelta y de que el lugar volvía a ser seguro.

Cogió una toalla del baño, salió al pasillo y se la lanzó a Luke, que seguía plantado en el mismo lugar en que ella le había dejado; él la atrapó al vuelo.

—Gracias.

Una vez en su habitación, Harper se quitó de forma brusca el top que llevaba y cogió una toalla para secarse. Después de cambiarse toda la ropa empapada, se pasó un cepillo por el pelo. Al mirarse en el espejo, se dio cuenta de que estaba sonrojada; sus ojos color avellana parecían confundidos y la leve capa de pecas que nunca era capaz de ocultar por completo era ahora perfectamente visible. Aparentaba tener menos de veintiocho años, su edad. Parecía asustada. Respiró hondo y despacio y regresó al salón. Luke estaba en el sofá sentado junto a Zuzu, que, en una extraña muestra de reconciliación, le permitió acariciar su pelaje. Harper los observó por un instante antes de hablar.

—¿Te apetece un café? —preguntó—. Me vendría muy bien un poco de cafeína.

—Sí, a mí también.

Después de acariciar a Zuzu una última vez, se levantó y la siguió a la cocina.

—No has dejado la casa nada mal —dijo—. Me gustan los sofás nuevos.

—Gracias.

Harper encendió la luz de la cocina y aquel espacio impoluto, con sus muebles altos y blancos y su suelo de baldosas negras y blancas, resplandeció a la vista. Luke se apoyó en la encimera mientras ella se disponía a coger la lata donde guardaba el café. No le quedaba más remedio que acceder al mueble que estaba detrás de él para sacar la cafetera. Parecían estar demasiado cerca el uno del otro; tanto que podía, incluso, sentir el calor del cuerpo de él contra su piel. Luke se quitó de en medio rápidamente. La cocina parecía mucho más pequeña con él allí.

—Y bien —dijo Luke mientras la observaba preparar el café en la cafetera—, ¿por qué todo es peor de lo que pensábamos?

Un trueno sacudió las ventanas mientras Harper le hablaba de sus sospechas. Cuando terminó, se apoyó en el fregadero y lo miró de frente.

—Todavía desconozco si algo de lo que te acabo de contar es real o son solo imaginaciones mías —dijo Harper cuando lo hubo preparado , pero si se llevó esa foto de mi madre... —Exhaló con fuerza—. Joder. Eso sí que me cabrea.

—No te culpo —respondió él con seriedad—. Harper, ¿se te ocurre alguien que pueda estar detrás de todo esto?

La reportera negó con la cabeza.

—No tengo ni idea.

—¿Has estado saliendo con alguien que pareciera extrañamente apegado a ti en el último año? Alguien que pudiera saber cómo entrar aquí, como un poli, por ejemplo.

Su voz era tranquila, pero, aun así, se sonrojó. Era una pregunta cargada de implicaciones.

—No.

—Podría ser cualquiera —insistió él—. Alguien con quien solo salieras una vez. Algún tipo de los que aparecen en una página web de citas. Puede que en su momento no pareciera amenazador, pero...

—No ha habido nadie. —Harper pronunció esas palabras en un tono más alto de lo que pretendía. Prosiguió en voz más baja—: No he salido con nadie después de lo nuestro.

Un silencio repentino se apoderó de la situación interrumpido solo por el sonido de la lluvia veraniega cayendo a raudales y el borboteo de la cafetera. Harper no era capaz de mirarlo a la cara por temor a lo que pudiera ver reflejado en sus ojos.

—He olvidado la leche. —Harper se dio la vuelta con rapidez y abrió la nevera.

Ahora que le daba la espalda aprovechó para hacer una pausa y refrescarse con el frío procedente del interior de la nevera. Cuando volvió a hablar, le pareció que su voz había recobrado un tono normal.

—¿Quieres azúcar? Sé que normalmente no tomas, pero...

—No, gracias. —El tono de Luke era tan anodino que parecía que la conversación que acababan de mantener no hubiera tenido lugar.

Harper comprobó que la leche no estuviera caducada y luego preparó café para los dos. Después de situarse en el tramo de encimera más alejado de él, al otro lado de la habitación, recondujo la conversación al tema del allanamiento.

—¿A ti qué te parece? ¿Podría esto estar relacionado con la primera intrusión?

—Quizá —convino él—, pero el *modus operandi* es distinto. En la primera ocasión, aquel tipo rompió una ventana, ¿no?

—Sí.

—Este, en cambio, tiene llave y el código de tu alarma. Y acceso a tu coche, puede que también con una llave. A simple vista parecen dos estilos muy diferentes. Uno se caracteriza por la fuerza bruta, el otro por la delicadeza. Es decir, ¿cómo demonios pudo conseguir tus llaves?

—Eso es lo que he estado pensando. —Harper dejó su café sobre la mesa—. ¿Y si fue durante la primera intrusión cuando se hizo con las llaves?

Luke arqueó las cejas.

—¿Las perdiste entonces?

—No lo sé —dijo ella—. El apartamento estaba patas arriba. Quienquiera que fuese, volcó la nevera. Acuchilló todos los muebles. Tiró toda mi ropa por el suelo y pintarrajeó en las paredes. Ni se me pasó por la cabeza comprobar las llaves.

Se giró en dirección a la alacena que estaba tras ella y sacó un tarro de cerámica con la palabra *TÉ* escrita.

—Aquí es donde guardo las llaves de repuesto —le explicó—. Ni siquiera he comprobado su contenido desde el robo. Es decir, ¿cada cuánto tiempo tiene uno que revisar las llaves de repuesto?

Sin esperar respuesta, Harper volcó el tarro dejando caer las llaves sobre la encimera con un repiqueteo. Los dos se inclinaron a mirar el amasijo de plata y latón. Las llaves de repuesto del coche estaban allí, justo donde debían estar, junto a las llaves de casa, las del apartamento de Bonnie y un par de llaves cualquiera, incluida la de un candado de bicicleta que hacía tiempo que había tirado. Miró a Luke, que estaba muy cerca. Podía incluso oler su característico aroma a canela y sándalo.

—No falta ninguna —dijo ella—, pero eso no quiere decir nada, ¿no?

Luke negó con la cabeza.

—Pudo hacer copias y traer de vuelta las originales.

Harper se dispuso a echar mano de las llaves de la casa.

—No toques nada —la instó Luke.

Harper retiró la mano como si se hubiera abrasado. Luke sacó un bolígrafo del bolsillo y lo utilizó para recoger las llaves pasándolo por el arito plateado.

—¿Tienes una bolsa de plástico? —le preguntó sin dejar de mirarla.

Harper sacó una de un cajón y se la entregó.

—Haré que comprueben las huellas —le dijo Luke mientras introducía las llaves en la bolsa—. Por si acaso.

Harper detestaba la forma en que su disparatada teoría parecía cobrar forma. El robo y toda la destrucción que trajo consigo podrían haber sido una distracción para hacer que ella no mirase en el tarro donde guardaba las llaves. Si ese era el caso, había funcionado. Después de que ocurriera, había abandonado su casa y se había quedado con Bonnie unos días mientras Billy y su equipo se hacían cargo de la limpieza. Un pensamiento repentino le cortó la respiración.

—¿Y qué pasa con Bonnie?

Luke la observó sin entender a qué se refería.

—Esas son sus llaves —le explicó mientras señalaba con un dedo uno de los juegos que estaba sobre la encimera—. Podría entrar en su casa.

Él se inclinó para examinarlo.

—No tienen ninguna identificación. No hay forma de que el intruso supiera de quién son. —La miró—. Me parece que las únicas llaves que le interesaban eran las tuyas.

Esas últimas palabras permanecieron flotando en el aire.

—Quienquiera que sea ese tipo, es bueno, Luke. —Harper volvió a coger la taza de café para tener las manos ocupadas.

—Sí, es bueno, pero nosotros somos mejores.

Se pasó la mano por el borde de la mandíbula mientras observaba con detenimiento las llaves, como si albergaran respuestas que solo él podía ver.

—Supongamos que también tiene las llaves de tu coche.

Harper había caído en la cuenta de eso.

—Haré que cambien las cerraduras del coche mañana —dijo—. El mecánico me hará un hueco.

—Bien. —Luke se tomó un momento para pensar—. Pídele que revise todo el coche en busca de cualquier cosa que haya podido dejar ese tipo.

Harper tardó un segundo en darse cuenta de lo que estaba insinuando, y dio un paso atrás.

—Maldita sea, Luke. Crees que ha puesto un localizador en mi coche.

—Yo no creo nada —contestó él—. Solo quiero asegurarme.

—¿De quién se trata? —Alzó la voz llevada por la ira—. ¿Qué es lo que quiere?

—Eso es lo que trato de averiguar. —Levantó la bolsa de plástico que contenía las llaves—. Empezaremos por analizarlas y por echar un vistazo al coche. —Dudó antes de añadir—: Por cierto, sigo pensando que sería mejor que te mudaras durante una temporada...

—Ni lo sueñes —le interrumpió Harper con decisión.

Una leve sonrisa se dibujó en el rostro de Luke.

—Me lo imaginaba.

Se guardó la bolsa con las llaves en el bolsillo.

—Bueno, si pasa cualquier cosa, lo que sea, no corras ningún riesgo. Llámame.

—Si pasa cualquier cosa —respondió Harper—, yo misma me encargaré de darle una paliza a ese tipo.

Ahora, él le dedicó una mirada severa.

—Llámame.

Harper no sabía cómo interpretar aquella repentina actitud protectora. ¿Significaba algo? ¿O simplemente se estaba limitando a ser buen poli?

—Será mejor que me vaya. —Luke miró su reloj de pulsera—. Tendría que estar en otra parte.

—Claro, sí.

Con un movimiento rápido, lo acompañó hasta la puerta delantera. La forma en que se había presentado en su casa había sido muy extraña, se comportaba como si nada hubiera ocurrido. Luke volvía a encarnar el papel del héroe que acudía a su rescate. Aquello la desconcertaba.

Fuera, la lluvia casi había cesado. El sol comenzaba a evaporar el agua de las aceras empapadas. En unos minutos, la ciudad se convertiría en una sauna. Harper se apoyó contra el marco de la puerta.

—Gracias por venir.

En el último peldaño de la escalera, Luke se dio la vuelta. Su cabello resplandecía bajo la luz del sol.

—Cuídate, Harper.

Aquel momento le trajo a la memoria el recuerdo de otros tiempos. Ocasiones en las que se habían besado allí mismo, cuando él

189

le insistía en que tenía que marcharse, pero no lo hacía. Ocasiones en las que se habían encerrado en el interior del apartamento y habían olvidado los crímenes durante un tiempo.

Harper se preguntó cómo reaccionaría Luke si se lanzara hacia él en aquel instante. Si lo atrajera hacia sí. Si le dijera cuánto lo sentía... Sin embargo, no se movió.

—Eso haré —respondió ella.

Entonces Harper cerró la puerta para no tener que ver cómo se marchaba.

CAPÍTULO VEINTE

Harper pasó la noche en el sofá con el bate de béisbol pegado al codo y el detector resonando bajito. No logró dormir profundamente y sus sueños intermitentes estaban protagonizados por Luke, Naomi Scott y una sensación de peligro constante.

Se despertó antes del amanecer, pero no se levantó. En lugar de eso, se quedó tumbada en la oscuridad, pensando, con Zuzu a su lado. Para cuando el sol de la mañana hubo extendido sus largos dedos de luz a lo largo del suelo de roble pulido, ya había tomado una decisión. Había alguien con quien tenía que hablar. Alguien que quizá pudiera ayudarla. En primer lugar, sin embargo, tenía que ocuparse del asunto del coche. Salió de casa antes de las ocho y le echó un rápido vistazo al Camaro por si alguien le había dejado más paquetes en el interior. Satisfecha por no encontrar nada, condujo directamente hasta Madsen's Motors, en Veterans.

Howie Madsen llevaba a cabo las reparaciones y revisiones del coche de Harper desde que lo había comprado, hacía ya cuatro años. Siempre llegaban a buenos acuerdos económicos, y él estaba familiarizado con el Camaro. En esta ocasión, además de cambiar las cerraduras, el mecánico también llevó a cabo una exhaustiva búsqueda de dispositivos de localización.

—¿Por qué crees que te han puesto un localizador, Harper? —le preguntó el mecánico cuando salió deslizándose de debajo del

Camaro sobre un tablero con ruedas y la miró a la vez que se limpiaba el aceite de las manos con un trapo rojo manchado—. ¿Has cabreado a alguien?

—Eso básicamente lo resume todo.

Harper estaba sentada en una silla de plástico junto a la puerta abierta del taller con una taza de café para llevar grande que había comprado en la tienda de dónuts de al lado. El aire cálido olía fuertemente a grasa de motor; un tufillo empalagoso que, para su sorpresa, no le disgustaba en absoluto.

—Bueno, pues no te han colocado ningún dispositivo por ahora. —Howie se puso en pie y de una patada apartó el tablero con ruedas—. Aun así, estate alerta. Es tremendamente fácil colocar uno de esos sin que nadie se dé cuenta.

Muy poco después, una vez cambiadas todas las cerraduras, Harper se encontró conduciendo hacia el oeste por la autovía 280, con el sol a su espalda. Había atravesado aquella carretera unas cuatro veces durante el último año, y en ninguna de aquellas ocasiones le había hablado a nadie de ello. Aquello era cosa suya y la intención de Harper era que así siguiera siendo.

Era un trayecto sencillo, la calzada era tan recta y plana que podría realizarse un disparo desde uno de sus extremos y acertar en el mismísimo centro de cualquier señal a una distancia de unos noventa metros. Harper conducía rápido a través de la exuberante campiña de Georgia.

El tiempo que pasó en el coche lo utilizó para pensar en todas las preguntas que quería hacer. Debía centrar, desde un principio, el tema de la conversación en lo que le importaba, ya que no contaba con mucho tiempo. Tenía que volver al trabajo a las cuatro de la tarde.

Seguía pensando en sus preguntas cuando los sombríos muros de color blanco de la prisión estatal de Reidsville aparecieron a lo lejos, rodeados de hectáreas de brillante alambre de púa. Era una fortaleza de cadenas de metal armada hasta los dientes. Torres de vigilancia marcaban cada una de las esquinas de la alambrada. Rifles de francotirador siguieron el recorrido del coche mientras cruzaba el gigantesco portón.

Harper se detuvo allá donde las señales se lo indicaron y esperó a que un guardia, armado con una pistola del calibre 45, se le acercara. Cuando bajó la ventanilla, se vio reflejada en las gafas de sol de aviador del hombre.

—Apague el motor —le ordenó en un tono que denotaba a la vez aburrimiento y tensión.

Harper hizo lo que le decían y colocó las manos en el volante, donde el guardia pudiera verlas.

—¿En qué la puedo ayudar? —le preguntó mientras se inclinaba para ver el detector enganchado al salpicadero y revisar los asientos de atrás, donde Harper había dejado el portátil y la libreta.

—Me llamo Harper McClain. Debería estar en la lista de visitas de la una —le dijo.

El guardia retrocedió y sacó un papel del bolsillo, luego deslizó el dedo por él; la expresión del hombre le indicó a Harper de manera instantánea que su nombre no figuraba en él.

—Soy una visita de última hora —explicó la periodista antes de que le preguntara—. Me han añadido esta misma mañana.

La expresión del guardia no varió ni un ápice mientras doblaba el papel y pulsaba el botón del micrófono ubicado en su hombro.

—Tengo a una tal McClain, Harper en la puerta cuatro. Dice que está en la lista, pero no en la mía.

Esperó con la cabeza ladeada, expectante, y una mano suspendida cerca del arma que llevaba al cinto. Transcurrió un minuto que se hizo eterno mientras alguien en una oficina oculta llevaba a cabo algunas comprobaciones. Todo allí estaba sumido en un tremendo silencio. Un cuervo graznó en la distancia, pero Harper lo escuchó como si estuviera junto a ella en el interior del coche. Cada sonido parecía amplificarse en la quietud: el tictac del enfriamiento del motor, el prolongado y sordo susurro del viento al rozar el césped. Escuchó con claridad la cortante voz de una mujer que respondía al aviso por radio:

—McClain está admitida para realizar una visita a la una en punto.

El guardia levantó el brazo hacia alguien en la distancia. Un momento más tarde, las gigantescas puertas de metal que se erguían detrás de él se estremecieron con un traqueteo antes de abrirse, dejando a la vista el lúgubre mundo carcelario que se ocultaba al otro lado.

—Que tenga un buen día. —El guardia se apartó del vehículo y la observó pasar tras sus gafas de cristal de espejo.

Al internarse en el recinto de la prisión, Harper sintió una claustrofobia instantánea. Debía concentrarse en no mirar a ningún lado, salvo a lo que tenía delante de sus narices, para calmar los violentos latidos de su corazón y hacer desaparecer el repentino y terrible deseo de huir que la acuciaba.

El aparcamiento reservado a las visitas estaba casi al completo, y la única plaza libre que quedaba la obligó a encajar casi a presión el Camaro entre un todoterreno y una camioneta embarrada adornada con una bandera confederada y un armero vacío en el parabrisas trasero. Un cartel colgado en los límites del aparcamiento advertía a los visitantes que mantuvieran ocultas las posesiones valiosas. Irónicamente, los aparcamientos de las prisiones no son especialmente seguros. Guardó el portátil, el detector y el teléfono móvil en el maletero antes de cruzar el umbral de hormigón endurecido al sol en dirección a la gruesa puerta de metal en la que se leía *Visitantes*.

En el interior había un cuchitril en el que el aire acondicionado parecía solamente funcionar para empapar mucho el ambiente, pues provocaba que se acumularan gotas de condensación en las paredes de hormigón. En una mesa próxima a la puerta, Harper dejó las llaves en una bandeja de plástico y, a continuación, un taciturno guardia, que ni se molestó en mirarla, la colocó en un estante.

Después, la reportera se situó tras una familia ruidosa, que no parecía muy preocupada por hallarse donde se encontraba, y que mantenía una animada conversación con los guardias. Estos (un joven alto y demacrado y una mujer la mitad de alta que su compañero y que llevaba el pelo repeinado hacia atrás recogido en un apretadísimo moño) dejaban a los niños jugar con sus varas detectoras de metales mientras esperaban su turno.

—Así que tienes seis años, ¿no? —le preguntó la guardia a un muchacho menudo y de rostro redondo, que asintió con gravedad mientras reflexionaba.

—Seis años y cuatro semanas —respondió, como si eso fuera mucho tiempo de vida.

—¿Y sigues cumpliendo la ley? —le preguntó.

El niño asintió con determinación.

Un bebé de pelo rizado sonrió y movió su puño regordete hacia Harper mientras su madre cruzaba con él en brazos el detector de metales y reprendía y engatusaba a sus otros hijos para que la siguieran por el pasillo. Una vez que se marcharon, Harper sintió como si el silencio engullera la sala. Los dos guardias parecían sentir el mismo vacío. Ambos se quedaron mirando en silencio la parte superior del arco del detector mientras Harper lo cruzaba hasta que la luz que había sobre su cabeza se puso verde. El hombre delgado le señaló el pasillo que se abría tras él, donde Harper vio a la ruidosa familia avanzando lentamente.

—Sígalos —le dijo—. Llegarán tarde o temprano.

Harper no le mencionó que ya conocía el camino. Alcanzó a escuchar las voces procedentes de la sala de visitas mucho antes de llegar: el murmullo tenso y nervioso de aquellos que solo disponían de una hora para ponerse al día de todo un mes de noticias y quejas. La sala era del tamaño de un comedor de instituto, pero con los techos altos. Las pocas ventanas que había estaban cubiertas por una malla metálica, y gran parte de la luz de la estancia procedía de tubos fluorescentes que colgaban del techo.

—¿Nombre? —le preguntó el guardia apostado junto a la puerta. Vestía el mismo uniforme azul pálido que el resto de sus compañeros, y un bote de espray pimienta colgaba de su cinto junto a una pistola de gran calibre.

—McClain —respondió ella.

El guardia recorrió con un dedo la lista a la altura de la letra M e hizo una marca cuando la encontró.

—Mesa quince —le indicó—. Ahora saldrá.

Harper caminó hasta la mesa indicada y se sentó en un banco que estaba atornillado al suelo frente a una mesa de madera desgastada con el número quince dibujado en su superficie. Mientras esperaba, echó un vistazo a los presos que tenía a su alrededor, vestidos con monos blancos y la inscripción *Centro Penitenciario* grabada en negro, y a sus familias, algunas sonrientes, otras con expresión sombría.

La familia ruidosa se había instalado en una mesa al otro lado de la sala. La mujer tenía en su regazo, como por arte de magia, al bebé y al niño de seis años, mientras que los otros dos críos estaban sentados uno a cada lado de su madre. Todos miraban a un hombre de la edad de la mujer; vestía un mono blanco y tenía la misma sonrisa amplia que el niño pequeño.

Era imposible saber con tan solo mirarlo qué habría hecho aquel hombre para verse en esa situación. Reidsville era una prisión de máxima seguridad y alojaba a muchos asesinos. Aquel hombre no tenía aspecto de asesino, pero, tal y como la experiencia le había enseñado, Harper sabía que ese era el caso de la mayoría de ellos.

La puerta situada al final de la sala se abrió y Robert Smith la cruzó escoltado por un guardia que lo agarraba del codo. Smith llevaba las muñecas esposadas delante de él, que, a su vez, iban conectadas a unas cadenas que rodeaban sus tobillos. Encadenado como estaba, a cada paso que daba se escuchaba el tintineo del metal mientras cruzaba la sala en dirección a Harper; el ceño fruncido ya ensombrecía el rostro del exteniente.

Al verlo, el corazón de Harper dio un vuelco. Smith había sido su mentor. Lo había querido mucho más que a su propio padre…, pero entonces averiguó la verdad. No era el hombre que Harper pensaba en muchos aspectos, pero no había dejado de echarle de menos ni un minuto. Era un tipo grande, con un rostro curtido y plagado de arrugas. En su nariz se notaba la cicatriz por donde se la había partido cuando era joven. Cada vez que lo iba a ver le parecía que su pelo había encanecido más, pero también lo veía cada vez más musculoso. No había mucho que hacer por allí, salvo ejercicio y leer, le había dicho en otra ocasión. El guardia lo liberó de las esposas de las muñecas, pero no de las de los tobillos, y lo acompañó hasta la silla que había frente a Harper.

—Nada de tocarse ni de darse cosas —recitó el guardia—. Tienen una hora. Disfruten de la visita.

Cuando se marchó, cruzaron sus miradas sentados a la amplia y sólida mesa.

—¿Cómo se encuentra, teniente? —preguntó Harper.

—Oh. Estoy todo lo bien que puedo estar. —El tono de voz de Smith era pausado, pero sus penetrantes ojos marrones permanecían atentos—. Un poco sorprendido de verte. Normalmente me avisas antes de venir. ¿Qué ha ocurrido? ¿Pat y los niños están bien?

—Perfectamente —le aseguró—. No he venido por ellos.

El récord de Smith en resolución de crímenes no había sido superado por nadie. De hecho, uno de los pocos asesinatos que no logró resolver nunca fue el de la madre de Harper, y así fue como se conocieron cuando ella tenía doce años. Aquel día, Harper había encontrado el cuerpo helado de su madre tirado en medio de un charco de sangre en el suelo de la cocina. Smith y su mujer la habían acogido, y, a medida que fueron pasando los años, siguieron incluyéndola en sus vidas, incluso después de que ella se convirtiera en reportera de sucesos. Bueno, hasta el año anterior. Entonces fue cuando Harper llevó a cabo la investigación de un caso de asesinato que al final la condujo hasta Smith. Cuando la verdad salió a la luz, él fue condenado a cadena perpetua. Aquel caso había roto la relación de Harper con la familia de Smith, a la que ahora veía solo de forma ocasional. Sin embargo, el asesinato de su madre seguía sin resolverse, y Smith conocía aquel caso mejor que nadie. Le necesitaba.

Cada pocos meses, Harper se acercaba a la prisión para charlar con él acerca del caso en busca de nuevas pistas, para darle vueltas a viejas ideas y tratar de descubrir, de una vez por todas, qué había ocurrido aquella tarde de hacía dieciséis años. Hoy, sin embargo, Harper había ido a verlo por otro motivo.

—No tenía pensado venir hoy, pero ha pasado algo.

La expresión de Smith permaneció inmutable.

—¿Qué ha ocurrido exactamente para que hayas conducido hasta aquí en un día laborable?

Incluso en la cárcel, Smith se sabía al dedillo todos sus turnos.

—Han vuelto a entrar en mi piso —le dijo—. Creo que es posible que se trate del mismo tipo que se coló el año pasado. Tengo que averiguar quién es y qué quiere.

Él hizo un gesto con la mano. Harper lo había visto muchas veces, a menudo con un puro medio olvidado sujeto entre los dedos.

—Cuéntamelo todo —le pidió con una especie de familiar gruñido.

Harper le contó todo lo relacionado con las presuntas intrusiones sin apenas detenerse a tomar aliento. También le habló de los documentos que le dejaron en el coche, de las llaves que guardaba en la cocina. Smith la escuchó con atención todo el tiempo, sin apenas interrumpirla, y cuando lo hacía era para pedirle más información. Cuando ella terminó, se quedó serio.

—El simple hecho de que tuviera acceso a esos documentos —dijo él—, que incluso supiera de su existencia… Sabes lo que significa, ¿no?

—Que es un poli —respondió Harper.

—O un fiscal, un abogado, o un juez... Alguien que está dentro del sistema judicial —la corrigió él—. Alguien con acceso al sistema.

—Ya, pero ¿quién? —le preguntó ella—. ¿Alguien del que he escrito? ¿Y a santo de qué dejarme esos documentos? Si es el mismo tipo que entró en mi casa la última vez... —Harper levantó las manos—. ¿Qué quiere decir eso? ¿Está relacionado con la familia Scott?

Smith le dedicó una mirada de impaciencia.

—Todo esto es más complejo que el caso en el que estás trabajando ahora mismo, Harper. Va mucho más allá.

—¿Cuánto más?

—Necesitaría más información para responder a eso. —Smith cambió de postura, y las cadenas que tenía amarradas a los tobillos tintinearon—. Aparte de las llaves, ¿se llevó algo más? Lo que sea.

Harper no tuvo ni que pararse a pensar en ello.

—He echado en falta una foto en la que salimos mamá y yo. Pensaba que la había perdido, pero...

Él afiló la mirada.

—¿Eso es lo único que echas de menos?

—Por ahora sí, que yo sepa.

Smith se recostó en su silla, sosteniéndole la mirada a Harper. Harper adivinó en los ojos del exteniente lo que estaba pensando.

—Todo esto tiene que ver con mi madre —la voz de Harper sonaba tranquila—, ¿verdad?

Smith asintió.

—Tiene sentido.

Harper sabía que tenía razón, y lamentó no haberse dado cuenta antes. Había estado tan ocupada, tan absorta con el caso Scott, que no había sido capaz de verlo todo con claridad.

—Pero ¿por qué? —El estómago le dio un vuelco—. ¿No creerá que...?

Harper no tuvo ni que terminar de formular la pregunta.

—No, no lo creo —respondió Smith—. ¿Por qué su asesino te dejaría unos documentos que te sirvieran de ayuda en un caso sin relación? No. —Negó con la cabeza—. No creo que sea él. Se trata de otra persona.

—Pero ¿quién? —Su voz delató su frustración—. No entiendo por qué me está haciendo esto. Por qué me observa, me estudia.

Smith le lanzó una mirada severa.

—Vamos a ver, Harper, frena un poco. Si dejas que se apodere de ti el pánico, serás incapaz de ver lo que tengas en tus narices. Analicemos la situación. —Empezó a enumerar con los dedos de la mano las cuestiones relevantes que conocían—. En los últimos meses han tenido lugar múltiples intrusiones en tu apartamento. Una foto en la que salíais tu madre y tú ha desaparecido. Te dejaron un mensaje escrito en la pared a modo de amenaza o advertencia. Más tarde, te dan información valiosa, como una ofrenda. No hay indicios de obsesión sexual, ni tentativa de violencia.

Smith la observó sin mirarla, más allá de la ruidosa sala llena de gente, con esa mirada reflexiva que se apoderaba de él cuando estaba trabajando en un caso.

—A mi parecer, lo que tenemos ante nosotros es una persona que te está vigilando. Por lo que me cuentas, esas intrusiones puede que tuvieran lugar una vez al mes. Eso me suena a comprobación rutinaria. ¿Con qué propósito? ¿Ayudarte o hacerte daño? —Hizo una pausa—. Lo desconozco, pero todavía no te ha hecho ningún daño, y ha tenido oportunidad de hacerlo. ¿Por qué no la ha aprovechado, si es que ese era su objetivo? Así que tiene que tratarse de algo más.

»La cuestión es que se ha estado comunicando contigo todo este tiempo —continuó Smith—. El mensaje que te dejó en la pared fue su primer intento, pero fracasó: no sabías qué significaba y te dio un miedo horrible. ¿Llevarse una foto en la que salís tú y tu madre? Esa es su manera de explicarte su comportamiento. ¿Esos documentos que dejó en tu coche? Quiere hacerte ver que quiere ayudarte, que está de tu parte. —Ahora, Smith la miró directamente a los ojos—. Es consciente de que vas tras su pista y de que estás de los nervios. Y lo que trata de decirte es: «Confía en mí».

Harper se inclinó hacia delante con determinación.

—Si sabe algo acerca del asesinato de mi madre, quiero saber qué es. ¿Debería intentar contactar con él y averiguar qué es lo que tiene que decir?

—A mí me parece que no tienes otra opción.

La emoción se desplegó por el pecho de Harper.

—Hábleme de él. —La voz de la reportera sonaba ansiosa—. ¿Con quién me estoy jugando los cuartos?

Se acercaron hasta casi rozarse, absortos en los detalles del caso.

—No tenemos mucho con lo que trabajar. Está claro que es un tipo inteligente y que ha sido bien adiestrado, es posible que se trate de un antiguo miembro de algún cuerpo de seguridad. Puede que sea exmilitar, pero —Smith levantó un dedo en señal de precaución— no podemos pasar por alto que también está obsesionado contigo y con el caso de tu madre. Ha sido muy metódico y ha hecho gala de una extraordinaria paciencia. Solo porque te haya facilitado esos documentos como ofrenda de paz... —Negó con la cabeza—. No le des lo que quiere. No confíes en él, solo finge que lo haces. Con eso basta.

Al otro lado de la sala, uno de los niños sentados a la mesa en la que Harper se había fijado antes empezó a llorar. Smith miró en la misma dirección que ella antes de continuar.

—Cuando encontraste la carpeta en tu coche, ¿había algo más en ella?

Harper frunció el ceño.

—Algo ¿como qué?

—Algún otro mensaje —respondió él—. Alguna forma de contactar contigo personalmente, una nota.

—No encontré nada de eso —dijo Harper—. Solo los papeles de los que le he hablado, ¿por qué?

—Bueno, la última vez que se puso en contacto contigo se dirigió a ti directamente. Te advirtió que huyeras —explicó Smith—. Me esperaba algo así, un mensaje expresamente dirigido a ti.

—No había nada más —insistió Harper.

Las arrugas que surcaban la frente de Smith se acentuaron.

—Eso de dejar la carpeta en tu coche fue su espectacular tarjeta de presentación, su estreno. Al comprobar que habías cambiado el código de la alarma, supuso que le habías descubierto y de repente... ¡tachán! —Smith levantó ambas manos—. Aquí estoy, Harper. Sé que vas tras mi pista. Hablemos. —Las dejó caer de nuevo—. Ese es el momento en el que hubiese tenido que contactar contigo de alguna manera. El hecho de que no haya sido así no tiene ningún sentido. —Se recostó en su silla—. No para este tipo.

Harper trató de seguir su razonamiento.

—¿Qué quiere decir todo eso?

El rostro cansado de Smith estaba alerta y concentrado; ahora parecía más joven que cuando había entrado en la sala. Hallaba consuelo en la resolución de crímenes, le proporcionaba un objetivo en la vida.

—Has tenido que pasarlo por alto. ¿Has registrado bien el coche? —le preguntó—. Puede que te dejara una nota en la guantera o debajo de uno de los parasoles. Puede que se cayera detrás del asiento y se perdiera de vista. Podría estar en cualquier parte.

Absorto en su teoría, se inclinó todavía más hacia ella, recortando la distancia que los separaba, a la vez que extendía las manos hacia el centro de la mesa. Un guardia le gritó una advertencia y Smith las retiró, pero ni parpadeó.

—Si es la misma persona, y creo que sí, tiene que haber dejado una nota en algún lugar. Encuéntrala.

* * *

202

Cuando Harper salió de nuevo a la luz del sol, tomó una bocanada de aire fresco. Después de una hora en la húmeda y pegajosa prisión, le pareció que la llevaba adherida a la piel como si fuera aceite. El aparcamiento seguía todavía muy lleno, y tuvo que pegar la espalda contra el todoterreno para abrir la puerta del Camaro y dejar que el calor volcánico, que se había acumulado en su interior, se disipara. El coche era para Harper una especie de prolongación de su despacho y así lo parecía. Había libretas amontonadas en los bolsillos laterales y tazas de café desechables vacías acumuladas en el suelo del coche de la parte de atrás. ¿Y si allí había un mensaje que ella hubiera pasado por alto sin más? Smith casi nunca se equivocaba. Había sido el mejor detective que la policía había tenido jamás. Conocía a la gente; a todos menos a sí mismo. Cuando se despidieron, le dijo algo que la pilló desprevenida.

—Si te ves en problemas, llama a Blazer. Es un buen poli y sabe lo mucho que significas para mí.

Sin embargo, por lo pronto no pensaba acudir a Blazer en busca de ayuda. Su intención era resolver todo aquello ella solita. Desde ese mismo momento. Harper se subió al coche y miró detrás de los parasoles, dentro de la guantera y entre los asientos. No encontró nada, por eso echó el asiento del conductor hacia delante y rebuscó entre los papeles amontonados en el interior del bolsillo que había detrás de él. Había recibos del taller de esa mañana, folletos de neumáticos, menús de restaurantes…, pero nada útil. Luego revolvió entre las tazas desechables, asegurándose de que no había nada en el suelo, salvo las recias alfombrillas grises. Después de eso, palpó con la mano bajo los asientos delanteros, pero sus dedos no eran tan largos como para cubrir toda esa superficie. Notaba el rostro empapado en sudor y varios mechones de cabello rojizo pegados a él mientras daba vueltas alrededor del coche, se arrodillaba en la calzada junto al asiento del copiloto y metía la cabeza en el vehículo, hasta que su pómulo se pegó en la alfombrilla y pudo ver qué había debajo del asiento del copiloto.

No encontró nada. Nada salvo un trozo de papel arrugado al fondo del todo. Harper extendió la mano todo lo que pudo para recogerlo, y, entre gestos de dolor, apretujó los dedos y los introdujo en el estrecho espacio hasta que pudo agarrar el papel por una esquina. Lo sacó y le dio la vuelta.

Era la hoja de una libreta pautada y tenía tres palabras garabateadas en bolígrafo negro:

NO SALISTE CORRIENDO.

CAPÍTULO VEINTIUNO

Justo antes de que dieran las cinco en punto, Harper aparcó enfrente de la comisaría de policía y entró corriendo a tal velocidad que Darlene la miró alarmada.

—Oh-oh —dijo—. ¿Qué ha pasado?

—Nada —le respondió Harper a la vez que cogía la carpeta de informes policiales que Darlene le tendía—. Es que llego tarde.

No tenía tiempo para charlar. El viaje a Reidsville le había llevado demasiado tiempo y tenía que llegar al periódico. Baxter esperaba su artículo acerca de las órdenes de alejamiento para las seis, y ni siquiera lo había empezado. Apenas había tenido tiempo de pensar en ello. Le daba la sensación de que todo estaba ocurriendo a la vez, agobiándola: Naomi Scott, Wilson Shepherd, Smith, Luke, la nota.

Durante todo el trayecto de vuelta a Savannah, Harper había intentado dilucidar qué significaba la nota. La pregunta principal, esa que le rondaba por la cabeza todo el tiempo, era: ¿qué quería aquel tipo? Y para eso no tenía respuesta. La nota no arrojaba ninguna luz al respecto.

Revisó el montón de informes policiales tan rápido que apenas veía las palabras escritas en las páginas. Luego, le devolvió la carpeta de un empujón a una Darlene totalmente desconcertada y se encaminó hacia la puerta. Una vez allí, esta se abrió de golpe y se encontró de frente a Luke, que entraba en el edificio. Él se paró en seco. Tal vez el estrés se reflejase en el rostro de ella, porque, sin mediar palabra, Luke se dio la vuelta y la siguió. Se quedaron de pie, a un lado de la puerta, envueltos en el aire húmedo de la tarde. Las cigarras zumbaban desde el roble que tenían a sus espaldas.

—¿Va todo bien? —le preguntó Luke, buscándole la mirada—. ¿Algún problema anoche?

—Luke, he encontrado algo. —Dio un paso en dirección a él y bajó la voz—. El tipo que se coló en mi casa el año pasado es el mismo. Estoy segura. Me ha dejado una nota.

—Espera un momento. —Luke levantó ambas manos—. Empieza desde el principio. ¿De qué nota hablas?

—Seguí dándole vueltas a todo el asunto de la carpeta de documentos —le dijo, dejando a Smith al margen. Luke no sabía nada acerca de sus escapadas a la prisión y no pensaba confesárselo ahora—, y me pareció que, si era el mismo tipo que había entrado en mi casa, quizá quisiese que yo lo supiera. Y estaba en lo cierto. Encontré una nota en el coche. Se había caído bajo el asiento. Sé que fue él.

—¿Qué dice la nota?

Harper se le quedó mirando.

—«No saliste corriendo».

Luke maldijo en voz alta.

—Venga ya. ¿De quién demonios se trata? ¿Por qué juega contigo de esta manera?

Ahora fue ella la que levantó las manos.

—Ojalá lo supiera.

—¿Puedo ver la nota? ¿Sigue en tu coche?

Caminaron juntos hasta el coche. La nota estaba boca abajo sobre el asiento del copiloto. Luke se acuclilló y sacó un bolígrafo de su bolsillo, que utilizó para darle la vuelta al papel.

—¿Te importa si me lo llevo? Quiero que analicen las huellas. —La miró desde donde estaba—. No hemos encontrado nada útil en las llaves, así que puede que esta sea nuestra única oportunidad.

—Cógela.

Luke sacó una bolsa de pruebas de su bolsillo, utilizó un trozo de su camisa para cubrirse los dedos a modo de guante improvisado y recogió el trozo de papel con cuidado.

—¿Sería interesante analizar el coche en busca de pruebas? —preguntó Harper mientras Luke introducía el pequeño trozo de papel en la bolsa.

—¿Ya te han cambiado las cerraduras? —preguntó él.

Cuando ella asintió, él hizo una mueca de duda.

—Ese tipo dejó la carpeta hace unos días y el mecánico y tú habéis toqueteado por todas partes desde entonces. Podríamos intentarlo, pero será un lío de huellas. —Dio un golpecito a la nota—. Esta es nuestra mayor esperanza.

—Ojalá supiera qué... —empezó a decir Harper.

Detrás de ellos, la puerta de la comisaría se abrió y salió un agente de tráfico con un casco de moto bajo el brazo. La voz de Harper se fue apagando. Después de mirarlos, saludó a Luke de forma rápida y forzada y se dirigió hacia su moto, que resplandecía bajo el sol. Harper esperó a que el agente estuviera a una distancia desde la que no pudiera oír lo que decían antes de continuar.

—Ojalá supiera qué hacer —le dijo—. Este tipo sabe dónde vivo, dónde trabajo, quiénes son mis amigos... Lo sabe todo de mí. ¿Cómo lucho contra eso?

Luke le sostuvo la mirada.

—Lo solucionaremos. Tú sigue investigando. Por lo menos tenemos esto. —Levantó la nota—. Si ha dejado alguna huella, la encontraré.

Cuando Harper por fin llegó a su mesa de la redacción, unos quince minutos más tarde, D. J. giró su silla y la hizo rodar hacia ella.

—Atención: Baxter ha estado husmeando en busca de tu artículo acerca del caso de asesinato de River Street —le informó—.

Me preguntó dos veces si sabía dónde estabas. Le respondí que yo no soy tu guardián. —Se frotó la barbilla—. No se lo tomó mal ni nada.

Harper echó un vistazo hacia el otro extremo de la sala, donde se encontraba la mesa de su editora, pero el asiento de Baxter estaba vacío.

—Gracias —respondió Harper mientras iniciaba sesión en su ordenador a velocidad supersónica—. Llego supertarde y estoy superjodida.

D. J. la observó con interés mientras Harper encendía su detector con un maquinal golpe de muñeca. La suave estática del aparato inundó el ambiente a la vez que ella repasaba sus notas.

—Entiendo que todavía no has terminado el artículo —supuso él.

—Ni siquiera he interrogado a los sospechosos —dijo ella mientras tecleaba decididamente—. Puede que esta mesa pase a ser tuya antes de que acabe el turno.

—¡Qué bien! —dijo D. J.—. Siempre he querido dos mesas.

Harper no sonrió. De hecho, apenas le había oído. Olvidando por un momento a Smith y la nota, leyó la poca información que tenía. Ya no había tiempo para estrategias. Su única opción era apretar las tuercas a los tres sospechosos con la esperanza de que alguno se viniera abajo. Primero llamó a Jim Fitzgerald. El teléfono dio un solo tono y luego saltó el contestador:

—«Hola, soy Fitz —anunció la descarada y lánguida voz con acento sureño—. Deja un mensaje, te llamaré en cuanto pueda».

Después de escuchar el pitido, Harper habló a toda velocidad, utilizando palabras que quizá provocaran que le devolviera la llamada.

—Soy Harper McClain, la amiga de Bonnie que trabaja en el periódico —dijo ella—. Sé que ahora mismo no quieres hablar con nadie, pero están pasando muchas cosas. Tienes que hablar conmigo. Esta situación no va a desaparecer de un plumazo.

Cuéntame tu versión de la historia, Fitz. Déjame ver si te puedo ayudar en algo.

Después de dejar su número de teléfono colgó y, sin esperar a poner en orden sus pensamientos, marcó un número diferente que encontró en sus notas.

—Venga —murmuró mientras el teléfono daba tono—. Cógelo.

Sin embargo, la llamada a Jerrod Scott, igual que la de Fitz, fue directa al contestador.

—Maldita sea —masculló Harper mientras escuchaba el mensaje pregrabado del contestador.

El artículo se le estaba escurriendo entre los dedos.

—Señor Scott, soy Harper McClain —le dijo a la máquina de inmediato—. Detesto tener que molestarle, pero, si le soy sincera, estoy desesperada. Si tiene usted razón y Wilson no asesinó a Naomi, tiene que llamarme lo antes posible y contarme su versión de los hechos. Esta historia está a punto de estallar. Todo está sucediendo muy deprisa. Se nos acaba el tiempo.

Cuando colgó, los primeros coletazos de pánico empezaron a abrirse paso a empellones en su pecho. Jamás, en toda su carrera, la había fastidiado tanto con un artículo como en aquel momento. Toda la culpa era suya. Había desperdiciado demasiado tiempo persiguiendo fantasmas en Reidsville y ahora estaba metida en un buen lío.

Solo le quedaba contactar con un sospechoso; una última oportunidad para rellenar el hueco de su artículo... Y no tenía su número de teléfono. Por suerte, al otro lado de la sala de redacción, la mesa de Baxter seguía vacía. Harper se puso de pie. Si estiraba el cuello lo suficiente, podía alcanzar a ver la pared de cristal de la oficina de Paul Dells. En el interior se encontraban unas cuantas personas; Baxter debía de estar allí. El hecho de que se hubieran reunido por segunda vez en dos días no era algo en lo que quisiera pensar en aquel momento.

Se puso a escribir tan rápido que se vio obligada a introducir el nombre de Peyton Anderson en la base de datos del periódico dos veces. Entre los resultados se encontraban unos cuantos artículos de sus años de jugador de béisbol en el instituto, y un artículo acerca de una fiesta de sociedad a la que había asistido con sus padres. Investigando un poco más en la base de datos, halló información de contacto exhaustiva de su padre, Randall, bajo la cual había una pequeña entrada sobre su hijo. Solo figuraba su número de teléfono, pero no se precisaba lo antiguo que era aquel dato o si todavía estaba operativo.

Rezando en silencio, sacó una grabadora de un cajón, la conectó al teléfono y marcó el número. Dio cinco tonos. Seis. Harper cerró los ojos. Y luego:

—¿Hola? ¿Quién es?

Harper reconoció la voz del servicio conmemorativo de Naomi Scott, ese peculiar acento de clase alta de Savannah que se caracterizaba por pronunciar con nitidez las consonantes, al estilo de los colegios privados. Se recordó a sí misma que le había tomado la medida aquella noche y pensó que sabía qué acercamiento sería el más apropiado.

—Hola, Peyton. —Harper sonrió mientras lo decía, obligándose a hablar despacio y con calma, como si fueran amigos de toda la vida—. Soy Harper McClain, del *Daily News*. Quizá no te acuerdes de mí, pero nos conocimos la otra noche. Me preguntaba si tendrías unos minutos para hablar.

Se hizo un largo silencio.

—Pues claro que te recuerdo. —Un aire de cautela impregnó su voz, pero siguió comportándose educadamente, al menos de manera superficial—. La guapa pelirroja de las preguntas. Lo cierto es que me parece que cuando nos conocimos no mencionaste que eras periodista.

—¿No? —añadió inocentemente—. Pensaba que sí.

—Pues no. —Casi parecía divertido con la situación—. ¿Qué puedo hacer por ti, Harper?

La forma en que pronunció su nombre le puso los pelos de punta. Se obligó a sonreír para ocultar su preocupación.

—Quería hacerte unas preguntas para un artículo que estoy escribiendo acerca de Naomi —respondió Harper—. Hiciste unos comentarios durante el velatorio que me resultaron interesantes, y me gustaría hablar contigo de manera oficial de cómo os conocisteis y cómo era ella.

—Será un placer ayudarte. —Sonaba tranquilo, en absoluto amenazado, como si cosas así le ocurrieran todos los días—. La verdad es que no nos tratábamos desde hacía mucho, nos conocimos en la facultad de Derecho. Fuimos juntos a un par de clases y nos enrollamos alguna vez. Nada fuera de lo normal.

—¿No me habías dicho que era algo más que eso? —le corrigió Harper—. Pensaba que los dos habíais mantenido una relación.

Peyton restó importancia a sus palabras.

—No lo llamaría relación. Nunca tuvimos nada serio. Ya sabes cómo va la cosa. Salimos un tiempo y luego pasamos página.

—Oh, ya. Recuerdo esas relaciones universitarias locas. —Harper sonrió—. La gente siempre se enrollaba de un día para otro y al siguiente cortaba. Supongo que sería algo así, ¿no?

—Exacto. —El tono de su voz se animó—. Es decir..., soy joven. Nadie quiere compromisos cuando tiene veinticuatro años. De hecho, ahora que lo pienso, ¿estás soltera?

Harper lanzó una mirada incrédula al teléfono.

—A medias —contestó ella—, pero hablemos de Naomi.

—No, un momento. —Se rio él—. ¿Cómo se puede estar soltera a medias? Explícamelo, Harper.

Qué engreído era. Debía de ser plenamente consciente de que la policía lo había investigado como posible sospechoso —seguro que habían hablado con él y habían corroborado su coartada— y, aun así, ahí estaba, flirteando con una periodista que podría sacar a la luz todo aquello.

—Oh, te aseguro que no querrás oírme hablar de mi aburrida vida privada —le dijo—. Además, soy demasiado mayor para ti. En fin, volviendo al tema de Naomi. ¿Los dos estabais a gusto con esa situación? Ya sabes, con eso de enrollaros hoy y cortar mañana.

—Claro —dijo en tono despreocupado—. Naomi tenía su propia vida. En cualquier caso, siempre estaba muy liada entre el trabajo y las clases. No hubo ningún drama ni nada.

—Supongo que saliste con otra gente después de cortar con Naomi, ¿no? —dijo Harper—. En fin, me estás pidiendo salir, por lo que me está dando la sensación de que eres un poco donjuán.

—Ese es un golpe bajo, Harper. —Se rio entre dientes, muestra de que no le había ofendido el comentario de la periodista—. Vamos a ver, yo invito a salir a las chicas que me gustan. Si yo también les gusto, ellas aceptan. Y ya.

Su arrogancia era insoportable. Harper decidió que había llegado el momento de darle la vuelta a la situación.

—¿Y qué me dices de Naomi?

Hubo una pausa.

—Lo siento, no te sigo.

—Ella también salía con otra gente. ¿A ti te parecía bien?

—Por supuesto.

—¿Incluso su relación con Wilson Shepherd? —presionó Harper—. Hasta donde yo sé, parecían mantener una relación bastante seria. ¿Y a ti no te importaba lo más mínimo?

—No. —El tono desenfadado de su voz desapareció—. Si ese era con el que quería estar, y si eso era lo que quería hacer con su vida, no era de mi incumbencia.

Sosteniendo el teléfono con la barbilla, Harper garabateó notas.

—Peyton, no parece hacerte mucha gracia.

—¿A qué te refieres?

—Es decir, me estás contando que te parecía bien que Naomi saliera con Wilson, pero tu tono de voz muestra enfado.

—Eso es ridículo. —Su voz recobró la calma—. A Naomi le parecía bien que yo saliera con otra gente y a mí también me lo parecía que lo hiciera ella. Fin de la historia.

Había llegado el momento de utilizar el as bajo la manga.

—¿Seguro que todo te parecía bien? Naomi solicitó una orden de alejamiento contra ti, ¿no es verdad? La he leído, y a mí no me parece que tú te hubieras tomado demasiado bien que ella saliera con otra gente, Peyton. Más bien me dio la impresión de lo contrario.

Anderson enmudeció. Harper siguió insistiendo.

—Si los dos os llevabais tan bien, ¿por qué le diría Naomi a la policía que te dedicabas a espiarla en su casa? O que la seguías al trabajo o a casa. Que la habías amenazado…

—Venga ya, Harper. —Anderson se había recuperado de la sorpresa y adoptó un tono despreciativo—. No me puedo creer que me estés sacando este tema. Todo eso ocurrió justo después de que cortáramos. Ella se sentía dolida y enfadada, y dijo cosas que no sentía. Hicimos las paces y a partir de entonces todo volvió a ir bien.

—¿Pidió que retiraran la orden? —preguntó Harper.

—¿Cómo voy a saberlo? —dijo de manera cortante—. No hablamos de ello. Fue un borrón en nuestra amistad. No tengo ni idea de si la retiró de manera oficial. Espero que sí.

—Pues no —le informó Harper—. Seguía vigente cuando alguien la asesinó.

El silencio que siguió fue muy largo. En aquella ocasión, Harper esperó a que él hablara. Sentía que se estaba acercando a algo interesante.

—Bueno —dijo Peyton por fin—. No lo sabía. Mira, Harper, tengo que irme. Se supone que tendría que estar en otro sitio.

—Solo tengo un par de preguntas más —le aseguró—. Necesito constancia de un par de cosas. Entiendo que niegas las alegaciones contenidas en la orden de alejamiento de Naomi, ¿no?

213

—Por supuesto que sí —respondió él—. Como he dicho, aquello era cosa del pasado.

—Fue hace seis meses —le volvió a corregir—. Naomi menciona que la agarraste del hombro con tanta fuerza que le dejaste marcas en la piel. Adjuntó unas fotografías para respaldar su argumento. ¿Lo hiciste, Peyton?

—No, no lo hice —respondió con severidad—. ¿Tienes más preguntas? Porque...

Harper no le dejó terminar.

—¿Fuiste a su casa y te colaste sin invitación? ¿Te sentaste en su sofá a la espera de que ella saliera de la ducha y te encontrara allí?

—No sin que ella así lo quisiera. —Su voz denotaba tensión—. Preferiría que no repasáramos todo eso punto por punto, si no te importa.

—Claro, no hay problema —dijo Harper—. Ya he terminado con ese documento, y ahora me gustaría preguntarte un par de cosas acerca de las órdenes de alejamiento solicitadas contra ti por Cameron Johnson y Angela Martinez. No he podido evitar comparar sus alegaciones con las presentadas por Naomi.

Harper podía oír la respiración irregular de Peyton a través del auricular. No acertó a saber si estaba enfurecido o asustado, pero, a buen seguro, había deducido la información que ella tenía.

—¿Qué es todo esto? —le preguntó—. ¿Qué pretendes?

—No pretendo nada —le respondió—. Tan solo estoy escribiendo un artículo acerca de Naomi Scott, y estas órdenes de alejamiento forman parte de él. Solo te estoy dando la oportunidad de que te expliques.

Hubo una nueva pausa interminable. Al otro lado de la sala, Harper vio a Baxter salir de la parte de atrás y dedicarle una mirada de urgencia. En silencio, Harper le hizo una señal para que se acercara a ella y presionó el botón del altavoz.

Se lo llevó a su terreno. Si perdía los estribos con ella ahora, cada palabra que dijera sería oficial, y estaba llegando al límite. Es más, Baxter podía oírlo todo. Peyton no dijo nada durante lo que pareció un minuto eterno. Cuando por fin habló, no estalló, sino más bien todo lo contrario.

—Esta es mi declaración al respecto. —Su voz ahora era tranquila y volvía a mantener la calma—. Los incidentes que tuvieron lugar con Cameron y Angela fueron desafortunados malentendidos, pero me hago totalmente responsable de ellos. No debí darles falsas esperanzas. Cuando provienes de una familia como la mía, a veces las mujeres se entusiasman demasiado. Creen que les vas a ofrecer más de lo que eres, y a veces quieren más de lo que puedes darles. Creo que sus acciones fueron vengativas e ideadas para castigarme, pero, para empezar, nunca debí darles falsas esperanzas.

Baxter había llegado hasta su mesa y se quedó de pie junto a Harper, en silencio.

—En relación con Naomi Scott, solo puedo decir que era una buena amiga —continuó—. Conservo maravillosos recuerdos del tiempo que pasamos juntos. Nunca le habría hecho daño. Si hubieras investigado el caso como Dios manda, sabrías que mucha gente ha dado fe de mi paradero la noche del asesinato. Ya no es que no la haya matado yo, sino que no habría podido hacerlo. Físicamente resultaba imposible. —Respiró hondo—. Puedo entender por qué tienes que hacer estas preguntas, pero, por favor, ten en cuenta que las relaciones personales son complicadas. Si Naomi malinterpretó cualquier cosa que dije o hice, eso era algo que nos incumbía a nosotros. Cuando ella falleció, seguíamos siendo amigos.

—Tan buenos amigos —dijo Harper, interrumpiéndole— que le dijo a la policía, y cito, «creo que me va a hacer daño algún día». Con amigos así, no le hacían falta enemigos, ¿a que no, Peyton?

Ella había dado en el blanco. Cuando volvió a hablar, el tono suave de su voz se había evaporado, sonaba furioso.

—Lo que voy a decir ahora es extraoficial. Si publicas esas mentiras, mi familia hundirá tu periodicucho. Y, si eres medianamente buena en tu trabajo, sabes que podemos hacerlo.

215

D. J. se dio la vuelta para escuchar.

—Eso suena a amenaza, señor Anderson —dijo Harper.

—Me limito a exponer los hechos —dijo, tajante—. Es muy sencillo. Si publicas esa basura, estás acabada. Créeme, acabada de verdad.

La llamada se cortó.

—Parece un tipo muy majo —dijo Baxter mientras Harper desenchufaba la grabadora y dejaba el teléfono sobre la mesa—. ¿Le has sacado algo antes de que perdiera los papeles?

—No demasiado. —Harper revisó sus notas—. Es cuidadoso.

—Familia de abogados. —El tono de Baxter no dejaba ninguna duda respecto a qué opinaba acerca de eso—. Y bien, aparte de las amenazas, ¿qué tenemos?

Harper dio un golpecito a la carpeta que tenía sobre la mesa.

—Tenemos las órdenes de alejamiento. La policía ha verificado su autenticidad, pero siguen insistiendo en que también han comprobado su coartada. No puede ser nuestro asesino, según ellos.

Baxter consideró todo aquello.

—¿Qué otros sospechosos nos quedan? ¿El novio?

—Sí. Wilson Shepherd sigue en la lista. Estoy intentando ponerme en contacto con él, pero no está por la labor. También está Jim Fitzgerald, el dueño del bar.

—¿Qué tenemos de él?

—Acosó a una joven camarera hace un par de años, después de que lo dejara su mujer. No tiene coartada para la noche del asesinato.

El interés brilló en la expresión de Baxter.

—¿Has hablado con él?

Harper negó con la cabeza.

—No logro contactar con él. Lleva borracho desde el asesinato. —Harper dudó—. Lo conozco, y tengo que decir que no me parece que dé el perfil.

Baxter hizo un gesto de impaciencia con la mano.

—Deja tus sentimientos al margen y cíñete a lo que te dice la poli. Es un sospechoso. —Baxter tamborileó con los dedos sobre el montón de órdenes de alejamiento—. Ahora mismo nuestro artículo se basa en estos documentos. Céntrate en Anderson. Incluye sus negaciones, deja fuera sus amenazas. Ponte en contacto con los otros dos sospechosos. Escucha lo que tengan que decir, pero haz hincapié en la coartada de Peyton. —Baxter echó un vistazo a su delgado reloj de plata, que colgaba flojo de su muñeca—. Ponte a trabajar en ello ahora mismo. Le diré a Dells que lo tendrás pronto.

Harper se dio cuenta de que Baxter no había mencionado nada acerca de esa reunión formal que había tenido lugar en la oficina del director del periódico, pero no había tiempo para preguntas. La editora giró sobre sí misma y señaló a D. J., que había presenciado toda la escena con ávido interés.

—¿Tienes planes? —le preguntó Baxter a D. J.

Él asintió con nerviosismo.

—Pues cancélalos. —Baxter cogió con violencia el detector de la mesa de Harper y se lo entregó—. Te encargarás de atender a la poli hasta que ella termine su artículo.

Dicho esto, la editora se marchó por donde había venido en dirección al otro lado de la sala, marcando el paso con sus zapatos de tacón bajo. Sus últimas palabras fueron pronunciadas por encima de su estrecha espalda.

—Teclea rápido, McClain.

CAPÍTULO VEINTIDÓS

Esa noche, Harper y Baxter trabajaron en el artículo durante horas, repasándolo palabra por palabra. Baxter se volcó con ferocidad sobre los detalles y reenvió el artículo una y otra vez para que Harper llevara a cabo ajustes prudentes. Cuando por fin estuvo satisfecha con el artículo, Dells decidió leerlo personalmente. Entró en la sala de redacción justo pasadas las once, con un aspecto todavía más atildado que el que lucía de día. Su traje azul marino de Brooks Brothers estaba perfectamente planchado, y su camisa blanca bien almidonada hacía destacar su piel bronceada. No llevaba corbata y a lo largo de la limpia línea de la mandíbula empezaba a despuntar la leve sombra de una barba incipiente.

—¿Qué tenemos? —preguntó mientras se encaminaba hacia donde se encontraban Baxter y D. J., de pie en torno a la mesa de Harper.

—Creo que ya está listo —le dijo Baxter, haciéndose a un lado para dejarle sitio.

—Deja que le eche un vistazo. —Dells se inclinó hacia delante por encima del hombro de Harper; lo tenía tan cerca que ella podía oler el fresco aroma de su colonia, y el leve olor fuerte y ahumado de *whisky* escocés de su aliento. Harper trató de imaginarse el lugar en el que solía socializar una persona como Dells. Supuso que en cenas pijas en urbanizaciones a las afueras. O en cualquiera de esos restaurantes de precios desorbitados en los que ella no había puesto un pie en la vida.

—No tenías por qué venir solo para esto —le dijo—. Baxter lo tenía controlado: lo ha revisado trescientas veces.

Él le dedicó una mirada de reojo.

—Estaba en una cita a ciegas. Créeme, esto es más divertido.

Resultó ser una confesión tan inesperadamente sincera que Harper se quedó muda. Hasta el momento, jamás se le había ocurrido pensar que el director del periódico pudiera estar soltero. Y mucho menos que se dedicara a explorar las dudosas aguas de la reducida charca de posibles citas de Savannah. De hecho, ella nunca había pensado mucho en él en ningún sentido, salvo como su jefe; una figura distante que solía encontrarse cuando estaba metida en algún lío. No le desagradaba (y no la había echado el año anterior cuando la policía trató de quitársela de encima), pero no había duda de que Dells era un tipo que miraba por su empresa: había despedido a docenas de empleados en los últimos cinco años. Y por cómo pintaba la cosa, estaba a punto de repetir la jugada. Dells apoyó una mano sin anillos en la mesa de Harper mientras echaba un rápido vistazo al artículo. Se habían decantado por un titular sencillo y Harper había mantenido los párrafos de apertura claros y sucintos.

La chica asesinada, acosada por el hijo del fiscal del distrito

Por Harper McClain

La estudiante de Derecho asesinada, Naomi Scott, fue víctima de repetidas amenazas y acoso durante los últimos meses de su vida por parte de Peyton Anderson, compañero de la facultad de Derecho de la fallecida e hijo del exfiscal del distrito Randall Anderson.

Según una serie de órdenes de alejamiento solicitadas ante un tribunal por parte de Scott, este comportamiento se hizo patente durante más de un año. En dichos documentos, Scott afirmaba temer por su vida, y creía que la intención de Anderson no era otra que hacerle daño.

Cuando esta redacción se ha puesto en contacto con el joven Anderson, este ha rechazado todas las alegaciones que figuran en los documentos judiciales, y ha negado cualquier responsabilidad por la muerte de Scott.

Cuando llegó a este punto, Dells se detuvo.

—Cambia eso —la instó, señalando a la pantalla—. Mejor que ponga «negó cualquier implicación en la muerte de Scott».

Harper, que ya había tenido que presenciar cómo Baxter había cambiado la mayoría de sus palabras, objetó:

—Todo lo que pone en esa línea es verdad. No se puede perder un pleito por difamación con la verdad por delante.

—Soy consciente de ello —convino con voz tranquila—, pero hacer frente a un pleito ahora mismo es demasiado caro. No podemos darle a Anderson ni el más mínimo cabo al que agarrarse para que nos demande. «Responsabilidad» es una palabra mucho más amenazadora que «implicación».

Harper realizó el cambio.

Y así siguió la cosa a lo largo de todo el artículo. Dells realizó muchos cortes, y todos ellos quirúrgicos. Para cuando terminaron, Dells había retirado hasta la más vaga conexión directa entre los documentos judiciales y el asesinato. Harper discutió cada cambio con terquedad, hasta que al final perdió la paciencia.

—Confía un poco en las capacidades de tus lectores, McClain —la instó con cansancio—. Sabes escribir. Lo pillarán.

Cuando terminaron de editar el artículo, Dells lo envió por correo electrónico al abogado del periódico y le pidió que le echara un vistazo. Para entonces ya era tarde y no quedaba nada más que hacer aparte de esperar. El resto del periódico ya estaba listo. Baxter mandó a D. J. a casa a medianoche. Cuando se marchó, los tres hicieron piña entre las mesas vacías. Dells había dejado su chaqueta sobre el respaldo de una silla y se recostó contra la mesa de Harper. Baxter, que había llevado una silla giratoria hasta allí, no dejaba de mirar la hora en su reloj de pulsera.

—Tenemos que cerrar esto —dijo mirando a Dells—. Los impresores están haciendo horas extra por partida doble.

—No voy a precipitarme. —Él se enderezó—. Echémosle otro vistazo a la maquetación.

Dells y Baxter cruzaron la sala hasta el ordenador de la editora para observar el diseño final. Harper no los siguió, ya había tenido suficiente. Iban a publicar el artículo con dos fotos, una a cada lado del texto: Naomi con los ojos resplandecientes llenos de juventud y vida; y una fotografía que Miles había tomado de Peyton Anderson la noche del velatorio de Naomi en el bar La Biblioteca, con aspecto confiado y ambicioso.

Harper sabía que ese artículo levantaría ampollas. Era el tipo de historia que podía encumbrar a un periódico o hundirlo. La familia Anderson no se andaba con chiquitas, pero también era el tipo de artículo que resultaba elegido por las agencias de noticias, de esos que ganaban premios.

El teléfono sonó, devolviéndola a la realidad. Era Jerrod Scott.

—Señorita McClain, he recibido su mensaje —le dijo—. Siento llamarla tan tarde, pero he pensado que querría saberlo cuanto antes: Wilson dice que hablará con usted. Quiere que vaya a su casa mañana. Me ha dicho que le contará todo lo que sabe.

Harper le propinó un puñetazo al aire.

—Gracias, señor Scott —dijo ella—. Le prometo que lo trataré justamente.

—Eso espero. Le he dicho que puede confiar en usted.

Hablaron un poco más y acordaron que Harper iría a la casa de Shepherd en Garden City a las diez de la mañana. El padre de Naomi le dio la dirección y algunas indicaciones básicas para llegar. Cuando terminaron, Scott dijo:

—Está un poco hecho polvo, señorita McClain. No sea demasiado dura con él.

Después de colgar, Harper se dirigió a la carrera hacia la mesa de Baxter.

—He conseguido una entrevista con Wilson Shepherd —les anunció—. Mañana por la mañana.

—Buen trabajo, McClain. —Dells se dirigió a Baxter—: El artículo de continuación podría incluir el…

Sus palabras se vieron interrumpidas por el zumbido de su móvil. Después de lanzarle una mirada a Baxter, se metió en su oficina para contestar al teléfono. Harper y la editora permanecieron en silencio, esperando. Harper aguzó el oído todo lo que puedo, pero el director hablaba tan bajo que no pudo descifrar ni una sola palabra. Cuando Dells regresó, su expresión era seria.

—Diles que lo publiquen —le dijo a Baxter, que cogió el teléfono de inmediato.

Dells recogió su chaqueta del respaldo de la silla en la que la había dejado y se la puso de nuevo.

—Randall Anderson no va a permitir que las cosas se queden así. Habrá consecuencias. —Se giró hacia Harper—. ¿Puedes venir pronto mañana?

—Sin problema.

Harper no tuvo más remedio que aplaudir su fría determinación. Anderson y él se movían por los mismos círculos. Podría ser Dells quien saliera peor parado de aquel asunto.

—Es bueno, McClain —le dijo mientras daba un golpecito con los nudillos sobre la mesa, de camino hacia la puerta—. Sin fisuras.

—Es mi trabajo —le respondió.

Su tono sonó tan informal que él bien pudo haber pensado que sus elogios no importaban. Sin embargo, su aprobación la llenó de esperanza. Si se avecinaban despidos, ella no quería ser uno de los que se fueran a la calle.

Pasada la una de la madrugada, aparcó en East Jones Street. Antes de que ni siquiera saliera del coche, vio a Luke, apostado en los peldaños de acceso a su casa. Tuvo que echar mano de toda su fuerza de voluntad para mantener el rostro inexpresivo y ocultar el remolino de emociones que la recorría por dentro: confusión, entusiasmo y, lo peor de todo, felicidad.

—¿Qué ha pasado? —le preguntó.

Debía de haber ido directamente hasta allí después del trabajo. Se había quitado la chaqueta del traje y se había remangado la camisa.

—¿Podemos entrar? —preguntó él—. Tenemos que hablar.

La tensión que emanaba su voz le indicó que no había discusión posible. Sin intercambiar ni una palabra más, Harper pasó a su lado en el estrecho rellano para poder abrir la puerta. Mientras ella introducía el código de la alarma todavía visible en su muñeca, él mantuvo la vista fija en la calle. Incluso una vez dentro, él siguió pareciendo inquieto, incómodo.

—¿Quieres beber algo? —le preguntó Harper.

—¿Tú vas a tomar algo? —dijo él—. Me animo si tú también.

—Todo lo que tengo es *whisky* y café —dijo ella en tono de disculpa—. No he ido a comprar.

—*Whisky* está bien.

Harper, que jamás le había visto tomar nada más fuerte que una cerveza, no dijo ni una palabra mientras se encaminaba hacia la cocina. Sacó la botella de Jameson de la alacena, cogió dos vasos y sirvió una generosa cantidad en cada uno. Cuando regresó al salón, Luke estaba de pie frente a la chimenea, mirando el espacio de pared blanca que se extendía por encima de su repisa.

—No volviste a colocar el cuadro —dijo mientras aceptaba el vaso que ella le tendía.

Luke no tuvo que explicar a qué se refería. Cuando robaron en su casa el año anterior, el intruso destrozó el retrato que Bonnie había pintado de Harper, atravesando con un cuchillo su rostro.

—Bonnie intentó arreglarlo —le explicó Harper—, pero estaba muy dañado. —Con un gesto, le indicó que se sentara en el sofá—. Dime qué ocurre.

Se sentó frente a él y esperó mientras Luke le daba un trago al *whisky*, ponía el vaso sobre la mesa de centro y sacaba la bolsa de plástico que contenía la nota que había encontrado en un bolsillo de su coche.

—No hemos encontrado ninguna huella —le dijo en voz baja—. Debió de usar guantes.

—Maldita sea. —Harper se dejó caer contra el respaldo.

Se había pasado toda la noche trabajando en un artículo acerca de un acosador, y no se le escapaban las similitudes que había entre esa historia y su actual vida. ¿Así fue cómo se sintió Naomi? ¿Atrapada e indefensa? Luke dejó la nota junto a su bebida.

—¿Qué vas a hacer, Harper?

—Dios, Luke, no tengo ni idea. —Harper se pasó la mano por la frente, falta de energía. El día ya había sido demasiado largo, y no dejaban de caerle marrones encima—. Me siento como si estuviera luchando contra un fantasma.

Harper se terminó su *whisky* de un trago aun a sabiendas de que aquello no la ayudaría, pero deseando que así fuera. Frente a ella, Luke hizo lo mismo.

—Lo que no soy capaz de comprender es —dijo tras un segundo de reflexión— qué quiere de ti.

—No lo sé, pero esa nota no me ha hecho sentir como si hubiera encontrado a mi alma gemela, precisamente —le dijo Harper en tono sarcástico.

Luke le dedicó una mirada que ella fue incapaz de interpretar y luego, después de coger los vasos, se dirigió a la cocina.

—Bueno, mientras no sepamos quién es o qué quiere, tiene cogida la sartén por el mango —dijo Luke por encima del hombro.

Harper pensó en la conversación que había mantenido con Smith aquella mañana; no quería contarle a Luke lo que había averiguado, ni tratar de explicarle cómo había llegado a esas conclusiones. De hecho, en ese preciso instante, no quería hablar de nada relacionado con todo aquello; estaba demasiado cansada como para tomar buenas decisiones.

Un instante después, Luke regresó y le tendió un vaso. Cuando ella extendió la mano para cogerlo, sus dedos se rozaron, y una especie de electricidad restalló entre ellos.

Entonces él arruinó el momento.

—Es que no me gusta la idea de que te quedes aquí sola hasta que no tengamos más información.

—Pues es una pena —dijo ella, cortante—. Porque da la casualidad de que vivo aquí.

—Trasládate a un hotel, entonces. Cualquier sitio está bien, salvo este.

Por poco se echa a reír antes de darse cuenta de que Luke hablaba en serio.

—Venga ya, Luke. No voy a largarme de mi casa por eso.

Su rostro se ensombreció.

—Le has cortado el acceso, Harper. No saliste corriendo cuando te lo dijo. Si está lo suficientemente loco y obsesionado, podría entrar aquí y hacer lo que le diera la gana.

—Pues que venga —dijo. Ahora su voz sonaba acalorada—. Sé defenderme.

—Ya... He visto el bate de béisbol.

La forma en que lo dijo dejó claro que no veía con buenos ojos su plan de autodefensa.

—Estaré bien, Luke.

—Lo sé. —Se terminó su copa, colocó el vaso sobre la mesa de centro y se puso de pie—. Porque voy a estar de vigilancia ahí fuera, junto a tu puerta.

Se dio la vuelta y se dispuso a cruzar el salón. Harper tardó un segundo en procesar lo que estaba ocurriendo y, cuando por fin se dio cuenta, se puso en pie de un brinco y salió tras él.

—Espera. ¿Cómo? ¿Qué quieres decir?

Harper lo alcanzó en el vestíbulo de entrada justo cuando Luke abría la puerta principal.

—Voy a quedarme aquí fuera —dijo señalando en dirección a la escalera delantera con un gesto que indicaba que para él todo aquello tenía mucho sentido— y voy a montar guardia. Voy a dejar que me vea, que se dé cuenta de que tienes quien te vigile.

Antes de que se le ocurriera una respuesta apropiada a tal insensata decisión, Luke salió y cerró la puerta tras él. Harper se quedó allí plantada, iluminada por la luz del vestíbulo, con una mirada de franco asombro fija en la puerta cerrada. ¿Qué demonios le pasaba? Acababa de regresar a su vida después de meses, y de repente se erigía como su ángel vengador, protegiéndola de agresores desconocidos.

Abrió la puerta y salió. Estaba oscuro y extrañamente silencioso. Harper ni siquiera alcanzaba a oír los coches en la distancia. El aire de la noche le acariciaba la piel como seda tibia. Los insectos aleteaban alrededor de una farola, jugando con la muerte. De pie, un par de peldaños más abajo, Luke se dio la vuelta y la miró.

—Vuelve adentro, Luke —le susurró ella.

—Estoy bien —le aseguró él—. Me mantendré alerta hasta que salga el sol.

—Esto es ridículo. —Harper alzó la voz ligeramente—. ¿Quieres hacer el favor de volver a entrar? Puedes hacer toda la guardia que te dé la gana, pero dentro. —Al ver que no reaccionaba, ella añadió—: Por el amor de Dios, Luke. ¿Y si pasa por aquí un coche patrulla? Riley puso la casa en la ruta de los coches patrulla. Te verán y se correrá la voz. Volverá a ser como la última vez.

Aguantó inmóvil durante un segundo largo, como si estuviera pensando en discutir. Luego, despacio, subió los peldaños que le separaban de la casa.

—No había pensado en eso. —Cerró la puerta tras él—. Vale, me quedaré dentro.

Permanecieron de pie junto a la puerta, uno frente al otro.

—No tienes que protegerme —le dijo.

Él le sostuvo la mirada.

—Quiero hacerlo.

El vestíbulo de entrada era estrecho, lo que los obligaba a estar muy cerca el uno del otro. Harper podía oler el aire fresco en él, y, bajo ese olor, el aroma a sándalo tan familiar del gel de ducha que utilizaba. Había sido un año muy largo y de mucha soledad. Harper no había perdido la esperanza de que algún día él volvería a estar ahí, mirándola del modo en que la estaba mirando en ese mismo instante.

Sin tan siquiera ser demasiado consciente de lo que hacía, Harper extendió la mano, le tocó el brazo y sintió cómo se tensaban sus músculos bajo el roce de las puntas de sus dedos. Si no hubiera bebido *whisky*, si no hubiera sido un día tan largo o si no hubiera ido a Reidsville aquella mañana, quizá no hubiera tenido el valor para dejar que su mano trazara la forma de su brazo hasta el hombro, y de ahí al fino límite de su mandíbula.

Había olvidado cómo la hacía sentir su piel. La calidez vital que despedía. Harper no dejaba de pensar que él se apartaría, pero, para su sorpresa, en lugar de eso, él cedió a su caricia. Cerró los ojos con un parpadeo y sus oscuras pestañas se posaron suaves contra su tez bronceada.

—Luke —susurró ella a la vez que se acercaba a él lo suficiente como para sentir su cuerpo contra el suyo—. Te echo mucho de menos.

Él abrió los ojos y la miró directamente.

—Yo también te echo de menos.

Eso era todo lo que ella quería oír. Extendió los brazos hacia él, le tomó la cabeza entre las manos y acercó sus labios a los de él. El beso fue vacilante en un principio, como si buscara algo, pero creció en intensidad casi de forma instantánea cuando ambos aceptaron lo que estaba ocurriendo. Las manos de Luke se deslizaron de su cadera a su cintura y la abrazó con fuerza mientras la besaba con ansia. Harper sonrió al contacto con los labios de él y tocó sus dientes con la lengua, cediendo a su calor. Ella había esperado mucho ese momento.

—Harper —susurró él mientras sus manos la tocaban por todo el cuerpo, como si él también necesitara asegurarse de que aquel momento era real—. Harper.

Cada vez que él decía su nombre, su voz resonaba en el interior de Harper, que nunca había deseado tanto a nadie como le deseaba a él en ese preciso instante.

—Luke —susurró ella—. Quédate, por favor.

Respirando con dificultad, él la apretó con más fuerza contra su cuerpo, apoyó su frente contra la de ella y la miró a los ojos.

—No pienso irme a ningún lado.

CAPÍTULO VEINTITRÉS

—¿Por qué hemos esperado tanto? —murmuró Harper—. Qué tontos hemos sido.

Tenía la cabeza apoyada en el pecho de Luke y con los dedos trazaba círculos sobre la tersa piel de su pecho. Harper podía notar la suave respiración de Luke contra su cabello.

Él llevaba callado un buen rato y ella se preguntó si se habría quedado dormido, pero no lo miró para comprobarlo, por temor a romper la magia. El sexo siempre había sido bueno con Luke, y aquella noche no había sido distinta. Todo había ido como siempre: estaban hechos el uno para el otro. Entre ellos todo había sido intenso y salvaje, como si hubieran estado hambrientos el uno del otro. Ahora Harper se sentía como si por fin estuviera donde tenía que estar. Rebosaba felicidad, y quería seguir sintiéndose así.

—No lo sé —dijo él por fin—. Ha sido un año muy duro para los dos.

Había una curiosa inflexión en su voz, como si existiera una especie de distancia. Ahora ella podía sentir cómo su pecho subía y bajaba más rápido bajo su mejilla. A regañadientes, Harper se incorporó, se apoyó en un brazo y lo miró. Percibió una nueva pesadumbre en las líneas de expresión de su boca que no estaba allí antes. Parecía tan... triste.

—Ey —dijo ella con suavidad—. ¿Qué pasa?

Luke no respondió, pero Harper pudo sentir cómo se tensaron sus músculos.

—¿Luke? —insistió ella.

Él respiró profundamente.

—Siempre estoy bien contigo, Harper. —Tomó en sus manos la de ella—. Por eso no lo entiendo.

Harper se tragó la sensación de inquietud que le subía por la garganta y se sentó. Estaban desnudos. Las sábanas se arremolinaban en su cadera y la melena le caía enredada por los hombros.

—¿Qué es lo que no entiendes? —le preguntó mientras entrelazaba sus dedos con los de él.

—¿Por qué nunca nos sale bien? —El dolor que veía en sus ojos lanzaba esquirlas de preocupación que atravesaban el corazón de Harper—. Siempre hay algo que impide que lo nuestro salga adelante. Algo que haces. Algo que hago. Nuestros trabajos. El momento que escogemos. Nunca damos una a derechas y, aun así, sienta muy bien. Siempre.

A su alrededor, la vieja casa estaba tan silenciosa que parecía que estuviese conteniendo la respiración. Ningún coche pasaba por la calle. Se palpaba la quietud de la noche.

—Eso era antes —dijo ella observándolo con cautela—, pero ahora todo irá bien, ¿no?

Luke levantó sus manos entrelazadas, se las acercó a la boca y le besó los dedos. Entonces él liberó su mano de la de ella a regañadientes y la miró a los ojos.

—Lo que acaba de pasar no debería haber ocurrido —dijo.

—Oh. —Harper echó mano de la sábana y tiró de ella para taparse.

No hizo ninguna pregunta. No quería ninguna explicación. Sabía todo lo que necesitaba saber con tan solo mirarlo a la cara. Serpenteando, logró deslizarse hasta un lado de la cama y plantar los pies en el suelo. Luego se agachó y encontró su camiseta justo donde la habían lanzado hacía una hora. Dándole la espalda, se puso la camiseta y luego, a la vez que ajustaba las sábanas a su talle, palpó el suelo en busca de sus pantalones.

—Harper —dijo él—. Mírame.

—Tengo que encontrar mis pantalones —respondió, negándose a darse la vuelta.

—Harper...

—Deja que me vista. —Le temblaba la voz.

Por fin los encontró colgando del pie de la antigua cama de latón. Sin mirarlo todavía, se los puso y se levantó. Entonces se dio la vuelta para mirarlo.

—Suéltalo.

Él se sentó, con la sábana suelta sobre los suaves músculos de su pecho. Bañado por el frío resplandor de la luz de la luna que se colaba a través de las finas cortinas, parecía estar esculpido en mármol. Era tan hermoso que la dejaba desarmada. Su garganta empezó a trabajar en busca de las palabras adecuadas para romperle el corazón.

—Debería habértelo dicho antes, pero es que no sabía cómo hacerlo. No quería decírtelo, pero... estoy saliendo con alguien, Harper.

Un tortazo no habría sido ni la mitad de doloroso. Se le cortó la respiración y se le quedó mirando, incrédula, a la espera de más, de un nuevo golpe; pero él permaneció ahí, sin más, observándola, a la espera de su reacción. «Qué estúpida soy», pensó Harper.

Durante todo ese tiempo —durante todo un año—, ella le había esperado. Se había quedado sola en aquella casa noche tras noche con la esperanza agazapada en el fondo de su mente, pensando que encontrarían el modo de sacar su relación adelante, que lo que habían vivido juntos importaba. Con toda certeza, nadie atraviesa por una situación como la que ellos habían pasado para después abandonarlo todo. Había creído aquello tan firmemente que jamás se le pasó por la cabeza salir con nadie más. Nunca se le ocurrió que el hecho de que volvieran o no a estar juntos podría no ser decisión de ella. Y durante todo ese tiempo él había estado saliendo con otra. Superando su relación con ella. Pasando página.

—Lárgate —dijo Harper, con una expresión acabada y resentida, llena de dolor.

Luego, se dio la vuelta y abandonó la habitación, pero el problema de los apartamentos pequeños es que no hay donde esconderse, y no estaba por la labor de encerrarse en el baño. Esa era su casa. En lugar de eso, se fue a la cocina y empezó a preparar café. Midió las cantidades y llenó la jarra con agua. No sabía muy bien por qué lo hacía, ya que no tenía ganas de café. No tenía ganas de nada, pero siguió preparándolo trazando movimientos deliberados y cuidadosos, sin que tan siquiera le temblaran las manos. Era como si no sintiera nada en absoluto. «Todavía no», le decía su subconsciente. «Ya sentirás más tarde, pero todavía no».

Cuando Luke entró en la cocina llevaba puestos los vaqueros y la camisa, aunque sin abotonar, le caía suelta. Se había lavado la cara y se le había mojado un poco el cuello de la camisa. De pronto, Harper se dio cuenta de que se estaba fijando en ese detalle mínimo, en esas gotitas de agua. Era más fácil eso que mirarlo a la cara, hermosa y de expresión perdida.

—¿Desde hace cuánto? —se escuchó a sí misma preguntar.

—Unos meses.

Luke permaneció junto a la puerta. Su voz era tranquila, pero cada uno de los músculos de su cuerpo estaba en tensión.

Unos meses, suficiente.

—¿Por qué has venido esta noche? —La voz de Harper sonaba triste. No quería saberlo, pero tenía que saberlo.

—Estaba preocupado por ti, y entonces... —Luke hizo una pausa, el músculo de su mandíbula se contrajo—. No te he mentido; sí que te echo de menos.

Harper ignoró aquel comentario por completo.

—¿Ella sabe que estás aquí?

Él le dedicó una mirada atormentada.

—No —respondió—. Mira, no he venido esta noche con la idea de hacer esto.

—¿Hacer qué? —Harper le sostuvo la mirada—. ¿Engañarla? —Luke se encogió de dolor, pero ella no apartó la mirada—. ¿Eso es lo que no querías cuando decidiste venir esta noche? ¿Acostarte conmigo para ver si seguías sintiendo algo por mí? ¿Realizar una simple comprobación? ¿«Una noche más con Harper para ver si algo se me ha pasado por alto»?

—No es eso —insistió él—. No es tan sencillo.

—Oh, Luke, es muy sencillo. —Harper dejó a un lado la cafetera—. Ahora sales con alguien y yo he entrado a formar parte de tu pasado, pero de repente nos encontramos en la maldita escena de un crimen y pensaste: «Anda, mira, ahí está Harper. Llevo ignorándola un año, pero puede que todavía me importe. Vamos a comprobarlo».

Una lágrima se deslizó por su mejilla y Harper se sorprendió, porque no era consciente por completo del dolor que sentía, pero empezaba a serlo.

—Así que aquí estás, comprobándolo. —Harper dio un paso en dirección a Luke—. Y bien, Luke, ¿qué has sentido? ¿Te sigo importando? Porque voy a confesarte un secretito: estaba enamorada de ti. —Le lanzó con fuerza aquellas palabras y observó cómo hacían impacto en él—. Te esperé, y tú me haces esto.

Harper respiraba entrecortadamente mientras apretaba los puños.

—No pretendía hacerte daño… —empezó a decir él.

—Pues lo has hecho. —Harper alzó la voz—. Y tanto que sí.

Casi no podía hablar, notaba que se ahogaba a medida que pronunciaba esas palabras.

—Hace un año me dejaste porque pensabas que te había traicionado. —Harper se obligó a mirarlo a los ojos—. Ahora estamos empatados, y quiero que salgas de mi casa.

Luke se quedó de pie junto a la puerta de la cocina durante un buen rato, observándola, con los brazos inertes a ambos lados del cuerpo. Ella no podía soportar seguir mirándolo, así que se dio la vuelta, dándole la espalda.

—Sí que me importas, Harper —dijo él en voz baja—. Ese es el problema.

—Por favor, vete.

No quería mirar, pero podía sentir cómo él dudaba, escuchar su respiración mientras tomaba una decisión.

—Lo siento —dijo él en voz aún más baja—. De verdad que sí.

Ella no se movió, de pie e iluminada por la luz de la cocina, conteniendo la respiración mientras escuchaba los pasos de Luke atravesar el salón. En aquella profunda quietud, Harper escuchó cada movimiento: el clic de las cerraduras de su casa, el bip de la alarma, el leve crujido de la puerta al abrirse y la corriente de aire que se coló en la casa al cerrarse con un golpe seco final que le llegó al alma.

Permaneció de pie, inquebrantable, hasta que el rugido de un motor rompió el silencio de la noche. Solo entonces tomó una bocanada de aire y perdió el equilibrio. Despacio y en silencio, se fue dejando caer hasta sentarse en el suelo y luego enterró su rostro contra las rodillas.

CAPÍTULO VEINTICUATRO

Al día siguiente, Harper pensó en cancelar su entrevista con Wilson Shepherd y quedarse en casa. No estaba en condiciones de trabajar. No había pegado ojo después de que se marchara Luke. Estaba demasiado alterada. Al final, sin embargo, se dio cuenta de que no podía hacerlo. Además, no era capaz de soportar un día entero sola con sus pensamientos. Su cabeza daba vueltas a lo ocurrido la noche pasada como un depredador alrededor de su presa. No dejaba de pensar en lo feliz que se había sentido y en cómo luego él dijo «Estoy saliendo con otra persona»; trató de imaginar su propia expresión de desconcierto, y cada vez que lo hacía era peor, todo un suplicio.

¿Cómo podía haber sido tan ingenua como para pensar que Luke no estaría saliendo con nadie? Era muy atractivo, y poli. Tan solo tenía veintiocho años, y había un montón de mujeres por ahí que matarían por tener para ellas a un joven detective macizo. Cuanto más pensaba en ello, más sentido tenía. La forma en que la había mirado cuando le dijo que no había salido con nadie desde su ruptura hacía un año, sorprendido y, lo que era peor, con lástima. Pues claro que Luke lo sentía por ella. ¿Quién se queda sentada todo un año esperando a un hombre con el que solo ha salido durante unas semanas? Era bastante patético, en realidad. Ella era patética, y detestaba serlo.

Durante horas se quedó sentada en la cocina mientras Zuzu dormía en una silla frente a ella, y vio el amanecer por encima de los tejados, como un bálsamo reparador, mientras que el café que había preparado cuando Luke todavía estaba en la casa se iba quedando frío y rancio. En algún momento sobre las ocho de la mañana se dio cuenta de que, si se quedaba allí sentada más tiempo, terminaría por volverse loca de verdad, así que decidió levantarse y ponerse en movimiento.

La cita para entrevistar a Shepherd no estaba prevista hasta las diez de la mañana, pero había cosas mejores que hacer que holgazanear en casa. Estaba claro que Luke no se quedaría en casa sentado con su gato. Estaría con su nueva novia, y se inventaría excusas la mar de originales acerca de dónde había estado la noche anterior.

Se vistió rápidamente, sin apenas darse cuenta de lo que se estaba poniendo. Luego, cogió su detector y unas libretas y se dispuso a salir.

Justo cuando entró en la sala de redacción, D. J. le hizo una seña urgente con la mano.

—¿Qué pasa? —preguntó ella.

—Anderson —siseó D. J., señalando con un dedo en dirección a la oficina del director, situada al otro lado de la sala—. Acaba de llegar. Él y Dells están discutiendo.

Entonces fue cuando Harper alcanzó a oír los gritos amortiguados. Voces masculinas hablando al mismo tiempo. Ladeó la cabeza en dirección a la oficina e intentó descifrar lo que decían.

—¿Anderson padre o hijo? —preguntó Harper.

La respuesta vino de una voz a sus espaldas.

—Es Papá Anderson.

Harper se dio la vuelta y vio a Ed Lasterson, el periodista a cargo de las noticas de tribunales y litigios, inclinándose hacia delante con la misma intención: captar algo de lo que decían.

Tenía unos cuarenta años, el pelo negro y liso y era alto y huesudo; así que todos sus trajes le quedaban como si hubieran sido confeccionados para otra persona. Era un tipo tranquilo y retraído.

Harper lo consideraba buen escritor, aunque no se conocían demasiado. Él y su mujer habían sido padres recientemente de gemelos y salía de la oficina todos los días a eso de las cinco y media en punto.

—¿Te has enterado de lo que ha pasado? —le preguntó, acercándose a la mesa de Ed.

—Todos los habitantes de los condados circundantes deben de haberse enterado. —Señaló a la puerta de la sala de redacción—. Hará cosa de cinco minutos, Anderson ha entrado a saco con el guarda de seguridad pisándole los talones, diciéndole a todo el mundo que, o hablaba con Dells, o nos demandaría hasta lograr borrarnos del mapa. Dells ha salido de su despacho y ha intentado que se calmara, pero Anderson ha dicho: «Habéis ido a por mi hijo. Te voy a llevar a la ruina por esto, maldito hijo de puta».

Harper hizo una mueca de dolor.

—¿Acaso no se suponía que eran amigos?

Al otro lado de la sala, las voces procedentes del despacho de cristal aumentaron de volumen.

—¡No tengo por qué escuchar nada de lo que tengas que decir! —gritó un hombre.

Formaban fila, mirando en dirección al despacho del director. Harper se acordó de Dells, mirando por encima de su hombro y eliminando con cuidado cualquier detalle que pudiera hacer que Anderson los demandara.

—No confiaba en él —dijo ella, casi solo para sí misma—. Creo que sabía que iba a pasar esto.

Ed la miró con curiosidad, pero, antes de que pudiera preguntarle qué quería decir con aquel comentario, la puerta del despacho del director se abrió de golpe con tanta fuerza que chocó contra la pared creando una grieta en el cristal. De pronto se hizo el más absoluto silencio en la sala de redacción. Un hombre bajo y fornido, de cabello espeso y gris y con el rostro enrojecido, salió del despacho como una exhalación, haciendo que la chaqueta de su traje a medida se moviera a cada paso que daba. Dells le siguió. Tenía la mandíbula en tensión y sus ojos azules se asemejaban a esquirlas de hielo, pero mantuvo la calma.

—Por el amor de Dios, Randall —dijo en tono conciliador—. Tranquilízate y hablémoslo.

—Me tranquilizaré cuando estés despedido. —Anderson levantó un dedo acusador en dirección a Dells—. O te retractas de esa historia, o yo mismo acabaré con tu carrera.

—Si tuvieras caso —le dijo Dells—, a estas alturas ya habrías presentado una demanda.

—¿Eso crees? —El otro hombre lo fulminó con la mirada—. Siempre me has subestimado, Paul.

Dicho esto, cruzó la sala de redacción como un huracán, haciendo caer a su paso los papeles que había sobre la mesa de Baxter. Dells le dejó ir. Se quedó plantado en la puerta de su despacho bien erguido y con los puños apretados, como preparado para protegerlo de posibles invasores mientras Anderson se llevaba la tormenta escaleras abajo. Durante un instante, Dells fijó la mirada en la puerta de la redacción, luego se dio la vuelta para inspeccionar la sala. Cuando localizó a Harper, le hizo una seña para que se acercara y entró de nuevo en su despacho. La periodista sentía cómo la miraban todos sus compañeros mientras cruzaba a toda prisa la redacción, que se había quedado en silencio como consecuencia de la discusión. Al pasar junto a la mesa de Baxter, Harper se dio cuenta de que estaba vacía y la pantalla del ordenador estaba apagada. Cuando llegó al despacho, Dells estaba de pie mirando por la ventana hacia el curso del río, que resplandecía bajo el sol de la mañana.

—Cierra la puerta, por favor.

Harper hizo lo que le pidió. Una vez en su lado del moderno escritorio de cristal, él se dejó caer en su silla. Harper no esperó a que empezara la conversación.

—¿Tan mal ha ido? —preguntó la periodista mientras se sentaba al otro lado del escritorio.

—Bueno, no es que haya ido bien. —Se quitó las gafas y se frotó el puente de la nariz—. Ya le has visto. Quiere mi cabeza en una bandeja.

—¿Tiene caso? —preguntó Harper de nuevo.

Él la miró a los ojos.

—El artículo perfecto. No te preocupes por eso.

Harper se recostó en la silla de piel y acero cromado.

—Así que estamos a salvo.

—Bueno, yo no diría tanto. —Puso las gafas sobre la mesa, que tintinearon al contacto con el cristal—. Anderson cree que se trata de una afrenta personal, así que pondrá a su gente a repasar todos y cada uno de nuestros artículos en busca de cualquier cosa que pueda utilizar en nuestra contra. Si hemos cometido cualquier error en el último año, no importa lo minúsculo que sea, lo encontrará. —Dells le dedicó una mirada triste—. Es un vengativo hijo de puta, y muy buen abogado también.

—¿Por qué son amigos? —preguntó Harper a la vez que pensaba si la falta de sueño le estaría afectando.

Dells levantó las cejas, pero respondió a la pregunta.

—Es útil —dijo sin más—. A veces es valioso tener socios útiles.

El director del periódico parecía estar casi tan cansado como Harper. Sin gafas, sus ojos eran bastante impresionantes, de color azul pálido, y claros como el agua de un lago.

—Lo sabía, ¿verdad? —preguntó ella—. Sabía que Anderson haría algo así.

—Bueno, sabía que no le encantaría.

239

Un ejemplar del periódico del día descansaba sobre su mesa y le dio la vuelta. El delicado rostro de Peyton Anderson los miraba bajo el condenatorio titular en el que habían trabajado tan cuidadosamente la noche anterior.

—Se trata de su hijo. Me imaginaba que se presentaría hecho una furia. —Echó un vistazo a la dañada puerta de cristal—. Aunque nunca pensé que lo haría en mi despacho.

Harper había trabajado con Dells desde su primer día en el periódico, y él nunca se había mostrado tan abierto con ella como hasta ese momento. Siempre había tratado a sus periodistas con franqueza, pero nunca se había mostrado tan próximo y comunicativo. Al ver que le había pillado en plena racha de honestidad, Harper se decidió a preguntar más cosas.

—No puede hacer desaparecer el periódico, ¿verdad? —preguntó—. No hemos hecho nada malo.

—No, pero puede hacernos la vida muy difícil —respondió—. Por eso creo que tenemos que seguir investigando. Empecemos por los otros sospechosos: el novio y el dueño del bar; averigüemos más cosas sobre ellos. Tenemos que demostrar que estamos siendo justos. —Miró su reloj de pulsera—. ¿Qué hay de esa entrevista? ¿No era esta mañana?

—He quedado en reunirme con él a las diez —le respondió Harper.

—Bien, ¿y qué hay del dueño del bar?

Harper levantó ambas manos.

—Estoy en ello. No responde a mis llamadas.

—Localízalo —ordenó Dells—. Esta es una ciudad pequeña, se puede encontrar a cualquiera.

—Eso haré. —Harper hizo una pausa antes de preguntar—: ¿Y qué hacemos con el hijo de Anderson? ¿Deberíamos dejarlo en paz?

Dells no respondió de inmediato; tomó una gruesa pluma negra de su mesa y la miró despacio. Cuando volvió a dirigirse a

Harper, le dedicó la expresión más severa que ella había visto nunca.

—Quiero que averigües todo lo que puedas de Peyton Anderson. Sabemos que tiene problemas con las mujeres. Descubramos más cosas. ¿Ha sido detenido alguna vez por golpear a una mujer o por alguna otra cosa? Si alguna vez le han puesto una multa por exceso de velocidad. Quiero saberlo todo.

Harper no podía creerlo. Dells no se estaba echando atrás, estaba jugándosela.

—Averiguaré todo lo que pueda —le dijo—. Además, sabemos de tres mujeres a las que ha acosado, ¿por qué no me pongo en contacto con las dos que siguen vivas?

Él le dedicó una mirada de aprobación.

—Hazlo. Y, refréscame la memoria, ¿por qué la policía no lo considera sospechoso?

—Todo lo que me han dicho es que tiene una muy buena coartada —respondió Harper.

—Quiero saber cuál es esa coartada —le dijo con voz firme—. Hoy.

—Pondré todo mi empeño.

Harper se preguntó fugazmente qué pensaría el director del periódico para el que trabajaba si supiera que acababa de tener relaciones sexuales con un detective que llevaba el caso, y que, por cierto, había cortado con ella por segunda vez. Uno que estaba al tanto de todo.

—Hazme saber si puedo hacer cualquier cosa para ayudar —dijo Dells—, y lo digo en serio. Esta es la historia más grande en la que has trabajado nunca, hasta donde yo sé por lo menos. Espero formar parte de cada fase de ahora en adelante.

Después de considerar estas últimas indicaciones como el fin de la conversación, Harper se puso de pie y se dirigió hacia la puerta. Dells la llamó.

—Harper.

La periodista se dio la vuelta y vio al director observándola con una mirada de determinación implacable.

—Hagamos las cosas bien —dijo—. La familia Anderson nos tiene en el punto de mira, no nos convirtamos en un blanco fácil.

CAPÍTULO VEINTICINCO

Wilson Shepherd vivía en Garden City, una zona residencial a las afueras de Savannah de lo más común, compuesta de parcelas de dos mil metros cuadrados con casas pequeñas y envejecidas. La vivienda de Shepherd era tal y como Jerrod Scott la había descrito: pequeña, de color azul y de una sola planta, con pintura descascarillada y un buzón torcido que tenía el aspecto de haber sufrido un buen golpe. Cuando Harper aparcó junto al bordillo, el aire de bien entrada la mañana era cálido y espeso como una sopa. Había algunos niños jugando al fútbol americano calle abajo, gritándose órdenes y animándose. Aparte de eso, todo estaba muy tranquilo.

El camino de acceso a la casa que cruzaba el jardín estaba agrietado, pero el césped estaba cuidadosamente cortado. Cuando llamó al timbre, la puerta se abrió tan rápido que Harper retrocedió un paso a causa de la sorpresa. Shepherd debía de medir cerca de un metro cincuenta y cinco, su tez era morena y el rostro redondo. Iba vestido con una camiseta azul de Nike y unas bermudas sueltas color caqui. No parecía ser el mismo hombre al que habían detenido y puesto en libertad la semana pasada, podría haber pasado por un hermano suyo. Su mirada era serena y centrada. Se le veía demacrado, pero no emocionalmente inestable, mientras la observaba con ciertas reservas.

—Wilson, soy Harper McClain —dijo ella, dado que él no decía nada—. Jerrod Scott me ha dicho que estabas dispuesto a hablar.

Él no hizo ningún movimiento ni dijo una sola palabra durante un tiempo tan prolongado que Harper empezó a temer que la fuera a echar de allí. Entonces, él abrió la puerta un poco más, y fue tal su desgana que Harper comprendió hasta qué punto Scott había tenido que persuadir a Wilson para que este aceptara recibirla.

—Supongo que será mejor que entre.

En el interior, la casa tenía un aspecto muy similar al exterior: un poco hecha polvo, pidiendo a gritos una manita de pintura, pero muy limpia. Los suelos de linóleo desvaído resplandecían en el vestíbulo, y no había ni una mota de polvo que ensuciara la mesa de centro del salón al que la condujo. La parte afectada de trastorno obsesivo compulsivo de Harper reconoció en Wilson a un compañero de excentricidades.

Se sentaron uno frente al otro en sofás de polipiel negra. Wilson parecía nervioso y tenía las manos entrelazadas sobre sus rodillas.

—¿Le apetece algo de beber? —preguntó en tono optimista— ¿Un café?

—Estoy bien, gracias. —Quería que la mirara, y no que hiciera algo que lo distrajera. Tenía que evaluarle—. Agradezco que te hayas decidido a hablar conmigo. Sé que debe ser muy difícil para ti, y estoy segura de que el señor Scott te ha dicho por qué estoy aquí. Quiero que hablemos de Naomi.

Su única reacción al mencionar el nombre de su novia fallecida fue una especie de recogimiento; pareció encogerse, como alguien a quien han golpeado tan a menudo que ya casi no siente el golpe.

—Mi más sincero pésame —añadió Harper con un poco de retraso.

Se hizo un silencio.

—Es la primera persona que me da sus condolencias. —Hablaba con suavidad, su voz era grave pero muy tranquila—. Hoy por hoy, la única persona que piensa que no la he matado es Jerrod Scott.

—Por eso estoy aquí. —Harper mantuvo una expresión abierta y accesible—. Sé que has contestado ya un montón de preguntas a la policía, pero debo preguntarte unas pocas más para asegurarme de que lo entiendo todo. —La periodista sacó una grabadora digital del bolso—. ¿Te importa si grabo nuestra conversación?

Wilson se recostó contra el respaldo del sofá y la observó con el ceño fruncido.

—No tengo nada que ocultar.

Harper colocó la pequeña grabadora plateada, en la que relucía una lucecita roja, sobre la mesa de centro que había entre ellos. Normalmente no utilizaba grabadora en entrevistas cara a cara, pero no quería pasarse toda la conversación con la cabeza metida en la libreta, tomando notas. Quería observarle.

—Háblame de Naomi y de ti. ¿Cuándo os conocisteis?

—En la facultad.

—Ella trabajaba a media jornada ayudando a alumnos nuevos con antecedentes problemáticos —presionó Harper—. ¿Fue así como os conocisteis?

—Sí. Soy el primero de mi familia en ir a la universidad. Mi padre es el encargado de mantenimiento en un edificio de oficinas en Atlanta y mi madre trabaja en un hotel. Estaban tan orgullosos… —Le tembló la voz y desvió la mirada—. Estaban muy orgullosos de mí —continuó tras una pausa— cuando entré en la universidad y cuando después me aceptaron en la facultad de Derecho. Era como si todo lo bueno les estuviera pasando a ellos mismos, ¿sabe?

Sus ojos analizaron el rostro de Harper en busca de comprensión. Los orígenes de Harper no eran los mismos que los suyos, pero ella había pasado también por los dos primeros años de universidad y sabía lo duro que era: tener que rellenar tus propios formularios de beca, tener que escoger los libros, las asignaturas y la residencia tú solo.

—Naomi te ayudó.

Wilson asintió.

—Ella fue una de las primeras personas que conocí en la universidad. Me guio durante las dos primeras semanas, para que empezase con buen pie; pero hacía más que eso. Salíamos después de clase y charlábamos durante horas. —El recuerdo iluminó su rostro—. Un día me di cuenta de cuánto ansiaba que llegara el momento de verla, y se lo dije. Entonces nos hicimos amigos. A partir de ese momento dejó de ser un trabajo para ella, y fue divertido. Entré en la facultad de Derecho un año después que ella. —Movió las manos—. Después de aquello empezamos a salir más en serio.

—¿Sabías que ella había mantenido una relación con un estudiante llamado Peyton Anderson? —preguntó Harper.

La expresión de Wilson se ensombreció.

—He leído su artículo acerca de las órdenes de alejamiento en el periódico de hoy. Ha hecho que parezca grave, pero no tanto como fue en realidad.

—¿Cómo de malo fue?

—Sé cómo se va a tomar esto —dijo él—, pero creo que ese tipo está loco. Las cosas que le hizo...

—¿Qué quieres decir con eso de que sabes cómo me voy a tomar lo que digas? —preguntó Harper.

Wilson le dedicó una mirada cómplice.

—Soy un estudiante de Derecho y sé que cuando un sospechoso de asesinato te dice que otro es peligroso, es fácil pensar que el sospechoso está intentando culpar a otra persona para salvarse, pero todo lo que puedo decir es que Peyton Anderson sí que es peligroso.

—¿Naomi le tenía miedo?

—Y tanto que sí. —Por primera vez, Wilson se mostró animado de verdad, sentado en el sofá inclinado hacia delante, hablando a toda velocidad—. Se presentó en el salón de su casa, sin haber sido invitado, cuando ella salía de la ducha, y le dijo que nos mataría a uno de nosotros dos si ella no rompía conmigo. La amenazó abiertamente.

—¿Por qué no le contó a su padre lo grave que era la situación? —preguntó Harper.

—Naomi no quería disgustarle. Pensaba que podía manejar la situación. —Le costó pronunciar las siguientes palabras—: Entonces apareció muerta y la policía me culpó a mí.

Hasta ahora, Harper estaba impresionada. Wilson parecía sincero y triste, pero también era consciente de que tenía formación en leyes. Sería estúpido tomarse todo lo que dijera al pie de la letra. Tenía que presionarle más y ver qué ocurría.

—Los que os conocen a Naomi y a ti dicen que estabais pasando por una mala racha, quizá incluso a punto de romper —dijo la periodista—. Eso podría ser un móvil, por lo que a la policía respecta.

Hubo un largo silencio antes de que contestara.

—Ambos éramos estudiantes de Derecho, y ya de por sí eso supone una enorme carga de trabajo. Ambos tenemos un empleo: yo trabajo por las tardes hasta las ocho, y el trabajo de Naomi la tenía ocupada la mayoría de las noches hasta prácticamente las tres de la madrugada. A veces había días en los que solo nos veíamos en clase. Era duro, no le voy a mentir, pero no íbamos a romper. Estábamos intentando hallar un modo de conciliarlo todo. Naomi, por su parte, estaba buscando otro trabajo, uno con un horario mejor. —Wilson parpadeó con fuerza—. Estaba convencido de que todo saldría bien, porque ella era todo lo que me importaba en la vida.

—Hablemos de la noche del asesinato —dijo Harper—. Cuéntame qué pasó. ¿Dónde estabas? ¿Qué hiciste?

Wilson respiró hondo.

—Tenía que hacer un trabajo para una de mis clases. Terminé sobre las once y luego vi un poco la tele. Debí quedarme dormido, porque lo siguiente que recuerdo es que sonó el teléfono.

Hasta aquel momento, había hablado rápido, recitando hechos por los que evidentemente ya había sido interrogado muchas veces.

Ahora sus palabras fluyeron más lento, como si tuvieran dificultad para salir de su boca.

—Era el padre de Naomi. Me dijo que le había pasado algo. Fue entonces cuando me enteré.

—¿Y nadie sabía que estabas en casa? —insistió Harper—. ¿No hablaste con nadie?

Soltó una amarga carcajada.

—¿Quiere saber algo gracioso? La única persona que podría respaldar mi coartada es Naomi. Ella sabía dónde estaba. Le escribí un mensaje. —Metió la mano en su bolsillo y sacó su móvil, tocó la pantalla para abrir los mensajes y se lo tendió a Harper—. Compruébelo usted misma.

Harper tomó el teléfono. Wilson había abierto una conversación de mensajes fechada a día del asesinato. El nombre en la parte superior de la pantalla decía *Naomi*. A las once y veintiséis minutos de aquella noche, Wilson había escrito:

Ya he terminado el trabajo. ¿A qué hora sales?

Naomi había contestado tres minutos más tarde:

A las 2:30, pero está muy tranquilo, quizá pueda salir antes. ¿Cómo ha ido?

Así, así.

☺ *Un «así, así» tuyo es una matrícula para cualquier mortal. ¿Estás en casa?*

Sí, voy a ver las noticias y a quedarme frito.

Qué envidia. Que descanses. Hasta mañana.

Aquellas palabras eran las últimas que había escrito Naomi. Después no había nada, aparte de una serie de mensajes lastimeros de Wilson enviados más tarde esa misma noche, después de que Jerrod Scott le llamara. Eran mensajes escritos por alguien que estaba desesperado por no dar crédito a lo sucedido.

4:12 a. m.: *Naomi, ¿dónde estás? Tu padre dice que ha pasado algo. Dime que se equivoca.*

4:15 a. m.: *Cariño, responde, por favor.*

4:23 a. m.: *Te quiero.*

Era doloroso leerlo. Cuando Harper le devolvió el teléfono, Wilson cerró la pantalla sin tan siquiera mirarla.

—No sé cómo hacer que lo entienda. —Su voz era irregular—. Yo no la maté. Quería casarme con ella, todavía quiero hacerlo. No entiendo cómo es que ella... Disculpe.

Se puso de pie de repente y abandonó la habitación. La casa era pequeña, por lo que Harper pudo escuchar a Wilson en el cuarto de al lado sonándose la nariz. Cuando regresó, tenía los ojos enrojecidos y en la mano llevaba un pañuelo.

—¿Seguro que no le apetece un café?

Necesitaba hacer algo o se derrumbaría delante de ella.

—Claro —respondió Harper—. Solo, por favor.

La cocina de Wilson Shepherd era más grande de lo que Harper se había imaginado, dado el modesto tamaño de la casa. Tenía espacio para una mesa, que utilizaba como espacio de trabajo. Su portátil estaba a un lado, junto a una pila de papeles cuidadosamente dispuesta.

Harper se apoyó contra una de las encimeras mientras le observaba poner cucharadas de café en la cafetera. Había llevado la grabadora y la colocó fuera de la vista de Wilson. Sería muy positivo que él olvidara que Harper lo estaba grabando todo.

—Este es un sitio agradable —dijo ella, echando un vistazo a su alrededor—. ¿Hace cuánto que vives aquí?

—Seis meses. —Vertió agua en el depósito y accionó el interruptor. La máquina emitió un zumbido al encenderse y el agradable olor a café inundó el ambiente. Wilson estaba de espaldas a Harper cuando volvió a hablar—. Se suponía que Naomi se vendría a vivir aquí conmigo en un par de meses, cuando dejara de trabajar en el turno de noche.

Sacó dos tazas blancas e impecables de la alacena y las dispuso sobre la encimera junto a un azucarero y una jarrita para la leche.

—Puede que Garden City no sea mucho, pero puedes alquilar toda una casa para ti solo por muy poco dinero. Pensé que podríamos vivir aquí hasta que nos graduáramos y luego buscar algo en la ciudad.

Mientras le contaba sus ahora imposibles planes, su expresión era lúgubre.

—Wilson —dijo Harper—, me pareces un tipo listo, digno de confianza, pero la otra noche, cuando te detuvieron, estabas apuntando a la policía con un arma. ¿Por qué lo hiciste?

Se quedó inmóvil, con las manos suspendidas sobre las tazas.

—Apenas recuerdo nada de aquel día —dijo con voz suave—. Sabía que la policía me buscaba y sabía que querían cargarme las culpas, pero no podía pensar en otra cosa que no fuera Naomi y en lo que le había pasado. Pensar en ello me desgarraba por dentro. Sabía que habrían investigado mis antecedentes, todo lo que había hecho cuando no era más que un crío, y que lo utilizarían en mi contra. Si hacían eso, el asesino podría escaparse. —De pronto, miró a Harper a los ojos—. Si la policía tiene a quien cargarle un asesinato, en especial a un joven negro, se lavan las manos de la verdad, eso lo sabe, ¿no? Es decir, por su trabajo. Debe saberlo.

Harper no podía discutírselo. Al fin y al cabo, Daltrey y Blazer le habían dejado claro que querían que él fuera el culpable. Eso les haría la vida muy fácil.

—Así que saliste huyendo —dijo ella, retomando el tema principal—. ¿Adónde te dirigías? Te pillaron a la salida de la ciudad.

—No lo sé —contestó Wilson—. No tenía ningún plan. Me estaba volviendo loco. Sé que no tiene ningún sentido, pero estaba pasándolo fatal y perdí la cabeza.

—¿Y qué hay de la pistola?

Wilson le dedicó una sonrisa amarga.

—Nunca creerá la verdad.

Harper ni parpadeó.

—Ponme a prueba.

—La compré para Naomi, para que pudiera protegerse, porque estaba asustada, pero ella no la quiso. Dijo que un arma no hace que nadie esté a salvo. —Miró a Harper apesadumbrado—. La policía me detuvo con el arma que yo quería que mi novia muerta llevara para protegerse.

El café ya estaba listo, y Harper podía escuchar su propia respiración en el repentino silencio.

—Wilson —dijo—, ¿quién crees que mató a Naomi?

No dudó.

—Creo que fue Peyton Anderson quien la mató, y que su padre está encubriéndolo. No tengo esperanzas en que la policía lo detenga ni en un millón de años.

En aquel momento, Harper decidió que estaba de acuerdo con él. Para disfrazar su repentina resolución, echó mano de la jarra de café y lo sirvió en ambas tazas.

—La policía dice que tiene coartada —le dijo—, que es imposible que haya sido él.

—¿De verdad? —No sonaba muy convencido—. Ese tío está forrado. Podría pagar a quien fuera para que dijese lo que él quisiera. Los tipos como él siempre salen impunes.

Harper no podía culparle por su resentimiento, pero sabía que la policía jamás aceptaría la palabra de Anderson. Lo que querían eran pruebas fehacientes, sin importar quién fuera el padre de quién, y si iba a poner en tela de juicio esa coartada, Harper necesitaba sus propias pruebas. Se giró hacia Wilson.

—Si es cierto que estás contándome la verdad, si no has sido tú el que mató a Naomi, entonces ayúdame a demostrarlo.

El rostro del joven se iluminó.

—¿Qué puedo hacer para ayudar?

—Necesito que me cuentes todo lo que recuerdes acerca de Peyton y Naomi. Y necesito pruebas. Si puedes encontrar cualquier correo electrónico que te enviara hablándote de él, mándamelo. Mensajes. Lo que sea. Lo necesito todo. —Harper le lanzó una mirada de advertencia—. No alteres su contenido, y no me mientas. Necesito la verdad absoluta o los dos estaremos en un buen lío.

Mientras la escuchaba, una lágrima recorrió su mejilla. Se la limpió con rapidez.

—Por favor, créame, señorita McClain —suplicó—. No soy ningún asesino. Y mi familia… Necesitan saber que no he sido yo.

—Wilson respiró con dificultad—. Le conseguiré todo lo que pueda.

CAPÍTULO VEINTISÉIS

Después de abandonar la casa de Wilson en Garden City, Harper regresó al periódico para transcribir la grabación de la entrevista. Su teléfono vibró varias veces avisándola de la llegada de mensajes de Bonnie, que quería quedar para tomar café. El pulgar de Harper pulsó el minúsculo teclado del teléfono. Sabía por qué Bonnie quería quedar, y simplemente no estaba lista todavía para hablar de Luke. Ni siquiera con ella.

No puedo, contestó Harper. *Estoy trabajando en una historia importante.*

La respuesta llegó enseguida.

Mañana entonces.

Harper suspiró.

Lo intentaré.

Lanzó el teléfono a un lado y se puso a trabajar de nuevo.

Con los cascos puestos, perdida en la voz de Wilson Shepherd, no escuchó a Dells acercarse hasta que el director le dio un golpecito en el hombro. Se quitó los auriculares de un tirón.

—¿Cómo fue la cosa con el novio? —preguntó Dells—. ¿Ha habido suerte?

—Oro puro. —Harper sonrió al director—. Me ha dejado ver los mensajes de texto que se enviaron la noche en que Naomi murió.

253

Mientras hablaba, Baxter se acercó a ellos y se unió a la conversación.

—¿Son útiles? —preguntó Dells.

—Ella le preguntó si estaba en casa y él respondió que sí, que se iría a la cama temprano.

—Mucho cuidado con eso —advirtió Baxter con la mirada puesta en Dells.

—Sí. —El director se apoyó contra la mesa que había junto a la de Harper y cruzó los tobillos. Sus brillantes zapatos negros parecían valer más que lo que Harper ganaba en una semana—. Podría haber estado en la mismísima River Street cuando los escribió, cargando su arma.

—Lo sé —dijo Harper—, pero, si te soy sincera, ahora que he hablado con él, no creo que dé el perfil en absoluto.

—¿Y eso por qué? —Baxter ladeó la cabeza, sus ojos oscuros la observaban severamente.

—Instinto, supongo —dijo Harper. Baxter hizo un gesto de impaciencia, pero Harper continuó—: Es sensible, y parece todo lo desolado que yo estaría si mataran a tiros a mi novia de camino a casa después del trabajo. O no lo hizo, o se merece un Óscar por su actuación.

—Bueno, supongamos que se trata de un actor con mucho talento hasta que no tengamos más pruebas —dijo Dells—. Según mi experiencia, los asesinos son unos excelentes mentirosos.

—Pondría la mano en el fuego por él —insistió Harper.

—Entonces demuestra que se trata de otra persona —la atajó Baxter—. ¿Y ahora qué?

Harper cogió la carpeta de los requerimientos que estaba sobre su escritorio.

—Voy a hablar con las otras dos mujeres que acosaba Anderson. A ver qué tienen que decir. Ya las he localizado. Siguen viviendo en la ciudad y les he dejado mensajes a ambas.

—Bien —dijo Dells—. Continúa. No tenemos más que tres días para sacar todo esto a la luz. En dos mejor que mejor.

Cuando Dells regresó a su despacho, Harper se dirigió a Baxter.

—¿Qué va a pasar en dos días?

La editora le dedicó una mirada indescifrable.

—Últimamente han sucedido muchas cosas de las que no sabes nada. Digamos que todos tenemos que ser muy cuidadosos.

Harper frunció el ceño.

—¿Qué se supone que quiere decir eso?

Hubo una pausa.

—Sé que hay rumores de planes de reestructuración de plantilla —dijo la editora—, pero recuerda que Dells puede aguantar los golpes que le lance la familia Anderson. Tú no, y tengo que admitir que no estoy muy contenta con el hecho de que te esté metiendo en todo esto.

Antes de que Harper pudiera hacer más preguntas, Baxter metió la mano en su bolsillo y sacó un paquete de Marlboro Gold.

—Salgo a fumar.

Después de varias llamadas y con mucha labia, Harper por fin convenció a Cameron Johnson y Angela Martinez de que quedaran con ella la tarde siguiente, cuando terminaran sus clases.

Para que las dos chicas se sintieran lo más cómodas posible, Harper había escogido como lugar de encuentro un establecimiento público y, por ese motivo, a las cuatro de la tarde, salió hacia la cafetería Pangaca.

Al parecer, tal y como había informado el periódico para el que trabajaba, aquel era el día más caluroso del año hasta el momento. El interminable verano no daba señal de querer dejar a nadie vivo. Harper sudaba ya antes de llegar al coche. Puso el aire acondicionado a tope y se dirigió hacia el centro de la ciudad. El detector de la policía no dejaba de chisporrotear con la letanía de minichoques entre vehículos y desastres menores, pero Harper apenas prestaba atención.

Dells le había dicho que tenían dos días. Tres como máximo. El primer día tocaba a su fin, y no tenía mucho: la declaración de inocencia de Wilson Shepherd y a dos víctimas de la obsesión de Anderson esperando para reunirse con ella, pero había sido incapaz de conseguir que ningún miembro de la policía le hablara de la coartada. Daltrey no le cogía el teléfono, y Blazer, antes de colgarle, le acababa de decir que se quitara de en medio y dejara a los detectives hacer su trabajo. Para empeorar la situación, Fitz seguía desaparecido. Su contestador estaba lleno, así que ni siquiera podía dejarle más menajes. Todavía tenía tiempo, pero iba en su contra.

En Bull Street no había ni un solo hueco de aparcamiento, entre coche y coche no cabía ni un alfiler, así que Harper condujo hacia Chippewa Square y justo entonces un todoterreno dejaba un hueco libre delante de sus narices. Harper se apresuró a llegar al hueco y se detuvo a la sombra de un gran roble cubierto de musgo español; su fronda sedosa y gris acariciaba el techo del Camaro con el movimiento de unos dedos largos y suaves.

No había dormido muy bien la noche anterior. El asesinato, Luke, Anderson, todo daba vueltas en su cabeza como un enjambre de voces. De hecho, no se quedó dormida hasta el amanecer. Al final había caído rendida, y ahora se sentía como nueva mientras preparaba sus cosas para reunirse con aquellas mujeres. Comprobó si tenía mensajes, desconectó el detector, lo guardó en el bolso, y se aseguró de llevarlo todo consigo.

Cuando por fin salió del coche, vio a un hombre de pie al otro lado de la manzana, con el sol incidiendo directamente sobre él, que no le quitaba la vista de encima. Normalmente ella no se habría percatado en absoluto de su presencia, pero tenía la extraña sensación de que aquel hombre llevaba un rato observándola. Es más, le dio la sensación de que lo conocía de algo. Bajo aquella luz solar cegadora, no podía distinguir sus facciones, pero no se marchó de allí hasta asegurarse de que le había visto. En lugar de eso, se quedó donde estaba durante un segundo, con las piernas separadas y los brazos cruzados, como si de verdad quisiera que lo viera.

Había algo, ya fuera su pose o la tensión en sus hombros, que la hacía sentirse incómoda. Un cosquilleo de advertencia le recorrió la espalda. Harper utilizó una de sus manos como visera y lo observó.

—¿Hola? —dijo alzando la voz y dando un paso en dirección al extraño—. ¿Le conozco?

En lugar de responder, el hombre echó a andar rápido. Sin saber muy bien por qué, Harper salió corriendo tras él, pero para cuando llegó a la esquina, el desconocido había desaparecido. Harper trazó un círculo a su alrededor. La arbolada plaza, con la estatua del fundador de la ciudad blandiendo una espada en mitad de ella, acogía a un puñado de personas a esa hora: un grupito de turistas y una madre con un niño pequeño de la mano. No había ni rastro del hombre que había visto a lo lejos. Se había esfumado. Desconcertada, caminó hacia la cafetería, aunque se detenía de vez en cuando para mirar por encima de su hombro. Nadie la seguía.

Pangaea estaba situada en un lugar excelente de la plaza, haciendo esquina. La mayoría de los edificios a su alrededor eran de ladrillo o de piedra gris. En ese escenario, la cafetería de paredes color amarillo limón destacaba bastante. En el centro del cartel batiente hecho de madera había dibujado a mano un globo terráqueo compuesto de un único continente.

En el interior, el aire era fresco y estaba aromatizado con el olor dulzón y acre del café. Harper localizó a las dos mujeres casi de inmediato. Ambas eran tremendamente atractivas, de tez muy morena. Una de ellas tenía el pelo corto y negro, y la otra lucía una brillante melena negra que le caía en ondas por debajo de los hombros. A Peyton Anderson le gustaba un determinado tipo de mujer.

Estaban sentadas a una mesa la una junto a la otra, recostadas en la pared, hablando en susurros y observando la puerta con discreto recelo. Harper caminó hacia ellas a la vez que notaba cómo el sudor se enfriaba en su piel a cada paso que daba.

—¿Cameron? ¿Angela?

Ambas asintieron sin decir palabra, vigilantes.

—Soy Harper McClain. Muchas gracias por acceder a hablar conmigo.

Formalizaron la presentación con un apretón de manos. La mujer de pelo corto le hizo saber que era Cameron y resultó ser la más abierta de las dos.

—Seguimos sin tener muy claro que esto sea una buena idea —dijo ella antes de que Harper pudiera siquiera sentarse—. Queremos ser de ayuda, pero no queremos que la familia Anderson se nos eche encima.

—Lo entiendo perfectamente —dijo Harper—. No tenéis por qué hablar, pero, por favor, dejadme que primero os explique lo que está ocurriendo, y luego decidís.

Habían elegido un buen lugar, sin nadie cerca, así que podían hablar con la seguridad de no ser escuchadas. Después de invitarlas a un café, Harper se sentó frente a ellas. En voz baja y confiada, dijo:

—Sé que os he adelantado un poco de lo que ocurre por teléfono, pero dejad que os cuente el resto.

Harper les habló de lo que había descubierto acerca del caso de Naomi y sus sospechas hacia Peyton Anderson.

—He leído vuestras órdenes de alejamiento. Sé que tenéis miedo de hablar, lo entiendo. ¿Qué os parece si me contáis todo de manera extraoficial y luego discutimos lo que os parezca bien que publique, si es que hay algo? Quizá no sea mucho, pero me ayudaría a entender qué tengo entre manos.

Las dos mujeres intercambiaron una mirada cargada de implicaciones. Ninguna de ellas parecía por la labor de ser la primera en hablar.

—Lo que tiene que saber —dijo Cameron después de un silencio que se había alargado muchísimo— es lo vengativa que puede llegar a ser la familia Anderson.

Era una chica delgada con ojos cálidos de color marrón. Vestía unos cómodos pantalones *capri* de color blanco y un top a rayas. Una delicada cruz de oro brillaba en su escote. Angela era más voluptuosa, y vestía una minifalda oscura y un top a juego. Sus enormes ojos marrones estaban llenos de desconfianza.

—Puede que no le sorprenda saber que ambas hemos sido amenazadas —dijo Angela.

—¿Quién os ha amenazado? —Harper la miró a la cara directamente—. ¿Peyton o su padre?

En la boca de Angela se dibujó una sonrisa amarga.

—Ambos.

—Ayer las dos recibimos una carta del abogado de la familia Anderson en la que nos resumían las leyes contra la difamación —explicó Cameron con un suave acento de Georgia—. No había ninguna explicación, simplemente era una clase de difamación, así que…

—Se puede hacer una idea de por qué no estamos impacientes por hablar con usted ahora mismo. —Angela completó la frase de Cameron.

Con la intención de ganar algo de tiempo, Harper dio un sorbo a su café. Tenía que hacerles entender que estaba de su lado, y creía saber cómo.

—El padre de Peyton ha venido a la redacción esta semana y ha amenazado con cerrar el periódico si continuamos trabajando en esta historia —les reveló.

—Así que también van detrás de usted. —Angela negó con la cabeza—. Se creen los dueños de esta ciudad.

—Debería tomarse en serio sus amenazas —le advirtió Cameron—. Nunca va de farol.

—Por eso necesito vuestra ayuda —les dijo Harper—. Puedo escribir este artículo sin conocer todos los datos, pero vuestra historia es clave en todo esto.

Las dos mujeres se miraron.

—Le contaré lo que pueda —dijo Cameron.

Angela dejó caer su mirada hacia la taza. Harper no tenía claro si se había decidido ya o no. Sacó la grabadora del bolso, la puso sobre la mesa y la encendió. Las dos mujeres observaron alarmadas el aparato.

—Es para mi uso exclusivamente —dijo Harper, tratando de tranquilizarlas—. Necesito recordar todo lo que me digáis, pero mantengo mi palabra. Si no queréis que lo publique, no lo haré. —Se apresuró a continuar antes de que pudieran darle muchas vueltas—. Repasemos lo fundamental. Cameron, ¿podrías describirme cómo empezó todo con Peyton? ¿Cómo se obsesionó contigo?

La mujer cogió una cucharilla y removió el café.

—Todo empezó durante mi último año de estudios de grado. Estaba haciendo un curso de iniciación al Derecho. Es una facultad pequeña, y Peyton había trasladado su expediente de la Universidad de Georgia para terminar la carrera. —Miró a Harper—. Se rumoreaba que la Universidad de Georgia le había echado. Y por eso había acabado en la Universidad Estatal de Savannah.

Harper tomó nota de aquello. ¿Qué habría provocado la expulsión de Peyton de la Universidad de Georgia? Le parecía que podía imaginárselo.

—¿Erais amigos? —preguntó Harper.

—En realidad no. —Cameron se encogió de hombros—. Lo conocía de vista, como a todo el mundo que va a clase contigo. Era un tipo guapo, así que no me pasó inadvertido. Entonces, un día, llegué a la biblioteca para estudiar y lo vi sentado en mi mesa de siempre. En aquel momento pensé que no era más que una coincidencia. Más tarde, cuando tuve más información, empecé a pensar que lo hacía a propósito.

Le dio la vuelta a la cucharilla.

—En fin, la cosa es que hablamos —continuó Cameron—. Era un tipo educado, encantador, incluso gracioso a veces. Me pidió salir, pero le dije que ya estaba saliendo con alguien y él me soltó algo así como «Un tío con suerte». —Dejó la cucharilla sobre la mesa—. Al día siguiente, cuando salí de casa para ir a clase, me lo encontré esperándome de pie frente a mi apartamento.

—¿Te dio alguna explicación de qué estaba haciendo allí? —preguntó Harper.

Cameron sonrió sombríamente.

—Oh, él siempre tenía explicaciones la mar de razonables. Como, por ejemplo, que justo pasaba por allí cuando yo salía de casa. Qué coincidencia. Salvo porque había mirado por la ventana diez minutos antes de salir y ya estaba allí plantado. Con la mirada fija en mi puerta.

—Eso es exactamente lo mismo que me hizo a mí. —Por fin, Angela se animó a hablar y se inclinó hacia la mesa—. Podía salir de clase y encontrármelo esperándome en la puerta del aula, como si seguirme por ahí fuera para partirse de risa. Le pedí que dejara de hacerlo y me respondió: «¿Dejar de hacer qué? Estudio aquí. ¿Qué quieres que haga? ¿Que deje los estudios?».

—¿Tu experiencia es como la de Cameron? —preguntó Harper.

Angela mantenía la mandíbula apretada cuando asintió con la cabeza a la vez que su melena negra ondeaba en torno a su rostro.

—Supongo que se fijó en mí después de que se diera por vencido contigo —le dijo a Cameron.

Ahora, dirigiéndose a Harper, dijo:

—Estaba en mi clase en la facultad de Derecho. Me pidió salir la segunda semana del curso. No conocía a mucha gente y me pareció un tipo muy agradable. Como ha dicho Cameron, era muy atractivo, siempre vestía muy elegante y, de hecho, antes de nuestra primera cita ya estaba realmente emocionada. Me pasé horas pensando qué ponerme. —Profirió una carcajada infeliz—. Dios, menuda idiota fui.

—¿Qué te hizo? —preguntó Cameron en esta ocasión mientras observaba a Angela con atención.

—Estuvimos saliendo durante unas pocas semanas. —La expresión del rostro de Angela se ensombreció al recordarlo—. Un poco lo de siempre: fuimos a una fiesta en la facultad y a cenar a River Street. Parecía bastante agradable, pero algo no marchaba bien. No acabábamos de encajar. Era un tipo muy intenso; no me quitaba ojo. Me escuchaba con un interés exagerado. Me daba mal rollo. Cuando quiso llevar la relación más allá, decidí ponerle fin.

—Fue entonces cuando empezó, ¿no? —supuso Cameron.

Angela asintió.

—Como contigo, pareció que se tomó bien la noticia. Me dijo que apreciaba mi sinceridad. —Hizo una pausa—. Y al día siguiente lo tenía en la puerta de mi apartamento cuando llegué de clase.

Cameron se giró hacia Harper con una mirada que suplicaba comprensión.

—Es tan difícil explicar lo horroroso que es que te sigan a todas partes —dijo—. Es como una amenaza constante planeando sobre ti, y no importaba lo que le dijera para tratar de hacerle parar, solo hacía empeorar la situación. Siempre me hacía quedar como si yo fuera la loca. Decía cosas como: «¿Por qué estás siendo tan poco razonable? Solo estaba caminando de vuelta a casa o a clase...». —Miró a Angela, cuyas manos estaban apretadas en un puño delante de ella—. Nunca eran coincidencias.

—¿Cuánto tiempo duró aquello? —preguntó Harper.

Las dos intercambiaron una mirada. Cameron se señaló a sí misma.

—En mi caso, cinco meses. ¿Y tú?

—Lo mismo —dijo Angela—. Quizá un poco más. Perdí la noción del tiempo.

—He leído vuestras órdenes de alejamiento, y sé lo mal que se pusieron las cosas —dijo Harper—. ¿Cómo acabó todo?

—Le conté a la decana lo que estaba pasando —dijo Cameron—, y me remitió al Departamento de Asesoramiento Legal, donde me ayudaron con la solicitud de la orden de alejamiento. Esto ocurrió después de que se colara en mi casa.

—¿Entró en tu apartamento sin tu permiso?

Cameron asintió con la cabeza.

—Me levanté un día, fui a la cocina y me lo encontré allí sentado con una taza de café en la mano. —Cameron se estremeció—. Me dijo: «¡Buenos días!», y yo… salí corriendo. Iba descalza y en pijama, pero bajé las escaleras y llamé a la puerta de mi vecina. Por suerte, estaba en casa. Me dejó entrar y llamé a la policía.

Harper escribió deprisa: *Comprobar fichas policiales, buscar cargos por robo*. Subrayó su nota.

—¿Qué ocurrió cuando llegó la policía? —preguntó Harper.

—Se lo encontraron sentado en el porche delantero. —Cameron le lanzó una amarga mirada—. Les dijo quiénes eran su padre y él, y la policía se limitó a regañarle como si fuera un niño pequeño al que habían pillado haciendo una travesura, en lugar de como el criminal que era. Me informaron de que, si quería, podía presentar cargos, pero, tal y como me lo dijeron, parecían querer dejar claro que de hacerlo estaría actuando exageradamente, que aquello no había sido más que una broma pesada.

Harper podía imaginarse la situación. El hijo del fiscal del distrito cometiendo un crimen no violento era su peor pesadilla. No es que él fuera su jefe, pero se le acercaba bastante.

—¿Presentaste cargos?

—Lo acusaron de alteración del orden público. —Cameron hizo una mueca—. Se declaró culpable y le retiraron los cargos seis meses después por buen comportamiento.

—¿Qué ocurrió después de eso?

—Que dejó de seguirme —contestó—. Cuando empecé a asistir a la facultad de Derecho sabía que me lo encontraría, así que me reuní con la decana antes de que empezaran las clases y le pedí que no me pusieran en las mismas que él. Le enseñé la orden de alejamiento y nos mantuvo separados. —Miró a Angela—. Para entonces, él ya había pasado página.

—Por suerte para mí. —Angela hizo un mohín.

Harper se dirigió a Angela.

—¿Y qué ocurrió después de que pusieras fin a la relación que mantenías con él?

—Pues que empezó a presentarse en mi lugar de trabajo, en mi piso, en mis clases. De repente, estaba allá donde yo iba. —La reticencia inicial de Angela había desaparecido. Parecía ansiosa por compartir con Harper todo por lo que había pasado—. Daba un mal rollo que no veas. La cosa es que, en fin, soy estudiante de Derecho, y sé cómo funcionan las cosas, pero ¿cómo se mide algo así?, ¿cómo se sabe que está cometiendo un delito? Él siempre podría insistir en que era pura coincidencia, aunque no lo fuera. Era supermetódico. Cuando digo que Peyton estaba en todas partes, lo digo de verdad. Recuerdo una vez que salía del baño de chicas de un bar y me lo encontré plantado delante de la puerta, sonriendo. —Angela cruzó los brazos—. Me dio un susto de muerte.

—¿Cuándo solicitaste la orden de alejamiento? —preguntó Harper.

Angela se quedó callada tanto rato que la periodista pensó que no iba a contestar. De hecho, estaba a punto de desistir y hacerle otra pregunta cuando, por fin, habló.

—Una noche —contó Angela— estaba en una cita. Lo estábamos pasando genial, era una persona con la que me imaginaba teniendo una relación seria. —Respiró hondo—. Cuando se marchó por la mañana, Peyton estaba fuera esperando. Debió de pasar la noche ahí. Le dijo que quería advertirle, por su propio bien, que yo era una cualquiera, que me había acostado con la mitad de los tíos de mi curso. Le enseñó unas fotos que guardaba en el móvil en las que decía que salía yo haciendo cosas. Cosas sexuales. No dejaba de repetir: «Te lo digo por tu propio bien, es decir, es probable que a estas alturas haya pillado alguna venérea».

Se le quebró la voz.

Cameron, que la había estado escuchando con terrible fascinación, apoyó una mano sobre el brazo de Angela, que ahora se dirigió a ella:

—Sé que tú lo comprendes, incluso aunque nadie más lo haga. Me destrozó. Aquel chico... No sé si se creyó todo lo que dijo, o simplemente no quería verse en medio de tales historias, pero... no volví a salir con él nunca más. —Se enjugó las lágrimas que corrían por su mejilla con una mano—. Cuando volví a ver a Peyton me dijo que, si se me ocurría salir con alguien más, me mataría.

El bolígrafo de Harper frenó de golpe en el papel.

—¿Te amenazó de muerte?

Angela asintió con la cabeza.

—Y me lo creí. No estaba segura de que fuera capaz de cometer un asesinato de verdad, pero en aquel momento creí que por lo menos podría intentarlo. Fue entonces cuando acudí a la poli.

—¿Alguna vez le acusaron por acosarte o por amenazarte? —preguntó Harper.

Angela le dedicó una leve sonrisa.

—Se declaró culpable de delito menor por embriaguez en público —dijo—. Su abogado dijo que había estado toda la noche de juerga y que no sabía lo que decía. Le cayeron seis semanas de servicios comunitarios y una orden de alejamiento. Y cumplió, gracias a Dios.

Harper meditó sobre cómo se había desarrollado la escalada de violencia. No había habido consecuencias por acosar a Cameron, así que se la jugó más con Angela. La amenazó y se libró. ¿Y si Naomi era su tercer intento y en esta ocasión él llevó su idea a término?

—¿Alguna de vosotras ha sido interrogada por la policía desde la muerte de Naomi? —preguntó Harper.

Ambas negaron con la cabeza.

—Yo conocía a Naomi —dijo Cameron antes de que Harper pudiera preguntar nada—. Era una chica muy dulce, realmente inteligente. Justo el tipo de chica que le pone a ese malnacido. —Se quedó mirando a Harper con ojos penetrantes—. ¿Crees que ha sido él?

—No lo sé —confesó Harper—. Hay otros sospechosos. Aunque, de entre todos ellos, Peyton es el que más lógica tiene de serlo, la policía dice que es imposible que fuera él.

—Pues claro. —La expresión de Angela era sombría—. Papaíto va a proteger a su bebé de todas las mujeres malas del mundo que le acusan de hacerles daño.

—¿Quieres un consejo? —Cameron miró a Harper—. No te creas nada de lo que te diga Peyton Anderson. Y no cuentes con que la policía vaya a hacer nada al respecto.

CAPÍTULO VEINTISIETE

Cuando Harper regresó a la sala de redacción eran más de las cinco de la tarde. Normalmente, Dells se quedaba hasta las seis, sin embargo, aquel día su oficina estaba a oscuras. Baxter estaba en su mesa, como siempre.

Cuando Harper terminó de ponerla al día, la editora se recostó en su silla y empezó a dar golpecitos con su bolígrafo contra el brazo de plástico.

—Te estás acercando, pero todavía te falta. Necesitamos más información antes de que publiquemos nada de esto.

Harper trató de ocultar su desilusión; podía sentir lo cerca que estaba de conseguir la historia que querían Dells y Baxter, pero siempre faltaba algo. Una entrevista más. Una prueba más.

—Si al menos pudiera enterarme de la coartada de Anderson... Estoy trabajando en ello todo lo rápido que puedo, pero la poli no suelta prenda.

—Si no quieren, no lo harán —dijo Baxter—, pero te diré algo: conozco bastante bien a los polis y estoy segura de que no deben estar demasiado contentos con cómo está yendo la investigación. Si Randall Anderson los está utilizando para proteger a su hijo, querrán compartirlo contigo.

Hizo una pausa, aunque no dejó de dar golpecitos con el boli. Tap tap tap tap tap.

—Inténtalo con Julie Daltrey —dijo finalmente dejando caer el bolígrafo sobre la mesa—. La conocí cuando no era más que una poli de coche patrulla. No hay nada relacionado con el hijo de los Anderson que le guste. Sobre todo si tenemos en cuenta lo que te han dicho esas mujeres. Solo la tienes que pillar en un buen momento.

—Ya ves —respondió Harper, y luego regresó a su mesa.

No le parecía que valiera la pena explicarle que Daltrey había sido uno de los primeros en ponerse en su contra después del caso Smith.

Tenía que dar con otra manera de averiguar la coartada de Anderson. Y tenía que ser ya.

Sin embargo, aquella noche no tuvo más tiempo para seguir dándole vueltas, porque primero un robo a mano armada y después un tiroteo a la puerta de un bar mantuvieron a Harper y Miles bastante ocupados de un lado para otro.

A Harper no le importaba. El trabajo la obligaba a dejar de pensar demasiado en la noche anterior. Sin embargo, cuando su turno terminó a medianoche y aparcó delante de su casa, se dio cuenta de que tenía la mirada perdida en los peldaños de acceso vacíos en los que Luke la había estado esperando. Era difícil de creer ahora que aquello le había parecido la señal del inicio de algo. Cuando, en realidad, había resultado ser el final de todo.

Ahora tenía que explicárselo todo a Bonnie, que todavía pensaba, de manera optimista, que Harper y Luke terminarían casándose, comprando una casa al estilo ranchero a las afueras de la ciudad y que adoptarían a un montón de perros.

Con un suspiro, Harper salió del coche y cerró la puerta del conductor de un golpe más fuerte de lo necesario. La Biblioteca solo estaba a unos quince minutos, una distancia que había recorrido cientos de veces antes. Aquella noche, sin embargo, el camino le pareció más largo y oscuro. Todo lo que había ocurrido la semana anterior se desplegó de nuevo en su mente. Se sentía al límite. La piel de su nuca se erizó. Cuando escuchó el inconfundible sonido de unos pasos detrás de ella, su corazón empezó a acelerarse. Primero, redujo el ritmo deliberadamente, haciendo como que echaba un vistazo a posibles mensajes en su teléfono. Los pasos se detuvieron a la vez que ella. Sabía que estaba cansada, pero era imposible que se estuviera imaginando una cosa así.

Se dio la vuelta y miró hacia atrás. La luz procedente de la farola apenas iluminaba debido a las largas ramas de roble que se extendían y entrelazaban unas con otras creando una serie de sombras a lo largo de la acera. Harper no vio a nadie. Se obligó a calmarse. Le había dicho a Luke que era capaz de cuidarse ella sola. Ahora tenía que demostrarlo. Empezó a caminar de nuevo, y después de diez cautelosos pasos, respiró hondo y se dio la vuelta otra vez, lista para pelear. No había nadie detrás de ella. Se sintió desconcertada, traicionada por su propio cuerpo. Tenía la certeza de que alguien la seguía. Estaba ya cerca de las luces y el tráfico de Habersham Street, casi a salvo. No le quedaba otra opción, se dio la vuelta y echó a correr. Cuando alcanzó las luces de Habersham, no redujo la velocidad. Estaba sin aliento pero aliviada cuando giró por College Row unos minutos más tarde.

No había nadie cerca de la puerta de La Biblioteca, como era de esperar un jueves por la noche. La voz melancólica de Bruce Springsteen se filtraba por la puerta abierta del bar.

Junior tenía el puño en alto a la espera de que Harper se lo chocara mientras abría la puerta.

—¿Qué tal, Harper? —Sus dientes de oro resplandecieron cuando sonrió.

Harper se obligó a dedicarle una sonrisa tensa a modo de respuesta.

—Como siempre —dijo, y se apresuró a entrar en el local. No estaba de humor para ponerse a charlar.

El bar estaba prácticamente vacío, igual que la noche que había quedado con Luke; algunos grupitos de gente desperdigada ocupaban las mesas. Nadie bailaba. El asesinato estaba matando el negocio.

En la barra, Bonnie la esperaba impaciente.

—Por fin —dijo ella con los brazos en jarras.

—Siento tener un trabajo que me devora la vida. —Harper se sentó en un taburete—. Y otros problemas personales.

Intentó mantener un tono de voz ligero, pero Bonnie hizo una pausa antes de continuar.

—Bueno, por lo menos estás aquí ahora.

Sin tan siquiera preguntarle qué quería, Bonnie abrió una cerveza Becks y la deslizó por la barra hacia Harper. Hoy iba vestida de manera muy informal: llevaba unos *shorts* vaqueros y botines, y la camiseta negra de La Biblioteca anudada en la cintura. Su cabello rubio y azul caía suelto sobre los hombros. Una docena de pulseras tintineaban cuando se movía.

—Añade un chupito de Jameson a eso, ¿de acuerdo? —dijo Harper.

Una expresión de sorpresa recorrió fugazmente el rostro de pómulos marcados de Bonnie, pero un «Claro» fue todo lo que dijo cuando cogió un vaso de chupito y la esbelta botella verde oscura del mueble que tenía a su espalda.

—Dios, esto está muerto. —Harper se giró para observar toda la sala.

Después de colocar el chupito en un posavasos de cartón justo delante de ella, Bonnie le lanzó una mirada significativa.

—No van muy bien las cosas. Fitz está perdiendo la cabeza.

—¿Se ha pasado por aquí? —Harper la miró—. Intento contactar con él todo el tiempo, pero me salta el contestador directamente.

—Apenas viene —le confesó Bonnie—. Y cuando lo hace, está como una cuba. El encargado de día y yo somos los que estamos manteniendo este lugar a flote. Por ahora.

Bonnie dudó antes de proseguir:

—La poli ya no lo tiene en el punto de mira, ¿no?

Harper no se mordió la lengua.

—Está en su lista de sospechosos por lo que ocurrió antes, y porque no tiene coartada, pero quieren cargarle la culpa a Wilson Shepherd.

Apoyó los codos en la barra y la miró.

—¿Tú crees que ha sido Wilson? Siempre me ha parecido un tipo realmente dulce.

Harper pensó en la cara sincera y desconsolada de Wilson. Y en sus propias dudas persistentes acerca de su honestidad.

—No lo creo, pero ya no sé qué pensar acerca de nada.

Le dio un trago al *whisky* con la esperanza de que quemaría algo de lo ocurrido en las últimas veinticuatro horas hasta hacerlo desaparecer. El repentino calor la hizo estremecerse.

—Madre mía, espero que lo resuelvan todo pronto —dijo Bonnie con una vehemencia muy poco común en ella—. Esto de no saber nada está dando al traste con todo. Está partiéndole el corazón a Fitz y está echando por tierra su negocio. Y el mío, ya que no estoy sacando ni una propina. No sé durante cuánto tiempo más puedo permitirme seguir trabajando aquí. —Miró a su alrededor, deteniéndose en los libros cubiertos de polvo en las estanterías. Ahora sonaba una nueva canción—. Vengo aquí todas las noches y pienso en Naomi, en lo que debió de pasar. Ni siquiera puedo imaginarme por lo que debe estar pasando su padre.

—Está intentando resolver este asesinato —le dijo Harper—. Como todos nosotros.

Aquel pensamiento resultaba deprimente. No había hecho otra cosa en todo el día aparte de pensar en asesinatos, y no había ido hasta allí para hablar de ellos.

—No más drama —dijo cambiando de tema radicalmente—. Cuéntame algo alegre.

Bonnie sonrió de oreja a oreja.

—Bueno, no sé si servirá, pero creo que estoy enamorada. Sí, sí, amor con mayúsculas.

—¿Otra vez? —Harper cogió la cerveza.

—Esta vez es de verdad —prometió Bonnie.

Harper le lanzó una mirada cargada de escepticismo. Bonnie cambiaba de novio como Harper cambiaba de libreta.

—Vale. —Harper la animó a continuar—. Digamos que sí. ¿De quién se trata?

—Se llama Charles Harrison —dijo Bonnie—. Es el dueño de una pequeña galería de arte en Charleston. Vio algunos de mis cuadros nuevos colgados en la facultad de Arte y Diseño de Savannah, llamó, pidió ver el resto y luego se ofreció a exponerlos. Anoche salimos a cenar por ahí y te juro por Dios que estoy quedada por él. Del todo. Te digo yo que este puede ser.

Bonnie estaba emocionada y feliz. Harper, sin embargo, ya la había visto así antes.

—Bueno, pues qué bien, es estupendo —dijo tratando de sonar entusiasta—. Me alegro por ti. Háblame de él. ¿Vive en Charleston?

Sin percibir el tono plano de su voz, su amiga asintió.

—Todavía no he ido a su casa, pero voy a ir a Charleston en un par de semanas a visitar la galería. ¿Quieres ver una foto de él?

Sin esperar a la respuesta de Harper, Bonnie cogió su teléfono y tocó la pantalla, localizando al instante una foto. Le dio la vuelta al móvil para que Harper pudiera ver bien a un hombre sonriente y elegante, con el cabello castaño y canas en las sienes. Llevaba una camisa blanca, desabotonada a la altura del cuello.

—Es un poco mayor para ti, ¿no?

—Tiene cuarenta y tres años y es perfecto —le espetó Bonnie a la defensiva.

—Espectacular. —Le devolvió el teléfono y después Harper le dio otro trago a su cerveza—. ¿Sabes algo más de él? ¿En qué parte de la ciudad vive?

Una expresión de recelo cruzó el rostro de Bonnie.

—¿Por qué lo quieres saber?

—Mira. —Harper se dejó de excusas—. No discutas conmigo. Dame sus datos y haré que alguien eche un vistazo a su expediente, a ver si tiene antecedentes o algo.

—De ninguna manera. —Bonnie la fulminó con la mirada—. Siempre haces lo mismo, Harper.

—Lo sé. Y así fue cómo supimos que el artista supermono de Oklahoma con el que te querías casar ya tenía mujer e hijos en Tulsa —le recordó Harper—. No puedes confiar en nadie, Bonnie. ¿Cuándo vas a aprender?

Bonnie alzó la barbilla.

—No dejaré que te inmiscuyas en su vida privada.

—Muy bien. —Harper se encogió de hombros—. Sal por ahí con un pedófilo, si es lo que quieres.

—No es ningún pedófilo. —Bonnie alzó la voz, lo que atrajo la mirada curiosa del hombre que estaba sentado en el otro extremo de la barra, bebiendo tan en silencio que ellas ni habían reparado en su presencia.

Bonnie le dedicó una mirada arrepentida.

—No es ningún pedófilo —le aseguró—. Es el dueño de una galería.

—Yo no veo dónde está el problema —insistió Harper, una vez que el hombre apartó la vista de ellas—. Si me das su dirección, lo investigaré un poco. Él no tiene por qué enterarse.

Inesperadamente, Bonnie extendió el brazo por encima de la barra, tomó a Harper de la mano y se la apretó con cariño.

—No tienes que protegerme, Harper. Ya no soy una cría. Sé cuidar de mí misma.

A Harper aquello la pilló desprevenida. Todo su enfado se esfumó.

—Llevo protegiéndote desde que tenía seis años —respondió—. Y lo seguiré haciendo.

Bonnie le sonrió.

—Lo sé.

Empezó a sacar vasos del lavavajillas y a colocarlos en los estantes situados bajo la barra. Trabajó en silencio durante unos minutos antes de mirar a Harper de nuevo.

—Vive en Belmont Street, Charleston. No me sé su dirección exacta.

Mientras memorizaba la información, Harper le dio un trago a la cerveza. Bueno, Bonnie había compartido sus novedades. Quizá fuera hora de que Harper hiciera lo propio.

—Supongo que este es un buen momento para decirte que anoche me acosté con Luke —dijo Harper.

Bonnie dejó un vaso sobre la barra con un sonoro crac.

—Pero serás... ¿Cómo es que no me has dicho nada hasta ahora? Todo este tiempo ocultándome noticias sexuales. ¿Cómo fue? —Su sonrisa se esfumó en cuanto sus ojos azules escrutaron brevemente el rostro de Harper—. No sé si quiero saberlo...

De pronto, Harper se vino abajo. Para su horror, las lágrimas empezaron a hacerse notar en el fondo de sus ojos.

Negó con la cabeza.

—Mierda. —Bonnie se inclinó sobre la barra, buscando las manos de Harper—. ¿Qué ocurrió?

Mortificada, Harper se obligó a no llorar. Vació el vaso de *whisky* antes de continuar.

—Me dijo que me echaba de menos, y me lo creí. Nos acostamos y entonces él me contó que estaba saliendo con alguien. —Respiró hondo—. Y ese fue el final de nuestra pequeña reunión.

—Oh, Harper. Todo esto es culpa mía. Fui yo quien te sugirió llevar ese modelito tan atractivo.

Bonnie le estrechó las manos entre las suyas.

—Maldita sea. No me lo puedo creer. Nunca habría dicho que Luke fuera tan hijo de puta.

Harper le dedicó una sonrisa triste.

—Yo tampoco.

—¿Cómo ha podido hacerte esto? Lo mataría por el daño que te ha hecho. —Bonnie estaba que echaba chispas—. No logro entenderle.

—No mates a nadie. —Harper liberó una mano del apretón de Bonnie y levantó su vaso de chupito vacío—. Simplemente, asegúrate de que no falte de esto.

Bonnie echó mano de la botella.

Y entonces, después de llenar el vaso de Harper, se sirvió uno para ella.

—Creo que yo también lo necesito. —Bonnie extendió el brazo en el que sostenía el vaso hacia Harper—. Por hombres mejores.

—Brindemos por eso, sí.

Entrechocaron los vasos. Harper vació el suyo de un solo trago.

Antes de que Bonnie se dispusiera a hacer todas las preguntas que Harper intuía en sus ojos que haría, una mujer se acercó a la barra para pedir algo y ella se apresuró a atenderla, lo que proporcionó a Harper tiempo suficiente para pensar en sus propias preguntas. ¿Por qué se había acostado con Luke? ¿Cómo podía haber sido tan estúpida? Debería haberse dado cuenta de que algo no marchaba bien la noche en que Wilson fue detenido. La forma en que apareció Luke, como de la nada. Tan amistoso y comprensivo, como si nada que hubiera hecho pedazos su vida hubiera ocurrido jamás.

Lo que había ocurrido era muy evidente en retrospectiva, incluso ridículo, podría decirse.

Y ahí estaba ella pensando en que Bonnie había tomado siempre malas decisiones respecto a los hombres. No había sido Bonnie la que se había acostado con su ex antes de averiguar que estaba sentando la cabeza con otra. Aquella había sido la brillante idea de Harper, ¿y adónde la había llevado? A llorar anclada en la barra de un bar con una botella de *whisky*. Hasta allí la había llevado.

Después de meter el dinero en la caja, Bonnie volvió con Harper.

—¿Y qué hay del tipo que se coló en tu casa? —preguntó ella, cambiando de tema. Quizá tontamente a la espera de alguna buena noticia—. ¿Le ha pillado?

Harper negó con la cabeza mientras cogía de nuevo la cerveza.

—No. Y ahora sabemos que también estuvo dentro de mi coche.

A Bonnie se le desencajó la cara al oír aquello.

—¿Cuándo tenías pensado contarme todo esto?

—Ahora —dijo Harper—. Me dejó una nota. Resulta que es el mismo tipo que entró en mi casa el año pasado. O al menos eso parece.

—¿Estás de broma? —Bonnie estaba pasmada—. Esto no tiene buena pinta. ¿Estás a salvo allí? ¿Qué dicen los polis?

Harper no respondió a esa última pregunta.

—He hecho todo lo que se me ha ocurrido para que ese lugar sea seguro —le dio un trago a su cerveza, taciturna—, y no le ha costado nada volver a entrar.

—A eso voy —le dijo Bonnie con firmeza—. Hoy no vas a pasar la noche sola. O bien te vienes a mi casa, o me voy a la tuya.

Harper alzó su cerveza vacía.

—Primero, ponme otra de estas. Luego, nos mudamos juntas, si quieres.

Mientras Bonnie sacaba una cerveza fría de la nevera, Harper se dio la vuelta en el taburete para echar un vistazo a la sala. Casi era hora de cerrar. El bar se había vaciado más todavía durante el tiempo que ella estuvo allí. Solo quedaba la mujer que se había acercado a pedir a la barra y dos tipos jugando al billar.

En el local casi vacío, la música parecía estar demasiado alta. Estaba pensando en pedirle a Bonnie que la bajara cuando la puerta trasera del bar se abrió de golpe y Jim Fitzgerald entró arrastrando los pies. Se movía despacio, inclinándose para cerrar la puerta con esfuerzo. Harper lo observó consternada. El elegante dueño del local parecía haberse consumido en cuestión de días. Su habitual peinado inmaculado estaba hecho un desastre. Su ropa estaba arrugada. Su rostro se veía descuidado y ajado, y estaba muy borracho.

Se acercó a la barra a trompicones.

—Bonnie —farfulló—. Me marcho.

Desde la caja registradora, Bonnie lo miró con expresión preocupada.

—De acuerdo, Fitz.

Sin embargo, Harper, que llevaba llamándole desde hacía días, no podía dejar pasar la oportunidad. Se levantó de un salto y se apresuró en su dirección.

—Fitz, espera.

Antes de reconocerla, la observó con ojos inexpresivos.

—Oh, eres tú —dijo sin entusiasmo—. La periodista.

—He estado llamándote. Por favor, habla conmigo —le rogó—. Creo en tu inocencia.

Retrocedió ligeramente, como si ella le hubiera golpeado.

—Bueno, es que soy inocente, maldita sea. Nunca le he hecho daño a nadie. —Movió la mano de un lado a otro, como abarcando toda la sala—. ¿Qué es lo que he hecho? Dirijo un bar que le gusta a la gente. No meto las narices en los asuntos de otros. No lo entiendo… —Su voz se fue apagando y miró a Harper con desesperación, como si ella tuviera las respuestas que buscaba—. No lo entiendo.

Harper sabía que ella misma se encontraba entonces en una situación ciertamente delicada como para interrogar a un sospechoso de asesinato borracho, pero estaba desesperada.

—Háblame de la noche en que murió Naomi. —Harper trató de guiarle de vuelta a los hechos, ignorando la forma en que Bonnie la observaba, claramente preocupada—. ¿Dónde estabas?

Fitz hizo un gesto de frustración con la mano.

—Estaba aquí. Me fui a media noche. Llegué a casa y tomé un sándwich de jamón sentado en el sofá mientras veía la repetición del partido de los Falcons del lunes por la noche. Lo dejé en el tercer cuarto. En fin, ya sabía cómo habían quedado. Debían de ser como las dos de la madrugada. Después me fui a la cama con una novela de Lee Child, que llevo un tiempo leyendo. —Se pasó una mano por la cara. Parecía que la charla disipaba la borrachera—. Lo siguiente que sé es que el teléfono sonó y me dijeron que Naomi había muerto. —Dirigió sus ojos enrojecidos hacia los de Harper—. El peor día de mi vida.

La gente dice que los borrachos no mienten, y Harper sabía a ciencia cierta que aquello no era verdad; pero a los hombres borrachos les costaba mucho mentir como si nada acerca de cosas importantes. Fitz hablaba con pasión, sin dudar y sin trabarse. No se movía inquieto ni desviaba la mirada. No mostraba ningún signo de engaño. Parecía desconcertado y perdido. Quizá fuese el asesino, pero Harper lo dudaba mucho.

—Todo va a salir bien, Fitz —terminó diciéndole—. Van a pillar al tipo que lo hizo.

—Bueno, pues más vale que lo pillen pronto o será demasiado tarde para salvar este lugar.

Se dio la vuelta y, arrastrando los pies, se dirigió hacia la puerta. Se detuvo después de dar unos pasos y volvió a mirarla.

—Naomi no habría querido esto —dijo—. Quienquiera que la asesinara... siento como si también me estuviera matando a mí.

CAPÍTULO VEINTIOCHO

A la mañana siguiente, Harper se dirigió al abarrotado aparcamiento situado detrás del edificio del periódico, escudada en unas Ray-Ban negras. Como huella de la noche anterior, solo tenía un leve repiqueteo a la altura de las sienes. Era bastante menos de lo que se merecía, en su opinión. Después de que cerrara el bar, Bonnie la llevó a casa en Mavis, la camioneta rosa. Harper no había admitido ante su amiga que no se sentía a salvo caminando a casa, pero Bonnie estaba obsesionada con el allanamiento e insistió en acompañarla de todas formas, así que no fue necesario confesar sus miedos.

Mientras Harper le preparaba una improvisada cama con los sofás grises, Bonnie le dio una charla acerca de su seguridad.

—Hasta que la poli averigüe quién es ese tipo, aquí no estás a salvo —le dijo—. No deberías quedarte en casa sola bajo ningún concepto.

—Estoy bien —le aseguró Harper—. Tengo la seguridad controlada.

—Menuda tontería. Si ese tipo entrara mientras duermes, ¿qué harías?

Era tarde. Harper estaba cansada. Esa fue la única explicación que se le ocurrió para lo que sucedió a continuación. Ocupada en extender el edredón, Harper habló sin pensar.

279

—No sé. Puede que escuchara lo que tiene que decir. Smith cree que hay algo que quiere contarme. Tengo que quedarme aquí el tiempo suficiente para averiguar qué es.

—¿Has dicho Smith?

Harper se quedó sin respiración.

—¿El teniente Smith? —Bonnie se la quedó mirando, perpleja—. ¿Le has visto?

Atrapada en medio de su mirada horrorizada, Harper se sentó en la cama que acababa de hacer.

Se hizo un largo silencio.

—Hablo con él —confesó Harper por fin—. De vez en cuando.

Bonnie analizó la expresión de su amiga, como tratando de hallar las pistas hacia su demencia repentina.

—¿Hablas con Smith? ¿Dónde? ¿Cómo?

—Le visito en la prisión de Reidsville —le contó—. Y charlamos.

Bonnie se dejó caer en el sofá a su lado, pasmada.

—¿Cuánto tiempo llevas haciéndolo? ¿Cada cuánto lo visitas?

—Desde el principio. —Incapaz de enfrentarse a la perplejidad del rostro de Bonnie, Harper bajó la mirada hacia sus manos, ocupadas en remeter bien la esquina del edredón—. Voy por allí una vez cada pocos meses.

Bonnie tardó un segundo en asimilar toda la información.

—¿Y de qué habláis?

—Del caso de mi madre. Del robo. Smith cree que de alguna forma ambos incidentes están relacionados y estamos intentando averiguar cómo.

Hubo una larga pausa.

—¿Cómo está? —preguntó Bonnie.

Harper no se esperaba aquella pregunta, pero, en realidad, quizá debería haberlo previsto. Después de todo, Smith conocía a Bonnie desde hacía tanto tiempo como a ella. Las había llevado a las dos a las pistas de patinaje cuando tenían trece años y las había recogido después de los partidos de fútbol americano en el instituto. Bonnie siempre lo había considerado una especie de tío amable que, casualmente, era poli. Hasta que mató a una mujer. Después de aquello, Bonnie lo había eliminado de su vocabulario y, de hecho, apenas lo mencionaba. Era como si también lo hubiera eliminado de sus recuerdos.

Ahora, sin embargo, estaba allí sentada, mirando a Harper con una expresión de tanta tristeza que le rompía el corazón.

—Tiene más canas. Se le ve mayor. —Pensó en el aspecto del teniente cuando se habían encontrado en la sala de visitas hacía unos días—. Y se le ha endurecido el carácter. Como si la cárcel estuviera absorbiendo partes de él que conocíamos y lo estuviera convirtiendo en un preso.

El rostro de Bonnie se ensombreció.

—Creo que eso se lo hizo a sí mismo cuando mató a aquella mujer.

—Yo también —Harper miró a Bonnie, apelando a su comprensión—, pero, Bon, el Smith que conocíamos... sigue ahí. Sigue pensando como un poli cuando habla conmigo.

Esperó la respuesta de Bonnie, pero ella se limitó a quedarse ahí sentada, con el ceño fruncido, perdida en sus pensamientos.

—Lo siento, Harper. Solo trato de procesar todo esto —dijo por fin—. ¿Por qué no me lo has contado antes? ¿Por qué ocultármelo?

Harper dio un largo suspiro.

—No se lo he contado a nadie. No podía. Sabía cuánto daño te haría, pero he estado pensándolo y tengo que seguir viéndole. Si pretendo resolver algún día el asesinato de mi madre, necesito su ayuda. Esto parece... ¿parece de locos?

La mirada de Bonnie analizó su rostro. Entonces ella dio también un largo suspiro.

—No, no parece de locos.

Rodeó los hombros de Harper con el brazo, la atrajo hacia sí y presionó los labios contra su pelo.

—Lo entiendo, Harper —dijo—. Es solo que me preocupo por ti.

—Soy cuidadosa.

Harper se dejó abrazar; inhaló el familiar perfume con esencia de limón de Bonnie, y el leve, aunque no desagradable, olorcillo de pintura al óleo que la acompañaba siempre, impregnado en su piel y su pelo.

—Pues tienes que serlo más —dijo Bonnie.

Harper sonrió.

—Tengo tres cerraduras en la puerta.

Ambas rieron y la tensión se disipó. Para su sorpresa, esa noche Harper durmió sin soñar por primera vez en días.

Y mientras aparcaba detrás del periódico, se sintió más tranquila, más concentrada. Como si al haberle contado la verdad a Bonnie se hubiera quitado parte del peso que llevaba a sus espaldas últimamente. Estaba decidida a no distraerse más. Estaba muy cerca de averiguar la verdad sobre lo que le había ocurrido a Naomi Scott. Se lo debía a la chica muerta, no podía distraerse.

Cuando llegó a la sala de redacción, Baxter no estaba en su mesa. La puerta del despacho de Dells estaba cerrada. A través del cristal, en el que Randall Anderson había hecho una grieta importante, vio que el director estaba al teléfono. Se dispuso a alejarse de allí, pero, en cuanto la vio, Dells le hizo un gesto para que entrara en el despacho. Harper siguió su indicación y se sentó en una de las esbeltas sillas de piel y acero cromado que estaban dispuestas frente a la mesa.

—Entiendo lo que dices —le decía Dells al teléfono—, pero es lo último que quiero oír. Primero echemos un vistazo a los proveedores más económicos. Hemos llegado a un punto en el que parece que nos comamos el papel.

Harper bajó la mirada y se dio cuenta de que las carpetas que estaban en su escritorio mostraban gráficos y hojas de cálculo con números ininteligibles. Algunos estaban rodeados a golpe de furiosos trazos de bolígrafo. Eran unas cifras bastante importantes.

—Echa un vistazo —le dijo a quien fuera que estaba al otro lado del teléfono—, y llámame. Gracias, Tom.

Entrecerrando los ojos, Harper trató de ver mejor los números, pero Dells cerró la carpeta.

—Deja de cotillear. —Dells levantó un dedo recriminatorio hacia ella.

—Sabe que eso es a lo que me dedico, ¿verdad? —dijo ella.

—Te pago para que investigues a otra gente, McClain —dijo, aunque parecía divertido—. Que siga siendo así. De hecho...

Dells hizo un gesto para que ella empezara a hablar.

—Han pasado un montón de cosas. —Harper se inclinó hacia delante, presa del entusiasmo—. En primer lugar, he interrogado a las dos mujeres víctimas de acoso por parte de Anderson y me lo han contado todo.

Hablando a toda velocidad debido al subidón de adrenalina, le contó todo lo que había averiguado.

Cuando terminó, Dells negó con la cabeza, incrédulo.

—Maldita sea, ¿qué demonios les pasa a los polis? Esto no puede ser una coincidencia. Los acosadores matan. Ha hecho amenazas. ¿Cómo puede ser que no lo relacionen?

—Todo se reduce a su coartada —dijo Harper.

—Bien visto. —Dells se inclinó hacia delante, apoyando los codos sobre su mesa—. ¿Estamos más cerca de conseguirla? ¿Qué dice tu detective?

—Eso es a lo que me voy a dedicar hoy —dijo con una confianza que no sentía—. Lo único es que estoy tardando un poco más en hacer que los polis suelten prenda.

Lo cierto era que no tenía ni idea de dónde iba a conseguir esa información. Ningún agente estaba dispuesto a decirle nada al respecto.

Dells le dedicó una mirada de advertencia.

—Ponte con ello —le dijo—. No podemos hacer mucho más hasta que no sepamos qué les ha contado y por qué le creen. Esta es la pieza más importante del puzle.

—Le juro que hoy mismo lo averiguaré.

—Más te vale. —Su rostro se ensombreció—. Tenemos a todo el mundo pendiente de nosotros.

Harper dudó antes de sacar a colación el asunto.

—¿Ya ha tomado alguna acción Anderson? ¿Ha presentado una demanda?

—Hasta donde yo sé, todavía no ha tomado acciones legales —Dells le dedicó una sonrisa sombría—, pero me han dicho que ayer quedó para comer con MaryAnne Charlton.

—Mierda —exclamó Harper por lo bajini.

—Exacto —convino Dells.

MaryAnne Charlton era la directora de la junta directiva del periódico y la heredera de la familia a la que pertenecía el periódico desde hacía más de sesenta años. Harper la había visto alguna que otra vez, cuando hacía alguna visita de cortesía por la sala de redacción; era una especie de reina del baile sureña de la vieja escuela, con una afición por los trajes Chanel y los collares enormes.

Si se había reunido con Anderson, estaba claro que este había ido a por todas. Era imposible decir si aquella situación ponía nervioso a Dells. Aparentaba estar siempre tranquilo, con cierto aire distante. Parte de esa apariencia había desaparecido mientras trabajaban en el artículo juntos, pero no la suficiente como para que ella adivinara lo que él estaba pensando. Aun así, le quedaba claro que Charlton podía despedirlos a ambos en un abrir y cerrar de ojos.

—¿Le ha llamado? —preguntó Harper—. ¿Le ha dicho algo?

—Todavía no. —Su respuesta fue concisa y su expresión le indicaba que ya estaba todo dicho.

Se hizo un incómodo silencio.

—Oh, casi me olvido —dijo Harper pasado un momento—. Por fin he conseguido hablar con Jim Fitzgerald.

—Bien —dijo Dells—. ¿Qué has averiguado?

—No es más que un tipo hecho polvo cuyo negocio se está yendo a la ruina porque la poli no lo descarta de su lista de sospechosos —dijo Harper—. Si él es el asesino, que me parta un rayo.

Dells dio un golpe sobre la mesa con la mano abierta, con tanta fuerza que su bolígrafo salió despedido.

—Ahí está el artículo. Eso es lo que le vas a contar a tu detective. Así es como vas a conseguir que hable. Mientras no acaba de resolver el crimen, está teniendo lugar una serie de repercusiones en la vida real para aquellos que siguen siendo sospechosos. Sus errores están pasando factura.

Cuando nombró a la policía, su expresión se volvió feroz.

—No contengas los golpes. Dile lo que sabemos. Oblígala a que argumente su investigación delante de ti. Dile que les tienes en el punto de mira. —Meció la silla hacia delante—. ¿Cuándo puedes tener un primer borrador?

—¿Mañana, quizá? —sugirió Harper con cautela.

—Mañana, sí o sí —la corrigió Dells—. Necesitamos tener algo mañana a más tardar. Algo que pueda publicarse, y que sea legal, demoledor y justo.

Dells la miró con sus gélidos ojos azules.

—Si eso no sucede, vamos a estar en un buen lío, tú y yo. Y no me gusta la pinta del jurado.

CAPÍTULO VEINTINUEVE

Cuando Harper se dirigió a la comisaría de policía aquella tarde, estaba decidida a no salir de allí hasta conseguir lo que necesitaba. Mientras se adentraba en el gélido frío del aire acondicionado, Darlene la saludó con la mano desde el mostrador del vestíbulo.

—Ahí está. —Su voz sonó atronadora en el vestíbulo vacío—. Doña Libertad para la Prensa, en carne y hueso.

Las pocas personas que estaban sentadas esperando su turno se giraron para mirarla.

—Llegas un poco temprano hoy. —La recepcionista deslizó la carpeta de informes policiales hacia ella, y a continuación apoyó un codo sobre el mostrador—. ¿Ha ocurrido algo?

—No, qué va —dijo Harper—. Es que estoy ocupada.

—¡Ocupada! —se burló Darlene—. Pues yo diría que la cosa está demasiado tranquila. Todo el mundo dice que no hay nada que hacer. Un par de accidentes de tráfico. Solo un tiroteo en tres días... —Se apoyó sobre los codos y se inclinó hacia delante—. Hace demasiado calor hasta para los criminales, supongo.

—Eso es bueno, ¿no? —aventuró Harper.

—Supongo —dijo Darlene entre resoplidos, poco convencida.

Harper abrió la carpeta y pasó a toda velocidad el montón de informes policiales de la noche. Tal y como había dicho la agente de la recepción, se trataba de una pila más reducida que de costumbre. Normalmente, los meses de verano eran los más ajetreados. El calor sacaba lo peor de las personas. Las discusiones que quizá hubiesen acabado en puñetazos terminaban a tiros mucho más rápido en agosto que en noviembre.

Sus ojos se deslizaban sin pausa por las descripciones de los incidentes. «Robo. Robo. Robo. Caída. Pelea. Pelea. Robo. Hurto». Cuando llegó al final del montón, le devolvió la carpeta a Darlene. Después de echar un vistazo a su alrededor para asegurarse de que nadie en la sala de espera pudiera escuchar lo que iba a decir, bajó la voz y preguntó:

—¿Algún cotilleo relacionado con el caso Scott? ¿Siguen intentando cargarle el muerto al novio?

Con el rostro resplandeciente, Darlene se acercó a ella.

—Creo que no saben a quién encasquetárselo —le confesó—. Ahora la alcaldesa ha dejado de dar la lata un poco, porque tiene la promesa de la comisión de seguridad de mantener a los turistas bien atendidos y protegidos, así que ya le da un poco igual. El jefe espera que todo el mundo olvide que la chica existió.

—Sin embargo, Daltrey no va a querer olvidar nada —dijo Harper—. Ya sabes que quiere pillar al culpable.

Darlene alzó las cejas casi hasta la línea de nacimiento de su cabello.

—En mi opinión, lo que Julie Daltrey quiere es conseguir un ascenso.

—Bueno, déjame a ver qué puedo averiguar —dijo Harper—. ¿Está en la comisaría ahora? Tengo que hacerle unas preguntas.

—Está en la parte de atrás —le dijo Darlene. Su voz ya había recuperado un volumen normal—. ¿Quieres que te abra?

—Por favor.

El zumbido del botón de apertura de la puerta situado en la mesa de Darlene rompió el silencio y desbloqueó el cierre de la puerta de seguridad. El sombrío pasillo estaba sumido en silencio.

Harper giró a la derecha y luego a la izquierda hasta llegar a unas escaleras. Subió al segundo piso, sin apenas fijarse en las paredes llenas de rayones, que pedían a gritos una mano de pintura, ni en los pósteres envejecidos que recordaban a los agentes *Siempre en guardia. Siempre atento.*

El pasillo del piso superior olía a desinfectante de pino y aire viciado. Harper no dudó mientras giraba a la derecha de las escaleras y pasaba por delante de una serie de despachos pequeños. En el pasado había estado allí muchas veces. Los detectives de homicidios compartían una oficina abierta al final del pasillo. La puerta estaba cerrada. A medida que se aproximaba a la sala, Harper podía oír voces procedentes de su interior.

Después de respirar hondo, llamó a la puerta con seguridad y abrió la puerta de golpe. En el interior había ocho mesas colocadas a lo largo de las paredes y frente a cada una de ellas, una silla de oficina maltrecha. Cinco de ellas estaban ocupadas. Y cinco rostros sorprendidos se giraron a mirarla en cuanto entró en la oficina.

Da igual cuantas veces se haga, siempre es abrumador entrar en una habitación llena de detectives. No se toman el tema de las intrusiones a la ligera.

—Pero ¿qué demonios?

Un hombre alto y delgaducho de ventimuchos se recostó en su silla, extendiendo sus largas piernas como si no supiera de dónde procedían o qué hacer con ellas, y se quedó mirándola con verdadero asombro. Harper lo reconoció; era el detective Davenport. En la sala también estaban los detectives Ledbetter, Shumaker, Daltrey… y Luke, que la miró alarmado.

Una sensación repentina de horror la golpeó al darse cuenta de que quizá él pensase que se había presentado allí para verle.

—Esto… yo… —Se giró hacia Daltrey—. Detective Daltrey, vengo a verla. ¿No ha llamado Darlene?

Daltrey, un tanto confusa, negó con la cabeza.

—A Darlene le gusta sorprendernos de vez en cuando —dijo, y miró al resto en busca de apoyo.

—Nos ayuda a mantenernos alerta —dijo el detective Shumaker arrastrando las palabras. Había dejado su chaqueta colgada del respaldo de su silla, de manera que no podía ocultar la forma en que su camisa se ajustaba a su cuerpo a la altura de la barriguita cervecera mientras la observaba con abierta desconfianza.

—Es un poco tramposilla —convino Davenport, de buenas maneras.

El hecho de verlos a todos allí, en semicírculo a su alrededor, hablando entre ellos sin dejar de mirarla, era perturbador.

Harper se centró en Daltrey.

—¿Tiene cinco minutos? Es acerca del caso Scott.

—¿Qué pasa con él?

Daltrey cruzó las piernas y observó a Harper con poco interés. Vestía un traje azul marino de corte masculino.

—Se trata de Peyton Anderson… —empezó a decir Harper.

—Oh-oh. —Ledbetter se giró para mirar a Daltrey, cuya calma de repente se esfumó.

—Maldita sea, McClain —le espetó Daltrey—. ¿Sigues obsesionada con el hijo de los Anderson?

La ira se desató, ardiente e inesperada, en el pecho de Harper.

—Puede que sí. ¿Sigues fracasando en la resolución del caso? —saltó ahora Harper.

—Ohhh… —exclamaron el resto de los detectives, mirando primero a una y luego a otra, como si estuvieran disputando un partido de tenis.

—Venga ya, ¿no sois ya mayorcitos? —les dijo Harper. Se dirigió a Daltrey—: ¿Podemos hablar en alguna parte, por favor?

La detective se puso en pie tan rápido que su silla se deslizó hacia atrás de repente.

—Acompáñame.

Daltrey era menuda pero se movía con rapidez y casi tiró a Harper a su paso por la puerta.

Cuando Harper se dio la vuelta para seguirla, su mirada se cruzó con la de Luke por una décima de segundo. Había tanto en aquella mirada: preocupación, confusión, duda. Haciendo un esfuerzo titánico, apartó la mirada y siguió a Daltrey al pasillo.

La detective se detuvo tras recorrer parte del pasillo y abrió una puerta.

—Más vale que valga la pena —le dijo a la vez que encendía las luces y entraba en la sala.

Era un despacho pequeño en el que había un montón de carpetas amontonadas en una mesa. El cable del cargador de un teléfono móvil cruzaba el tablero de imitación. Una ventana próxima a la mesa dejaba entrar la tenue luz del día a través de las persianas medio bajadas. Harper cerró la puerta. Las dos mujeres estaban ahora cara a cara, cada una a un lado de la moqueta barata.

Daltrey hizo un gesto de impaciencia con la mano.

—Dispara, McClain.

—Estoy trabajando en un artículo acerca de Anderson —le explicó Harper, obligándose a transmitir calma con la voz—. Se trata de la continuación del que publicamos anteayer. Me he reunido con las dos mujeres que aseguran ser víctimas de acoso por parte de Anderson, igual que Naomi.

—¿Johnson y Martinez?

Harper asintió.

—Detective, si lo que dicen es cierto, la obsesión y violencia de Anderson se incrementó con cada nueva víctima. Sabe que acosó a Scott. ¿Cómo es posible que no le parezca que tiene todas las papeletas de ser él?

—Me da igual lo que parezca. —Daltrey parecía exasperada—. McClain, ya te he dicho por qué no estamos investigando a Anderson. No entiendo por qué no lo dejas correr.

Consciente de lo que le había dicho Dells acerca de echarle en cara a Daltrey los fracasos policiales, Harper inició su plan.

—No lo dejo correr porque nada de todo esto tiene sentido. Ha pasado más de una semana desde que Naomi Scott fue asesinada y ¿qué es lo que tenéis? Tal y como lo veo, no tenéis nada. Jim Fitzgerald es un hombre destrozado cuyo negocio se está yendo al garete por culpa de una investigación abierta sin pruebas contra él aparte del hecho de que estuvo en casa viendo la tele aquella noche. Wilson Shepherd es un novio con el corazón roto que estuvo esperando toda la noche por una novia que nunca llegaría a casa. Naomi Scott dedicaba su tiempo a labores de voluntariado, a trabajar y a estudiar. No tenía ningún dinero que poder robar. Ni problemas con las drogas. Lo que sí tenía era a un ricachón perteneciente a una familia poderosa que no la dejó en paz ni a sol ni a sombra durante cuatro meses. —Respiró hondo—. Quiero hacer lo correcto por esta chica, detective, ¿usted no? ¿Acaso su familia no se lo merece?

Daltrey echaba chispas y parecía tentada a responder a la discusión, pero entonces, de repente, se contuvo.

—Escucha, McClain —dijo tras una larga pausa—. Veo lo mismo que tú. Y no tengo ninguna duda de que Peyton Anderson es un pedazo de mierda disfrazado de ser humano. Entre tú y yo, yo también creo a esas mujeres.

—Entonces, ¿por qué no le investiga? —Harper alzó la voz.

—¿Quieres dejar de dar por sentado que no lo he hecho? —le espetó Daltrey—. Sí que lo he investigado. La verdad es que me encantaría que Peyton Anderson fuera nuestro tipo, pero no puede serlo porque, la noche en que Naomi Scott fue asesinada, Anderson sufrió una agresión en plena calle. Lo encontró un ciudadano, sangrando a causa de una herida de arma blanca en el brazo. Lo llevaron en ambulancia al hospital Savannah Memorial. Y lo trataron en Urgencias, donde fue interrogado por oficiales de policía de Savannah. —Respiró hondo antes de continuar—:

Tenemos enfermeras, médicos y agentes de policía que dan fe de que se encontraba allí. Tenemos imágenes de las cámaras de seguridad en las que se le ve llegando en camilla.

Al ver la sorpresa en el rostro de Harper, Daltrey le dedicó una leve sonrisa.

—Has estado buscando a Anderson en las carpetas equivocadas, McClain. Deberías haber investigado la sección de «víctimas».

—Así que su coartada... —empezó a decir Harper, tratando de procesar toda la información.

—Es la policía. —Daltrey terminó de expresar el pensamiento por ella—. Efectivamente. Somos su coartada. Mientras alguien mataba a tiros a Naomi Scott, Peyton Anderson estaba echado en una cama en la habitación 528 del hospital Savannah Memorial.

Harper observó el rostro de Daltrey con detenimiento en busca de cualquier signo de engaño y no encontró ninguno.

—No me lo puedo creer. —Se echó contra la pared—. ¿Quién lo atacó? ¿Cómo ocurrió?

—El delito tuvo lugar entre las once y las doce de la noche —dijo Daltrey—. Al parecer se trató de un atraco fortuito.

—¿Hay algún detenido?

La detective negó con la cabeza.

—Nos dio una descripción, pero no hemos encontrado al tipo.

—¿Le robaron algo?

—La cartera y el teléfono.

Harper hizo un repaso mental de todo y se imaginó a Anderson caminando por la calle y a alguien asaltándolo... ¿a las once? Las calles estarían abarrotadas de gente a esa hora.

Miró a Daltrey.

—¿Dónde ocurrió?

—Cerca de City Market. —Daltrey hablaba sin titubeos—. Respondieron al aviso dos coches patrulla. Me sorprende que no aparecieras por allí.

City Market era un lugar de moda del centro, lleno de restaurantes y bares. Tenía sentido que un tipo como Peyton Anderson estuviera por allí. Harper se detuvo a pensar en esa noche de hacía una semana y qué había ocurrido antes de que terminara en La Biblioteca a la una de la mañana.

—Aquella noche hubo un tiroteo —dijo despacio—. Justo después de las diez y media. Parecía que iba a ser un homicidio. Supongo que estuve allí. No habría dejado un intento de homicidio por un robo.

—Fue una noche ajetreada —convino Daltrey—. Casi no dábamos abasto. Y tienes razón, la agresión no fue gran cosa. Las heridas de Anderson no eran graves. Lo tuvieron ingresado aquella noche por mera precaución.

Harper detestaba la forma en que todo aquello parecía encajar. La coartada de Anderson, las razones por las que la poli le creía sin ninguna duda.

—Maldita sea —dijo Harper mientras todo encajaba—. Deseaba con todas mis fuerzas que fuera él.

—¿Quieres saber un secreto? —La mirada de Daltrey se encontró con la suya—. Yo también, pero no puede ser. Y eso nos deja sin nada, y me duele. Por eso tenemos que mantener a Fitzgerald como posible sospechoso. Porque no estoy convencida de que Shepherd sea nuestro hombre. Y sin él, estamos jodidos.

Se apoyó contra la mesa y sus hombros se desplomaron.

—No hay nadie más. El padre de la víctima es un maldito santo. Ella nunca salió con nadie más. Como bien dices, era una buena persona. Y... sí. La estamos decepcionando.

Durante el repentino silencio que tuvo lugar a continuación, Harper pudo oír voces que procedían del vestíbulo. El timbre de un teléfono. El silbido del aire acondicionado procedente de los ventiladores sobre sus cabezas. La habitación parecía pesar sobre ellas dada su incapacidad conjunta para resolver aquel asunto.

—¿Estáis investigando a alguien más? —preguntó—. ¿De manera extraoficial?

—Estamos investigando a varias personas. Scott conoció a un montón de gente en aquel bar —dijo Daltrey—. Algunos de ellos tienen unas historias de antecedentes criminales la mar de interesantes.

—¿Tenéis algo sólido?

Una sonrisa se dibujó en el rostro de Daltrey.

—Si tuviera algo sólido, el periódico sería el último lugar al que iría a hablar de ello —se puso derecha—, pero digamos que no hay nada obvio por el momento, y que todos los que estábamos en esa oficina nos estamos dejando la piel en ello. —Echó un vistazo a su reloj de pulsera—. Tengo que volver.

Harper siguió a la detective de vuelta al pasillo. No dejaba de pensar en todas aquellas órdenes de alejamiento. ¿Cómo era posible que no fuera Anderson?

—Quizá exista alguna manera en que pudiera hacerlo —sugirió Harper—. Algo en lo que no hemos pensado.

Daltrey le dedicó una mirada por el rabillo del ojo.

—Si crees que puedes dar con ella, adelante, McClain. Jamás he tenido tantísimos testigos para una coartada en toda mi carrera.

Justo antes de que llegaran a la puerta de la oficina de la brigada de detectives, Daltrey se giró hacia ella una vez más.

—¿Quieres un consejo? Cuidado con este. Tenemos al abogado de su familia tan pegado a nuestros traseros ahora mismo que podría iluminarlos con una linterna y la luz nos saldría por la boca. Si se enteran de que estás investigando la coartada, pondrán su mirada en ti. Y, créeme, no querrás que eso ocurra.

Viniendo de Daltrey, aquello era una especie de acto de solidaridad. Harper estaba conmovida.

—Gracias —le dijo.

Daltrey le sostuvo la mirada durante un segundo y luego, tras un gesto de asentimiento cortante, abrió la puerta y regresó a la sala llena de hombres.

—¿Estáis tocándoos las narices los unos a los otros o trabajando? —Escuchó Harper preguntar a Daltrey.

Tuvo una breve visión de los detectives dándose la vuelta para mirarla antes de que se cerrara la puerta y se quedara sola de nuevo.

CAPÍTULO TREINTA

Durante el trayecto de vuelta a la redacción, Harper repasó mentalmente lo que había descubierto y trató de dar con la pieza del puzle que faltaba. Tenía que estar en alguna parte.

Ya era tarde para que los agentes encargados de controlar el pago del estacionamiento hicieran su trabajo, así que aparcó en Bay Street, frente a las oficinas del periódico, y salió del coche sin pagar. El calor sofocante empezaba a remitir ligeramente a esa hora. Un golpe de brisa hizo que se le metiera algún mechón de pelo en los ojos mientras cerraba la puerta del Camaro de un golpe. Olía a gases de combustión y al lodo del río.

Sonó su teléfono justo cuando pulsaba el botón del mando a distancia del coche para activar el cierre centralizado. El número que apareció en la pantalla le era desconocido.

—McClain —respondió ella, alzando la voz para hacerse oír por encima del ruido del tráfico.

—Tenemos que hablar.

La voz era masculina y le resultaba familiar. Por una milésima de segundo, pensó que podría tratarse de Luke. Su corazón dio un vuelco. Sin embargo, casi de inmediato se dio cuenta de que no era él. Aquella voz pertenecía a alguien más joven. El acento no se correspondía tampoco. Entonces, su mente dio con el nombre que encajaba con aquella voz suave y aristocrática. Peyton Anderson.

Era viernes por la tarde, y en las aceras no cabía ni un alfiler. Turistas en bermudas se mezclaban con trabajadores ataviados con traje que paseaban bajo las palmeras y los reverdecidos robles.

Tras recibir un empellón, Harper se apartó de en medio.

—Claro. ¿De qué quiere que hablemos? —La periodista trató de ocultar la sorpresa en su voz.

—¿Por qué has escrito un artículo acerca de mí? —preguntó él—. Yo no tuve nada que ver con lo que le sucedió a Naomi, y lo sabes. Has estado hablando con la poli y sé que te han dicho que es imposible que fuera yo. ¿Por qué escribes mentiras?

Sonaba ofendido, pero también podía percibir en su voz, oculto, un extraño deje. Casi sonaba como… divertido.

Las señales de alarma se activaron en la mente de Harper. Algo no encajaba.

—En ningún momento dije que estuviera involucrado en el asesinato —señaló Harper.

—No me trates como a un crío. Lo diste a entender. Me habías dicho que estabas escribiendo acerca de la vida de Naomi, pero todo de lo que hablaste fue de mí y esas mujeres. —Hizo una pausa—. No me gusta que me engañen.

Ese último comentario contenía una amenaza velada. Harper echó mano de la libreta que llevaba en el bolsillo. Peyton sabía que ella era periodista y, sin embargo, no había dicho nada de que aquello fuera extraoficial. Si él no estaba al tanto de las reglas, necesitaba aprenderlas.

—¿Acosó a Naomi, Peyton? —preguntó ella—. Ella le dijo al juez que se presentó en su casa, su trabajo, sus clases…, que siempre iba tras ella, que la amenazó cuando empezó a salir con Wilson Shepherd. ¿Eran verdad sus acusaciones?

—¿Tú qué crees? Es decir, publicaste mi foto en portada, Harper. Debes de tener opinión propia.

—No importa lo que yo piense —respondió ella—. ¿Qué ocurrió en realidad?

—Esto es lo que yo pienso —dijo él, ignorando su pregunta—. Creo que estás tan desesperada por publicar un titular en portada que eres capaz de escribir cualquier cosa. Serías capaz de vender tu alma por obtener una mínima atención. Creo que esa historia ha puesto a tope a Paul Dells, y que ahora eres su periodista favorita. Quién sabe qué hará por ti a cambio.

Aquellas suposiciones estaban realmente cerca de lo que estaba ocurriendo en realidad en el periódico. ¿Cómo demonios estaba al tanto?

—¿Algo de lo que he escrito era mentira? —preguntó ella con la intención de reencauzar la conversación—. Estoy dispuesta a hablar con usted si desea contarme su versión de los hechos.

—No quiero hablar de mí —respondió él—. Quiero hablar de ti. Me intrigas, Harper. Corres riesgos que no deberías. Te pones en peligro. ¿Por qué? ¿Tiene algo que ver con tu madre?

Harper se quedó helada.

—¿Qué pasa con mi madre? —Su voz sonó gélida.

Peyton soltó una risita.

—¿Qué te pensabas, que no te investigaría? Alguien asesinó a tu madre cuando no eras más que una cría. Tú fuiste quien encontró su cuerpo. Una experiencia así te cambia por completo. Te convierte en alguien peligroso. Seguro que eres toda una fiera en la cama, Harper. Y me encantaría averiguarlo.

Ella sintió náuseas. Aquello debía de ser parecido a lo que tuvo que soportar Naomi día tras día. Aquella voz melosa molestándola, tratándola como un trozo de carne, cargada de odio y deseo a partes iguales. Haciéndola sentir vulnerable y asustada. No había forma de ganar. Le gustaba que las mujeres le tuvieran miedo. Le gustaba enfadarlas. Harper había leído aquellos documentos judiciales. Y sabía qué era lo que le ponía. No pensaba complacerle.

—Me he enterado de que fue asaltado la misma noche en que asesinaron a Naomi —continuó ella abruptamente, ignorando su anterior comentario—. ¿Qué me puede contar al respecto?

—Oh, eres tan fría como me imaginaba. —Sonaba contento—. Sí, fui víctima de una violenta agresión. ¿Por qué me lo preguntas ahora? ¿Acabas de enterarte? ¿Te he fastidiado los planes? Esa maravillosa idea de cargarle el muerto al hijo de Randall Anderson... Seguro que llegaste a pensar que incluso podrías ganar el Pulitzer, ¿eh, Harper? ¿Era eso lo que pensabas? Siento haber echado por tierra tus sueños.

—Todo lo que intento hacer es informar de un asesinato —dijo ella—. No tengo ningún problema con usted, siempre que no sea el hombre que mató a tiros a Naomi Scott en River Street. No es nada personal.

Hubo una pausa.

—Ahí te equivocas, Harper. Esto es personal. —Ella pudo intuir una sonrisa en su voz—. Por cierto, ¿qué te han contado Angela y Cameron? Madre mía, hay que ver lo buenas que están últimamente.

Harper contuvo el aliento. ¿Cómo podía saber que se había entrevistado con ellas? Todavía no había escrito el artículo.

—Hablaste con esas dos putas envidiosas y luego fuiste corriendo directamente a comisaría —continuó Peyton—. Supongo que allí te aclararon bastantes cosas. Porque está claro que ahora no pareces estar demasiado contenta, aunque me gusta cómo te queda ese top negro. Incluso cuando no sonríes, eres bastante sexi. Esa melena rojiza... —Él dejó escapar un largo suspiro anhelante—. Me pregunto si la alfombra irá a juego con las cortinas... Puede que tenga que averiguarlo.

A Harper se le heló la sangre. La estaba observando. Se alejó del coche y se dirigió a prisa al centro de la acera con el teléfono todavía presionado contra su oreja, mirando en todas direcciones. Había demasiada gente. Peyton podía estar en cualquier parte. En uno de los edificios de ladrillo al otro lado de la calle. En el hotel que había allí al lado, en un piso alto. En un coche, aparcado junto al bordillo. Estaba cerca. Y llevaba observándola desde ayer.

—Cuidado, cariño —le dijo una anciana mientras hacía un brusco cambio de dirección para evitar chocarse con Harper, que estaba bloqueando el paso en la acera.

—Ahora lo entiendes por fin. —Anderson profirió una risita satisfecha—. Estoy al tanto de todo lo que haces, así que corre, entra en tu sala de redacción y dile a Dells que mi padre va a acabar con él.

La conversación se cortó.

De puntillas, Harper peinó con la mirada todos los rostros en la distancia. Por un segundo, le pareció ver una figura alta y esbelta a la sombra de un roble en el extremo más alejado de la calle, pero cuando se asomó para verla mejor, ya no había nadie.

Cuando Harper entró en el edificio del periódico unos minutos más tarde, estaba alterada.

Debería haberlo visto venir, supuso. Tres mujeres habían sido acosadas por Peyton Anderson, y en las tres ocasiones la policía había fracasado a la hora de protegerlas.

Si la reportera estaba en lo cierto y de alguna manera Peyton había asesinado a Naomi Scott y había logrado librarse, recibiendo un simple tirón de orejas... Ahora debía de sentirse como un ser superior. ¿Por qué no iba a utilizar ese poder contra la periodista que lo había humillado en la portada del periódico de su ciudad?

Allí fuera, durante un momento, la sensación de sentirse observada le había resultado tan familiar que se dio cuenta de que llevaba sintiéndose de esa manera todo el tiempo durante el último año. En su apartamento. En su coche. El ser consciente de forma insidiosa y sobrenatural de ser observada se había convertido en parte de su día a día. Y ahora había dos personas observándola. A una la conocía. A la otra no.

Baxter estaba colgando el teléfono justo cuando Harper llegó a la altura de su mesa.

La ansiedad debía de reflejarse en su rostro, porque la editora le dedicó una mirada de desconcierto.

—¿Pasa algo?

—¿Podemos hablar? —preguntó Harper.

Baxter se levantó y, después de hacerle una seña para que la siguiera, la guio hasta el despacho vacío de Dells, y cerró la puerta una vez estuvieron las dos dentro.

—¿Qué ocurre?

—Acabo de tener una conversación telefónica con Peyton Anderson —le explicó Harper—. Ha estado siguiéndome.

—¿Cómo dices? —preguntó Baxter, incrédula—. ¿Siguiéndote a dónde?

—A todas partes.

Harper le explicó lo que acababa de ocurrir.

—¿Y no le has visto? —preguntó Baxter cuando Harper terminó de ponerla al día.

—Me ha parecido verle a lo lejos, pero cuando me he fijado bien, ya se había marchado. Estaba al tanto de todo lo que he estado haciendo en los últimos dos días. Sabía que me había entrevistado con las mujeres de las órdenes de alejamiento. —Harper se detuvo y se tapó la boca con la punta de los dedos—. Más vale que las ponga sobre aviso. Puede que Peyton intente hacerles daño si piensa que me están ayudando de alguna manera.

Baxter levantó una mano.

—Para el carro. Vayamos punto por punto. ¿Y la policía dice que es imposible que él sea el asesino de Naomi porque sufrió una agresión esa misma noche?

Harper asintió.

—La poli lo interrogó en el hospital a las once de la noche.

Baxter la observó detenidamente con recelo.

—¿Y tú sigues pensando que da el perfil?

—¿Después de esa llamada de teléfono? —La voz de Harper sonaba tensa—. Creo que es nuestro tipo.

—¿Qué opina Daltrey?

Harper desestimó la pregunta con un gesto de la mano.

—Dice que no parece tener sentido que se trate de otra persona. Es el sospechoso más obvio. Salvo por el tema de la coartada, que, según me ha dicho, es sólida.

Baxter la miró entrecerrando los ojos.

—Es decir, que tu historia se ha ido al garete. A no ser que escribas que está claro que el asesino es él, aunque no hay forma posible de que lo sea porque está comprobado al cien por cien que él se encontraba en otro lugar a la hora en que fue asesinada Naomi Scott.

Harper no daba crédito a lo estrecha de miras que estaba siendo su editora.

—Te acabo de decir que ese dichoso psicópata me lleva siguiendo dos días —le espetó—. ¿Eso no te dice nada?

—Me dice que es un acosador —respondió Baxter—. Que es lo único que ya sabíamos que era. Lo que no me dice es que comprara un arma, siguiera a una camarera y la disparara en River Street hace diez días. Sigo sin saber quién hizo aquello.

—Fue él. —La voz de Harper sonó más estridente—. Sé que fue él. Puedo sentirlo.

—Yo no trabajo con sentimientos —replicó Baxter—, sino con hechos. Y los hechos nos dicen que tenemos que facilitarle una fotografía de este sujeto al guarda de la entrada para que llame a la poli si en algún momento se le ocurre intentar entrar en este edificio. Los hechos no me dicen que sea ningún asesino.

Harper se disponía a discutir con Baxter, pero esta la detuvo.

—No me vengas con sentimientos, McClain —le dijo, alzando la voz—. Cuando me expliques cómo este tío ha podido estar en dos sitios a la vez, entonces tendremos algo de qué hablar. Hasta entonces, y según parece, te has quedado sin historia. Y no dejes que Dells te meta ideas en la cabeza. Dimito antes que dejar que este periódico publique un artículo que pueda hundir tu carrera,

¿estamos? Si no tienes cuidado, serás una víctima del fuego cruzado que hay en esta guerra privada. Y si eso ocurre, MaryAnne Charlton te comerá viva.

Sus miradas se cruzaron en el brillante y moderno despacho.

—Ni siquiera sé qué quiere decir eso —respondió Harper.

—Eres periodista. Ya lo averiguarás.

Harper se dirigió hecha una furia hacia la puerta.

—Vale —dijo, abriendo la puerta de golpe—. Conseguiré más información. Porque te aseguro, aquí y ahora, que Peyton Anderson asesinó a Naomi Scott. Sé que fue él. Y pienso demostrarlo.

CAPÍTULO TREINTA Y UNO

La discusión con Baxter había resultado exasperante. Y lo peor de todo era que la editora estaba en lo cierto. Si la coartada de Anderson se sostenía, Harper no tenía historia ninguna que escribir. Sin embargo, lo que no entendía era lo que Baxter había dicho acerca de Charlton. ¿Qué quería decir con eso de «guerra privada» entre la propietaria del periódico y Dells? No tenía intención de preguntar. Al menos no hasta que ambas estuvieran más calmadas.

En fin, Baxter había desaparecido de la redacción. Probablemente habría salido a fumar.

Harper todavía tenía por delante todo un día de crímenes que cubrir, pero, primero, llamó al hospital Savannah Memorial. Si habían llevado allí a Anderson la noche en que lo apuñalaron, debía haber algún informe al respecto. Sin embargo, cuando por fin consiguió contactar por teléfono con la agente de prensa del hospital, la mujer no estaba muy por la labor de colaborar.

—Toda la información relacionada con nuestros pacientes es confidencial —le dijo.

—No le estoy pidiendo información acerca de él —puntualizó Harper—. Le estoy preguntando si estuvo en su hospital la noche del martes pasado.

—Toda la información relacionada con nuestros pacientes —repitió la mujer sin variar el tono de voz— es confidencial.

—¿Puede al menos responderme con un simple «sí» o «no»?

—Toda la información... —empezó a decir la mujer.

Harper colgó el teléfono. El hospital no iba a ayudarla. Tenía que hallar otro modo.

Unas horas más tarde, Harper regresó a la comisaría de policía por segunda vez en aquel día. El vestíbulo estaba ahora mucho más vacío. Solo, en el mostrador de recepción, el agente del turno de noche Dwayne Josephs estaba viendo un partido de béisbol en una televisión diminuta.

—Hola, Harper. —Echó un rápido vistazo a su reloj de pulsera—. No debe de haber mucha acción esta noche si estás por aquí.

—Un muermo —dijo Harper—. Si no disparan a alguien pronto, la primera plana se publicará en blanco.

—Y sería una pena —dijo Dwayne compadeciéndose de ella.

Harper se inclinó hacia el mostrador de recepción.

—Dwayne.

El agente la miró frunciendo el ceño.

—Necesito que me hagas un favor.

Un indicio de cautela se dibujó en su rostro. Hacerle favores a Harper casi le había costado el trabajo el verano anterior, pero todo lo que dijo fue:

—Vale...

—¿Podrías buscarme un informe policial de la semana pasada? —le preguntó, y añadió de inmediato—: No es nada importante. Se trata de un apuñalamiento que tuvo lugar el martes pasado a eso de las once de la noche, cerca de City Market. Se me pasó la noche que ocurrió, porque si no ya estaría al tanto de todos los detalles.

La amplia sonrisa de Dwayne reapareció en su rostro.

—Pues claro. Eso es fácil. Pensaba que me ibas a pedir algo más complicado.

Dwayne se giró hacia su ordenador. Tecleó durante un par de minutos, rebuscando entre los informes de la semana anterior.

—Creo que lo tengo. —La miró—. ¿La víctima es un tal Anderson?

Harper asintió.

—Exacto. ¿Puedes imprimirme una copia?

Unos minutos más tarde, Harper se encontraba sentada en su coche, en un extremo del aparcamiento de la comisaría, leyendo el informe del atraco sufrido por Anderson. Tal y como Daltrey le había contado, tuvo lugar poco después de las once de la noche, cerca de la ajetreada zona de City Market. La descripción del delito era muy clara.

La víctima caminaba por Congress Street cuando dos hombres de color se le acercaron y le pidieron dinero. La víctima les entregó la cartera y el teléfono móvil. Uno de los sospechosos gritó «Demasiado lento, cabrón» y lo apuñaló con un objeto cortante. Ambos sospechosos huyeron de la escena a pie. La víctima fue trasladada al hospital Savannah Memorial por los servicios de emergencias.

En el espacio reservado al nombre de la víctima, el agente había escrito *Peyton Anderson*. Claro como el agua. Aquello encajaba a la perfección con la descripción que Daltrey le había hecho de lo ocurrido. Pero Harper no se lo tragaba. Había cubierto un montón de atracos con el paso de los años. Cientos de ellos. Y casi nunca había cuchillos de por medio.

¿Por qué cualquier atracador que se precie utilizaría un cuchillo que podría volverse fácilmente en su contra? Había pistolas a patadas en las calles más peligrosas de Savannah. Y eran mucho más fiables si la víctima decidía presentar batalla. Además, ¿«Demasiado lento, cabrón»? Eso sonaba más bien a serie de televisión. Aun así, si Anderson había terminado en el hospital, es que alguien debía de haberle apuñalado. Pero ¿quién? Y ¿por qué lo ocultaba? Estaba atascada. Anderson tenía su coartada. Y dado que el hospital se negaba a cooperar, no había forma para desmentirlo. Necesitaba consejo. Y confiaba en que se lo diera una persona. Cogió el teléfono y deslizó los nombres de la agenda hasta que encontró el que buscaba.

—Dime que hay un asesinato en algún lugar —dijo Miles a modo de saludo.

—Lo siento —dijo Harper—. Todos los criminales de Savannah han fallecido a causa del calor.

—Entonces, supongo que estás condenada a la cola del paro —respondió él.

No era una broma muy acertada, teniendo en cuenta la situación actual del periódico. Harper lo dejó correr.

—En fin, necesito consejo —dijo Harper—. ¿Estás liado?

Quince minutos más tarde, Harper estacionaba su coche en el aparcamiento cubierto situado detrás de un banco en Congress Street. Quedaban allí muchas veces, a las tantas de la noche, cuando la cosa estaba tranquila. Un lugar totalmente a resguardo gracias a un seto alto, que no permitía miradas indiscretas, pero que a su vez estaba en el mismo centro, muy a mano en caso de tener que salir corriendo a cubrir algún crimen.

Miles llegó un par de minutos después que ella, detuvo el coche al lado del de Harper y lo aparcó de manera que las ventanillas del conductor de ambos vehículos quedaran la una junto a la otra.

Harper bajó su ventanilla. El cálido aire de la noche inundó el interior del Camaro, arrinconando el frescor del aire acondicionado.

—Hola —dijo Harper—. Gracias por ayudarme.

—Toda distracción es bienvenida —respondió él, y le dedicó una sonrisa; una especie de destello blanco en las sombras—. ¿Qué ocurre?

—Se trata de la historia de Peyton Anderson —respondió Harper.

—Ah. —No parecía sorprendido.

Primero a velocidad moderada, luego más rápido, Harper le explicó el punto en el que se encontraba su investigación. Cuando llegó a la parte relacionada con la intervención de Dells y las advertencias de Baxter de que debería andarse con ojo, Miles resopló con los labios fruncidos.

—Maldita sea —dijo—. No pinta nada bien.

—No lo comprendo —añadió ella—. ¿Qué quiso decir Baxter con eso de verme involucrada en la guerra de Dells?

—Me da la impresión de que Dells está enfrentándose a MaryAnne Charlton y la junta, y que está utilizando tu artículo para hacerlo —respondió Miles—. El padre de Peyton Anderson forma parte de la junta directiva del periódico desde hace años, así que casi puedo ver su lógica. Casi.

—¿Qué tiene todo eso que ver conmigo?

Miles le dedicó una sonrisa amarga.

—Tú eres quien está escribiendo el artículo.

—Es que escribir el artículo es mi trabajo.

—Sea como fuere, se está organizando una buena pelea, y tú estás precisamente en medio —le dijo—. Charlton quiere despidos y Dells no. Tu artículo podría hundir a uno de los coleguitas de Charlton en la junta directiva. Quitarse a Anderson de en medio debilitaría a Charlton, y entonces Dells podría intentar lograr algún tipo de acuerdo con el resto de los miembros de la junta para conseguir lo que quiere.

Todas las piezas empezaban a encajar.

Ahora Harper entendía por qué Baxter estaba tan enfadada.

—Y Charlton podría poner punto y final a todo esto si se deshiciera de Dells. O de mí.

—Exacto —convino Miles.

—Maldita sea —dijo Harper—. Bueno, Charlton también podría ahorrárselo. Por ahora, no puedo desmentir la coartada de Peyton Anderson.

—Si de verdad estaba en el hospital cuando mataron a Scott... —Miles negó con la cabeza—. Es bastante difícil de argumentar.

—Lo sé —añadió ella—, pero he leído el informe y no me convence. Me da mala espina.

—¿El qué exactamente?

Harper le describió el apuñalamiento. Lo que, según Anderson le dijo a la policía, había exclamado el agresor.

Miles hizo una mueca.

—Bueno, he de admitir que suena un poco improbable.

—¿Cómo puedo demostrarlo? —le preguntó—. La portavoz del hospital no ha querido ni siquiera confirmarme que el hospital Savannah Memorial exista.

Miles soltó una carcajada.

—Ya, bueno, a los hospitales no les gusta mucho hablar. —Reflexionó un momento—. ¿Has hablado con Toby? Puede que él conozca a alguien con acceso a esa información.

En cuanto mencionó al paramédico, Harper se incorporó en su asiento.

—¿Por qué no me he acordado de Toby? Su mujer trabaja allí un día a la semana. Puede que ella conozca a alguien que me eche un cable.

—Ahí lo tienes. Los hospitales puede que no hablen —echó mano a su termo de café—, pero los médicos cotillean como adolescentes.

De algún lugar en la distancia les llegó el murmullo de voces airadas. El sonido de alguien tocando el claxon, enfurecido. Presionándolo sin pausa. Era una noche calurosa y la irascibilidad iba en aumento.

—¿Qué crees que debería hacer respecto a Dells? —Volvió a prestar atención a Miles—. No quiero verme arrastrada a nada.

—Tienes que portarte bien —le recomendó—. Mantén a Baxter al tanto de todo, me da la impresión de que quiere protegerte, si puede.

Ya no había ni rastro de humor en su rostro largo y delgado. Su expresión era ahora terriblemente seria.

—Dells está jugando a un juego muy peligroso ahora mismo. Si no tiene cuidado, va a quedarse sin margen de maniobra. Charlton no es alguien a quien quieras tener en contra. ¿Mi consejo? Actúa igual que si estuvieras escribiendo acerca de cualquiera. Trabaja sobre esa coartada. Si el hijo de los Anderson ha mentido, escribe acerca de ello tal y como tú lo ves. No te preocupes por los jueguecitos que los mandamases se traen entre manos, pero hazlo bien. O te dejarán con una mano delante y otra detrás.

CAPÍTULO TREINTA Y DOS

A la mañana siguiente, Harper estaba de pie en la escalera principal, mirando a un lado y a otro de East Jones Street. La calle arbolada, con sus sólidas viviendas del siglo XIX, estaba en calma. Iluminadas por el sol, las ramas de los robles proyectaban sombras esqueléticas que se extendían hasta la calzada. No había rastro de Peyton Anderson, ni de nadie, en realidad; pero podría estar allí, lo sabía, observándola. Podría estar en cualquier parte.

Después de hablar con Miles la noche anterior, había llamado a Toby. Él había trabajado en el turno de madrugada y no pudo hablar mucho, pero le había hecho una sugerencia prometedora.

—Quedemos mañana en el hospital. Veamos qué podemos averiguar.

Se dirigió hacia el Camaro mientras notaba cómo una mirada invisible la observaba, aunque probablemente todo era fruto de su imaginación. Sin embargo, sintió un escalofrío. El motor del coche lanzó un potente y grave rugido cuando lo arrancó, y Harper miró hacia atrás, en dirección a su casa. A pesar de todo, estaba menos preocupada de lo que había estado últimamente por tener que dejar su hogar.

La noche anterior había oído a Mia llegar a casa. A medida que subía las escaleras laterales, quedó claro que iba acompañada. Entre el murmullo de la conversación, Harper reconoció el característico

311

tono de voz de barítono de Riley. No le había oído marcharse, así que probablemente seguía en el piso de arriba. No hay mejor sistema de seguridad que tener a un poli metido en tu casa. Ahora tan solo tenía que preocuparse de sí misma.

Maniobró para salir del aparcamiento con la vista puesta en el retrovisor. Nadie salió detrás de ella. Harper tomó una ruta larga y enrevesada a través de la ciudad; primero se dirigió hacia las orillas de color verde oscuro de los pantanos, donde no había tráfico, antes de darse la vuelta. Un Volkswagen se mantuvo detrás de ella durante cinco minutos, lo que la puso de los nervios, hasta que por fin tomó una salida cuando se aproximaba a las elegantes fuentes de Forsythe Park.

Para cuando llegó al aparcamiento reservado a visitantes del hospital Savannah Memorial, Harper estaba convencida de que no la habían seguido. Dejó el detector en el coche y se apresuró hacia la entrada principal, capeando el calor del mediodía. Las puertas dobles automáticas se abrieron a su paso y una bocanada de aire fresco mezclado con un ligero aroma a antiséptico salió despedida hacia el calor veraniego.

Según las indicaciones que Toby le había dado la noche anterior, atravesó un ancho pasillo hasta llegar a una hilera de ascensores señalados con la letra «B», y se subió a uno de ellos junto a un anciano con bastón que se colocó junto al panel de botones.

—¿A qué piso va? —preguntó el anciano, mirándola por debajo de unas cejas canosas tan espesas como las alas de un pájaro.

—A la quinta planta, por favor —contestó ella.

Las manos del anciano vacilaron sobre los números.

—¿Está segura? No hay nadie ahí arriba. Es sábado. —Ahora la observaba con solemnidad—. En la quinta está cirugía dental. Son demasiado ricos para trabajar en sábado. ¿A quién va a ver?

Harper no sabía qué decir. Aquel hombre era como una especie de antiguo erudito del hospital. Se debatió por hallar una buena explicación.

—Esto… Es que voy a ver a un amigo que trabaja aquí —le explicó casi de inmediato.

—Oh. —Pulsó el botón; su tono era de censura—. Visita personal.

Durante el resto del trayecto no volvieron a hablar. El anciano se bajó en la tercera planta sin tan siquiera decir adiós, mascullando mientras salía renqueando al pasillo.

Una vez en la quinta planta, Harper salió a un pasillo tranquilo. El anciano estaba en lo cierto: estaba vacío. A un lado había una sala de espera silenciosa, con filas de sillas vacías frente a un televisor apagado. Alcanzaba a oír voces al final del pasillo, así como el sonido de puertas abriéndose y cerrándose, pero no había nadie a la vista.

Según las indicaciones de Toby, tomó el primer pasillo que se encontró y llamó a la puerta con el número 572. Fue Toby quien la abrió de par en par, ataviado con ropa quirúrgica verde, tan arrugada que parecía que hubiese dormido con ella puesta.

—¡Harper! —Vio su sonrisa entre la mata de pelo rubio desaliñada—. Nos has encontrado. —Dio un paso atrás mientras mantenía la puerta abierta para que pasara—. Bienvenida a nuestro escondite.

Harper entró en un pequeño consultorio, pintado a juego con la ropa del personal médico y amueblado con una camilla, una mesa pequeña y dos sillas. En una de ellas estaba sentada la esposa de Toby, la doctora Elaine O'Neil, una mujer menuda y cuidada, que vestía unos pantalones negros y un suéter turquesa. Delante de ella tenía un portátil abierto, y un maletín bermellón a rebosar descansaba a sus pies.

—Hola, Harper —la saludó con una sonrisa, como si hubieran quedado a tomar unas copas y a cenar en lugar de para compartir información de manera ilícita en la planta cerrada de un hospital.

Harper conocía a la pareja desde hacía años; desde que Toby era un paramédico novato y Elaine una residente en Urgencias. La culpa la atenazó. Si esto les perjudicaba de algún modo, nunca se lo perdonaría.

—¿Estáis seguros de que no pasa nada por que estemos aquí? No me gustaría que os metierais en ningún lío por mi culpa.

Elaine se encogió de hombros, tranquila.

—Toby viene aquí a echar una cabezada cuando tiene turnos de madrugada. Todo el mundo está acostumbrado a vernos por aquí. Ahora toma asiento y cuéntanos qué pasa.

Toby ocupó la silla próxima a su mujer, así que Harper se sentó en la camilla, con los pies colgando. Se sentía como una paciente.

—Siento involucraros en esto —empezó a decir—, pero estoy atascada. Y vosotros sois los únicos que creo que podéis ayudarme.

La noche anterior le había facilitado a Toby los detalles más importantes. Ahora se disponía a hablarles de Peyton Anderson.

—Mi instinto me dice que ha sido él —dijo cuando terminó de ponerles al día—, pero la policía afirma que estaba aquí. Lo que quiero saber es si se les ha pasado algo. Puede que le dieran el alta más temprano de lo que pensaban. O puede que haya algo en los informes del hospital que explique lo que ocurrió.

Harper esperaba un intercambio de pareceres, incluso una discusión acerca de las normas del hospital; pero, para su sorpresa, Elaine asintió tajante con la cabeza.

—Dame un segundo. —Se giró rápidamente hacia la mesa y abrió el portátil. Tan pronto como se encendió la pantalla, empezó a teclear—. Peyton se escribe P-E-Y-T-O-N, ¿verdad?

Harper se levantó de un brinco y se acercó.

—Sí —dijo con entusiasmo—. ¿Qué ves?

—El sistema es lento —le advirtió Elaine—. Puede que tarde un poco.

Sentado al revés en la silla, con los codos apoyados sobre el respaldo de plástico, Toby miró a Harper.

—¿De verdad vas a ir a por el hijo de Randall Anderson? A su papaíto no le va a gustar.

—Ya —dijo secamente—. Me ha hecho llegar su parecer con toda la claridad posible.

—Vamos allá. —Elaine señaló la pantalla del ordenador—. Siento decírtelo, pero los informes del hospital respaldan la historia de Anderson. Fue tratado aquí esa noche. —Señaló un código—. Según esto, pasó la noche hospitalizado en observación, aunque no me parece que su herida fuera tan grave. Le pusieron diez puntos y perdió un poco de sangre. Le dieron el alta a primera hora de la mañana siguiente.

Aquello era lo esperado.

Harper se inclinó sobre el ordenador.

—Ahora, lo que quiero saber es si estuvo aquí todo el tiempo y si es posible que su herida fuera autoinfligida.

Los dos se la quedaron mirando.

—Estás de broma —dijo Elaine sin teclear nada.

—¿Crees que se apuñaló a sí mismo para obtener una coartada? —Toby resopló—. Tía, eso sería de estar muy mal de la cabeza.

—Eso es lo que quiero saber. —Harper miró alternativamente a Toby y a Elaine—. ¿Sería posible siquiera? Esa historia suya del atraco no me la trago. ¿Un médico se daría cuenta de si se ha hecho la herida a sí mismo? ¿Hay algún indicio?

Toby y Elaine intercambiaron una mirada.

—No, si el corte fuera limpio —dijo Elaine.

Al ver el rostro inexpresivo de Harper, Toby continuó:

—Normalmente, si alguien intenta apuñalarse, se dan una serie de indicios. Heridas de titubeo, las llamamos. Son unas pequeñas marcas superficiales que indican los lugares previos donde trató de apuñalarse, pero no fue capaz por el miedo. Si vemos algo así, llamamos a la unidad psiquiátrica.

—Pero ¿y si fuera un corte limpio? —preguntó Harper.

—Si fuera un corte limpio y llegara en ambulancia, ni siquiera nos lo plantearíamos —le confesó Elaine—. Lo suturaríamos y lo mandaríamos a casa.

315

—¿Es posible autoinfligirse un corte así? —preguntó Harper.

—Lo he visto en alguna ocasión —explicó Toby—, en casos de enfermedad mental. Algunos de ellos están tan idos que ni siquiera parece que sientan el dolor.

—No entiendo por qué es tan importante —interrumpió Elaine, señalando la pantalla del ordenador—. El informe dice que estuvo aquí toda la noche. Incluso aunque se hiciera el corte a sí mismo, se encontraba en este edificio cuando mataron a la chica.

—Hasta donde sabemos —la corrigió Toby.

Elaine profirió un sonido de impaciencia.

—Se llevan a cabo comprobaciones en las habitaciones de los pacientes ingresados durante toda la noche. No hay nada en el informe que diga que las enfermeras fueran a comprobar que estaba en su habitación y se dieran cuenta de que se había largado. —Miró a Harper—. Me temo que tu teoría es poco probable.

—Un momento. Yo sigo pensando que es factible —discutió Toby—. No sería fácil. Tendría que conocer el hospital a la perfección. Pero de ser así, podría haberse largado.

—Oh, venga ya. —Elaine no estaba convencida—. Hay muchas formas de que te pillen. Se comprueba que los pacientes estén donde les corresponde cada dos horas. No es tiempo suficiente para salir, matar a alguien y volver a entrar.

—¿Tú crees? —Toby ladeó la cabeza—. Yo puedo ir de aquí al centro a la una de la madrugada en unos doce minutos.

Elaine abrió la boca, dispuesta a replicar, pero la cerró de nuevo.

—Maldita sea —masculló a la vez que tecleaba algo en el ordenador—. Ahora me habéis hecho plantearme que sea posible.

—Sería arriesgado. —Toby se dirigió a Harper—. Tenemos que controlar el horario de las enfermeras. Si algo salió mal, lo pillaremos.

Con las manos en el teclado, Elaine los miró.

—¿A qué hora tuvo lugar el asesinato, Harper?

—Sobre las dos de la madrugada.

Elaine introdujo unos datos en el ordenador. Una cuadrícula apareció en la pantalla. Recorrió la información con un dedo, mirando los números fijamente. Después de murmurar algo, volvió a teclear. La cuadrícula cambió.

—¿Ves? —señaló—. No es más que…

Su voz se apagó poco a poco. Se inclinó hacia delante, escrutando la pantalla.

—¿Qué pasa? —Harper se quedó mirando a los cuadraditos amarillos y blancos.

—Espera un momento. —Dirigiéndose a su marido, Elaine señaló a la pantalla—. Dime que no estoy loca. ¿Qué ves?

Después de mirar en la dirección indicada, Toby dio un silbido bajo.

—No estás loca.

—¿Qué pasa? —preguntó Harper, apiñándose junto a ellos frente a la pantalla.

—Puede que no sea nada —le advirtió Elaine—. Es solo que…, bueno, que hay un hueco en el horario. Todas las enfermeras hicieron el descanso para cenar entre la una y las tres de la madrugada.

—No lo comprendo —dijo Harper, mirando de Elaine a Toby—. ¿Qué quiere decir eso?

—Pues que, durante esas dos horas, una sola enfermera se encarga de toda la planta —explicó Toby—. Lo que quiere decir que no se llevan a cabo las comprobaciones en las habitaciones. En ese rato solo se acude a la habitación de un paciente si se activa alguna alarma.

Harper retrocedió un paso mientras lo que le decían cobraba forma en su mente.

—¿Me estáis diciendo que entre la una y las tres de la madrugada en que Naomi Scott fue asesinada nadie comprobó que Peyton Anderson estuviera donde tenía que estar?

Elaine asintió.

—Eso es lo que nos muestra la tabla.

Harper se giró hacia Toby.

—Eso le proporciona tiempo de sobra para ir a River Street, matarla y volver sin ser visto.

—En ese tiempo podría haberla matado dos veces —convino él.

Harper estaba tan emocionada que se tomó unos instantes para reflexionar.

El hospital era grande, pero a esas horas habría estado muy tranquilo. Incluso en un día ajetreado, le preocupaba que pudieran darse cuenta de su presencia y le preguntaran que qué hacía allí. Un paciente paseándose por las plantas en medio de la noche habría saltado a la vista.

—¿Y cómo hizo para salir sin que nadie se diera cuenta? —preguntó Harper.

—Esa es la pregunta del millón —dijo Elaine—. La seguridad aquí es muy buena. Sobre todo por la noche. Hay guardas de seguridad y cámaras de vigilancia en cada entrada principal.

—Sí, pero hay formas de hacerlo. —Toby miró por encima del hombro de Elaine el informe de Anderson—. ¿En qué habitación estaba?

Su mujer dio un golpecito en la pantalla sobre un cuadradito de la tabla.

—¿La doscientos diecinueve? —La miró un segundo—. ¿Dónde está eso? ¿En el ala Wilson?

Elaine asintió.

—Lo trajeron de Urgencias, así que tiene sentido.

Por un momento, Toby permaneció de pie junto a ella, sumido en sus pensamientos. Entonces se movió en dirección a la puerta, indicándoles que le siguieran.

—Venga, vamos. Echémosle un vistazo a esa habitación.

Harper se dispuso a seguirle rápidamente, pero Elaine miró su reloj de pulsera.

—Id vosotros, yo tengo que fichar.

Después de cerrar el portátil, Elaine lo guardó en el maletín que había a sus pies y se levantó. Una vez en la puerta, se detuvo.

—Espero que pilles a ese tipo. —Luego la miró muy seria—. Deberías venir a cenar un día de estos. Pareces hambrienta.

—Prometido —le aseguró Harper.

Después de darle un leve beso a su marido, Elaine giró a la derecha y desapareció a través de una puerta doble en la que ponía *Solo personal autorizado.*

Toby señaló en dirección opuesta.

—Por aquí.

Harper le siguió a través de un laberinto de pasillos hasta que por fin llegaron al hueco de la escalera, resplandeciente y vacío.

—Nadie coge nunca las escaleras —le dijo Toby mientras bajaban; su voz producía un fuerte eco—. Están locos. El ascensor tarda mil años. Y está lleno de gente enferma.

Bajaron tres pisos antes de salir a otro pasillo tranquilo. Apenas habían caminado unos segundos cuando llegaron al control de enfermería, que consistía en un mostrador largo y curvo con cinco sillas, justo enfrente de las puertas de los ascensores.

Dos enfermeras vestidas con ropa quirúrgica permanecían de pie en un extremo, mirando algo en la pantalla del ordenador. Toby saludó a una de ellas, que le sonrió.

—Hola, Toby. ¿Qué te traes por aquí?

—Oh, bueno, ya sabes. —Le dedicó una amable sonrisa—. Me doy una vuelta.

La enfermera volvió a lo suyo en cuanto ambos continuaron su recorrido por el pasillo.

Cuando estaban lo suficientemente lejos como para que nadie pudiera escucharlos, Toby le dijo a Harper:

—No sé cómo pudo salir Anderson, pero lo que está claro es que habría sido imposible utilizar el ascensor sin ser visto. Incluso a la una de la madrugada.

—Y también pueden ver a todo el que use las escaleras —añadió Harper—. Maldita sea.

—No te des por vencida todavía. —Toby miró la larga hilera de puertas que se extendía delante de ellos—. ¿Cuál era el número de la habitación?

—Doscientos diecinueve.

Dudaron al ver la habitación contigua, la doscientos sesenta y siete.

—Debe de estar más adelante —dijo Toby mientras se adentraban cada vez más en el pasillo.

Cuando la encontraron, vieron que la habitación doscientos diecinueve estaba en el extremo opuesto al control de enfermería. La puerta ancha de madera de imitación estaba entreabierta. Con cuidado, entraron en la habitación, en la que había una cama con un colchón sin sábanas y, junto a ella, una máquina de goteo intravenoso, desenchufada y con los cables enrollados tras ella. Enfrente de la puerta había una ventana, que no parecía tener manilla.

—¿Está sellada? —preguntó Harper, señalando hacia la ventana.

Toby asintió.

—Así que no salió utilizando el ascensor, ni por la ventana. —Le dedicó una mirada burlona a Harper—. ¿Sabemos si este tipo puede volar?

—Hasta donde yo sé, no.

Harper no quería admitirlo, pero la fe puesta en su propia teoría empezaba a flaquear. No había forma de moverse por aquel lugar con total libertad. Los pacientes no podían entrar y salir cuando les viniera en gana. La policía tenía razón. Anderson no podía ser el asesino. ¿Qué tenía entonces? Absolutamente nada.

Salieron de nuevo al pasillo en silencio.

—Quédate aquí un segundo —le dijo Toby—. Quiero comprobar una cosa.

Después de dejarla allí, se adentró un poco más en el pasillo de las habitaciones mirando todas las puertas. Primero fue por la derecha y, luego, dejándola atrás, caminó en la otra dirección, comprobando cada puerta a su paso. Después de un minuto, se detuvo, se giró hacia ella y le hizo un gesto para que se acercara a donde estaba. Cuando llegó a su altura, Toby señaló una puerta.

—¿Qué te parece?

Un cartel verde situado en esa puerta, que no tenía más letreros, indicaba: *Escalera de incendios*.

Ella posó su mirada primero en él y luego en la puerta.

—¿Está conectada a la alarma?

Toby agarró el pomo de la puerta.

—Comprobémoslo.

Sobresaltada, Harper le puso la mano en el brazo a Toby.

—Toby, no lo hagas —susurró.

Con mirada desafiante, giró el pomo.

La puerta se abrió en silencio dejando a la vista una escalera.

—Madre mía —dijo Toby, sonriendo—. Qué fuerte. Tenías pinta de estar muerta de miedo.

Harper no se rio.

—¿Cómo sabías que no estaba conectada a la alarma?

—Los hospitales no funcionan así —le dijo mientras cruzaba la puerta—. Todo en este lugar pasa por llegar de un punto A a un punto B tan rápido como sea posible sin despertar a todo el personal. La mayoría de las escaleras hacen las veces de salidas en caso de incendio.

Su voz se vio amplificada por el eco en cuanto cerraron la puerta.

—Ahora, vamos allá. A ver si es posible que este tío lograra salir de aquí.

Esta otra escalera era más estrecha y funcional que la que habían usado antes. Bajaron un piso. Las escaleras terminaban frente a una puerta doble sin señalizar.

—Te apuesto lo que quieras a que esas puertas dan directamente al aparcamiento —le dijo Toby.

Empujó la barra de la puerta cortafuegos, que se abrió de par en par y por la que entró una oleada de aire cálido y húmedo. Fuera, las hileras de coches se extendían en todas direcciones, resplandecientes a la luz del sol.

—Bingo —dijo Harper.

Una vez en el exterior, los dos miraron a su alrededor. Más allá del aparcamiento, Harper observó la ajetreada carretera en la distancia y oyó el sonido de los coches entrando y saliendo del centro de la ciudad. De pronto, lo vio todo claro. Se imaginó a Anderson, levantándose de la cama, poniéndose la ropa, bajando por aquellas escaleras y abriendo la puerta. Podía verlo adentrándose en la oscura noche, y todo lo que ocurrió después. Podía ver cómo su coartada se desmoronaba.

Toby examinó la puerta.

—No hay pomo. Si salió por aquí, ¿cómo volvió a entrar?

En respuesta, Harper empezó a examinar el suelo. Casi de inmediato, encontró lo que estaba buscando. Se agachó y recogió un ladrillo roto.

—¿Nunca hiciste novillos en el colegio? —le preguntó mientras sostenía el ladrillo en una mano—. Así es como Bonnie y yo los hacíamos.

Harper colocó el ladrillo entre la puerta y la jamba. Luego, soltó la puerta. Se cerró todo lo que pudo hasta que hizo tope con el ladrillo, quedando ligeramente entreabierta. A cualquiera que pasara por allí, le parecería que estaba cerrada. Sin embargo, uno podía entrar y salir con facilidad.

—Toma ya —dijo Toby. Sonreía, pero su mirada era severa—. Es tu asesino, ¿verdad? Ese niño rico asesinó a la chica.

—Eso creo. —Harper abrió la puerta del todo otra vez y dejó que se cerrara con un golpe sordo—. Todo lo que tuvo que hacer fue bajar estas escaleras, dejar la puerta abierta con ayuda de un tope, matar a Naomi Scott, colarse de nuevo en el hospital, tirar por ahí el ladrillo, dejar que se cerrara la puerta y volverse a la cama. No le llevaría más de cuarenta minutos, midiendo bien los tiempos.

—A mí me encaja —dijo Toby.

—Ya —murmuró Harper, mirando hacia arriba por el hueco de la oscura escalera—. Ahora todo lo que tengo que hacer es demostrarlo.

CAPÍTULO TREINTA Y TRES

Harper salió del hospital a la carrera para contarles a Dells y Baxter lo que había averiguado, pero cuando llegó a la sala de redacción, poco después, se encontró con que Baxter no estaba en su mesa y que el despacho de Dells estaba vacío. Los periodistas habituales del sábado ocupaban la sala de redacción, entre los que se encontraban unos cuantos reporteros de la sección «Estilo de Vida» y la mujer que cubría las noticias gubernamentales, pero en la sala reinaba un extraño silencio.

Mientras encendía el detector, un grupo de hombres trajeados de gris oscuro, con pases de visitante colgando del cuello, atravesó la redacción hablando entre ellos, sin mirar a nadie, en dirección a la escalera que llevaba a las plantas superiores, donde se encontraban el Departamento de Publicidad y las oficinas de Administración. Parecían conocer el edificio como la palma de su mano.

Harper los observó desconcertada. Aun así, no quiso pensar mucho en ellos. Ya que Baxter no estaba, Harper tenía la oportunidad de hacer encajar las piezas de su teoría antes de presentársela. Tenía que resultar convincente. Después de colocar el detector sobre su mesa con el volumen bajo, empezó a escribir lo que tenía.

* * *

La policía evita investigar a un importante ciudadano de Savannah en un caso de asesinato

Por Harper McClain

Las pruebas que la policía tiene contra Peyton Anderson, estudiante de Derecho e hijo del exfiscal del distrito Randall Anderson, serían suficientes como para hacer que cualquier otro sospechoso menos probable fuera interrogado por el asesinato de Naomi Scott. Y, aun así, por el momento, la policía sigue sin considerarlo sospechoso.

Según documentos judiciales, y el propio Anderson, este y Scott eran antiguos amigos y salieron juntos durante un corto periodo de tiempo. Hace seis meses, Scott solicitó la expedición de una orden de alejamiento en la que le acusaba de acoso y amenazas. Dicha orden fue expedida por un juez del distrito.

A partir de entonces, a Anderson se le ordenó mantenerse alejado de Scott a una distancia mínima de cien metros en todo momento. Le indicaron que tampoco podía ponerse en contacto con ella.

Hace doce días, Naomi Scott apareció asesinada a tiros en River Street. El crimen sigue sin resolverse. La policía se niega a hacer comentarios respecto a si tienen algún sospechoso en estos momentos.

El Daily News *ha averiguado que todos los documentos judiciales muestran que Anderson tiene antecedentes de acoso y amenazas a varias mujeres. En los dos últimos años, ha sido acusado hasta en tres ocasiones de acosar a mujeres estudiantes de la facultad de Derecho. A todas ellas las seguía de forma inexorable, se colaba en sus hogares y las perseguía allá donde fueran durante el día y hasta bien entrada la noche.*

La orden de Scott, solicitada meses antes de su muerte, describía ese mismo tipo de acercamiento implacable. Naomi Scott le confesó al juez que se sentía en un «estado de miedo constante» y que temía que Anderson pusiera fin a la vida de su novio, Wilson Shepherd, cegado por los celos. Finalmente, no fue Shepherd el fallecido, sino la propia Scott.

La noche del asesinato, poco después de las once, la policía recibió un aviso desde una calle en los alrededores de City Market, donde se encontraron con Peyton Anderson sangrando a causa de una herida por arma blanca. Informó a los agentes de que había sido víctima de una violenta agresión y que le habían robado la cartera y el móvil.

Apuñalado en el brazo izquierdo, fue trasladado al hospital Savannah Memorial, donde fue atendido e ingresado para pasar la noche en observación.

Por esa razón, la policía cree que no habría podido cometer el asesinato. A la hora en que dispararon a Naomi Scott en River Street, Anderson yacía en una cama de hospital. Sin embargo, los informes médicos, analizados por esta reportera, muestran que nadie realizó las comprobaciones rutinarias que asegurasen que Anderson se encontraba en su habitación entre la una y las tres de la madrugada.

El aviso del asesinato emitido a la policía fue a las 2:08 a. m. El paradero de Anderson a esa hora no ha podido ser verificado por terceros.

El hospital se ha negado a realizar comentarios respecto a esta historia.

Harper estaba tan abstraída en su trabajo que no escuchó a D. J. deslizarse hacia su mesa hasta que no giró sobre sí mismo en la silla para estar cara a cara.

—Eh —le dijo entre susurros—, ¿te has enterado de lo de Dells?

Harper dejó de teclear. La expresión de D. J. era seria, pero poseía ese toque de emoción que acompaña a las malas noticias. Una opresión repentina se apoderó de la reportera.

—¿Qué pasa con él?

D. J. se impulsó un poco más en su silla, acercándose más a ella.

—Charlton lo ha suspendido —le contó— por insubordinación.

Harper se le quedó mirando.

—¿Lo dices en serio? —Recorrió el rostro de D. J. con la mirada en busca de cualquier indicio de que aquello se tratara de una broma.

—Tan en serio como si te diera un ataque al corazón —le aseguró—. Todo ocurrió hará una hora. Vine a recoger la bolsa del gimnasio; no tenía pensado quedarme, pero, entonces, MaryAnne Charlton aparece en escena seguida de unos tipos a los que no había visto en mi vida. Tuvieron una discusión de las buenas. Dells se alejó hecho una furia. Se encerraron en su despacho durante una media hora, donde revolvieron entre las cosas de Dells. Luego todos se marcharon. Dells ya no regresó.

—¿Trajes grises? —preguntó Harper al recordar el grupo de hombres que había visto hacía un rato.

Él asintió.

Harper apoyó la cabeza sobre las manos. Se les había acabado el tiempo. La táctica del director del periódico había fracasado.

—Todo esto es culpa mía.

Más que ver, percibió la expresión de sorpresa en el rostro de D. J.

—¿Por qué habría de ser culpa tuya?

—El artículo acerca de Anderson. —Levantó la cabeza y miró a su compañero con tristeza—. Ese acerca de las órdenes de alejamiento. Randall Anderson es miembro de la junta directiva y es coleguita de Charlton. Dells me dijo que calculaba que teníamos tres días para hallar pruebas contra el hijo de Anderson y demostrar que estábamos en lo cierto. Lo que no sabía era que el plazo era porque lo iban a despedir. Simplemente pensé que quería publicar la historia rápido. —Ojeó su reloj de pulsera—. Se equivocaba. Hemos tenido dos días y medio.

—¿Ya lo has escrito? —le preguntó señalando hacia el ordenador—. Si tienes suficiente material como para demostrar que estabais en lo cierto, puedes llevárselo a Baxter…

Harper negó con la cabeza.

—Estoy cerca, pero no lo suficiente. He venido a pedirle un poco más de tiempo…

Su voz se fue apagando.

¿Qué iba a hacer ahora? Sin Dells, la historia estaba muerta y enterrada. Y sin historia, nunca se presentarían cargos contra Anderson. Saldría airoso tras cometer un asesinato.

—Maldita sea. —Harper dio una patada a la pata de la mesa—. Lo he echado a perder.

Hojeó el artículo que jamás se publicaría, luego miró hacia atrás, a la parte delantera de la sala, por donde ahora caminaba Baxter y se sentaba a su ordenador, con la vista perdida en la distancia y la cara hecha un poema. El mero pensamiento de qué haría Anderson a continuación le rompía el corazón. Si se salía con la suya y no lo pillaban, seguiría acosando a más mujeres. Puede que incluso las matara. Y su padre le protegería.

No sabía cómo le iba a decir a Jerrod Scott que el asesino de su hija se iba a ir de rositas. No sabía cómo dar con las palabras adecuadas. Pero no había nada que pudiera hacer. Charlton los había vencido a todos.

Despacio y a regañadientes, guardó el artículo como «borrador» y se envió una copia, solo por si acaso. Luego, cerró el archivo. Por ahora, la historia de Anderson estaba en punto muerto.

Lo que fuera que había mantenido a los criminales de Savannah inactivos toda la semana dejó de surtir efecto aquella noche. El detector de Harper empezó a bullir al anochecer y no paró en toda la noche. Hubo tres tiroteos y un apuñalamiento en pocas horas. Harper corría de una escena del crimen a otra, a toda prisa para no perder detalle. No tuvo ni un minuto para pararse a pensar, y quizá aquello no era tan malo. Cuando se detuvo en Waters Street para cubrir el tercer tiroteo, apenas pasaban unos minutos de las once de la noche. Llevaba horas sin pasarse por la redacción. Sobre todo porque no había parado, pero también porque no se veía capaz de hacerlo por ahora.

La poli ya ni se molestaba en andarse con sutilezas como precintar la escena con cinta policial. Igual que ella, se habían convertido en un escuadrón volador, a mil por hora de un crimen al siguiente. Harper dejó su coche a dos manzanas de las luces azules de policía y fue derecha hacia la ambulancia. El aire era cálido y pesado, cargado del olor empalagoso de los gases procedentes de los tubos de escape. Aparte de ese aroma tan fuerte, podía distinguir otro más sutil, algo metálico y peligroso que le ponía los nervios de punta.

Las luces parpadeantes iluminaban a un joven de color tumbado en una camilla. Tenía los ojos cerrados y sus esqueléticos brazos colgaban flácidos. Era alto y delgado, y sus largas piernas sobresalían de unos pantalones cortos llenos de bolsillos. No parecía ser más que un adolescente. Los miembros del equipo de emergencias ya le habían cortado la camiseta y Harper pudo observar la herida que tenía a la altura de las costillas, en el lado derecho del torso. La sangre manaba como un río rojo, manchando el forro azul de la camilla. A ella no le gustó nada la pinta que presentaba.

Los paramédicos se arremolinaban alrededor del muchacho, dándose órdenes rápidas los unos a los otros. Uno estaba vendando la herida, otro le ponía suero por vía intravenosa. Un tercero comprobaba sus constantes vitales y las notificaba a Urgencias.

En cuanto vio a Miles acuclillado cerca del bordillo de la acera sacando fotos a las colgantes bolsas de suero, con las deslumbrantes luces de las ambulancias como telón de fondo, Harper corrió hacia él.

—¿Qué tenemos? —le preguntó mientras observaba cómo trabajaban los servicios de emergencias—. ¿O lo pregunto?

—Tenemos exactamente lo que parece. —Hablaba mientras seguía sacando fotografías—. El crío estaba vendiendo *crack* en la esquina. Se le acercaron dos tipos, uno iba armado y pum, pum.

Harper sacó una maltrecha libreta del bolsillo.

—¿Lo hicieron en presencia de testigos?

Miles se puso de pie.

—Según tengo entendido, media manzana estaba en la calle.

—Madre mía, vaya nochecita —masculló Harper, garabateando en sus notas.

El fotógrafo inclinó ligeramente la cámara hacia delante para echar un vistazo a las instantáneas que acababa de tomar.

—Ha hecho mucho calor durante mucho tiempo. Es el caldo de cultivo perfecto para estas cosas. —La observó—. ¿Cómo se ha tomado Baxter lo de Dells?

—No ha dicho ni mu. Creo que está furiosa.

—No la culpes. —Miles se colgó la cámara del hombro—. Charlton estaría loca si lo despidiera. No hay nadie más en el periódico que sepa desempeñar ese trabajo. Está obligando a Baxter a tirarse a la piscina, donde no hace pie.

—Supongo que tenías razón cuando dijiste que Dells estaba tentando a la suerte —dijo ella.

Miles le dedicó una mirada sincera.

—Al menos ha sido él y no tú.

—Esta vez —añadió Harper.

La periodista echó un vistazo a su reloj de pulsera.

—Tengo que hablar con algunos testigos, o si no, se me va a pasar el plazo de entrega. ¿Te veo en el próximo tiroteo?

—Allí estaré —respondió Miles.

Harper se dirigió hacia la acera para hablar con los vecinos, que no estaban muy predispuestos a compartir sus impresiones con una periodista.

En la oscuridad, pasó junto a Josh Leonard, del Canal 5, cargando con su propia cámara. Tan pronto como la vio, la detuvo.

—Me he enterado de lo de Dells. —La miró con incredulidad—. Charlton debe de haber perdido la poca cabeza que tenía si piensa que puede seguir haciendo funcionar ese periódico sin él.

—Eso es lo que dice todo el mundo. —Harper volvió a introducir su libreta en el bolsillo—. Y vosotros qué, ¿estáis contratando gente? Es que puede que esté interesada.

Para su sorpresa, Josh no sonrió.

—Si en algún momento buscas un trabajo nuevo, el Canal 5 te contrataría sin pestañear.

—Venga ya —dijo ella.

La expresión de él era seria.

—No estoy de broma. Hazlo. Libérame de esto de tener que ir de un asesinato a otro. Pásate al lado oscuro.

Josh echó un vistazo hacia el lugar en el que los miembros de los servicios de emergencias atendían a la víctima.

—Tengo que grabar algunas tomas más. Buena suerte con todo. Ponte en contacto conmigo si decides que quieres ser yo durante una temporada. Yo te enchufo.

Dicho eso, se alejó y Harper se quedó observándolo, desconcertada. Sin embargo, no tuvo tiempo para seguir pensando en la conversación, ya que la escena era caótica y estaba atestada de gente. Los agentes de los coches patrulla estaban de mal humor y gritaban «¡Apártense!» a los residentes, que estaban inquietos y bastante reticentes a que se les tratara como a un rebaño.

Con la intención de evitar verse envuelta en la tensión creciente, Harper dio un paso atrás y se chocó con un agente de policía que estaba a su espalda. Llevaba puesto el chaleco antibalas, así que fue como si chocara contra una roca.

—Lo siento —empezó a decir ella a la vez que se daba la vuelta. Entonces reconoció el rostro familiar de Riley.

Parecía faltarle el aliento. En sus cansados ojos marrones detectó el mismo desconcierto que ella experimentaba.

—¿Qué demonios está pasando aquí? —preguntó ella—. ¿Acaso toda Savannah se ha vuelto loca?

—Ojalá lo supiera. Acabo de llegar después de perseguir a la carrera por la ciudad a un gánster adolescente durante casi un kilómetro. Hasta que me dio esquinazo. —Se pasó la mano por la frente para retirarse el sudor que le recorría el rostro—. Me estoy haciendo viejo para estas movidas.

Harper señaló a la ambulancia que había junto a ellos.

—¿Alguna idea sobre quién ha disparado a este tipo?

Riley negó con la cabeza.

—Todo lo que sé es que están buscando a dos posibles tiradores, que huyeron a pie.

Harper pasó las hojas de su libreta, buscando con dificultad una página en blanco.

—¿Alguna otra descripción? —le preguntó.

El agotado encogimiento de hombros de Riley lo dijo todo.

—Unos críos que deberían haber estado en casa.

Una voz empezó a hablar a través de su radio y él ladeó la cabeza hacia el dispositivo para escuchar mejor. En medio del silencio, Harper alcanzó a oír el mensaje tan claramente como él.

—Que todas las unidades se dirijan a Waters. Tenemos aviso de que han visto a dos sospechosos armados en la manzana 400 de Liberty.

Riley suspiró y sacó las llaves del bolsillo con un tintineo fuerte por llevar tantas cosas colgando del llavero.

—Tengo que marcharme. —Dio un paso hacia el coche antes de detenerse—. ¿Has tenido algún otro problema desde que intentaron entrar en tu casa?

Harper negó con la cabeza.

—Ninguno.

—Bien —añadió él—. Tu casa está en nuestra lista de la ronda de patrulla. He estado pasando por allí para echarle un ojo.

Harper enarcó las cejas.

—Oh, ahora resulta que es mi apartamento al que le estás echando un ojo, ¿no? Y yo que pensaba que tenías la atención puesta en el de mi vecina…

Una sonrisilla maliciosa se dibujó en el rostro de Riley, formando unos graciosos hoyuelos.

—No te preocupes —le dijo—. También cuido de Mia. Tengo que asegurarme de que esté a salvo. Esta ciudad es cada vez más peligrosa.

—Sé bueno con ella —le ordenó Harper—. Me echará la culpa a mí si las cosas se tuercen.

—Venga ya. —Levantó ambos brazos mientras caminaba de espaldas hacia su coche—. Si yo siempre soy un encanto.

Después de alejarse en su vehículo, Harper se dirigió calle abajo, dejando atrás la ambulancia. Si podía hablar con el detective encargado de llevar el caso, su trabajo habría terminado. Cuando avistó un motón de agentes reunidos a un lado de la calle, supo que iba en la dirección adecuada. Su móvil vibró en el bolsillo, pero no le hizo caso; Baxter llevaba toda la noche llamándola para pedirle que la pusiera al día de la situación.

A medida que se acercaba, el grupo se disolvió y pudo ver al detective que llevaba el caso. El corazón le dio un vuelco. ¿Por qué tenía que ser Luke? Se detuvo y pensó en darse la vuelta, pero luego cambió de idea y casi tropezó por culpa de su indecisión. Aquel movimiento repentino captó la atención de Luke, que levantó la vista. Sus miradas se encontraron. El dolor que Harper se había esforzado en reprimir en los últimos días se ciñó en torno a su corazón.

En un acto de desesperación miró a su alrededor en busca de otro detective al que entrevistar, pero, con tantos crímenes violentos registrándose aquella noche, estaban desbordados. Luke estaba solo.

Este era el motivo fundamental por el que no debieron salir juntos, se dijo a sí misma. Interfería en su trabajo. Le imposibilitaba centrarse en lo que requería su atención: el chaval que se desangraba en la camilla.

Cuando la periodista levantó la mirada de nuevo, los agentes de uniforme se habían dispersado por toda la manzana, y Luke se dirigía hacia ella.

—Harper. —Miró a su alrededor para comprobar que nadie los estuviera observando—. ¿Podemos hablar?

La forma en que decía su nombre la mataba cada vez que lo pronunciaba.

Harper tragó saliva con dificultad.

—Ahora mismo no me viene muy bien —respondió ella.

—Más tarde, entonces. —Se acercó a ella—. No podemos dejar las cosas así. Necesito explicarte la situación.

—¿Para qué? —Su voz era gélida—. Estás saliendo con alguien. Lo pillo. Es lo único que necesito saber.

—Yo no...

Se detuvo, sus labios dibujaron una apretada línea en su rostro mientras dos agentes de uniforme pasaron junto a ellos y observaron a Harper con curiosidad.

—Ahora no es un buen momento para esto, Luke —le dijo una vez se hubieron marchado los agentes.

Harper sacó un bolígrafo del bolsillo.

—¿Tienes algún comentario para el periódico? Según tengo entendido, hay dos sospechosos. ¿Es cosa de bandas?

Luke le sostuvo la mirada. Por un segundo, Harper pensó que se negaría a contestar, pero entonces él se dio por vencido con patente impaciencia.

—Es lo más probable. Los testigos aseguran que las tres personas involucradas se conocían. Estaban discutiendo sobre cuestiones de territorio. Todos iban armados. Nuestra víctima tuvo mala suerte. Ahora mismo estamos buscando a los sospechosos.

Harper tomó nota de todo, contenta por tener algo a lo que mirar que no fuera él. Sin embargo, una vez hubo terminado, él seguía allí plantado, valorando la escena con un aire de desesperación.

Se pasó los dedos por el pelo.

—Menuda noche de mierda —dijo—. Le han pegado dos tiros a un crío de dieciocho años por nada. Los servicios de emergencias no saben si sobrevivirá. Y yo no puedo...

La mirada de Luke peinó la escena, sus ojos reflejaban los destellos azules de las luces de los coches patrulla. Cuando volvió a mirar a Harper, su mirada era de angustia.

—Harper, lo siento muchísimo —le dijo—. La he jodido.

Harper sintió como si se ahogara.

—No lo hagas. —Es lo único que alcanzó a decir.

—No pretendía hacerte daño —continuó él—. No debería haber ido a verte hasta que no hubiera puesto en orden mi situación, pero no quería mentirte.

Harper pestañeó con fuerza. Quería decirle que ya le había partido el corazón dos veces. Y que ya estaba bien. Que debía de haber alguien para ella en algún lugar. Alguien que no le hiciera daño. Pero no encontró las palabras.

Alguien le llamó calle abajo. Luke levantó la mano para indicar que le había oído, pero permaneció allí.

—Voy a arreglar esto —le dijo—. Sé que no me lo merezco, pero, por favor, ten un poco de fe en mí.

Luego, antes de que pudiera preguntar qué quería decir con aquello, Luke se dio la vuelta y se alejó. Harper se quedó donde estaba y lo vio marcharse a paso largo, firme y pausado.

Detestaba que tuviera aquel efecto sobre ella después de lo que había pasado. La forma en que la había mirado..., nunca nadie antes la había mirado así. Podía sentir aquella mirada en su piel.

La noche le pareció más fría en cuanto él se dio la vuelta. Pero Harper no podía seguir atormentándose. Seguir diciéndose a sí misma, cada vez, que todo sería diferente. No podría soportar que le volviera a hacer daño. Y lo haría. Eso es lo que hacían los tíos como él.

Tuvo que echar mano de toda su fuerza de voluntad para regresar a su coche. Cada paso que daba le pesaba más que el anterior. Aun así, no dejaba de moverse en la oscuridad, calle abajo, alejándose de las resplandecientes luces azules. Alejándose de Luke.

Poniendo un pie tras otro, como había hecho toda la vida, siguió caminando.

CAPÍTULO TREINTA Y CUATRO

—¿Dónde te habías metido? —Baxter la miró por encima de su ordenador mientras Harper entraba en la sala de redacción vacía con el detector resonando en su mano—. Llevo llamándote media hora.

No tenía ganas de enzarzarse en la habitual discusión acerca de su disponibilidad telefónica, así que Harper se dirigió directamente a su mesa.

—Es una noche de locos —le dijo—. La gente no deja de matarse.

—Deberías agradecérselo. Están poniendo tu trabajo a salvo. —Baxter la siguió mientras atravesaba las hileras de mesas vacías—. ¿Qué tenemos?

—Un muerto. —Después de dejar el detector sobre la mesa, se dirigió a ella—. Y seis heridos en tres incidentes distintos.

—Esto está totalmente fuera de control. Llama a la alcaldesa —dijo Baxter mientras tamborileaba con los dedos sobre la mesa de Harper—. Despiértala. Pregúntale cómo se siente al estar a cargo de una caseta de tiro.

Harper pestañeó.

—No tengo su teléfono.

—Yo sí —dijo Baxter—. Dile que el titular va a ser «La ciudad sufre el impacto de la noche de la violencia». Y que no vamos a andarnos con chiquitas en esta ocasión.

Hablaba rápido y furiosa, todo un torrente de palabras. De pronto, Harper sintió pena por ella.

Como si hubiera leído la mente de Harper, la editora cambió bruscamente de tema.

—Maldita MaryAnne Charlton. Mira que despedir a Dells y dejarnos con este lío para que nos las apañemos como podamos...

—¿Lo ha despedido? —preguntó Harper—. Pensaba que solo estaba suspendido.

—Ella nunca permitirá que vuelva. —Baxter echaba chispas—. Por Dios, ¿en qué estaría pensando? Dells no es perfecto, pero Charlton está mal de la cabeza si cree que puede dirigir este periódico sin él. Esa mujer sabe tanto de llevar un periódico como yo de construir armas atómicas. Que, ahora que lo pienso, es una habilidad que ojalá tuviera ahora mismo.

Se interrumpió a sí misma y se pasó los dedos por el pelo.

—Dios, necesito un pitillo.

Harper no tenía muy claro cómo tomarse ese repentino ataque de honestidad. Baxter siempre se había desvivido por la empresa. «Cumple con las reglas y este lugar será un sitio perfecto para trabajar», había dicho más de una vez, incluso a pesar de que tal afirmación terminó resultando claramente falsa durante los últimos años. Ella había echado personalmente a la calle a muchos de sus propios amigos.

Cada ronda de despidos arrancaba algo de ella misma, un trozo más de su alma, pero a Harper le daba la sensación de que Baxter estaba absolutamente convencida de que todo aquello era por el bien mayor. Parecía como si de repente ya no creyera en ese mito.

—¿Qué hay de la historia en la que he estado trabajando? —preguntó Harper con vacilación—. El artículo sobre Anderson. ¿Está muerto?

Baxter le dedicó una mirada tranquila y llena de determinación.

—MaryAnne Charlton no publicará esa historia ahora que Dells no está aquí para obligarla. Y yo, simple y llanamente, no tengo el poder y la influencia que tenía él.

Harper deseaba discutir, pero, al ver que Baxter estaba tan enfadada y derrotada, decidió que no era el momento más adecuado.

—¿Va a haber más despidos? —preguntó—. Todo el mundo habla de ello.

—Dalo por hecho. —La voz de Baxter era desalentadora—. Mientras haya seres vivos respirando en este edificio, MaryAnne Charlton hará todo lo posible para ahorrarse sus nóminas. Además, acabo de enterarme de que se ha comprado una villa en el Caribe. Esas cosas cuestan una pasta.

—Pero si aquí ya estamos bajo mínimos —se quejó Harper—. ¿Cómo se supone que vamos a sacar el periódico adelante si echan a más gente?

Baxter miró por la ventana, hacia la oscuridad, como si pudiera ver algo ahí fuera que se le escapara a Harper. Sin responder, se dio la vuelta y regresó a su mesa.

—Más vale que te pongas a currar. Te conseguiré ese número de teléfono.

Cuando Harper abandonó la sala de redacción aquella noche, sintió que necesitaba una copa. Se quedó plantada en la acera en el límite de Bay Street, tratando de decidir adónde ir. Ya era pasada la medianoche, y el calor empezaba a dar un poco de tregua. Una leve brisa procedente del río le revolvió el cabello y trajo consigo ese olor fresco y verde del agua. Inclinó la cabeza hacia atrás y respiró hondo aquel aroma, como si de alguna manera el aire pudiera eliminar de su ser los efectos del día.

Se sentía agotada. Habían conseguido presentar todos los artículos a tiempo, aunque algunos eran más cortos que otros; pero Miles había traído consigo algunas fotografías magníficas, de manera que la portada del periódico no parecería proceder de una sala de redacción a punto de cerrar.

Su coche estaba aparcado en el aparcamiento situado detrás del edificio, pero no tomó aquella dirección. No quería regresar a casa y encontrarse en aquel apartamento solitario, y tampoco se veía con ganas de ir a La Biblioteca. Bonnie se daría cuenta de lo que sucedía, y esa noche no le apetecía ser el centro de atención. Tan solo quería tomarse una copa en silencio junto a otras personas deprimidas.

Giró a la izquierda y se dirigió hacia los bares y restaurantes más de moda del centro. Caminaba despacio, tratando de dar con el sitio apropiado. Sabía que si iba a Rosie Malone's se encontraría con otra gente del periódico cotilleando acerca de Charlton y Dells, y tampoco le apetecía esa opción. Con los hombros encogidos, rebasó Reynolds Square, donde se retorcían las ramas serpenteantes de los robles, de las que colgaba el musgo español: la cabellera de Medusa bajo las luces de la cuidad.

Vio el cartel de Pink House, que tenía una barra excelente, pero no estaba de humor para aguantar al tumulto de turistas. Sin embargo, a una manzana de distancia se había inaugurado recientemente un hotel en un edificio moderno. Se trataba de una de esas cadenas hoteleras internacionales superexclusivas con un nombre poco memorable. A través de las ventanas, vio un recibidor tranquilo y un bar detrás, iluminados por una luz fría y azulada. El lugar parecía vacío e impersonal.

Consciente de que la ropa que vestía estaba arrugada y que ella tenía un aspecto horrible, Harper se irguió y empujó la puerta de entrada. Uno de los trabajadores se encontraba en el mostrador de recepción, al que Harper dedicó una sonrisa insípida mientras cruzaba el espacioso recibidor —decorado con sillas minimalistas tapizadas con tela oscura y suave, dispuestas en torno a mesas de centro de cristal bajo lámparas de araña tan grandes como su apartamento— en dirección al bar iluminado por aquella luz azulada que le había llamado la atención desde la calle.

Unos altavoces ocultos inundaban de clásicos del *jazz* la estancia a un volumen lo suficientemente bajo como para evitar que el sonido resultara molesto. Una barra infinita, iluminada desde abajo, se extendía a lo largo de la pared del fondo. Hileras de botellas resplandecían en los estantes de espejos que había detrás del mostrador.

La sala era amplia, y en ella había grupos de mesas bien espaciadas unas de otras, la mayoría vacías. Solo había una persona sentada a la barra: un hombre trajeado, ensimismado en su copa. Harper se dirigió hacia allí para pedir una copa al solitario camarero. Ni se paró a mirar al cliente. A la gente que bebe sola normalmente le gusta que les dejen solos.

—*Whisky*, por favor —dijo Harper—. Solo.

—¿Irlandés o escocés? —preguntó una voz a su lado.

Harper se giró y se encontró con Paul Dells, que la miraba con expresión divertida, como si todo aquello fuera lo más normal del mundo.

—Irlandés —respondió Harper, sin dejar de mirarlo.

—Buena elección. —Después de llamar la atención del camarero que atendía en la barra, Dells le señaló una botella con una etiqueta verde—. Jameson. Que sean dos. Apúntalo en mi cuenta.

Levantó su copa, se terminó su bebida y deslizó el vaso por la barra hacia el camarero antes de dirigirse a Harper.

—¿Cómo te está yendo la noche? —preguntó Dells—. La mía mejora con cada copa.

Harper se quedó momentáneamente sin habla. Parecía estar bien; la expresión de su rostro era de tranquilidad, y su traje no tenía ni una sola arruga. No tenía el aspecto de un hombre al que acabaran de despedir ese mismo día.

—¿Qué demonios ha ocurrido? —preguntó Harper cuando por fin logró hallar las palabras.

La expresión de Dells hablaba por sí misma.

—Te advertí de que no teníamos mucho tiempo.

El camarero puso sus bebidas sobre gruesas servilletas de papel estampadas con el monograma en tonos dorados del hotel.

Dells cogió su copa, se puso de pie y le indicó que lo siguiera.

—Busquemos un rincón más tranquilo.

Harper le siguió por el bar hacia una mesa apartada. Una vela titilaba en el centro. Frank Sinatra cantaba suavemente desde los altavoces. Parecía la cita más extraña del mundo.

—¿Le han despedido? —preguntó Harper una vez que se hubieron sentado.

Dells le dedicó una mirada de aprobación.

—Directa al grano, McClain. Ves, eso es lo que me gusta de ti. No te andas con rodeos. Llamas a las cosas por su nombre.

—¿Y bien? —insistió Harper—. Nadie quiere darme una respuesta definitiva a esa pregunta.

—Todavía no. Técnicamente hablando, me han suspendido. —Inclinó su copa en dirección a Harper con una sonrisa cínica en los labios.

—Suspendido ¿por qué? —Harper no ocultó su frustración—. ¿Y durante cuánto tiempo? ¿Qué va a pasar ahora?

—Por no hacer lo que me dijeron que hiciera. Indefinidamente. ¿Quién sabe? —respondió Dells, levantando un dedo con cada respuesta.

Harper abrió la boca para hacer otra pregunta, pero él señaló su copa.

—Bebe. Vas a herir los sentimientos del camarero.

Ella cogió la copa y dio un trago rápido. El líquido le quemó la garganta, llevándose parte de la tensión acumulada, y profirió un inconsciente suspiro de alivio.

Dells asintió y entrechocó su vaso con el de ella.

—Instrucciones del médico —dijo él.

Harper lo estudió con curiosidad. No se había afeitado desde aquella mañana. Esa barbita incipiente le favorecía. Le hacía parecer menos perfecto. Más humano.

Estaba claro que había bebido suficiente, así que las reglas de jefe-subordinada ya no existían entre ellos.

—¿No estás disgustado? —le preguntó dando otro sorbo a su copa—. Baxter está furiosa con Charlton.

La expresión del rostro de Dells se suavizó.

—Emma es una roca —respondió—. Y más le vale a Charlton no pensar siquiera en desafiarla. Sería capaz de incendiar el edificio.

—¿Tuvo algo que ver con los despidos? —siguió indagando Harper—. ¿O fue a causa de nuestro artículo? ¿Es todo culpa mía?

—Un poco de todo. —Hizo una pausa y la miró directamente a los ojos—. Y gracias por ese «nuestro». Es tu artículo, pero al trabajar contigo en él me recordaste por qué me metí en este negocio. Puede que fuera en eso en lo que me equivoqué.

Vació su copa de un trago y se puso de pie a la vez que señalaba el vaso de ella.

—Tómate tus vitaminas. No quiero que padezcas escorbuto.

Harper apuró el resto de su *whisky* obedientemente y le entregó la copa vacía.

—Fantástico —refunfuñó Dells—. Ahora te decides a hacer lo que se te dice.

—Solo porque me gusta lo que me pides que haga.

Harper escuchó cómo se reía de camino a la barra.

Le observó mientras pedía un par de copas más, dándole conversación al camarero, que parecía conocerle o, en todo caso, haber presenciado una situación como aquella antes.

Cuando regresó, colocó los vasos con cuidado sobre la mesa. Harper se preguntó cuánto habría bebido antes de que ella llegara.

—En respuesta a tus preguntas —dijo, como si no hubiera habido una larga pausa en la conversación—, Charlton necesita una inyección de pasta. Su método favorito para adquirir efectivo es despedir al personal. Así como reducir los salarios y quedarse para ella la diferencia. Lleva haciendo eso desde hace años. Yo me he hecho el tonto todas y cada una de las veces que ha actuado así, como un niño bueno. Esta vez me he negado. —Su voz era inexpresiva—. Discutimos acerca de su criterio y moralidad, y de lo que pensarían sus padres, que habían dirigido el periódico, de su proceder si estuvieran vivos para verlo. Se ofendió por el tono con el que me dirigí a ella, que admito que resultó un tanto agresivo, y sugirió que el periódico marcharía mejor si yo no estaba involucrado en el proceso. Yo le respondí que disfrutara averiguándolo.

Dells le sostuvo la mirada con tranquilidad.

—Si le dice a quien sea que todo esto es culpa del artículo sobre Anderson, tienes que saber que es una gran mentira. Anderson es la excusa. La codicia es la razón verdadera.

Harper se le quedó mirando mientras Dells le daba un sorbo a su bebida.

Si lo que le estaba contando era cierto, entonces Charlton seguro que le despedía. Nunca se libraría de las consecuencias de dirigirse así a la dueña del periódico. Para guardar las apariencias tendría que despedirle. Y contrataría a alguien más dispuesto a hacer lo que se le ordenara.

—Maldita sea —dijo ella, vaciando su copa de un trago.

—Eso mismo pienso yo —convino Dells.

Levantó la mano y llamó la atención del camarero con un movimiento circular de su dedo índice para ser atendido. El camarero asintió y se puso a preparar las bebidas. Un minuto después, las copas recién servidas llegaron a la mesa. El rostro impasible del camarero no dejó entrever lo que quizá pensara acerca de la velocidad a la que estaban bebiendo.

—Dejemos de hablar de mí —dijo Dells cuando se hubo marchado el camarero—. ¿Cómo va la historia de Anderson?

Harper le habló de la coartada de Anderson. Le explicó la teoría que había desarrollado respecto a su autoapuñalamiento. Le describió cómo fue su visita al hospital y lo que había averiguado acerca de la falta de personal en la planta y el fácil acceso al aparcamiento.

—Lo que no sé es cómo él supo ciertas cosas, como el horario de las enfermeras, o dónde estaban aquellas escaleras —le confesó—. Tienes que tener algún contacto en el hospital para acceder a esos detalles.

Una mirada cómplice se instaló en sus ojos.

—Si no me hubieran despedido, podría haber respondido a eso —dijo Dells—. La señora de Randall Anderson forma parte de la junta directiva del Savannah Memorial desde hace quince años. Está muy involucrada en las actividades del hospital. Diría que es más que probable que Peyton Anderson realizara trabajos de voluntariado en el hospital mientras estudiaba en el instituto. —Hizo un movimiento con el dedo hacia ella—. Tienes que hacer horas de voluntariado si quieres ir a una buena universidad.

Harper se le quedó mirando.

—¿Es eso cierto?

Dells inclinó la copa hacia ella.

—Compruébalo tú misma. Ella aparecerá en la web del hospital.

Por algún motivo, aquello no era una buena noticia. Harper recibió la información como un mazazo.

—Fue él de verdad. Peyton Anderson asesinó a Naomi Scott, ¿no es cierto?

Dells levantó una mano indicando cautela.

—Para el carro. Todavía hay enormes fisuras en tu teoría, lo suficientemente grandes como para que las cruzara un camión. Por ejemplo, incluso aunque se autoinfligiera la herida, ¿cómo fue del hospital al centro? ¿Alguien le ayudó?

—Ahí es donde estoy atascada —admitió Harper—. Ahora supongo que jamás lo sabré.

Dells la miró como si le hubiera decepcionado.

—No puedes dejar pasar esta historia solo porque me haya quedado fuera, McClain. Sabes que es una buena historia. Has dado con algo en tu investigación.

—Así es. —Harper dio un largo trago—. Y Charlton nunca la publicará.

—No, no, no. —Dells se inclinó hacia ella por encima de la mesa, el tono de su voz era apasionado—. Venga. No puede irse de rositas. Esa chica… se merece algo mejor.

«Esa chica».

Harper pensó en Naomi trabajando en el bar. En su hermoso rostro. En aquella sonrisa que iluminaba toda una habitación. Pensó en la casa solitaria de Wilson Shepherd en Garden City. Y en los ojos enrojecidos de Jerrod Scott.

—Naomi —dijo Harper—. Su nombre era Naomi Scott.

—¿Y qué vas a hacer por ella? —la desafió Dells.

—No puedo ayudarla. Ya no puedo ayudar a nadie. —Harper se escurrió en su asiento—. Charlton va a reubicarme en la sección de labores domésticas o bailes de debutantes.

—¿Y vas a aceptarlo sin más? Esa no parece la Harper McClain que conozco.

Puede que fuera culpa del *whisky*, pero de repente Harper deseaba enfrentarse a Charlton.

—No sé qué hacer —admitió—. ¿Cómo hago que lo publique?

—Tienes que hallar otra forma de hacerte oír. —Dijo rotundamente.

Harper se le quedó mirando.

—¿Cómo?

—Ese Josh Leonard del Canal 5 siempre está a la busca y captura de una buena historia. —Movió su vaso con cuidado, haciendo que el líquido ambarino trazara un lento círculo—. ¿Está al tanto de lo que has averiguado?

—Tal vez haya llegado el momento de compartir información.

CAPÍTULO TREINTA Y CINCO

Eran ya más de las tres de la mañana cuando abandonaron el bar. En la calle reinaba esa tranquilidad profunda característica de la madrugada. Harper había perdido la cuenta de cuántas copas se había bebido. El atontamiento que traía consigo era de agradecer; ya no se sentía inquieta por su futuro en el periódico, ni triste por Luke, ni preocupada por lo que ocurriría si Dells era despedido. De hecho, ya no le preocupaba nada, salvo una cosa: darse de bruces. Cuando salió por la puerta, la acera se balanceó bajo sus pies, como mecida por la brisa, y se precipitó sobre Dells, que la agarró antes de que se cayera.

—Uy —dijo Dells—. Cuidadito con la acera. Es más mala de lo que parece.

—Me gusta el *whisky* —le informó solemne—, pero no tanta cantidad.

—Chst —la reprendió—. No seas mezquina.

Él parecía tener una capacidad ilimitada para beber alcohol, y cada copa hacía que resultara más y más encantador. Dells hizo un gesto de barrido con el brazo en dirección a la calle vacía como si allí mismo les estuviera esperando un carruaje tirado por caballos que solo él podía ver.

—Y bien, ¿a dónde quieres ir ahora?

—A casa —dijo Harper sin vacilar.

La idea de su cama blanda y sus sábanas frescas le resultaba de lo más atrayente en aquel preciso momento, pero entonces se acordó de algo.

—Espera. Dejé el coche aparcado en el periódico.

Con el ceño fruncido en dirección a los edificios desconocidos que se erigían frente a ella, trató sin éxito de trazar un círculo antes de rendirse y mirar a Dells, que seguía sosteniéndola con fuerza.

—¿Dónde está el periódico?

—Oh, no, ni se te ocurra. —Dells hizo un gesto de negación con el dedo—. No estás en condiciones de coger el coche.

Agitó la mano arriba y abajo frente al rostro de Harper.

Confundida, Harper miró hacia sus pantalones negros y su camiseta sencilla.

—¿Qué tengo de malo?

—He llamado a un taxi —anunció Dells sin responder a la pregunta—. Te llevará a casa. Creo que el conductor estará sobrio.

Dells no dejaba de sujetarla. Harper estaba demasiado borracha como para pensar si aquello era apropiado. Todo lo que acertaba a comprender era la calidez de sus manos en la cintura de ella, el firme contacto de sus hombros contra los suyos. Ella se dejó abrazar.

—¿Dónde está? —preguntó Harper.

—¿Dónde está el qué?

Harper bostezó.

—El taxi.

—Justo delante de ti. —Dells extendió una mano justo cuando un taxi amarillo paraba frente a ellos.

—Magia —susurró Harper.

Dells la acompañó hasta el coche y le abrió la puerta de atrás.

—Adentro.

Harper se subió con más facilidad de la que esperaba; al parecer, llegados a ese punto, sentarse era más sencillo que levantarse.

—¿Adónde vamos? —El conductor miró por encima de su hombro a la pareja sentada en la parte de atrás y con ojo experto evaluó los niveles de embriaguez de sus pasajeros con palpable cautela.

—No lo sé. ¿Dónde vives? —preguntó Dells, dirigiéndose a Harper.

—East Jones Street. —Le entró hipo de repente y se tapó la boca con la mano con rapidez—. Perdón.

Por alguna razón, Dells encontró aquello gracioso.

—Primero a Jones Street —le dijo al conductor—. Luego iremos a East Gaston.

—East Gaston. —Harper trató de imaginárselo. Nunca le había tocado cubrir ningún crimen por aquella zona, pero la conocía—. ¿Eso no está por Forsyth Park, allá donde están todas esas casas enormes?

—Más o menos —dijo él.

En algún momento, el brazo de Dells terminó de nuevo rodeándola, y a ella no le importó. Harper apoyó la cabeza contra el hombro de su jefe y levantó la mirada para observarle.

Tenía un rostro agradable: nariz recta, mandíbula pronunciada (pero no demasiado) y pómulos marcados. Y olía muy bien; llevaba una colonia fresca de aroma herbáceo. No estaba nada mal para ser un tío mayor.

—Ni se te ocurra vomitarme encima —le ordenó Dells mirándola.

—Yo nunca vomito —le aseguró, ofendida.

—Pues que no vaya a ser esta la primera vez.

—Qué cosas más feas me dices —farfulló, enderezándose.

Entre dientes, Dells soltó una risita y la atrajo de nuevo hacia su hombro. Harper se dejó caer.

El trayecto hasta Jones Street era corto. Cuando llegaron, Harper se asomó por la ventanilla para ayudar al taxista a encontrar su casa, aunque Dells no paró de decirle que el conductor era perfectamente capaz de localizarla.

—¡Es aquí! —exclamó ella con entusiasmo en cuanto su casa estuvo a la vista.

Después de dedicarles una mirada agotada, el conductor se detuvo frente a la casa de Harper. Dells abrió la puerta, salió y se inclinó hacia delante para ayudar a Harper. Los pies de la periodista no dejaban de enredarse mientras se deslizaba en el asiento de atrás hacia la puerta. Al final, Dells la cargó a los hombros y la llevó medio en volandas hasta la escalera de entrada.

—Espere aquí —le dijo al taxista por encima del hombro.

—Estoy bien —insistió Harper, aunque en el fondo estaba contenta de que la sostuviera.

No recordaba la última vez que había estado tan borracha. Estaba demasiado ebria como para avergonzarse por ello, pero lo suficientemente sobria como para preocuparse por lo avergonzada que se sentiría al día siguiente.

Cuando llegaron a la puerta, Harper revolvió en su bolso para dar con las llaves, que encontró después de buscar un rato, y las sacó agarrándolas por el llavero, triunfante.

—Las mujeres... —le informó Dells—, necesitáis bolsos más pequeños.

—Y los hombres deberíais guardaros las opiniones para vosotros mismos —respondió ella.

Harper se echó hacia delante e intentó atinar con la llave en la primera cerradura, pero no fue capaz.

—Creo que la cerradura está rota —le dijo a Dells.

Después de un segundo intento, Dells cogió la llave y abrió la cerradura con una facilidad exasperante. Harper lo fulminó con la mirada mientras Dells se encargaba de abrir el resto de las cerraduras, una tras otra. Al final, la puerta se abrió del todo y la alarma empezó a pitar.

Dells hizo una reverencia cortésmente.

—Fort Knox te espera.

Harper se precipitó sobre el panel de la alarma y levantó la muñeca para leer el número, pero sus ojos eran incapaces de leer lo que había escrito. Los pitidos de advertencia sonaban cada vez más rápido. Presa del pánico, agitó el brazo en la cara de Dells.

—¿Qué dice?

—¿Qué dice el qué? —preguntó él, desconcertado.

—Mi brazo.

Él la agarró por la mano y sostuvo su brazo quieto mientras ella señalaba al código que había escrito en su muñeca aquella mañana.

Dells la miró con incredulidad.

—¿Te escribes el código de la alarma en el brazo?

El pitido sonaba más alto.

—Introduce el número, rápido —le instó, empujándole hacia la máquina—. Está a punto de saltar.

Farfullando algo relacionado con la seguridad y la locura, introdujo los cuatro dígitos.

El pitido se detuvo.

—No creo que ese sea el mejor sistema.

Dells se giró hacia Harper justo cuando ella extendía el brazo por encima del hombro de él para pulsar el interruptor de la luz. Sus caras estaban tan cerca que ella podía oler el *whisky* en su aliento, dulce y embriagador. La mirada de Dells analizó el rostro de Harper, pasando de sus ojos a sus labios varias veces.

—Oh, no —dijo él bajito, como recordándose a sí mismo algo que ya sabía—. Esto sería una idea terrible.

Sus palabras, por alguna razón, hicieron que Harper pensara en Luke. «Ten fe en mí». ¿Pero cómo? ¿Debería? Había sido él quien había roto. Era él quien estaba saliendo con otra. Tenía que dejar de pensar en él. De desearle. Durante un rato, gracias al *whisky* lo había conseguido, pero sabía que cuando Dells se marchara todo volvería a su mente. Lo sabía.

Harper levantó el brazo y le tocó la cara, con las puntas de los dedos rozó su mejilla, esa especie de franja de terciopelo rugoso a modo de barba incipiente.

—Me gustan las ideas terribles —le susurró.

Y entonces se besaron. Harper no sabía quién había hecho el primer movimiento, si él o ella, pero no importaba. Sus labios eran dulces e inesperadamente suaves. Los brazos de él la rodearon con firmeza, atrayéndola hacia su pecho firme y fuerte. Su traje era sedoso al tacto a medida que sus manos se deslizaban por su espalda, sus dedos exploraban con cautela aquel tejido nuevo para ella. Harper nunca había besado a alguien con traje hasta entonces. Era raro, como si estuviera besando a su contable. Y, aun así, le gustaba la forma en que él la tocaba, con esa cortesía resuelta que era tan característica de Dells. Casi como si todavía estuviera tratando de comportarse lo más profesional y apropiadamente mientras se enrollaban en el pasillo de su casa.

La lengua de él rozó sus labios y estos se abrieron automáticamente, ella notó cómo se quedaba sin aliento. Una parte de ella deseaba seguir besándole y hacer todo cuanto venía a continuación. Sin embargo, una persistente voz en su cabeza no dejaba de decirle que se detuviera. Incluso confundida por el alcohol, sabía que Dells era guapo, divertido y rico; pero, al menos por ahora, era también su jefe. Y él no era a quien deseaba.

—Eh, espera.

Con cuidado, ella se liberó de su abrazo.

Dells retrocedió y le dedicó una mirada inquisitiva.

—Lo siento —dijo Harper—. No puedo hacerlo. Pensé que podría, pero resulta que no puedo.

—¿Es la sobriedad instantánea de besar a tu jefe la que habla? —Su voz sonaba desenfadada, pero Harper pudo ver en sus ojos algo más complejo.

—Algo así. —Harper se apoyó contra la pared y levantó la vista para mirarlo—. Y hay alguien. O lo había. No funcionó, pero aun así…

Inesperadamente, Dells le sonrió.

—No te preocupes. No me debes ninguna disculpa, ni tan siquiera una explicación. Debería ser yo el sensato en esta situación. Sin embargo, había algunas cosas que quería decir.

—Creo que eres genial —le dijo Harper—. Eres una buena persona. Y me ha encantado tomarme algo contigo. También me ha gustado trabajar contigo. Eres justo. Y eres muy bueno en tu trabajo. Espero que no te despidan, porque no será lo mismo sin ti.

Dells la analizó con la mirada; sus ojos azules se pusieron serios de repente.

—Yo también quería que supieras algo. Por si acaso me despiden. Eres la mejor periodista con la que he trabajado nunca, Harper, y no te digo esto porque haya bebido de más. —Su voz era clara y estaba centrado, todas sus palabras eran estables como rocas—. Eres excepcional en tu trabajo, y no se te ocurra dudarlo jamás. Tienes un talento innato. —Dio un paso hacia ella—. He sido afortunado por haber tenido la oportunidad de trabajar contigo.

Dells le acarició la mejilla con tanta suavidad que Harper casi pensó que se lo había imaginado. También era posible que se hubiera imaginado el arrepentimiento que veía en sus ojos.

—Bueno —dijo él después de un segundo—. Más vale que me vaya. El taxista está esperando fuera.

Intercambiaron una sonrisa.

—Buenas noches, Harper. —Dells se giró hacia la puerta.

—Buenas noches... —Llevaban besándose cinco minutos. No podía llamarle Dells—, Paul.

Vale, genial. Eso sí que había sido raro.

Una vez fuera, en el último peldaño de la escalera, se giró hacia ella para mirarla con una insistencia repentina.

—No dejes que la historia de Anderson muera —le dijo—. De alguna manera, tienes que hacer correr la voz acerca de lo que ocurrió. Tira de tus contactos en la policía, haz que se mojen. Si no surte efecto, dáselo a Josh. —Su mirada se oscureció—. Si no lo haces, serás incapaz de vivir contigo misma.

—Eso haré —prometió.

Dells asintió, como si sus palabras fueran suficiente para satisfacerle.

—Respecto a ese otro tío —le dijo—. Ese al que mencionaste. —Le sostuvo la mirada—. No esperes demasiado por él. Si no te sabe apreciar, no te merece.

Entonces, Dells se despidió con un gesto desenfadado y se dirigió escaleras abajo, silbando la canción de Sinatra que sonaba cuando ella entró en el bar: *One For My Baby*.

Unos segundos más tarde, el taxi desapareció en la oscuridad.

CAPÍTULO TREINTA Y SEIS

Harper se levantó tarde a la mañana siguiente. Por un breve y bendito momento, no estuvo segura de por qué le dolía tanto la cabeza o cómo es que había dormido con la ropa del día anterior sin meterse en la cama. Sin embargo, tan pronto como empezó a distinguir su cuarto inundado por la luz del sol, lo recordó todo.

—Oh, mierda —suspiró.

Se sentó despacio y se llevó las manos a la cabeza, que parecía que alguien estuviera abriendo por la mitad con un par de herramientas de frío metal.

—Madre mía, Harper, eres imbécil.

Zuzu, que estaba cómodamente tumbada a los pies de la cama, la observó con sus ojos verde claro.

—He besado a mi jefe —la informó Harper, mientras se giraba para poner los pies en el suelo—. Supera eso, gata.

A su alrededor, la habitación parecía dar vueltas, y tuvo que esperar a encontrar el equilibrio necesario antes de levantarse y cruzar el vestíbulo hacia el baño para coger un ibuprofeno. Una vez allí, intentó abrir el armarito del baño, pero su reflejo en el espejo hizo que su mano se detuviera. Su cabello rojizo estaba muy enredado. El largo día de trabajo y la noche de borrachera habían dejado sus ojos color avellana enrojecidos y su piel llena de manchitas.

—Menuda pinta de idiota tienes —se dijo a sí misma.

Abrió de par en par el botiquín y su rostro desapareció de su vista. «Ojalá le hayan despedido», pensó poco caritativamente mientras tragaba la pastilla con ayuda de un poco de agua que había bebido haciendo un cuenco improvisado con las manos. «Dios mío, ¿y qué hago si no lo despiden?».

No todo era culpa suya, por supuesto. Ambos habían tomado parte en aquel beso, pero eso no mejoraba la situación. Por lo menos era domingo, y no tenía que regresar a la oficina hasta el martes. Al menos contaba con dos días para recuperarse. Dos días para planear cómo manejar la situación si él y Charlton solucionaban sus diferencias. O si no lo hacían.

Mientras esperaba a que el agua de la ducha cogiera temperatura, se apoyó contra la pared y se atormentó con el recuerdo de los últimos minutos de la noche anterior, con la forma en que los labios de él buscaban los suyos, y con aquel beso memorable. Entraba en la ducha cuando se dio cuenta de que él no había intentado reprimirse en ningún momento. Si ella no hubiera echado el freno... Harper tampoco percibió ninguna señal por parte de él que le indicara que no hubiera estado encantado de acostarse con ella. Se preguntaba si Dells también se estaría despertando y maldiciendo. Puede que también estuviera deseando que lo despidieran, pero lo dudaba. No le parecía el tipo de tío que se sentía mal por besar a alguien.

Después de darse una ducha, Harper preparó una jarra de café bien cargado, se sentó a la mesa con su portátil y su teléfono a mano y se obligó a tomarse una tostada que su estómago rechazaba mientras ideaba un plan.

Dells estaba en lo cierto: tenía que conseguir publicar la historia de Anderson. Podía llevársela a la policía o a Josh, del Canal 5, pero primero tenía que encontrar respuesta a esas últimas preguntas. Antes de que Harper pudiera acudir a Daltrey o a Josh con su teoría acerca de cómo Peyton pudo haberlo hecho, necesitaba que una persona, solo una, le hubiera visto esa noche fuera del hospital. No las tenía todas consigo para conseguirlo, pero tenía una idea. Se armó de valor y cogió el teléfono. Jerrod Scott respondió al primer tono.

—Señor Scott —dijo Harper—. Soy Harper McClain.

—Oh, hola, señorita McClain. ¿Qué puedo hacer por usted?

Su voz le era inconfundible —formal y cálida a la vez—, como si se conocieran de toda la vida.

—He estado investigando en profundidad el caso de su hija —dijo Harper—. Y creo que puede que tenga razón acerca de Peyton Anderson, pero necesito su ayuda para demostrarlo.

—Gracias a Dios. —Harper escuchó cómo respiraba hondo—. Dígame qué necesita.

Harper le explicó lo básico. La pieza que faltaba era el transporte. ¿Cómo se había desplazado Anderson del hospital a la escena del crimen y había regresado sin coche y sin que nadie se diera cuenta de lo que había hecho? Había varias posibilidades. Quizá Anderson hubiera aparcado su coche en el hospital antes de apuñalarse a sí mismo. Si ese era el caso, posiblemente Harper jamás fuera capaz de demostrar nada, pero no creía que hubiera corrido semejante riesgo. Alguien podía haberle llevado, un amigo, quizá; pero no parecía la clase de tío que dejaba cabos sueltos como ese. La gente habla.

A Harper se le había ocurrido la respuesta a esa incógnita la noche anterior, de camino a casa desde el bar, pero la idea no había tomado forma hasta que estuvo sobria del todo.

Un taxi.

Era tan obvio que al principio no estaba muy segura, pero cuanto más pensaba en ello, más probable le parecía. La forma en que los ojos del taxista habían escrutado a la pareja de borrachos que iban en su taxi para luego pasar de ellos, la forma en que su mirada decía que había visto de todo hasta el momento y que ya no le interesaban cosas así. Ahí fue cuando empezó a pensar en esa posibilidad. Los taxistas recogían a docenas de pasajeros al día; a muchísima gente en hospitales, era de lo más normal y fácil de olvidar.

Y, antes de que se quedara dormida anoche, se había acordado de que Jerrod Scott llevaba como taxista en Savannah más de treinta años.

—Necesito que intente localizar al conductor de taxi que recogió a Peyton Anderson en el Savannah Memorial en torno a la una y media de la madrugada de aquella noche —le dijo—. Es posible que llevara un aparatoso vendaje en el brazo izquierdo. Si puede encontrar a ese taxista, tráigamelo.

Scott, que había escuchado atentamente la explicación de su teoría, no había dicho nada desde hacía tanto rato que ella se preguntó si seguiría allí.

—¿Señor Scott? —preguntó Harper, vacilante.

—Estoy aquí. —Hizo una pausa—. Señorita McClain, incluso si encontramos al taxista, ¿nos creerán?

—Mire —dijo Harper—, no puedo prometerle que logremos convencerles, pero creo que si no averiguamos cómo se desplazó del hospital al centro, Peyton Anderson se irá de rositas. Al final acabará matando a alguien más. Y no quiero que eso ocurra.

Hubo un largo silencio. Cuando Scott habló de nuevo, su voz sonó ronca.

—Bueno, le agradezco que lo intente. Le diré lo que haremos: creo que conozco a todos los taxistas de la ciudad —dijo—. Déjeme ver qué puedo averiguar.

—Señor Scott —dijo Harper—. Necesito que se dé prisa. Mañana puede ser demasiado tarde.

Harper se pasó el día sentada a la mesa de la cocina escribiendo todo lo que había averiguado acerca de la historia Anderson. Escribía rápido, sin darse tiempo para florituras. Solo necesitaba tener toda la información en un solo lugar. Le había dado a Scott su número de móvil y le dijo que le escribiera un mensaje si averiguaba algo, lo que fuera, pero su teléfono no sonó en todo el domingo.

Cuando terminó de escribir aquella noche, fue consciente de tener ante ella un caso demoledor. Al que solo le faltaba una pieza.

Pero Scott todavía no la había llamado. Cuando el teléfono sonó a las once, Harper se lanzó sobre él con el corazón a mil por hora hasta que vio el nombre de Bonnie en la pantalla. Tuvo que obligarse a mantener un tono de voz neutro.

—Hola, Bonnie.

—Llamo para comprobar qué tal estás —le dijo Bonnie—. No he tenido noticias tuyas y empezaba a preocuparme.

—No deberías —contestó Harper—. Estoy bien.

Bonnie no quedó muy convencida.

—¿Quieres que me acerque a tu casa? Hoy libro.

—Bonnie, te quiero, pero no necesito niñera. —Harper subió los pies al sofá—. Hace días que no hay ni rastro del tipo raro. Además, Mia se acuesta con un poli, así que estoy protegida.

—No me gusta que pases las noches ahí tú sola —le confesó Bonnie—. Deberías venir y beberte mi vino.

Harper se estremeció.

—Nada de vino. Jamás. No pienso beber ni una gota nunca más.

—Pues un café, entonces —insistió Bonnie—. Una manzanilla. No me importa. Lo que quiero es ver que estás a salvo.

—Eres muy amable y maravillosa, pero tengo planes importantes para quedarme en el sofá. Además, estoy esperando una llamada, así que tengo que dejarte.

—Si se trata de una llamada falsa y estás intentando librarte de mí, Dios está de testigo —le advirtió Bonnie—. Además, ya que no vas a aparecer, te lo contaré ahora: estoy pensando en romper con el propietario pedófilo de la galería. Ha resultado ser un completo pirado.

—Voy a necesitar algo de tiempo para recuperarme de la conmoción —dijo Harper—. Te llamo mañana.

—El sarcasmo no es nada favorecedor, Harper —dijo Bonnie—. Te quiero. Llámame si te asustas.

Después de colgar, Harper comprobó el contestador por si Scott había llamado mientras estaba al teléfono, pero no había ningún mensaje.

Aquella noche, permaneció sentada durante horas, escuchando el detector y esperando la llamada que no acababa de producirse.

CAPÍTULO TREINTA Y SIETE

El lunes por la mañana, Harper seguía esperando la llamada de Scott, pero cuando su teléfono sonó, el mensaje era de D. J.

Dells sigue desaparecido en combate. Charlton se pasea por aquí como una mosca cojonera. Los rumores vuelan. No pinta nada bien: no vuelvas.

El caos en la sala de redacción era una distracción más que bienvenida. Harper y D. J. intercambiaron una serie de mensajes soeces y apocalípticos acerca de sus opciones de supervivencia. Su compañero terminó así:

A todo el mundo le encantan los crímenes. A nadie le importan una mierda los colegios. Voy listo.

No le faltaba razón, pero Harper no estaba dispuesta a decírselo.

No te preocupes. Estoy buscando un ayudante.

Su respuesta fue instantánea:

Que te den, McClain. Pienso trabajar en Starbucks. Por lo menos allí tendré café gratis.

Después de ese último mensaje, el teléfono se sumió en el más absoluto silencio. El día parecía no acabarse nunca. Repasó su artículo, limpió la casa, salió a hacer la compra y volvió, siempre con el teléfono a cuestas. No sonó ni una vez.

A eso de las once de la noche estaba sentada en el sofá, viendo la tele sin prestar mucha atención mientras su mente valoraba todas las posibilidades. Cogió el teléfono y lo volvió a dejar donde estaba como unas cien veces. Pensó en llamarlo, pero tenía demasiado miedo de que le dijera que no había averiguado nada.

Zuzu se subió al sofá y se acurrucó junto a ella como una espiral de pelaje gris a rayas. Harper la acarició con suavidad. Casi podía oír la voz de Baxter en su cabeza: «No puedes ganarles a todos, McClain». Todavía estaba a tiempo de llevarle todo lo que tenía a Daltrey o a Josh, tal y como Dells había sugerido. Todo tenía sentido, pero la pieza que faltaba era para ella como un diente caído, saltaba a la vista.

Lo que le había atraído de aquel trabajo, eso que le hacía regresar a él noche tras noche, era ver los crímenes resueltos, ver cómo se hacía justicia. Aquello aplacaba su ansia interna, que no se satisfacía hasta saber quién era el culpable y comprobar que era detenido; no descansaría si dejaba aquel caso sin más.

Sabía lo que era ser a la que abandonaban, ser a la que dejaban para siempre preguntándose por qué. No podría soportar que Jerrod Scott pasase por eso mismo. Ni él ni nadie.

Cuando el teléfono sonó y el nombre de Scott apareció en la pantalla, se lanzó a por el móvil que descansaba sobre la mesa de centro.

—McClain —dijo Harper.

—Señorita McClain, soy Jerrod Scott —dijo él, hablando con más urgencia que de costumbre—. Sé que es tarde, pero necesito que se reúna conmigo. Creo que he encontrado a la persona que está buscando.

Era medianoche cuando Harper salió de Congress Street y se dirigió a un aparcamiento situado detrás de un moderno edificio de oficinas. Ocho plantas de ventanas oscuras la observaban desde lo alto inexpresivas. Era el mismo aparcamiento en el que se había reunido con Miles hacía unas noches. Cuando se lo había descrito a Scott, casi de inmediato había reconocido el lugar al que se refería; si había alguien que conociera tan bien una ciudad como un periodista era un taxista.

El oscuro aparcamiento estaba vacío, salvo por los dos taxis que había aparcados en el centro, uno junto al otro. Uno era un taxi de Savannah blanco y negro, el otro era amarillo, con el nombre *LIBERTY CABS* escrito en un lateral. Harper condujo hacia ellos. En la quietud del lugar, el motor del Camaro sonaba demasiado alto. Los faros del coche de Harper iluminaron a dos hombres que permanecían de pie entre los dos coches. Uno de ellos era Jerrod Scott; el otro, un hombre bajito y calvo vestido con vaqueros y una camisa a cuadros. Aparcó junto al taxi amarillo y apagó el motor.

Cuando salió del coche, una leve brisa le retiró el cabello de la cara. El silencio era casi agobiante. El único sonido que se alcanzaba a oír era el de un tren de mercancías, que hacía sonar su triste silbato en la distancia.

—Señorita McClain —dijo Jerrod mientras Harper se acercaba a ellos—. Gracias por reunirse conmigo.

—Gracias por llamarme —respondió ella extendiendo la mano hacia él—. Por favor, señor Scott, llámeme Harper.

—Harper. —El apretón fue firme y envolvente; su mano era cálida y áspera.

La reportera se giró e hizo un movimiento en dirección al hombre más bajo, que dio un paso hacia delante con vacilación. Tenía la cabeza rapada y una cara regordeta y afable. Harper le echó unos cuarenta y cinco años.

—Este es Elton Richards —dijo Scott—. Creo que puede ayudarnos.

Harper analizó a Richards. No parecía estar nervioso; sus brazos colgaban relajados a ambos lados de su cuerpo. Sobre todo parecía desconcertado, y observaba tanto a Scott como a ella con el ceño fruncido.

Ella extendió una mano en su dirección.

—Soy Harper McClain, señor Richards. Gracias por venir.

Richards le estrechó la mano con determinación.

—Si le soy sincero, no sé por qué estamos aquí —le confesó—. Jerrod corrió la voz de que estaba buscando a alguien que hubiera recogido a un hombre con un brazo herido en el Savannah Memorial la noche en que su hija fue asesinada.

Harper le sostuvo la mirada.

—¿Recogió a un hombre que encaja en la descripción?

—Sí, así fue. Lo llevé al Hyatt en Bay Street. Dijo que era un turista y que le habían atracado. Le dije que lamentaba oír eso; no es el tipo de cosa que suele ocurrir en Savannah.

El corazón de Harper se aceleró.

El hotel Hyatt situado en Bay Street estaba a tan solo unos pasos de River Street, a pocas manzanas de donde tuvo lugar el asesinato. Harper sacó el móvil del bolsillo, buscó una foto de Peyton Anderson y le dio la vuelta al dispositivo para enseñársela a Richards.

—¿Es este el hombre al que recogió?

Richards se inclinó hacia delante, ahuecó la mano en torno al teléfono y entrecerró los ojos para observar la imagen. La luz de la pantalla iluminaba su rostro con un brillo azul pálido.

—Es él —dijo el taxista.

—¿Está seguro? —insistió Harper—. Era tarde. Puede que no le viera bien.

—Sí que lo vi bien —le aseguró—. Estaba de pie bajo una farola en la carretera que hay junto al hospital cuando aparecí. Recuerdo que llevaba el brazo izquierdo vendado hasta aquí. —Señaló a su codo—. Tenía aspecto enfermo: estaba pálido y sudoroso. Literalmente, el sudor le recorría el rostro. Le dije que no me parecía bien que le hubieran dado el alta con aquel aspecto, pero contestó que se encontraba bien. Insistió en que lo que quería era regresar junto a su familia, y lo comprendí perfectamente.

Con el ceño fruncido miró primero a Harper y luego a Scott.

—¿De qué va esto? ¿Jerrod? ¿Tiene algo que ver con lo que le pasó a Naomi?

Las miradas de Scott y Harper se encontraron. La esperanza que vislumbró en el profundo pozo marrón que eran sus ojos hacía difícil sostenerle la mirada.

—Puede ser —dijo Harper, dirigiéndose de nuevo a Richards—. Pensamos que ese hombre no era ningún turista. Creemos que puede tener más información de la que dice acerca del asesinato. Le dijo a la policía que no abandonó el hospital aquella noche. Usted es la única persona que puede demostrar que sí lo hizo.

Richards no era estúpido. Podía leer entre líneas. Palideciendo, se dirigió a Scott.

—Dios mío. Dime que no llevé al asesino de tu niña directo a ella.

—Todavía no estamos seguros. —Scott apoyó su mano en el brazo de Richards—. Incluso aunque así fuera, no es culpa tuya. No tenías forma de saberlo.

Harper estaba impresionada ante la calma de Scott. Se trataba de su única hija, pero, aun así, él permanecía impasible como una roca. Richards, sin embargo, parecía ponerse malo por momentos. Había encajado la noticia como un gancho de derecha. Ella necesitaba que no cundiera el pánico. Tenía que racabar más detalles si iba a exponer su teoría a la policía. Se acercó un poco más a los dos hombres y adoptó el tono más tranquilizador que pudo.

—Señor Richards, puede que no sea el hombre que la asesinó. Eso es lo que estamos tratando de averiguar —le dijo—. Tengo que hacerle unas cuantas preguntas más.

Richards asintió con fuerza, la ansiedad todavía se advertía en su rostro.

—Lo que quiera.

—¿A qué hora lo recogió?

—A la una y veintitrés de la madrugada —dijo sin vacilar. Al ver la expresión en el rostro de la reportera, añadió—: Comprobé los registros cuando me llamó Jerrod. Llevo la cuenta de las carreras que realizo de manera exhaustiva. Tomo nota de todas ellas. Por si acaso a Hacienda le da por hacerme una visita. Son mis pruebas.

—¿Pagó con tarjeta? —preguntó con esperanza.

Negó con la cabeza.

—Según los registros, pagó en efectivo. Me dejó cuatro dólares de propina además de los doce del trayecto.

—Dice que lo llevó al Hyatt en Bay —dijo Harper—. Cuando se bajó, ¿vio cómo entraba en el hotel?

Se paró a reflexionar y frunció el ceño.

—No —dijo un segundo después—. Cuando me alejé, seguía de pie frente a la puerta principal. Parecía como si estuviera entretenido con el teléfono.

Harper asintió, pero algo relacionado con la respuesta le hizo dudar. Algo no encajaba, pero no sabía el qué. Parecía lógico. Se imaginó a Anderson, de pie frente a las enormes puertas de cristal. Mirando su teléfono, tratando de evitar la mirada del taxista...

«Su teléfono».

—Un momento —dijo ella, y en esta ocasión no se molestó en ocultar la urgencia de su voz. Richards levantó la cabeza como un resorte—. Ha dicho que estaba mirando su móvil. ¿Está seguro de eso?

Richards asintió y le lanzó una mirada de desconcierto.

—Estoy seguro. Lo recuerdo porque le costaba sostenerlo con la mano mala. Casi se le cayó. Parecía dolerle. Y pensé que debía esperar hasta que entrara y su familia pudiera ayudarle, pero no dije nada porque... —se encogió de hombros—, bueno, no era asunto mío, ¿sabe?

Harper por poco lo abraza.

—¿Estaría dispuesto a hablar con un detective de policía de todo esto? —preguntó Harper.

—Por supuesto. Lo que necesite. —Se dirigió a Scott—. Si de algún modo ayudé al monstruo que hizo daño a tu hija..., haré todo lo que esté en mi mano para que se haga justicia.

Scott apoyó la mano en su hombro.

—No es culpa tuya. Uno nunca sabe quién se sube al taxi. —A pesar de aquellas palabras, Harper detectó el dolor en sus ojos. Sabía cuánto le estaba costando hacer frente a esa noche a nivel emocional.

—No sé cómo agradecerles a los dos todo lo que... —empezó a decir, pero no pudo terminar de hablar.

Un ruido tremendo rompió el silencio de la noche. Harper se dio cuenta de muchas cosas que ocurrían a la vez. Un pájaro asustado batió sus alas y salió volando desde un tejado cercano, su sombra se proyectó en el cielo nocturno. Richards profirió un extraño sonido y se desplomó. Harper alcanzó a escuchar el horrible golpe sordo de su cabeza contra el asfalto. Scott, con el rostro cubierto de sangre, miró fijamente en dirección a la entrada del aparcamiento. Siguiendo su mirada, Harper vio la figura de un hombre con una pistola en la mano, iluminado desde atrás por una farola. Entonces se movió y, por un instante, la luz le descubrió el rostro.

Era Peyton Anderson. Apuntaba con su arma a Scott y sonreía.

—¡Al suelo!

Harper agarró a Scott y lo tiró al suelo, justo cuando disparaba el arma de nuevo.

CAPÍTULO TREINTA Y OCHO

La calma que siguió al tiroteo pesaba como una losa. Harper podía sentir como si ejerciera sobre ella una presión que la mantenía pegada al suelo; echó un brazo por encima de la espalda de Scott, como si aquella estrecha tira de carne y hueso pudiera protegerle de alguna manera.

A Harper le pitaban los oídos. El dificultoso ronquido de su propia respiración parecía sonar demasiado alto. Con el rostro pegado al asfalto pudo oler la suciedad y el aceite, así como el sudor de su propio miedo. Levantó con cautela la cabeza para ver a Richards. Se había desplomado a apenas unos metros de ella, y ahora yacía de espaldas, con las manos aferradas al pecho. Su respiración emitía una especie de gorjeo nauseabundo que provocó que el estómago de Harper se encogiera.

Scott giró la cabeza para mirarla: sus ojos resplandecían en medio de la oscura sangre que le cubría el rostro.

—¿Está herido? —preguntó Harper mientras examinaba el rostro de Scott en busca de heridas.

—La sangre no es mía. —Scott respiraba con dificultad.

«Será por la conmoción», pensó Harper.

—¿Ha sido Anderson? —preguntó Scott—. Ha intentado matarnos.

—Shh —siseó Harper.

La reportera ladeó la cabeza, tratando de localizar al tirador, pero no alcanzó a oír nada.

Se quedaron inmóviles durante un minuto, escuchando el terrible sonido que emitía Richards. Entonces Scott se hartó.

—Tengo que llegar a él —le dijo a Harper.

Harper no quería que se moviera; si Anderson todavía estaba por ahí, cualquier movimiento podría indicarle dónde se encontraban y se convertirían en un blanco fácil, pero Richards no tenía muy buena pinta.

—Manténgase agachado —le respondió—. Pediré ayuda.

Incorporándose con ayuda de los codos, Scott se arrastró por el suelo en dirección al taxista herido. Harper sacó su teléfono móvil del bolsillo y mientras que con una mano ahuecada ocultaba la luz que emitía la pantalla, con la otra marcó el número de la policía. Reptó hacia Richards mientras efectuaba la llamada.

—Es grave —dijo Scott.

Richards respiraba con mucha dificultad. La bala había impactado en las costillas. La camisa a cuadros que llevaba, hasta hace un momento perfectamente limpia, estaba empapada de sangre. Harper no era una experta, pero sabía que el pecho era mal sitio para recibir un disparo.

—Coloque las manos sobre la herida —le indicó a Scott—. Presione con fuerza. Voy a llamar a una ambulancia.

Se incorporó ligeramente y escrutó la distancia en dirección hacia donde había avistado a Anderson antes. Ahora, la entrada del aparcamiento estaba vacía, pero esos setos tan altos podían convertirse en el escondite perfecto. Podría estar observándolos en ese momento y ella no se daría ni cuenta.

Cuando contestó una nítida voz de mujer, se encogió del susto.

—Policía, ¿cuál es su emergencia?

—Soy Harper McClain —dijo entre apremiantes susurros—. Necesito que envíen una patrulla y una ambulancia al aparcamiento situado detrás del número 369 de Congress. Han disparado a un hombre. Advierta a los agentes que el tirador puede que siga en la zona. Nos encontramos a cubierto.

El tono de la mujer de la centralita cambió de inmediato.

—Ahora mismo doy el aviso. ¿Te encuentras bien, Harper?

De fondo, Harper podía escuchar cómo tecleaba. La voz le resultaba familiar. ¿Era Sharon o Dorothy?

—No me han dado —Harper hablaba entre susurros, aunque si Anderson seguía por ahí, a esas alturas ya se habría hecho notar—, pero la víctima... no tiene muy buena pinta. Le han alcanzado con una nueve milímetros en el pecho. Parece tratarse de una bala de punta hueca.

—¿Respira? —preguntó centralita.

—Sí —Harper miró hacia donde Scott se encontraba agachado sobre el cuerpo de Richards, sus manos brillaban a causa de la sangre mientras presionaba la herida—, pero no pinta muy bien.

—Presiona la herida. Mantenle en posición horizontal. La ambulancia está de camino.

Harper alcanzó a oír sirenas en la lejanía.

—Avisa a la detective Daltrey —dijo—. Dile que el tirador era Peyton Anderson.

—Ayúdeme, Harper —suplicó Scott, con un gesto de desesperación—. Creo que lo perdemos.

—Tengo que colgar. —Dejó el teléfono y Harper reptó junto a Scott. Los ojos de Richards estaban entrecerrados. Su respiración se había debilitado.

—Tenemos que hacer lo que sea para detener la hemorragia. ¿Tiene algo que podamos utilizar? —le preguntó a Scott, apremiante—. ¿Una toalla? ¿Una camiseta, quizá?

—Espere —respondió él.

Se puso de pie de un salto y corrió hacia su taxi, poniendo en riesgo su propia seguridad. Harper escuchó cómo se abría de golpe la puerta mientras que ella presionaba con sus manos la herida justo donde Scott había intentado detener la hemorragia. Sentía la sangre cálida de Richards contra su piel. Parecía imposible detenerla, como el fluir imparable de la marea.

Scott se arrodilló frente a ella con una toalla en las manos.

—No está demasiado limpia —le comunicó, como disculpándose.

—Servirá. —Con movimientos rápidos, enrolló el trozo de tela hasta crear una especie de bola bien apretada, y la presionó en el agujero del pecho de Richards justo cuando el primer coche patrulla entraba a toda prisa en el aparcamiento con la sirena puesta.

Mirando con los ojos entrecerrados en dirección a las luces cegadoras, Harper levantó una mano ensangrentada.

—¡Estamos aquí!

Escuchó el taconeo sordo de unas botas a medida que los dos agentes corrían hacia ella. Minutos después, un montón de paramédicos y policías se encargaban de la escena del crimen. La policía interrogó a Harper y a Scott. Los dos explicaron lo que había ocurrido sin dejar de observar cómo los servicios de emergencias se arremolinaban alrededor del herido.

Harper vio a Toby entre ellos, pero no tuvo oportunidad de hablar con él, ya que, después de conectar a Richards a una máquina para insuflarle oxígeno, lo subieron a la ambulancia y se lo llevaron de allí a toda velocidad. Entonces apareció Daltrey, que salió de un sedán oscuro vestida con un traje pantalón negro, peinando la escena con la mirada.

—McClain —exclamó a modo de ladrido mientras se acercaba a ellos—. Más vale que estés segura de lo que dices.

Harper levantó las manos ensangrentadas y se las mostró.

—Solo puedo hablarte de lo que he presenciado.

La detective se dirigió a Scott.

—Señor Scott, ¿ha visto usted lo mismo que McClain?

Él asintió con vehemencia.

—El hijo de los Anderson ha disparado a Elton Richards en el pecho. Después me apuntó con su arma, pero la señorita McClain me derribó con tanta fuerza que casi me salta los dientes. —Miró a Harper—. He olvidado darle las gracias, por cierto. Creo que ahora estaría muerto si no llega a ser por usted.

Harper no quería que nadie le diera las gracias. Lo que quería era ver a Anderson entre rejas.

—Siento que haya tenido que pasar por todo esto —le dijo mientras le dedicaba a Daltrey una mirada gélida.

A medida que fue remitiendo la impresión de lo ocurrido, comprender que un hombre que había sufrido tanto, además había presenciado cómo casi moría un amigo sin motivo, le hizo sentir un repentino ataque de furia perfectamente justificado.

Con tono acusador, le preguntó a la detective:

—¿Lo habéis localizado? ¿Vais a detenerlo?

—Haremos lo que esté en nuestra mano, McClain, pero tenemos que hablar con vosotros dos. —Hizo un gesto a dos agentes uniformados para que se acercaran a ellos, luego señaló a Harper y a Scott—. Cubran con bolsas de pruebas las manos de ambos y llévenlos a la comisaría.

Los miró de nuevo y les dijo:

—Me reuniré con vosotros tan pronto como pueda. Los agentes os atenderán.

Cuando el coche patrulla se detuvo en la comisaría unos minutos más tarde, Harper esperó con paciencia a que la dejaran bajarse del coche. El asiento de la parte de atrás del vehículo era duro y apestaba a orina rancia y sudor. Las manos, todavía ensangrentadas, habían empezado a sudar en el interior de las bolsas de plástico, y no dejaba de contraer y extender los dedos.

A pesar de las quejas de Harper, habían sido trasladados en distintos coches. Con ello se evitaba, tal y como sabía, que intercambiasen detalles de camino a la comisaría. Además, los mantendrían en salas separadas hasta que fueran interrogados. Harper esperaba que Scott no estuviera demasiado afectado por lo ocurrido.

El policía que la llevó en el coche se tomó su tiempo en salir del vehículo; primero se aseguró de que dejaba todo el equipo en su lugar y luego, por fin, se levantó de su asiento. Era un tipo grandote; cuando salió del coche, Harper notó cómo el vehículo se levantaba con su movimiento. Se acercó hasta ella arrastrando los pies mientras hacía tintinear su cinturón reglamentario. El tiempo que tardó en abrir la puerta de la parte de atrás le pareció toda una eternidad. Harper sacó los pies del vehículo y respiró profundamente el aire fresco, agradecida.

Cuando entraron en la comisaría, Dwayne levantó la cabeza como impulsado por un resorte.

—¡Harper! —Salió corriendo de detrás del mostrador de recepción—. Me he enterado del tiroteo. Todos los agentes de la centralita hablan de ello. ¿Estás herida?

—Estoy mejor que el tipo que ha recibido el tiro —le dijo. Su voz sonaba brusca, pero le dedicó una mirada de agradecimiento.

—Estás cubierta de sangre. —Le lanzó una mirada furibunda al grandullón silencioso que la escoltaba—. Cuídala, ¿me oyes, Carl?

—Voy a hacerle el GSR, y luego se podrá limpiar —respondió Carl, ofendido—. No la estoy maltratando, Dwayne.

Dwayne y el otro agente no dejaban de criticarse el uno al otro, pero Harper ya no les prestaba atención.

Un GSR, es decir, la prueba en busca de residuos de disparo. Esas pruebas se realizaban para comprobar si alguien había disparado un arma recientemente. Normalmente era una prueba que se hacía a los sospechosos.

—¿Por qué? —preguntó de golpe, interrumpiendo la defensa poco convincente que Carl estaba haciendo de sí mismo.

Ambos se giraron para mirarla.

—¿Por qué tenéis que hacerme la prueba de residuos de disparo?

Se hizo un breve silencio.

—Daltrey lo ha solicitado —le respondió Carl, como si aquello lo explicara todo.

—Lo más probable es que quiera borrarte de la lista de sospechosos. —El tono de voz de Dwayne era tranquilizador—. Es el procedimiento que se sigue con los testigos.

Tenía sentido. Sin embargo, seguía pareciéndole acusatorio. Y mientras Carl la guiaba a través del recibidor y atravesaban la puerta de seguridad, Harper empezó a temblar.

Una hora más tarde, Harper se halló sola en una habitación sin ventanas, observándose en un espejo polarizado y apretando entre sus manos una taza desechable de un café horrible. La prueba había sido rápida e indolora y, después de hacerla, le permitieron por fin lavarse las manos y quitarse cualquier resto de sangre. En el baño se dio cuenta de que no solo tenía sangre de Richards en las manos, sino también en la ropa y el rostro, incluso en el pelo. Se había ayudado de la mejor manera con agua hirviendo, jabón por cortesía del Gobierno y toallas de papel baratas.

Después de aquello había permanecido allí sentada, a solas con sus pensamientos, en una habitación que parecía una celda. Había tenido mucho tiempo para pensar cómo habían acabado así las cosas, cómo es que Anderson estaba en aquel aparcamiento armado con una pistola. Tiempo más que suficiente para culparse.

Cuando la puerta se abrió de par en par inesperadamente, Harper se sobresaltó. Daltrey entró como una exhalación con una libreta y una botella de agua en las manos, que colocó en la mesa al alcance de Harper.

—He pensado que tendrías sed. Ese café es infumable. ¿Estás lista para empezar?

Retiró la silla de la mesa, se sentó y abrió la libreta. La bulliciosa actividad que siguió a los largos minutos que había permanecido en calma resultó desconcertante. Harper tardó unos segundos en recuperar la voz.

—¿Se sabe algo de Richards?

—La última vez que me informé, seguía con vida —dijo Daltrey con brusquedad—. A duras penas.

Sacó un mando a distancia del bolsillo y encendió una cámara de vídeo que colgaba del techo en un rincón, cuya lente apuntaba directamente a ellas.

—Vamos allá. La detective Julie Daltrey procede al interrogatorio de Harper McClain. —Recitó del tirón sin dejar de mirar hacia su libreta—. Empecemos por el principio. ¿Qué hacías en el aparcamiento de Congress Street la pasada medianoche?

Demasiado cansada para largas explicaciones, Harper respondió con brevedad.

—Había quedado con Jerrod Scott.

—¿Por qué quedaste con él en un aparcamiento a medianoche? —Daltrey la estudiaba con la mirada; entre sus cejas se dibujó una fina línea de expresión—. ¿Habría sido mucho pedir quedar con él en un bar?

—No era una cita. —El tono de voz de Harper era seco.

—¿Qué era, entonces? —dijo Daltrey en tono desafiante—. ¿Por qué Scott quería reunirse contigo en un aparcamiento a medianoche? ¿Y por qué hay un hombre medio muerto en la mesa de operaciones ahora mismo, McClain?

Había llegado el momento de contárselo todo. Harper lo sabía. En definitiva, la policía era la segunda parada. Solo esperaba que Daltrey estuviera lista para escuchar lo que tenía que decirle.

—Me dijo que tenía información para mí —dijo Harper—. Acerca del asesinato de su hija.

Daltrey enarcó las cejas.

—¿Por qué acudió a ti? Según tengo entendido, era yo quien estaba a cargo de la investigación.

Harper no mordió el anzuelo. Habían muerto dos personas. No había tiempo para andarse con jueguecitos.

—Sabe que he estado trabajando en un artículo acerca del asesinato. Y cree que la policía está enfocando el asunto de manera equivocada. Me dijo que había averiguado cierta información que podría interesarme.

—Así que fuiste al aparcamiento situado en el número 369 de Congress Street para reunirte con Jerrod Scott e investigar mi caso.

—Detective —dijo mirándola a los ojos—, no pensé que fuera a creer ni una sola palabra de lo que tuviéramos que decirle a no ser que pudiéramos responder a las preguntas que nos plantease. Ahora, creo que tengo todas las respuestas que necesita.

Esperó a que Daltrey hiciera un comentario sarcástico. Sin embargo, en lugar de eso, la detective abrió su libreta.

—Escucharé tu historia en un minuto. Primero, háblame del tiroteo. Empieza con tu llegada al aparcamiento. ¿Qué ocurrió?

Consciente de que su historia se cotejaría con la de Scott punto por punto, Harper le habló de cuando entró en el tranquilo aparcamiento y vio a Richards y Scott de pie junto a sus coches, esperando.

—Richards lleva un taxi Liberty. Me dijo que había recogido a un tipo en el Savannah Memorial la noche del asesinato de Naomi —dijo—. Lo describió como un tipo alto, delgado y de cabello castaño liso. Dijo que el brazo izquierdo del hombre estaba vendado desde el codo hasta los dedos. Le enseñé una fotografía de Peyton Anderson y lo identificó como el hombre al que había recogido. —Hizo una pausa—. Y entonces Anderson le disparó.

—En un segundo volveremos a lo que Richards te contó. —La voz de Daltrey era tranquila, como si nada de lo que Harper le estaba contando le resultara novedoso o sorprendente—. Descríbeme el tiroteo.

Harper pensó en el momento en que se quebró la calma con un sonido semejante al de una bomba.

—Ya habíamos acabado —dijo despacio—. Estábamos a punto de despedirnos. Richards había acordado venir a contárselo todo. Iba a llamarla cuando llegara a casa para concertar una cita con usted en nombre de Richards y que se reunieran para que él le contara su historia. Fue entonces cuando ocurrió. —No apartaba la vista de Daltrey, que permanecía inmutable—. Ninguno lo vimos venir. Simplemente escuchamos el disparo.

Hizo una pausa al recordar la confusión del momento y caer en la cuenta de lo que había ocurrido, pero todo lo que dijo fue:

—Richards se desplomó de inmediato.

—¿No viste disparar a Anderson? —preguntó Daltrey.

Harper negó con la cabeza.

—Levanté la vista y lo vi de pie en el acceso al aparcamiento apuntando con un arma a Scott, al que agarré y tiré al suelo antes de que disparara de nuevo.

—¿Cuántos disparos efectuó? —preguntó Daltrey.

—Tres —respondió Harper—. El primero impactó en Richards. Los otros tres no dieron en el blanco.

—¿Y estás segura de que el tirador era Peyton Anderson?

—Al cien por cien. —Harper se estremeció al recordar aquel momento—. Me sonrió.

Daltrey enarcó las cejas.

—¿Te sonrió…?

Antes de que pudiera terminar de formular la pregunta, alguien llamó a la puerta de la sala de interrogatorios. Una vez abierta, Luke las miró desde el umbral. Sus miradas se encontraron y el estómago de ella se contrajo. Una parte de Harper, esa que no aprendía la lección, deseó lanzarse a sus brazos, pero entonces él desvió su atención a Daltrey.

—¿Puedo hablar contigo un momento? —le preguntó Luke a la detective.

—Sí. —Daltrey apagó la cámara y salió de la sala con la libreta y el mando.

Antes de que se cerrara la puerta, Harper escuchó decir a Luke:

—He pensado que querrías saber...

Mientras esperaba, Harper se quedó mirando su café, como si contuviera las respuestas que necesitaba. Daltrey le había proporcionado muy poca información. No tenía ni idea de si la detective creía lo que le estaba contando o no. Llevaba mucho tiempo encerrada en aquella sala. Su mente no dejaba de saltar de Anderson a Scott, y de este a Richards y luego a Luke, y así sucesivamente en un bucle obsesivo. Levantó la mirada y se vio reflejada en el espejo. Tenía el pelo revuelto y su camiseta estaba llena de manchas de sangre. Descubrió en su frente las arrugas que se marcaban por un repetido gesto involuntario.

Sin ventanas, ni reloj o teléfono, no supo cuánto tiempo había pasado antes de que la puerta se abriera de nuevo, anunciando el regreso de Daltrey.

—Y bien, ¿por dónde íbamos? —preguntó la detective mientras colocaba de nuevo su libreta sobre la mesa y se volvía a sentar en la silla metálica.

Pero, para entonces, Harper ya había tenido suficiente.

—¿Qué está pasando? —preguntó con brusquedad—. ¿Habéis localizado a Anderson? ¿Por qué estamos aquí sentadas cuando podríamos estar fuera buscándole?

Daltrey se la quedó mirando, su expresión era sombría.

—Elton Richards ha fallecido en la sala de operaciones hace diez minutos. —Su voz era inexpresiva.

Harper dejó caer la cabeza. Pensó en aquel hombretón, vestido con una camiseta a cuadros, tan preocupado por haber participado de manera involuntaria en la tragedia sufrida por Scott.

—Maldita sea —susurró Harper.

—Ahora estamos ante una investigación de asesinato. —La voz de Daltrey era comedida—. Y si tu identificación del tirador es sólida, entonces nos encontramos ante un doble homicidio. Así que tenemos que seguir las reglas al pie de la letra a partir de ahora,

McClain. Un paso en falso y ya sabes que su papaíto acabará con nosotros.

Harper no tenía forma de rebatir eso.

—Vamos a tener que volver sobre esto una y otra vez, hasta que me asegure de que estoy al corriente de todo lo que sabes —continuó Daltrey—. Ha llegado el momento de que me lo cuentes todo.

Harper levantó la vista hacia Daltrey.

—Anderson me amenazó —dijo Harper—. Hace dos días. Creo que ha estado siguiéndome. Debió de ser así cómo se enteró de adónde me dirigía esta noche, con quién iba a reunirme. Me siguió hasta allí. Es posible que llevara siguiéndome días. Puede que incluso desde que escribí el artículo acerca de él.

Daltrey siseó entre dientes.

—Maldita sea, Harper —dijo con reproche—. ¿Por qué no me lo dijiste antes?

—No me pareció importante. —Incapaz de enfrentarse a la mirada de Daltrey más tiempo, Harper agachó la cabeza—. Nunca pensé que atacaría a cualquiera que no fuese yo.

Hubo una pausa.

—¿Sabes, Harper? —dijo Daltrey con inesperada dulzura—. En algún momento tendrás que darte cuenta de que no eres la responsable del daño que sufre la gente de toda la ciudad.

Harper no supo qué responder a eso.

Después de un segundo, la detective tomó de nuevo el mando a distancia y volvió a poner en marcha la cámara.

—La detective Julie Daltrey ha regresado a la sala —le dijo al dispositivo—. Continuemos.

Entonces, con esa voz meticulosa que se reservaba para cualquier cosa que pudiera llegar a ser utilizada en un juicio como prueba, dijo:

—Háblame de Peyton Anderson.

CAPÍTULO TREINTA Y NUEVE

Para cuando Harper salió dando trompicones de la comisaría aquella mañana, el sol brillaba ya en lo alto y el calor apretaba. Todos sus músculos estaban agarrotados de estar sentada en esa silla, hora tras hora. Daltrey, llevada por la determinación de hacerlo todo siguiendo el procedimiento al pie de la letra, había sido implacable. Cuando terminaron, ni siquiera estaba segura de que aquello tuviera sentido. Tenía que llamar a Baxter. Asegurarse de que tenía el artículo para la web. Sin embargo, primero quería pasarse por casa para darse una ducha y cambiarse, porque su ropa seguía manchada de sangre.

Se protegió los ojos de la luz del sol y se dirigió a trompicones hacia el lugar donde normalmente dejaba el Camaro antes de darse cuenta de que su coche seguía en el aparcamiento de Congress Street.

—Mierda.

Se pasó los dedos por la melena enredada y giró hacia Habersham Street mientras se preguntaba si sería capaz de encontrar un taxi. Estaba tan cansada que hasta le costaba un mundo pensar.

—Harper.

La voz procedía de su izquierda. Se giró y vio a Luke de pie junto a su coche. Vestía la misma ropa de la noche anterior, aunque no llevaba la chaqueta del traje ni la corbata. Unas gafas oscuras

380

ocultaban sus ojos. Al mirarlo, algo se estremeció en su interior. En ese momento se sentía demasiado cansada como para estar dolida y enfadada. Simplemente le echaba de menos.

—Ey —dijo ella.

La miraba de aquel modo tan habitual en él, desconcertantemente observador.

—He pensado que a lo mejor necesitabas que te acercaran a casa.

Puede que en otro momento se hubiera negado. Sin embargo, ahora todo lo que quería era subirse al coche con él e ir a casa. Caminó en dirección a donde se encontraba Luke, bajo las ramas en expansión de un roble. El musgo español que colgaba de ellas llegaba tan abajo que Harper tuvo que apartarlo a un lado con la mano para llegar hasta él; parecían plumas al contacto con sus dedos.

Luke mantuvo la puerta del copiloto abierta para que entrara, y Harper lo hizo sin decir una palabra. Cuando se sentó, sintió los asientos de piel suaves y cálidos. Se abrochó el cinturón justo cuando él arrancaba el motor y la climatización empezaba a deshacerse del aire caliente, que se iba enfriando poco a poco. Rápidamente se incorporó al tráfico mientras sus manos se aferraban con firmeza y seguridad al volante. Harper trató de pensar en algo que decir para romper el silencio, pero lo ocurrido la noche anterior le había quitado las ganas de hablar, por ahora. Luke pareció darse cuenta de ello y no forzó la situación.

Después de un rato, Harper reclinó su asiento y cerró los ojos. Sin embargo, la oscuridad que se ocultaba tras sus párpados estaba llena de violencia. Vio a Richards, extendiendo el brazo en dirección a Scott. Escuchó el disparo. Vio la fría sonrisa de Anderson mientras levantaba el arma de nuevo. Parpadeó con fuerza y se irguió con una sacudida, aferrándose al reposabrazos. Por el rabillo del ojo vio que Luke la miraba, pero no dijo ni una palabra.

El trayecto hasta su casa les llevó unos diez minutos. Luke se detuvo junto al bordillo de la acera sin apagar el motor. Había muchas cosas que Harper quería decirle, pero no sabía por dónde empezar. Era como una biblioteca de palabras no expresadas en voz alta.

—¿Te encuentras bien? —le preguntó, justo cuando Harper no podía más con el aplastante silencio—. Ha sido una noche dura.

Harper miró hacia abajo, a sus manos, que descansaban entrelazadas en su regazo. Tenía unas manchas negras en los extremos de las uñas.

—No he podido limpiarme toda la sangre —dijo como si aquello lo explicase todo—. Lo he intentado con fuerza...

Harper desvió la mirada mordiéndose el labio. Simplemente estaba muy cansada. En otras circunstancias habría manejado todo aquello mucho mejor.

—Tienes que saber que no es culpa tuya. —Luke se giró para mirarla a la vez que se quitaba las gafas de sol y dejaba al descubierto sus ojos color azul oscuro, ensombrecidos por la falta de sueño—. Lo que le ocurrió a Richards no es culpa tuya.

Harper no le creyó.

—Anderson me siguió. Le conduje directamente hasta la única persona que sabía a ciencia cierta que mentía acerca de dónde había estado aquella noche. Le he ayudado a matar al testigo que podría haber acabado con él en la cárcel. ¿Cómo no va a ser eso culpa mía?

—Porque no lo es —contestó él—. Las cosas no funcionan así. Tú no eres responsable de las acciones de un asesino.

—Pero ahora va a salir impune, Luke —dijo ella con tristeza—. Y es por mi culpa.

Luke negó con la cabeza.

—Tenemos el registro de carreras de Richards, Harper. Estaba en su taxi, y sitúa la recogida en el hospital esa noche, tal y como has dicho. Daltrey tiene las grabaciones de las cámaras de seguridad del hospital y del hotel. Anderson aparece en ellas. Claro como el agua. Hemos reclamado como prueba su lista de llamadas. Si se comunicaba con Naomi Scott, como creemos... —Luke extendió el brazo en dirección a Harper y posó su mano sobre las de ella—. Acabaremos con él.

Sin confiar en lo que pudiera llegar a decir, Harper se limitó a observar sus manos entrelazadas.

—El único responsable es Peyton Anderson, y tú vas a ayudarnos a encerrarle. —Con el pulgar acarició un lado de su mano—. Ahora mismo le estamos buscando. Tenemos una orden para registrar su apartamento. Su padre está cooperando.

Luke liberó las manos de Harper y le tocó la barbilla, haciendo que levantara el rostro para mirarlo.

—Eso es lo que has hecho, Harper. Has atrapado a un asesino. Hiciste justicia por Naomi Scott. No lo olvides.

Mientras le escuchaba, parte de lo que había oprimido el pecho de Harper desde ese primer disparo la noche anterior aflojó un poco.

Exhaló débilmente y asintió.

—De acuerdo —dijo, tanto para ella misma como para él—. Está bien.

—Duerme un poco —añadió Luke—. Cuando te despiertes, todo esto habrá acabado.

Mientras asentía, Harper hizo amago de abrir la puerta, pero en el último minuto se giró hacia él.

—Luke —dijo—, cuando todo esto termine..., ¿hablamos?

Él le sostuvo la mirada.

—Me gustaría.

Harper salió del coche sintiendo el peso de su propia extenuación con tanta fuerza que apenas se dio cuenta cuando Luke se alejó conduciendo. Subió fatigadamente la escalera mientras se preguntaba cuánto tiempo le quedaba antes de tener que ir a la oficina. Todavía no eran ni las ocho. Si conseguía dormir durante tres horas, estaba segura de que se sentiría bien.

Mientras introducía la llave en la tercera cerradura, escuchó el teléfono en el interior de su casa. Se apresuró a abrir la puerta, marcar el código de la alarma, que empezaba a emitir pitidos, y a entrar a la carrera en el salón. A su paso dejó el bolso en el sofá para coger el teléfono, que descansaba en su base, al sexto tono.

—¿Diga?

—Por fin —dijo una voz que no reconoció—. Sí que has tardado en contestar.

La voz parecía pertenecer a alguien mayor. Un hombre. Harper frunció el ceño.

—¿Quién es?

—Alguien que tiene secretos que contar.

—Mire —respondió Harper casi sin energía—, he tenido una noche bastante larga. Si llama por algún artículo, póngase en contacto conmigo esta tarde en la redacción. Ahora mismo…

La carcajada que escuchó al otro lado del teléfono hizo que su voz se fuera apagando.

—Venga ya, Harper. Eres periodista. Tienes que ser más curiosa. Averiguaste cómo me las apañaba para entrar y me cortaste todas las formas de acceso. Así que ahora no me queda más remedio que llamarte. Menuda lata.

A Harper se le heló la sangre.

—¿Quién es?

—Creo que sabes quién soy.

Por un segundo, permaneció paralizada, aferrada al teléfono como si le fuera la vida en ello. Luego echó mano de su bolso, revolvió en su interior y sacó libreta y bolígrafo. Pasó las páginas ansiosa, en busca de una hoja en blanco, y luego escribió: *Unos 45 años. No tiene acento sureño.*

—Debes de tener preguntas para mí —dijo él, casi con cierta amabilidad, como si supiera lo cansada que estaba.

—¿Por qué te colaste en mi casa? —A Harper parecía faltarle el aire—. ¿Qué es lo que quieres?

—Tengo cierta información para ti, pero, antes de dártela, quería conocerte mejor.

Harper frunció el ceño.

—¿Qué quieres decir?

—Nos conocimos hace mucho tiempo —dijo la voz, ignorando la pregunta de Harper—. Cuando eras una cría. Conocía a tus padres. Por cierto, ¿cómo está tu padre?

Harper deslizó el bolígrafo por la página sin darse cuenta, dibujando en ella una gruesa línea negra.

—¿Conoces a mi padre?

—Le conocía entonces.

Su voz era tranquila, confiada, casi servicial.

Dejó a un lado cualquier idea preconcebida y tuvo que obligarse a pensar.

—¿Eras amigo de mis padres?

—Más o menos.

—Has dicho que querías conocerme —dijo Harper—. ¿Por qué?

Hubo una pausa. A Harper le pareció distinguir el sonido de un vehículo al otro lado del teléfono, como si su interlocutor estuviera conduciendo. ¿Estaba en la calle?

—Al principio —dijo—, quería advertirte de que estabas en peligro. Te dije que huyeras, pero no lo hiciste. Eso me sorprendió. No te pareces mucho a tu padre. Y supongo que, al final, eso era justamente lo que quería saber de ti cuando contacté contigo por primera vez. Quería ver si te parecías más a tu madre.

Las rodillas de Harper cedieron. De pronto se encontró sentada en el sofá sin recordar cómo había llegado hasta allí.

—Conocías a mi madre. —Las palabras salieron de su boca en un susurro.

—Sí. Conocía a Alicia —dijo él.

A Harper le pareció —tal vez se equivocara— percibir cierta emoción en la voz del extraño. Harper no quería que el hombre que se había colado en su casa y había invadido su vida hablara de su madre muerta con tal sentimiento de nostalgia y pérdida.

—No entiendo qué es lo que quieres. —La voz de Harper era ahora más fría—. ¿Por qué me cuentas esto? ¿Quién eres?

—Te lo digo —respondió— porque quiero que seas consciente de que hablo en serio. Y porque estás en peligro. La persona que asesinó a tu madre te está buscando. Ha estado mucho tiempo en prisión y está a punto de salir. Y va a ir a por ti.

El teléfono casi se le escurrió de las manos a causa de los nervios.

—¿Quién mató a mi madre? —exigió saber. Ya estaba harta de que jugaran con ella—. Si es verdad que sabes tanto, cuéntamelo. Y si esto es algún tipo de broma, te juro por Dios que te encontraré y...

—No se trata de ninguna broma. —Su voz era tranquila e insistente—. Si eres tan inteligente como creo, sabrás que no es así. Te estoy diciendo que busques un lugar seguro y que te escondas allí hasta que pueda solucionar todo esto. La persona de la que estamos hablando es realmente buena en su trabajo. Considera que su labor no ha terminado.

—¿Quién es? —exigió saber de nuevo Harper—. ¿Quién mató a mi madre?

—No te lo puedo decir —respondió el extraño—. En el último año me he dado cuenta del tipo de persona que eres y sé lo que pasaría si lo supieras. Irías tras él. Eso no puede suceder. Porque es una lucha que no ganarás, Harper McClain. Por una vez, necesito que tomes la decisión inteligente y no la valiente. Apártate de mi camino y deja que me ocupe del asunto. Llevo mucho tiempo esperando a que llegue este momento. Se lo debo a tu madre. No es suficiente, pero es algo.

Harper miró hacia la nada, tratando de asimilar todo aquello. No tenía ni idea de con quién estaba hablando, pero su instinto le decía que debía creerle, algo que resultaba una auténtica locura. Se había colado en su casa y en su coche, había invadido su vida, pero no tenía ni idea de quién era. Y aun así... Sin embargo, tampoco era ninguna ingenua. Había aprendido a no creérselo todo sin más.

—¿Por qué debería confiar en ti? Has infringido todas las leyes del mundo para llegar a mí. Y ahora, de repente, eres una fuente de consejos que se supone que tengo que seguir. ¿Cómo crees que suena eso?

—Pues mal, imagino —dijo—, pero creo que sabes que te estoy diciendo la verdad. Eres buena periodista, Harper. Haz caso a tu instinto.

Entonces Harper oyó lo que parecía ser el sonido de un autobús en marcha junto a su interlocutor y dejó de oírle por un instante.

—Espera un momento —dijo él; el tono de su voz cambió, ahora era como de alarma—. ¿Qué es esto?

—Solo dime quién eres —insistió ella—. No se lo diré a nadie…

—Harper, escucha. —Su voz había cambiado por completo. Sonaba apremiante y en tensión—. Hay un hombre que va hacia tu casa. Está armado. No abras la puerta.

Harper se puso de pie. ¿Estaba fuera de su casa ahora mismo?

—No comprendo…

—No hay nada que comprender. —Su voz sonó más grave—. Llama a la policía. Ahora mismo. Diles que Peyton Anderson está en tu puerta. Hazlo, Harper. Confía en mí.

—Espera… —dijo Harper.

La conversación se cortó justo cuando alguien golpeaba con el puño su puerta.

CAPÍTULO CUARENTA

Harper sintió una especie de opresión en sus pulmones, era incapaz de respirar. Se quedó mirando hacia las ventanas situadas al otro lado de la habitación, con el teléfono todavía en la mano. Alguien volvió a llamar a golpes a la puerta; tres golpetazos sonoros. Cada uno de ellos retumbó en su pecho.

—Venga, Harper. Sal a jugar.

Era la voz de Peyton Anderson.

El desconocido con el que acababa de hablar le había dicho la verdad. La estaba observando, y ella se había metido en un buen lío. Solo había una razón por la que Peyton Anderson estuviese allí. Marcó el número de la policía tan rápido que casi se le cae el teléfono de la mano. En cuanto empezó a dar señal, se puso en pie con brío y se dirigió hacia la puerta.

—Policía, ¿cuál es su emer… —empezó a decir una voz.

—Soy Harper McClain. Peyton Anderson está en la puerta de mi casa ahora mismo. Va armado. Necesito ayuda. —Las palabras brotaron raudas pero claras—. Vivo en el 317 de East Jones Street. Avisad a Daltrey.

Respiró hondo antes de añadir:

—Enviad una ambulancia.

Antes de que respondieran desde la centralita, Harper había colgado el teléfono. No quería ponerse a charlar mientras tenía a

Anderson plantado en su porche delantero. Evitando las ventanas, Harper cruzó el salón hasta el recibidor y se quedó mirando la puerta principal. La mirilla era ahora como un siniestro ojo negro que le devolvía la mirada. Ni de broma pensaba poner la cara contra la puerta para mirar por ahí en ese momento. Se puso de perfil y pegó la espalda a la pared. Si se le ocurría disparar a la puerta, mejor que errara el tiro.

—¿Qué quieres, Peyton? —Harper alzó la voz con intención de sonar autoritaria sin llegar a gritar. Como si fuera poli.

—Solo quiero hablar —insistió—. Venga, sal. No voy a hacerte daño.

—Claro que no —dijo ella—. Ya vi cómo hablaste con el conductor del taxi anoche. Podemos hablar a través de la puerta.

Entonces Peyton se echó a reír, emitiendo una especie de sonido furioso entre bocanadas de aire.

—Eres una cobarde —dijo él—. Todos lo sois. Escribes mentiras en tu periódico, pero luego no eres capaz de decirme lo que piensas a la cara. No tienes alma.

—¿En qué te he mentido yo, Peyton? —le preguntó—. ¿Acaso no mataste a Naomi? ¿O a ese hombre anoche? Te vi hacerlo, Peyton. Estaba allí.

—¿Y qué? —Ahora estaba enfadado, alzaba cada vez más la voz—. Él también iba a mentir. Todos mentís.

Pudo distinguir algo en su voz, una especie de irregularidad que Harper reconoció. «¿Está borracho?». Aquello no traería nada bueno.

—He llamado a la policía —le informó—. Están de camino.

—Supuse que lo harías. Al final me iban a encontrar igualmente. Mi padre me ha dicho que me entregue. —Soltó una carcajada furiosa—. Mi propio padre. Te cree, ¿lo sabías? Pensaba que deshaciéndome del taxista pondría fin a esto, pero entonces tú lo echaste todo a perder, zorra estúpida. —Respiró hondo—. Ahora estoy aquí para darte las gracias. Sal.

Hubo una pausa. Harper alcanzó a oír el sonido de las sirenas en la distancia. Anderson también debió de oírlo.

—No tengo tiempo que perder —dijo con claridad repentina—. Abre la puerta o me lío a tiros con tus vecinos.

Harper se quedó sin aliento. Ya había disparado a una persona inocente. Y si había aprendido algo en los siete años que llevaba trabajando de reportera, era que la primera vez que se mataba hacía que los siguientes asesinatos no costaran tanto.

Como Harper no contestó, Peyton se impacientó todavía más.

—Te cae bien la viejecita, ¿verdad? La dueña de ese perro tan feo, ¿no? Nunca le he pegado un tiro a un perro antes, pero siempre hay una primera vez para...

—Vale. —Harper se giró de cara a la puerta—. Ahora salgo.

No podía matar a nadie más. No le dejaría. No tenía tiempo para planes, solo contaba con el factor sorpresa, y estaba decidida a utilizarlo. Cogió el bate con un rápido movimiento —increíblemente, tenía el pulso firme— y abrió las cerraduras de la puerta. Levantó el bate en el aire, se giró de perfil y salió al porche como una exhalación, sosteniendo el bate como un bateador profesional en la base de un campo de béisbol.

Pudo golpear la cara de Anderson, pálida y sudorosa. Pudo ver sus ojos muy abiertos y cómo alzaba la mano en la que sostenía el arma. Balanceó el bate, puso toda su fuerza en él y lo hizo oscilar con todo su cuerpo. Entonces impactó contra el hombro de Peyton emitiendo un crujido desagradable y la pistola salió volando. Anderson pegó un grito y se llevó la mano al brazo. Con una decisión absoluta, Harper volvió a balancear el bate y le golpeó de nuevo en cuanto los primeros coches patrulla, con las sirenas puestas, se detuvieron en su calle. En esa ocasión le alcanzó en el pecho. Anderson se desplomó.

Entre sollozos levantó una mano, como si con ese gesto pudiera detener el siguiente golpe.

Agentes de uniforme salieron de los coches y corrieron hacia ella con las pistolas en mano. Harper vigilaba la figura acurrucada de Anderson con el bate en ristre, respirando con fuerza y notando el corazón martilleándole contra las costillas.

Peyton ya no iba a hacerle daño. No iba a hacerle daño a nadie.

Unas voces empezaron a gritarle:

—¡Manténgase alejada de él!

Harper apenas alcanzaba a oírlos con el estruendo de la sangre que le palpitaba en los oídos.

Una multitud de agentes subieron a toda velocidad los estrechos peldaños, la apartaron a un lado y rodearon a Anderson, que se encontraba gimiendo en el suelo.

—Necesitamos una ambulancia —dijo alguien.

—Tiene que haber una pistola en el suelo en alguna parte. —Se escuchó decir a sí misma.

Alguien le quitó el bate de las manos. Cada vez llegaban más coches patrulla a su calle. Luces azules resplandecían en todas direcciones mientras los vecinos salían de sus casas para ver qué estaba ocurriendo. Entre los coches, Harper alcanzó a ver a un hombre al margen de la situación. Ella ni siquiera se habría percatado de su presencia si no llega a ser porque él la observaba inalterable. Era alto y delgado y tenía el cabello gris claro. Su postura tan erguida hacía pensar que poseía formación militar. Su mirada era perspicaz como la de un policía. No era ningún vecino, nunca lo había visto antes.

Harper dio un paso hacia delante para intentar verle mejor. Sus miradas se encontraron.

—¿Eres tú? —dijo entre susurros, sin ser consciente de que había hablado en voz alta.

Una ambulancia cruzó la calle y le obstaculizó la vista. Cuando siguió su camino, él ya no estaba.

UNA SEMANA MÁS TARDE

Harper se encontraba de pie en su dormitorio con una maleta abierta ante ella. Zuzu la observaba de manera amenazante desde lo alto de la cómoda. Se había subido ahí tan pronto como había visto la primera caja, y se negaba a bajar. Harper recogió sus últimas prendas de la cómoda y las colocó encima del resto de su ropa, luego echó un vistazo a la habitación en busca de cualquier cosa que pudiera haber olvidado, pero había sido bastante concienzuda.

Peyton Anderson estaba en prisión a la espera de juicio. Su padre había contratado a un excelente abogado defensor, por supuesto, pero el caso de la policía era sólido. La dramática noticia de la detención de Anderson por estar involucrado en dos asesinatos había acaparado las páginas del periódico durante días. Todas las piezas diminutas del rompecabezas habían terminado por encajar. La policía creía que Anderson había enviado un mensaje a Naomi Scott la noche del asesinato, exigiendo verla, y la había amenazado con matar a Wilson Shepherd si no acudía a la cita. Ella había insistido en reunirse con él en un lugar concurrido, en River Street. Sin embargo, cuando Naomi llegó, en la calle no había ni un alma y Anderson no pretendía hablar, él tenía otros planes. La había matado y había tirado su teléfono al río para destruir cualquier prueba de su conversación. Peyton le había contado a la policía que le habían robado el teléfono esa misma noche.

Harper no podía menos que admirar el plan. Era inteligente, habría sido un gran abogado.

El artículo que había escrito en la mesa de la cocina el día en que asesinaron a Richards por fin había sido publicado. Charlton no dijo ni una palabra cuando Baxter la informó de que pretendía sacarlo en titulares.

Había rumores del regreso de Dells, que la suspensión no terminaría convirtiéndose en un despido con todas las letras, pero, hasta el momento, su oficina seguía a oscuras. Baxter no hacía más que quejarse de la idiotez de los dueños del periódico, pero el otro rumor que circulaba era que estaba a punto de recibir un ascenso. En medio de este furor, por lo menos por ahora, la planeada ronda de despidos todavía no había tenido lugar.

Cuando no estaba trabajando, Harper dedicaba cada minuto libre a buscar al hombre que había visto aquel día, de pie en la calle. Desde entonces no había vuelto a ponerse en contacto con ella. Le había creído cuando le dijo que estaba en peligro y, por una vez, había decidido seguir un consejo. Había acudido a Blazer para hablarle de la llamada y de los allanamientos, de todo lo que el hombre le había dicho. Al principio se había mantenido escéptico, como ella; pero, al final, Blazer le había sugerido que valorara mudarse, al menos durante un tiempo.

—Puede encontrarte en el periódico, pero hay un guarda armado en la puerta principal. Este tipo ya ha demostrado que no es de fiar. Si te mudas, no dejes dirección nueva, así se lo pondrás más difícil.

También se había ofrecido a echar un vistazo al caso de su madre, por si daba con cualquier detalle que pudiera haber pasado desapercibido dieciséis años atrás. Harper se lo agradeció, pero no creía que fuera a encontrar algo de lo que no se hubieran dado cuenta Smith o ella.

La única persona que sabía quién había matado a su madre la había llamado desde un teléfono desechable y había desparecido.

Necesitaba hablar de nuevo con aquel hombre. De alguna manera, necesitaba que pudiera dar con ella. Ya era hora de averiguar la verdad acerca del asesinato de su madre. Si era lo que quería, necesitaría su ayuda.

Cuando salió de la casa con una maleta en una mano y el transportín de Zuzu en la otra, el casero, Billy Dupre, detenía su destartalada camioneta azul junto al bordillo. Colocó el equipaje en el maletero del Camaro junto con las otras cosas y cerró la puerta de un golpe. Zuzu maulló desde el interior del transportín como si Harper la estuviera estrangulando en lugar de colocarla con cuidado en el asiento de atrás. Cerró la puerta y con ello puso fin al alboroto. Después, Billy y ella permanecieron un momento de pie, observando la casa victoriana con su porche diminuto y su ventana de vidriera. Harper había vivido allí durante siete años. Era lo más parecido a un hogar que había tenido nunca.

—Ya nada volverá a ser lo mismo —le dijo Billy con tristeza—. No me gusta la idea de alquilarle tu apartamento a un desconocido.

Harper apartó la vista del edificio. En definitiva, no era más que un montón de tablones de madera y pintura. Una casa es una casa. Pero incluso mientras se decía eso a sí misma, sabía que aquello no era verdad.

—Voy a volver —le prometió—. Cueste lo que cueste. Voy a solucionar esta situación y luego volveré.

Billy le puso una mano en el hombro.

—Más te vale —le dijo—. Por contrato, todavía tienes disponibles seis meses de alquiler.

Ambos sonrieron. Harper no había firmado ningún contrato de alquiler con él desde hacía más de cinco años. Habían tenido lo que llamaron «un contrato de alquiler por apretón de manos» durante todo ese tiempo. Él había sido su salvavidas en esos años, y cuando le contó lo que ocurría, no lo dudó ni un segundo. La había puesto en contacto con una amiga que era propietaria de casas de alquiler en la playa en Tybee Island. Allí era el mejor momento, estaban a finales de agosto y la temporada de verano tocaba a su fin. Aquella mujer tenía una casa disponible y Harper la aceptó sin haberla visitado siquiera. Su idea era quedarse a vivir en ese lugar durante unos meses, hasta que solucionara todo aquello.

—Bueno, cuídate —le dijo Billy—. Si alguien intenta hacerte daño, ya sabes dónde estoy. Haré que se lo piensen dos veces.

Sin previo aviso, Harper se lanzó a sus brazos y le dio un fuerte abrazo.

—Has sido el mejor casero y, más aún, el mejor amigo —le dijo—. Gracias.

Billy le dio una palmadita en los hombros con cariño.

—Ya sabes que para mí eres como una hija, siempre lo serás.

Harper le devolvió las llaves y se dio la vuelta con rapidez.

—Tengo que irme —dijo ella mientras se pasaba una mano por la mejilla—. Nos veremos pronto.

—Más te vale.

La reportera se subió al Camaro y arrancó el motor. Zuzu dejó de quejarse y el coche se sumió en un amenazante silencio mientras se alejaba del bordillo y se dirigía hacia los límites de la ciudad. En el horizonte, el cielo tenía un color violáceo; el viento empezaba a cobrar intensidad. El largo y caluroso verano estaba terminando y el otoño esperaba a la vuelta de la esquina.

A cada kilómetro, Harper enviaba una llamada silenciosa al hombre que guardaba las respuestas que había estado buscando.

«Ven y encuéntrame. Ven y encuéntrame...».

AGRADECIMIENTOS

Me gustaría darle las gracias a mi maravillosa editora de HarperCollins, Sarah Hodgson, por su paciencia, sus risas y sus meditadas correcciones. También estoy muy agradecida a todo el equipo de HarperCollins, en especial a Kathryn Cheshire, Felicity Denham, Emilie Chambeyron, Anne O'Brien y Julia Wisdom; soy muy afortunada por contar con un grupo de gente tan fantástico como el vuestro para trabajar.

Muchas gracias también a mi estupenda agente, Madeleine Milburn, que hace que todo sea posible. ¿Dónde estaría yo sin ti? Y a su extraordinario equipo: Hayley Steed, Alice Sutherland-Hawes y Giles Milburn; ¡todo lo que hacéis me da vértigo!

Desde aquí todo mi cariño a mi pandilla de escritoras y editoras: Holly Bourne, Melinda Salisbury, Ruth Ware, Sam Smith y Alexia Casale. Gracias por ayudarme a mantener la cordura.

Gracias a Jack, que escucha todas mis ideas más locas con paciencia infinita y se ríe con los golpes de humor; soy muy afortunada por tenerte.

Por último, en este libro he escrito que, para las mujeres, morir a manos de quien asegura amarlas es el tipo de asesinato más común y corriente de todos, y es verdad. Mi madre era víctima de violencia doméstica y, por eso, esta causa me afecta profundamente. Ella logró sobrevivir a su matrimonio. Demasiadas mujeres no tienen tanta suerte. Si estás en una relación que te da miedo, o si alguien te acosa, por favor, no dudes en pedir ayuda. La policía, la parroquia y las organizaciones sin ánimo de lucro pueden ayudarte a encontrar refugio y seguridad. Digo esto como antigua reportera que ha cubierto muchos asesinatos de mujeres que no pudieron escapar a tiempo. Si tienes miedo, sal corriendo.

CPSIA information can be obtained
at www.ICGtesting.com
Printed in the USA
BVHW050118221022
650030BV00001B/2